COLLEC

Frances Mayes

Saveurs vagabondes

Une année dans le monde

Traduit de l'américain
par Jean-Luc Piningre

Quai Voltaire

Nous remercions les éditeurs cités ci-dessous de nous avoir autorisés à reproduire les extraits des ouvrages suivants :

Fernando Pessoa, *Le Livre de l'intranquillité*, traduit par Françoise Laye (© Christian Bourgois).
Federico García Lorca, *Hommages et conférences*, in *Œuvres complètes* I, traduit par André Belamich (© Gallimard).
Colette, *Prisons et paradis* (© Librairie Arthème Fayard, 1986).
Colette, *La Maison de Claudine* (© Librairie Arthème Fayard, 2004).

Titre original :

A YEAR IN THE WORLD
JOURNEY OF A PASSIONATE TRAVELLER

Frances Mayes est professeur de littérature à l'Université de San Francisco. Elle est l'auteur de *Sous le soleil de Toscane*, *Bella Italia*, *Swan*, *Georgie*, de plusieurs recueils de poésie ainsi que d'articles sur la gastronomie et les vins parus dans *The New York Times*, *House Beautiful*, et *Food & Wine*. Elle partage sa vie entre San Francisco et Cortona, en Toscane.

Au couple dont le camping-car s'est mis en travers de l'autostrada.

À la maman et à son petit garçon de deux ans, assis aux places 42 A et 42 B, pendant la neuvième heure de vol.

À la famille qui a traversé l'Europe en 2 CV en chantant Blessed Be the Ties that Bind [1].

À la petite fille qui hurlait par terre dans la trattoria à onze heures du matin.

À K. A. T. et ses immortelles paroles : « Parfait, maintenant que j'y suis allée, je n'ai plus besoin d'y revenir. »

À la culotte et au soutien-gorge jaunes, tout neufs, oubliés sur le bord de la baignoire, dans la salle de bain à l'hôtel, où je les avais mis à sécher.

Au capitaine qui a plongé dans une mer d'algues pour récupérer le masque et le tuba.

À la valise qui s'est retrouvée aux Indes.

À T. A. qui, faute d'arriver à ouvrir la portière du wagon, a débarqué à Castiglion Fiorentino.

À l'Américain du Vieux Sud qui boitait à Pienza et criait à sa femme : « J'ai vu tout ce que je voulais ! »

Au personnage de Novalis qui est parti en quête d'une fleur bleue, aperçue dans son rêve.

À Edward – je pars avec toi.

---

1. « Bénis soient les liens qui nous unissent », mais aussi « bénies soient les ceintures de sécurité ». *(Toutes les notes sont du traducteur.)*

Les dômes d'Alghero

> ... nous sommes des mots dans un voyage,
> non les écrits d'un peuple établi.
>
> W. S. MERWIN

Alghero dresse sa silhouette au-dessus de la Méditer-ranée. Nous marchons vers la ville juste après midi. Le soleil glisse ses rayons à angle droit dans l'eau transparente. Des rubans garnissent le fond blanc de la mer.

– Limpida, *dit Ed, mon mari.* Chiara.

Limpides, claires, les vagues étalent lentement sur le sable leur croissant de lumière. Alghero est le nom de cette ville sur la côte ouest de la Sardaigne, aux dômes géométriques et aux tuiles de couleur. Les rues portent des noms catalans, on sent une influence orientale dans la cuisine et je suis brusquement attirée par l'Espagne, les patios mauresques derrière les maisons, les fontaines qui, jadis, rafraîchirent l'envahisseur au sortir du désert... Le souvenir me revient de cet homme, très latin, qui m'avait un jour chuchoté : « Venez partager avec moi les heures sombres de Barcelone. » Le désir de toucher à l'essence inexprimable, austère, digne, farouche de l'Espagne. Je me vois marcher là-bas, le

long des murs blanchis à la chaux, et peler une orange, un
recueil de Lorca en poche.

— Je veux tout goûter jusqu'à la dernière goutte, dis-je,
sans aucun lien avec le commentaire d'Ed.

Il a l'habitude, ça ne le dérange pas. Il regarde le bout
de papier sur lequel il a noté une adresse et il embraye sur
le goût :

— Dans cette trattoria où on va, la spécialité, c'est la
langouste aux oignons et à la tomate. Rien que le nom fait
rêver : aragosta all'algherese — elle est pêchée ici, c'est la
recette d'Alghero. Au fait, je comprends ce que tu veux dire.

— Et si on ne rentrait pas ? Si on continuait de
voyager ? En Europe, les grands écrivains prenaient tous
leur Wanderjahr : une année de voyage au temps de leur
jeunesse. Ça ne me déplairait pas, même sur le tard.

— Tu en profiteras sans doute davantage maintenant.
Où veux-tu aller ?

— On est loin de l'Espagne ?

— Je te rappelle en passant que j'exerce un métier…

Il me montre une bosse sur la côte :

— La grotte de Neptune — on prend le bateau après le
déjeuner pour aller la voir.

Il ajoute :

— Moi, j'irais bien au Maroc.

— La Grèce est le premier pays étranger où j'ai voulu
aller et je n'y ai jamais mis les pieds.

Un planisphère se projette dans mon esprit, celui que je
regardais à l'âge de dix ans dans une petite ville de
Georgie. Des drapeaux de couleurs vives bordent les quatre
côtés de la carte, et les pays sont représentés en nuances plus
claires. Safran, lavande, rose et menthe, selon leur altitude

et les critères géologiques. Suède. Pologne. Pays basque. Inde. Brusquement, des images explosent. Me frayant un chemin dans le bazar aux épices d'Istanbul, je suis assaillie par les odeurs brûlantes qui s'élèvent des sacs pleins de fenugrec, de curcuma, de racines noueuses et de graines séchées. Accoudés à la balustrade d'un bateau qui remonte lentement le Nil, nous voyons un crocodile gifler de sa queue les eaux verdâtres du fleuve. Ed secoue la nappe du pique-nique pendant que je scrute les courbes et les replis verts d'une vallée ponctuée de cromlechs et de dolmens. Longeant en voiture un marais aux teintes de feuilles mortes, fourmillant de lueurs d'automne, je reconnais la pointe d'un groupe d'îles, les Golden Isles, où, petite fille, je passais mes vacances d'été.

Cet archipel est le premier endroit qui m'ait jamais manqué. Pendant les mois d'hiver pluvieux de mon enfance, des sensations me revenaient par bouffées entières, tout un chapelet d'images insulaires et changeantes – l'air humide et salé qui colle aux cheveux, les palmiers nains et leur bruit de crécelle sous les brises torrides d'août, ma main moite dans celle de notre cuisinière Willie Bell, en route vers le petit pont et l'eau noire où elle posera le piège à crabes avec la viande « gâtée ». Il me tardait d'entrer à l'école primaire dans la classe de Miss Golf, où le plancher sentait la résine de pin, la sciure, et où, tracées tout autour de la pièce avec des craies multicolores, les petites lettres de l'alphabet suivaient les grandes. Je me languissais des mains fermes de Willie, de l'horrible viande crue qu'on laissait pourrir pour les crabes, des levers de soleil sur la plage, du long retour vers la maison dans un sentier plein de coquilles d'huîtres brisées.

À six ans, cette sensation était une marée, un rythme, une blessure, une joie. Première *et puissante sensation d'un lieu que je connais bien, que j'ai gardé toute ma vie avec moi, avec mes ongles carrés et mes insomnies. Une de mes écrivaines préférées, Freya Stark, évoque un sentiment analogue dans* La Vallée *des assassins : « Brillant avec une grande netteté dans la lumière du soir, c'était un spectacle impressionnant pour le pèlerin. Je le contemplais avec toute la révérence qu'on doit aux choses qui ont encore le pouvoir de nous faire voyager si loin. » Des choses qui nous attirent avec assez de force pour sortir le passeport du tiroir, boucler une valise minimale et prendre la porte mû par un instinct aussi sûr qu'une chasseresse de l'Antiquité, avec arc et carquois.*

La pulsion du voyage est d'ordre magnétique. Deux de mes mots favoris sont liés : heure *de* départ. *Le voyage aiguise les émotions, libère le bloc-mémoire, éparpille les pièces d'or. Ce que ma mère aurait aimé l'appartement mansardé, prêté par une amie de Paris ! Aurai-je la chance de montrer quelques bribes du grand monde à mon petit-fils ? J'ai hâte de tenir sa main quand, pour la première fois, il montera dans une gondole. En randonnée en Californie, j'ai vu par moments quel sentiment de liberté s'emparait de lui. Il court les bras tendus au-devant. Je reconnais cette force.*

La Sardaigne – de son vrai nom : Sardegna. *J'ai envie de venir ici depuis que, il y a des années, j'ai lu* Sardaigne *et* Méditerranée *de D.H. Lawrence, dans une chambre d'hôtel sans intérêt à Zurich : « Une terre de pauvres gens, pierreuse et griffée par les poules.* » Et : « *Nous arrivons à Orosei, petite cité délabrée, battue par le soleil et oubliée des dieux, à proximité de la mer. Nous descendons à la piazza.* » Nous descendons à la piazza. Oui, c'est cette phrase qui me plaisait. J'avais souligné « *battue par le soleil* » *dans mon édition de poche, et, pendant que je m'endormais, le bruit de la circulation était devenu ces vagues qui clapotent aujourd'hui contre la digue. Je les regarde à l'instant même.*

Nous sommes là pour quelques jours. J'irai voir les toits mauresques. Goûter le pecorino dur et les fromages de chèvre. Crapahuter autour du village préhistorique. Je n'achèterai pas un seul des millions de colliers de corail en vente dans les boutiques. Sur les collines, nous chercherons les câpriers, les néfliers sauvages, la myrte et les asphodèles.

Ed se sert de son guide comme d'une visière. Et me montre :

— Quand on reviendra de la grotte aux belles stalactites, le bateau nous posera là — tu vois, le bout de plage blanche ? D'abord, mangeons, dit-il. Andiamo.

Allons-y.

Les voyages repoussent mes limites. Paradoxalement, voyager occulte le moi-moi-moi, de sorte que, très vite prestissimo —, le petit ego délivré du présent peut librement se mouvoir dans les strates du temps. Le monde entier ne vit pas en 2006. Qui êtes-vous, alors, dans cet endroit où 1950, voire 1920, est en train d'arriver ? Ou quand le guide nous dit : « Aujourd'hui, il ne sera pas question d'après Jésus-Christ. À partir de maintenant, tout est avant *J.-C.* » *Je me souviens de la gamine sortant d'une cabane au toit de chaume, au bord d'une petite route au fin fond du Nicaragua. Courant vers la voiture, émerveillée, elle avait levé les bras. Elle aurait regardé toute la nuit les phares s'allumer et s'éteindre.*

Nous sommes délivrés aussi, car nous ne signifions rien aux yeux d'un nouvel endroit. En voyage, nous sommes invisibles si nous le voulons. Moi, en tout cas. J'aime observer. S'ils sont ainsi, ces gens, cela tient à quoi ? Me sentirais-je chez moi, ici ? Personne ne vous demande de corriger les devoirs pour mardi, de lire ou d'écouter vos messages, de mettre de l'engrais dans les géraniums, ni de patienter avec angoisse, dans la salle d'attente du proctologue. Vous avez en voyage la possibilité délectable de ne pas comprendre un mot de ce qu'on vous dit. La langue du pays devient un simple fond musical pendant qu'on regarde les vélos filer le long du canal, et l'on n'attend rien de vous. Bien sûr, c'est mieux si on la parle : on saisit les nuances, on va à la rencontre des autres.

Les voyages libèrent la spontanéité. On se transforme en créature divine débordant de choix : visiter les majestueux palais des plaisirs, faire l'amour le matin, dessiner un campanile, lire l'histoire de Byzance, regarder pendant une heure le visage de la Madonna dei fusi *de Léonard de Vinci. Comme dans l'enfance, on ouvre la porte et – pour la première fois – on reçoit le monde. Il y a aussi l'aspect viscéral – la chasseresse est libre. Libre de partir, libre de rentrer chez elle avec tous ses souvenirs à disposer dans la cheminée.*

Un an après ces journées, oui, battues par le soleil de
Sardaigne, nous filons vers l'Espagne ; suivra une liste
d'endroits qu'on aimerait appeler chez nous dans le
monde, ne serait-ce qu'un temps. À vingt ans, c'est facile
d'enfiler un sac à dos et de décoller. Ensuite, les responsa-
bilités que les années, couche après couche, posent sur nos
corps et nos esprits peuvent se révéler difficiles, voire
impossibles à fuir. Pour s'en dégager, il faut ignorer les circonstances. Et la maison m'endort. Les roses jaunes sur la
table, les draps crème, repassés, ceux qui portent le monogramme de ma mère, le lapin au fenouil qui cuit au four,
les invités qui vont arriver, ma chatte Sister qui ronronne
contre mon pied, le salon ensoleillé où règnent les livres. Ce
confort véritable – les joies de la maison. Je suis ravie
quand s'enchaînent harmonieusement hier, aujourd'hui
et demain ; quand Ed charge la vieille table en fer devant
la salle des ventes ; quand les bons amis me rejoignent dans
la cuisine – ragoût Brunswick, pain de maïs, tarte à la
noix de coco.

Cette remarque en passant, Je veux tout goûter
jusqu'à la dernière goutte, se retrouvera au bas de ma
colonne dans le livre comptable du scribe céleste. Comment
cette seule et unique phrase a-t-elle pu me précipiter, pendant cinq ans, dans d'innombrables avions, bus, trains,
bateaux ? Le rêve d'une année sabbatique s'est vu
compromis par une vie trop complexe. Mais, au fil des
saisons, ces voyages sont devenus une année dans le monde.

Une série d'événements a réveillé mon carpe diem et
mon impatience de partir. Une crise cardiaque chez l'une,
ma mère qui a disparu, et l'horreur incroyable de neuf
cancers du sein – neuf – chez des amies très proches. Deux en

sont mortes. D'autres forces, moins dramatiques, m'ont poussée également. À la fac, écrire devenait une barque perdue dans le marécage des cours. Je voulais du temps. Du temps sans horaires, du temps pour les rêves, du temps pour la tranquillité. Pas seulement l'été, lorsqu'il faut un mois pour se remettre d'une année universitaire épuisante. J'ai pensé : démissionne.

Proust dit qu'on peut mourir ce soir. Je sais. Se faire écraser par un camion chargé de chips de pomme de terre – c'est arrivé à un ami. À n'importe quel feu rouge. Savoir cela peut vous faire gagner du temps comme en perdre. Nous avions décidé de voyager, c'était une synergie, nous émettions des ondes, sinusoïdales. Tout l'automne, j'ai regardé des cartes avec ce commentaire incrédule :

– J'ai toujours voulu aller en Écosse.

J'ai lu Le Nil blanc, Le Voyage à Chypre, *les poèmes de Hikmet,* Des matins au Mexique *; et toutes les grandes voyageuses de l'époque victorienne, qui traversèrent la Patagonie ou la Cafrerie, en refusant de lever leurs jupes dans les bourbiers d'Afrique centrale. J'ai recopié les mots de Colette dans mon carnet jaune…* rien ne vaut la saveur de ce qu'on a vu, et vraiment vu, *et cette autre phrase, si évocatrice,* Je pars ce soir pour le Limousin.

Pressés par le carpe diem, *nous décidons de prendre un gros risque et de vivre de notre plume. D'arrimer le mot* voyage *à celui plus grand de* liberté. *Nous quittons nos postes d'enseignants pour écrire à plein temps, explorer d'autres possibilités.* Vous êtes fous ? Vous renoncez à deux chaires titulaires à San Francisco ? *Ed a présenté sa démission le jour de la Saint-Valentin. Il est rentré à la maison avec trois douzaines de roses jaunes. Nous étions étourdis et frivoles, puis nous avons eu peur, et nous étions de nouveau étourdis. Imaginez. Du* temps.

Partout, *le moindre détail m'attire vers le lointain. Ma vie quotidienne finit par ressembler à une boîte d'allumettes mouillées.*

Le besoin de voyager émane de puissances mystérieuses. Le désir de partir *m'irrigue autant que celui, intense, de* rester *chez moi. Comme un principe thermodynamique, aux forces égales et opposées. En voyage, je pense à la maison et à ce que cela veut dire. Chez moi, je rêve de trains de nuit dans la lumière grise de la vieille Europe, puis d'ouvrir des volets pour voir Florence s'éveiller. Il se trouve que la balance penche légèrement du côté de l'aéroport.*

De la fenêtre de mon bureau, je vois la baie de San Francisco — terrain bleu encadré de tribunes d'eucalyptus. J'imagine que le vent a traversé l'Asie, survolé Hawaii, apportant avec lui — si j'avais l'odorat assez puissant — le parfum des frangipaniers. Le soleil fait une sortie grandiose à l'ouest, dans un ciel marbré de lavande et de rose. La baie engloutit l'océan ! Avec l'élan d'un tremblement de terre, une certitude sauvage point entre mes tempes. Il est temps. De partir. Temps. De partir. Et c'est tout.

*

Sous l'impulsion, j'ai posé une question, Et si on ne rentrait jamais, si on continuait de voyager sans cesse ? *Ne devrait-on pas mieux écouter cette voix intérieure qui nous interroge ? Sans se retourner, on ne voit jamais les petits cailloux qui, en fait, tracent le chemin.*

Oranges sanguines d'Andalousie

Qui a coupé la tige de la lune ?

(Pour nous laisser
des racines d'eau.)
Comme il est facile de cueillir les fleurs
de cet acacia sans fin.

FEDERICO GARCÍA LORCA

Janvier, ce vieux Janus aux deux visages, un qui regarde l'an passé et l'autre le nouveau. Je suis plutôt pour le second – pas de coup d'œil endeuillé derrière. *Larguer les amarres*, ai-je écrit un soir sur la vitre embuée de la cuisine.

L'année a commencé avec une effraction tandis que nous finissions de dîner, mon mari et moi. Ed venait de verser dans nos verres les dernières gouttes du *vino nobile*. Nous parlions en riant du changement d'année, sur fond de Nina Simone qui chantait *The Twelfth of Never*. Nous avions débarrassé, les bougies étaient bientôt consumées et, par la fenêtre de la salle à manger, nous ne voyions que les citronniers en pot, les gueules-de-loup qui oscillaient, et le jasmin jaune de Californie. Janvier en Californie est une saison bénie.

En une seconde, la situation s'est renversée. Un type est passé à travers la vitre du salon en criant :

— Je veux mourir !

Un mirage se dressait sur le tapis. Emmitouflé d'un anorak de ski. Pantalon flottant. Une casquette de rappeur vissée sur sa tête d'égaré. Rien qu'en l'écrivant, j'ai le cœur qui bat à nouveau la chamade.

Il a hurlé :

— Donnez-moi un couteau ! J'ai attendu, mais ce soir c'est bon !

J'ai pensé, non pas *a-t-il un pistolet, allons-nous mourir*, mais *il déconne*. Puis la terreur a irrigué toutes les veines de mon corps. *C'est pas possible !* On a réussi à se lever. *Filer*. Ma chaise s'est renversée. Il s'est précipité dans la salle à manger. Je lui ai jeté mon verre de vin à la figure et, pendant qu'il essuyait ses yeux, nous sommes sortis par l'arrière.

— Je veux mourir ! criait-il pendant que nous fuyions dans la rue noire — suite à une énième crise du pétrole, délictueuse et corrompue, les voisins avaient tout éteint.

Mais tel un *Titanic*, notre maison brillait de mille feux ; toutes les fenêtres étaient illuminées. Cet homme avait fondu sur nous, attiré par la lumière comme ces papillons qui, par les nuits chaudes du Sud, ricochent sur la toile métallique de la moustiquaire.

Ed avait attrapé un portable en sortant et composait le 911 en sprintant. Nous sommes partis vers deux maisons différentes, espérant malgré tout trouver des gens chez eux ce soir-là. Alarmés, les nouveaux voisins chinois m'ont ouvert et tendu un téléphone, pensant certainement que j'étais folle – pendant que l'intrus poursuivait mon mari qui, en sens inverse, courait chez Arlene et Dan. En plein réveillon. Ils l'ont tiré à l'intérieur et ont claqué la porte derrière lui. Le type essayait de l'enfoncer quand la police est arrivée.

Ça n'était que le début. Un mois plus tard, le jeune drogué était à nouveau dans la rue. J'ai trouvé ses lunettes de soleil dans un parterre de fleurs. Des lunettes de marque. Les mois ont défilé sans nous laisser le temps de penser. Résumons : *chirurgie, hôpitaux, décès*. Quand septembre est arrivé avec ses journées sublimes, l'attaque portée à l'Amérique a ébranlé le monde et nos consciences. Du vent, année pourrie ; et que les planètes reviennent s'aligner.

Et maintenant voilà, mon ami Janus, je pars en Espagne. Passer l'hiver en Andalousie. Andalousie. Pays de l'oranger et de l'olivier. Des poètes passionnés, des danseurs de flamenco, des dîners tard le soir au son des guitares dans les jardins de jasmin.

Ed a pris l'avion pour l'Italie la semaine dernière, car pour changer un peu, nous sommes repartis dans des travaux et ça ne va pas être simple. Avant l'Espagne, il fait un crochet par Bramasole, notre résidence de Cortona. En plus de celle-ci, nous avons acheté une maison en pierre dans la montagne, et il va s'occuper du puits que nous faisons creuser là-haut. Nous voulons la revoir telle qu'elle était, quand, il y a neuf siècles, des moines franciscains ont choisi de s'y isoler. La dernière fois que j'ai parlé au sourcier, il m'a dit que sa baguette tremblait à l'endroit même où je ne voulais pas de puits ! Il a foré sur une centaine de mètres sans trouver la moindre goutte. Nous devons le rencontrer à Madrid.

J'embarque à San Francisco pour Paris et j'ai le plaisir de voir ma voisine sortir un livre plutôt qu'un ordinateur. Donc pas de halo blanchâtre, pas de clac-dac-clac sur les touches pendant dix heures de vol. Elle pourrait être une de mes collègues à l'université. Part-elle en Europe faire des recherches sur un cycle de fresques ? Rejoint-elle une équipe archéologique sur les fouilles d'une villa romaine ? Je me munis moi aussi d'un livre, prête à me réfugier dans le silence jusqu'à Paris. Elle sourit et me demande :

— Qu'est-ce que vous lisez ?

— Une biographie de Federico García Lorca — je vais en Espagne. Et vous ?

— Oh, un livre sur le verset trois-treize de saint Jean.

— Trois-treize. Je ne le connais pas. Au catéchisme, on chantait *John Three Sixteen*[1] en canon, le dimanche, quand j'étais petite.

---

1. Jean 3:16.

L'hôtesse arrive avec champagne et jus d'orange. À l'unisson, ma voisine et moi demandons :

– De l'eau seulement.

Nous commençons à parler voyages, livres – et nous bavardons gentiment ainsi. J'attends en fait le bon moment pour me replier sur moi-même. Nous ne savons rien l'une de l'autre, et tout sera fini quand on se précipitera vers la sortie à Charles-de-Gaulle.

Elle me pose un tas de questions. Je lui apprends que j'ai quitté mon poste à l'université pour écrire à plein temps. Que je vis une partie de l'année en Italie – que l'Italie m'a donné plusieurs livres, tous écrits dans le bonheur. Elle approfondit. Sont-ils publiés ? Ont-ils eu du succès ? Si c'est le cas, est-ce que je sais pourquoi ? Est-ce que j'essaie d'accomplir quelque chose en écrivant ? Que m'inspirent les réactions des lecteurs ? Et ainsi de suite. Je réponds que je commence une longue série de voyages, et que j'espère y trouver matière à écrire. Pourquoi ? Et je pars à la recherche de quoi ? Elle me pousse dans de longues explications. J'explique que l'idée d'un *chez-soi* – et sa réalité – fait partie des choses qui me passionnent. Que je vais voir des lieux où j'ai rêvé de vivre, que je vais tenter de m'y poser – lire les livres qu'ils ont inspirés, visiter les jardins, acheter les produits de saison, essayer de m'y sentir *chez moi*. Je parle plus ouvertement que je ne le fais avec des inconnus. Serait-elle psychanalyste ?

– Vous n'avez jamais senti la main de Dieu dans la vôtre ?

Elle pose sur moi un œil inquisiteur.

– Non. Mais j'ai pensé que j'avais de la chance.

– Peut-être Dieu a-t-il voulu que vous apportiez du bonheur à ces gens ? Peut-être bien…

Elle sourit.

Elle répond plus évasivement à mes propres questions. Je ne suis pas indiscrète, mais elle reste sur ses gardes. Impossible de savoir si elle est en vacances. C'est pourtant le genre de choses qui servent à démarrer une conversation. Notre petite équation est déséquilibrée. Je finis par être très directe :

– Vous faites quoi dans la vie ?

– Je suis une… sorte de conférencière.

– Sur quel type de sujets ?

Silence. Elle regarde par le hublot. Vraiment pas loquace.

– Je suis membre d'une fondation. Nous essayons d'aider les communautés les plus défavorisées.

Vague. Voyant que je l'interroge du regard, elle fronce les sourcils.

– Nous avons une mission d'éducation dans les orphelinats et les églises.

– Ah, une fondation religieuse ? Quelle religion pratiquez-vous ?

Je suppose qu'elle est presbytérienne, ou méthodiste, pleine de bonne volonté et de bonnes œuvres – caritatives, si elle est catholique.

– Je sais que ça peut paraître étrange, mais j'ai la sensation intime de ce que vous êtes. Je vais vous décrire mon parcours.

Voilà ce qu'elle m'apprend : sa décision de se convertir l'a étonnée la première. Elle a ensuite adopté dix enfants de différents pays. Elle travaille en Afrique et en Russie. Son mari, un avocat très en vue, a eu la révélation à son tour, et il l'assiste maintenant dans ses missions. On nous sert à dîner et la conversation se poursuit.

– Vous n'avez sans doute jamais rencontré quelqu'un qui, comme moi, entend la voix de Dieu ?

– Je ne crois pas. Vous *entendez* la voix de Dieu ?

Oh, *mamma mia*, pensé-je.

– Oui. Il me parle à l'instant même. Il me parle tout le temps.

– À quoi ressemble-t-elle, cette voix ?

Ne s'exprimerait-elle pas par métaphores, en laissant de côté un assez gros *c'est comme si* ?

Elle rit.

– Il lui arrive d'être drôle. Nous dansons quelquefois. Il me parle de vous. Mais n'allez pas imaginer que je suis une voyante dans une boutique avec une enseigne au néon !

Sarcastique, je lui demanderais volontiers si Dieu est un bon cavalier, s'il aime danser la rumba ? Je m'abstiens. Pour quelqu'un qui, comme moi, est à la fois sceptique et attiré par diverses formes de spiritualité, c'est un supplice de rencontrer un être à qui le Saint-Esprit rend visite si régulièrement. On doit se sentir comme un chaton qui miaule, puis la grande maman-chat vous attrape par le cou pour vous mettre à l'abri. Je suis prête à tout mais, en ce qui me concerne, je n'ai jamais eu l'impression que, là-bas dans le néant, quoi que ce soit puisse s'intéresser à un seul de mes cheveux ou aux plumes des moineaux.

— Si Dieu vous parle de moi, j'aimerais savoir ce qu'il vous dit. Jusqu'à ce soir, il ne m'a jamais donné de ses nouvelles.

Où est l'hôtesse ? J'aimerais aussi un grand verre de vin. Ça devient surréaliste. Je vole à dix mille mètres au-dessus de la terre ferme, en compagnie d'une femme qui valse avec le bon Dieu.

— Eh bien, il dit que vous avez le don divin de l'humilité, par exemple. Comment faites-vous ? C'est tellement rare.

— C'est peut-être par manque d'assurance !

— Non, j'ai vu ça une fois chez un homme – le prêtre que j'ai consulté quand j'ai ressenti le besoin de prophétiser.

Ouah ! De prophétiser ?

— Oh, vous êtes prophète ?

Ce que je relève nonchalamment, comme on dirait : *Oh, vous êtes de Memphis.*

Elle regarde par le hublot. Soupire. Je vois qu'elle va faire l'effort de s'expliquer.

— Je sais que ça a l'air bizarre. Et pourtant c'est *si* simple. J'attends simplement d'être en mesure de parler. J'attends Dieu. Parfois, ça n'est rien que des bruits.

— Glossolalie ?

Elle hoche la tête. Je poursuis :

– J'ai déjà vu ça. Avec quelques amis, on se mettait devant les fenêtres pour regarder les rituels des Églises fondamentalistes, au fin fond de la Georgie, avec les serpents et le reste.

Je ne dis pas que ces gens-là se contorsionnaient par terre en bavant. Ni que, morts de peur, nous fichions le camp en courant. Avec son tailleur Dana Buchman et ses cheveux bien coiffés, ma voisine a l'air aussi saine d'esprit que le pilote dans le cockpit.

– Vous avez entendu parler du Mouvement charismatique ? Il a ses prophètes. Et c'est ma vocation. Je savais que, dans cet avion, il y aurait quelqu'un à côté de moi qui changerait ma vie. J'ai toujours voulu écrire. Je comprends maintenant comment *vous* vous y prenez et ça me permettra d'essayer. Dieu m'a fait asseoir près de vous. Et il dit que l'écriture est pour vous une chose sacrée.

Totalement fascinant. Voici quelqu'un qui entend la voix de Dieu, qui en plus parle la langue des anges, et sait en outre qui vient à sa rencontre. J'aime bien entendre que, selon le créateur, l'écriture serait pour moi sacrée. Personne ne m'a jamais dépeint quelle relation j'entretiens avec l'écrit. J'ai eu droit à plein de choses pour ce qui est des mots eux-mêmes, mais rien en ce qui concerne ma vocation. Des turbulences commencent à secouer les coffres à bagages. J'ai déjà souvent peur en avion, et je me demande maintenant si ma voisine n'est pas l'ange qui m'accompagnera dans l'au-delà, après une chute en spirale dans l'Atlantique. Mais le signal ATTACHEZ VOS CEINTURES s'éteint bientôt, et notre long trajet se poursuit sans encombre au-dessus des eaux noires. Elles prennent une teinte de plomb avant d'être veinées de marbrures argent clair.

Comme nous amorçons notre descente sur Paris, ma voisine déclare :

– Je ne fais jamais ça. Je n'aime pas galvauder mes dons, mais je vais vous révéler une chose. Vous voyagez avec trois anges. Le premier subvient à vos besoins, le deuxième vous protège, et le troisième, je ne sais pas.

– Oh non, dis-je, aussitôt pessimiste. L'ange de la mort.

Elle rit.

– Dieu m'apprend que vous êtes toujours fataliste. Le troisième ange ne peut vous apporter que du bien.

Peut-être est-ce le décalage horaire, ou la pressurisation, voire le manque de sommeil, toujours est-il que je ferme les yeux de bon gré et que j'essaie de ressentir la présence des trois anges. Au fond de moi, je suis émue, parce que, le jour où j'ai acheté ma maison en Italie, j'ai rêvé qu'elle contenait *cent* anges, et que j'allais les découvrir les uns après les autres. Ce qui, métaphoriquement, s'est vérifié. À l'orée de nouveaux et longs voyages, voici qu'une inconnue m'offre trois séraphins pour compagnie. Je n'y crois pas une seconde, mais je ne peux nier que je suis touchée.

Je lui fais une liste des livres dont je lui ai parlé, et je lui donne une carte de visite avec seulement mon nom. Je pense à y inscrire mon adresse, mais je me ravise. Si elle veut reprendre contact, Dieu lui indiquera le chemin.

Madrid. Nos correspondances concordent parfaitement. Ed m'attend à la réception des bagages. Il a l'air abattu – il arrive avec une sinusite. L'atterrissage, les différences de pression n'ont rien arrangé. Je pose une main sur son front. Il est brûlant et moite.

– J'avais déjà la fièvre en quittant Bramasole, mais j'étais absolument décidé à partir. Il le fallait – tu serais là à m'attendre. Ensuite à Rome, à l'enregistrement, je me suis aperçu que j'avais oublié mon passeport. Je me serais écroulé sur le premier chariot à bagages. L'idée de refaire deux heures de route jusqu'à Cortona, et autant dans l'autre sens… C'est Georgio qui m'a accompagné à l'aéroport. J'ai demandé quand partait le prochain vol, c'était trois heures plus tard. Je ne savais plus quoi faire. Et puis – je ne sais pas pourquoi – la fille me tend un papier à signer. Et elle me dit : « Vous prenez ce vol. »

– Tu veux dire… Tu es sorti… D'Italie… Sans passeport ?

Stupéfaite, je n'arrive pas à prononcer ma phrase d'un trait. Cela paraît impossible, mais Ed est bien là, avec son regard droit, ravi d'avoir joué à saute-frontières. Nous attendons ma valise – elles sont de moins en moins nombreuses sur le tapis roulant.

– C'est un peu effrayant, non ?

– Après le 11-Septembre, on laisse encore des gens embarquer sans papiers.

– C'est peut-être parce que je porte un costume italien. Il y avait un autre gars, mal fagoté, qui essayait de prendre le même vol, mais lui, ils ne l'ont pas laissé.

Sans aucun doute, ma valise s'est perdue quelque part entre San Francisco et Paris. Je ne trouve plus l'enveloppe avec le code-barres collé dessus. Diantre, où est cet ange qui doit subvenir à tous mes besoins ? J'ai vingt heures de voyage dans les jambes. Nous faisons la queue avec une douzaine d'autres personnes. Comme j'ai changé de compagnie aérienne à Paris, l'employée d'Air France fait la moue et m'explique qu'elle n'est pas responsable si mes bagages sont égarés. De plus, je ne peux pas lui fournir la preuve que je les ai enregistrés. Un gros Espagnol avec une moustache de Zapata prend mon parti, et deux jeunes Australiens se mettent à scander :

– Air Chance, Air Chance !

Finalement, Mademoiselle Cool se décide à noter le numéro de téléphone de mon hôtel et à lancer des recherches. Quand notre taxi quitte l'aéroport sur les chapeaux de roue, Ed fait ce commentaire :

– Ce n'est pas pour rien que *travel*[1] et travail ont la même étymologie.

La pluie qui tombe sur les immeubles gris-beige a l'air noire de suie. Le chauffeur s'engage brusquement

---

1. *Travel* : verbe (voyager) et substantif (voyage).

dans un rond-point qui contourne une énorme fontaine ; puis nous longeons une esplanade bordée d'arbres, où se succèdent d'immenses buildings. Ah, Madrid. Même floue sous la pluie, l'enseigne de l'hôtel a un air joyeux de bienvenue. Nous trouvons dans notre chambre le *cava* bien frais – un crémant espagnol – que Lina, une amie italienne plus qu'attentionnée, nous a fait livrer.

Ed s'effondre au lit après s'être bourré d'antihistaminiques. Je débouche le cava, je me sers un verre, je vide dans la baignoire les deux flacons de bain moussant, et je m'immerge. Les Espagnols dînant tard, nous avions prévu de partir à l'aventure vers dix heures trente, mais nous sommes épuisés, et donc ce sera room-service. Ed a la tête qui tourne. À onze heures, se produit un miracle – ma valise est mouillée, sale, mais elle est bien là. Je veux un vrai dîner pour me consoler. Mais mon premier repas espagnol sera un spaghetti bolognaise. Je m'enfonce dans les oreillers de plume et j'ouvre *Un hiver à Majorque* :

> « [...] le vent pleurait dans le ravin, la pluie battait nos vitres, la voix du tonnerre perçait nos épaisses murailles et venait jeter sa note lugubre au milieu des rires et des jeux des enfants. Les aigles et les vautours, enhardis par le brouillard, venaient dévorer nos pauvres passereaux jusque sur le grenadier qui remplissait ma fenêtre. La mer furieuse retenait les embarcations dans les ports ; nous nous sentions prisonniers, loin de tout secours éclairé et de toute sympathie efficace. »

Lisant George Sand qui décrit un hiver épouvantable, passé à Majorque avec Frédéric Chopin, je me languis de la Californie, où les collines se parent de vert après les pluies d'hiver, où les jonquilles dessinent leurs trompettes jaunes au milieu de l'herbe neuve. Appelle ça une arrivée malheureuse, Janus. Les mots immortels de Scarlet me rappellent toutefois que demain est un autre jour.

J'éteins la lumière et j'invite Madrid dans mes rêves.

Madrid par un mardi vivifiant de janvier. Le vent a purifié l'air. Sortie de bonne heure, je m'arrête prendre un beignet sucré – *churro* –, courte boucle de pâte, parfait pour tremper dans un chocolat chaud par un matin d'hiver. Ed adorerait ça, s'il n'était pas au lit avec la gorge en feu, et cette sinusite qui le serre comme un étau. Je contourne la fontaine de Neptune, et ensuite direction plaza Mayor. Une ruelle latérale m'intrigue davantage que la rue commerciale – très grande ville – où je me trouve, et donc je m'y engage et déambule bientôt entre les petits cafés, les bodegas et les épiceries. Sept degrés. Le ciel *a l'air* plus froid qu'il ne fait. Ou peut-être est-ce le quartier qui me réchauffe. Dans la vitrine de la Santeria La Milagrosa, je vois un autel noir, de petits sacs de poudre, des peaux de serpent, des géodes, des ceintures. Une boutique de gris-gris. Merveilleux ! J'entre et je sens ces étranges arômes de cire, de poudres, de racines. Il y a des tarots, des conques, des objets de sorcellerie, des statuettes et des aiguilles spéciales pour malmener celles-ci. J'achète des savons qui conjurent le mauvais œil, et un cierge votif à allumer pour qu'Ed guérisse plus vite. Dans la série bougies, il y a aussi un grand pénis rose et un dollar. Je trouve tout ce qu'il faut pour appeler ce que je désire et repousser le reste. Des remèdes à tous mes maux, même de quoi faire taire les ragots.

Dans un café de la splendide plaza Mayor, je commande un beignet, un des fameux *buñuelos de viento* – bouffées de vent – et je prends *El País*, un journal de Madrid, l'accessoire idéal pour se fondre dans les lieux. Il me reste quelques souvenirs d'un séjour linguistique à San Miguel de Allende. Des bribes qui m'aident à comprendre que Camilo José Cela a disparu hier, à l'âge de quatre-vingt-cinq ans. J'ai lu avant de partir *Voyage en Alcarria*, ainsi que, il y a des années, *La Famille de Pascal Duarte*, *La Ruche*, et plusieurs nouvelles. Le journal cite les œuvres poétiques, dramatiques, et de nombreux autres romans. Un vrai animal littéraire qui s'est essayé à tous les genres. Homme de contradictions, il fut un soldat du franquisme avant de devenir par la suite violemment antifasciste. Cassant, prolifique, curieux, jouisseur, il a tiré l'espagnol loin de ses racines lyriques, pour toucher à un réalisme sombre et brutal. Il a mené une vie tumultueuse. Il a abandonné son épouse – après trente ans de mariage – pour filer avec une jeune femme. Son fils unique s'est détourné de lui. Il était en procès à l'heure de sa mort, mais je n'arrive pas à déchiffrer pourquoi. Curieux de penser qu'il était en train de mourir quand nous avons atterri. Ses derniers mots – éclair de conscience sur la fin – furent pour son épouse : « Je t'aime, Marina. » Plus étonnant, il a ajouté ensuite : « *Viva* Iria Flavia », la petite ville de Galice où il est né, où un Anglais est arrivé en 1880 pour construire le chemin de fer. Un Anglais qui deviendrait le grand-père de Don Camilo José Manuel Juan Ramón Francisco de Jerónimo Cela Trulock, dit Camilo José Cela. Avec ce *Trulock*, bien anglo-saxon, qui détonne, accroché au bout…

Ses ultimes pensées sont donc allées au lieu de ses origines, la région qui l'a façonné. J'ai cuit au soleil de Georgie, entre l'argile rouge et l'eau noire des marais, et j'entretiens moi aussi un rapport métabolique avec mes racines. Je n'ai jamais prononcé ce nom à voix haute, et je le fais maintenant. *θé-la*. Le *c* espagnol étant un thêta.

Quand je rentre avant l'heure du déjeuner, Ed s'est levé. Calé devant la fenêtre, il regarde la rue avec envie.

– Le Prado, murmure-t-il. Nous sommes à Madrid, je veux aller au Prado.

J'entends bientôt le bruit de la douche et le bourdonnement du rasoir électrique. Ed est un homme neuf lorsqu'il émerge de la salle de bains dans son costume noir de voyageur *senza passaporta*. Nous mangeons un morceau en vitesse en bas, sous la coupole vitrée près de la réception, parmi des Madrilènes tirés à quatre épingles. Le verre jaune adoucit la lumière dure de janvier et la diffuse, fluide et translucide comme du *vino blanco*. Le soleil de midi révèle les supports et les contreforts de bois, derrière les panneaux vitrés, les fleurs et les feuilles. La structure me dérange un peu et j'aurais préféré ne pas la remarquer. Quant à lui, Ed regarde sans la manger sa *tortilla de verdura*, sauce à l'ail. Il pousse son assiette vers moi qui meurs de faim après avoir marché toute la matinée. Je dévore la sienne et la mienne pendant qu'il boit de l'eau tiède.

– Tu es sûr que tu veux sortir ?

– C'est de l'autre côté de la rue. *Vámonos.*

Pauvre Velásquez. Tous ces portraits de la famille royale. D'affreuses têtes de gangsters. N'aurait-il pas préféré peindre des crocus ? Au lieu d'ausculter l'œil chassieux des Habsbourg ? Je l'imagine cherchant une teinte puce pour arrondir les joues grumeleuses des Bourbons. Je suis sûre qu'il s'est efforcé de les flatter. Je repense à Camilo José Cela, disparu hier. Son réalisme sévère a été qualifié de *tremendismo*, lequel *tremendismo*, d'après ce qu'enseigne la critique littéraire, est tout le contraire du lyrisme espagnol. Quand son fils devient vraiment « trop », une amie de Cortona aime à répéter : « Andrea est *tremendo*. » Sérieux, tenace, surmené, entêté.

La Ruche, de Cela, décrit la vie de nombreux personnages acculés à la misère par le franquisme, et condamne celui-ci. Quoi de plus zélé qu'un converti ? En voyant ces peintres torturés, j'ai l'impression qu'il n'a fait que suivre leurs instructions – le réalisme exagéré du Greco, les regards profonds et solitaires des portraits de Goya, toutes ces teintes noires et grises. À quelques générations près, ce sont les caractères de Cela. D'autres contraintes esthétiques sont à l'œuvre dans le *Voyage en Alcarria*, plus proche de la tradition de *Don Quichotte*, roman moderne devenu classique. Son aimable voyageur bat la campagne, fait des rencontres, s'arrête, approfondit, observe sans hâte et repart. Il incarne un état d'esprit, défini par cette épitaphe que Cela souhaitait sur sa tombe : *Ci-gît un homme qui a essayé d'entuber le moins possible ses congénères.* L'épouse délaissée ne sera peut-être pas de cet avis.

Le Prado, qui possède près de neuf mille toiles, n'en expose qu'une fraction. La *Maja* de Goya, allongée nue et langoureuse, ressemble tant à une de mes anciennes camarades d'université que nous lui envoyons la reproduction en carte postale. Nous trouvons une *Annonciation* de notre ami Fra Angelico, qui a vécu treize ans à Cortona. Le même recoin glorieux abrite des œuvres de Titien, de Botticelli, de Raphaël, de Messine et de Mantegna. Puis nous tombons sur le *Jardin des délices* de Jérôme Bosch, et tant d'autres trésors mondiaux, depuis longtemps familiers, mais jamais vus en vrai. Les natures mortes du Prado sont éblouissantes.

J'aimerais toucher le décor brun chocolat devant lequel Zurbaran a peint ses vaisseaux en flammes, et les nuances d'ocre et de gris. Pendant des années, j'ai eu dans ma cuisine de Palo Alto sa *Nature morte avec citrons, oranges et tasse*, toujours dans ce même brun riche. Derrière la fenêtre, de vrais citronniers faisaient écho à la lumière qui se dégageait de ces fruits-là.

S'il passe pour moi assez vite, ce court séjour à Madrid devient insupportable pour Ed. Il se débat tant qu'il peut contre la fièvre jusqu'à ce que, à bout, il soit obligé de retourner se coucher. En bons pèlerins, nous partons quand même au restaurant El Botin, qui a servi tant de célébrités depuis 1725. C'est là que Hemingway a planté Jake et Brett Ashley, leurs Martinis et leur quête de réconfort. Nous imaginons « Papa » en train d'attaquer le cochon de lait – *cochinillo* – que je choisis justement. Ed ne fait que regarder son perdreau aux fèves, en sirotant un demi-verre de vin. Il renonce d'un simple coup d'œil à la carte des desserts. Cette nuit-là, il rêve qu'il se tapit dans un terrier, pendant que des balles sifflent au-dessus de sa tête. *Le soleil se lève aussi* a dû ouvrir les pages de son sommeil.

Visiter la capitale d'un pays est souvent la meilleure introduction à celui-ci. Dès les premiers jours, je me réjouis d'aller au Musée archéologique national, trésor de la monarchie ibérique. Comme nous regardons les collections d'Égypte, Ed remarque :

– Il y a des milliards d'antiquités égyptiennes dans les musées du monde entier. Voilà une civilisation qui n'a pas perdu un scarabée.

Le musée me rappelle que, si l'Espagne a étendu ses tentacules au-delà du monde méditerranéen, elle a également des racines romaines. Les Wisigoths l'ont envahie, puis ce sont les Maures qui, en 756, finissent par dominer le pays pour plusieurs siècles d'or. Ils seront suivis ultérieurement par les Bourbons et les Habsbourg. Des strates et des strates se mêlent, se répondent, tandis que nous passons de salle en salle, et d'une période à l'autre.

Une statue fabuleuse de la deuxième femme d'Auguste a été trouvée à Paestum, dans le Magna Graecia (le sud de l'Italie). Majestueuse comme les colonnes des temples grecs. J'aimerais avoir une grande photo de cette mosaïque des astres, des saisons et des religions, romaine également, et de ce puits avec la naissance d'Athéna en bas-relief. Là un coffret ouvert de bijoux anciens, sophistiqués, en or ; des bols en or également, objets rituels d'un culte solaire de l'âge du bronze ; le petit pot en *marfil*, ivoire, joliment décoré, avec un couvercle, date du Xe siècle et provient de Cordoue – quel raffinement. C'était un présent du calife à sa favorite, dénommée Subh – Aube. Elle devait être adorée, même adulée. De minuscules cerfs, paons, et vignes sont délicatement sculptés sur la surface. Je suis surtout épatée par une série de onze objets d'art wisigoths. J'imagine des hordes de barbares qui s'abattent sur l'Italie, la France et l'Espagne pendant l'effritement de l'Empire romain. Ces merveilles, couronnes et croix *d'oro y pedrería* – or et pierres semi-précieuses –, révèlent que ces peuples germaniques étaient des artistes de haute volée.

On remarque dès le néolithique, puis à travers l'âge du bronze et les périodes successives de la préhistoire, un talent certain dans la conception des couteaux, vases, pierres tombales, et autres objets plus ou moins liés à la vie quotidienne. Cet instinct d'inscrire la beauté – là où on va tirer l'eau, où on range son safran, où on se promène – est inhérent à l'existence. Il l'a été et le sera toujours. Nous ne pouvons quitter cet endroit, où de si beaux vestiges sont conservés, qu'avec un sentiment de joie renouvelée.

Le point culminant de ces journées madrilènes sera pour nous – le choix est facile – une matinée passée au musée Thyssen-Bornemisza. J'ai trouvé là, grossie par l'effet de surprise, une des plus fortes émotions artistiques de ma vie. Trois étages d'œuvres absolument splendides, méticuleusement assemblées et conservées, dans un *palacio*. Je demande au taxi du retour :

– Qui a créé ce musée ?

– Des gens qui ont trop d'argent, répond-il.

Quel cadeau, dans ce cas ! Il y a Piero della Francesca, issu lui aussi de notre coin d'Italie, avec un portrait d'un garçon blond, de profil sur fond sombre. Il y a la sublime gravure *Adam et Ève* de Dürer, la *Madone* de Cranach, de conception très méditerranéenne, avec un palmier à sa droite.

L'enfant prêt à mordre dans une grappe de raisin. Est-ce le seul tableau représentant Jésus-Christ en train de manger des aliments solides ? Je me rappelle l'avoir vu tenir des oranges, mais jamais rien avaler. Et il y a ce Raphaël sensationnel, le portrait d'un jeune homme, prêt, croirait-on, à vous adresser la parole. Puis le Caravage, De Hooch, Memling, Bellini, et encore et encore. À cause de sa petite taille, on raterait facilement la *Madone à l'Arbre-Sec* de Petrus Christus, un peintre de Bruges du XVᵉ siècle. Dans sa robe rouge sang-de-Jésus, Marie se trouve au milieu d'un lacis de branches nues qui ressemblent à une couronne d'épines, sur lesquelles la lettre *a* est accrochée quinze fois. Nous restons là devant, à essayer de saisir l'esprit du peintre. Nous lisons dans le guide du musée que ces *a* symbolisent des *Ave Maria*. Pourquoi quinze ? Pourquoi Christus a-t-il placé sa Vierge dans un arbre, comme un oiseau sauvage ? Ses paupières sont des demi-lunes, l'enfant a des traits délicats, et elle le porte avec tendresse, en évaluant nonchalamment la largeur de son pied entre le pouce et l'index. Un sacré mystère s'en dégage.

Nous sommes infatigables. Chaque salle me remplit d'étonnement et d'énergie nouvelle. Nous déambulons entre les tableaux comme parmi les invités d'une fête. Nous rencontrons des inconnus que nous aimons aussitôt. Ravis de faire votre connaissance, Pierfrancesco di Giacomo Foschi. Et *gracias* pour le portrait de cette Florentine du XVIᵉ siècle. J'aime bien son air affolé *(j'ai perdu celui que j'aimais dans cette saleté de guerre,* ou bien : *où est-ce que j'ai encore fichu les clés de la maison* ?). Et les plis nobles de ses manches bouffantes, rose saumon, l'index bagué qui maintient le petit livre à la bonne page. Nos compliments aussi à Giovanni Antonio Boltraffio. Cet heureux homme a bien assimilé les leçons de son maître, Léonard de Vinci. La femme dépeinte est sainte Lucie. Son regard d'amande, son teint crémeux de pêche sont si plaisants qu'il faut un moment pour remarquer le troisième œil qu'elle tient au bout d'une broche, en bas à gauche. Car c'est bien sainte Lucie, toujours représentée avec de beaux yeux, pour rappeler à qui la regarde qu'elle fut martyre et qu'on les lui a arrachés.

J'ai envie de faire quelques pas de danse en arrivant devant le *Portrait de Giovanna Tornabuoni* de Ghirlandaio – un bonheur. La beauté de cette jeune femme, assise devant un fond obscur, resplendit avec une telle luminosité que son corps semble éclairé de l'intérieur. C'est ainsi qu'elle a dû paraître à Domenico Ghirlandaio car, peinte derrière elle, se trouve une épigramme du poète romain Martial, ainsi traduisible : « Si j'avais pu, ô Art, peindre la personnalité et la vertu de cette femme assise, il ne serait plus beau tableau au monde. » Ses boucles sinueuses et son chignon natté adoucissent un profil ciselé, et les étoffes qui composent sa robe comptaient certainement parmi les plus somptueuses de la Renaissance. Quel pur plaisir cela dut être pour Ghirlandaio de reproduire ces motifs et ces brillances pour glorifier la grâce de la Giovanna. Je trouve tout aussi irrésistible le portrait en pied de Santa Casilda, de Zurbarán. Brune beauté espagnole aux cheveux noués d'un fin ruban rouge, elle resplendit dans cette robe cramoisie, bordée de bijoux, qu'elle lève sur le devant pour faire un pas. Elle donne l'impression de s'être arrêtée un instant, et de tourner la tête pour regarder quelqu'un qui vient de lui parler. J'ai bien de la chance d'être ce quelqu'un qui, attiré par son regard, s'est approché d'elle. Elle aussi fut martyre. On l'a prise un jour sur le fait en train de donner du pain aux chrétiens, et le pain – miracle – s'est transformé en fleurs. Valait-il mieux donner des fleurs qu'à manger ? Je me demande si les fleurs blanches et stylisées de sa jupe ne symbolisent pas son martyre ? Les portraits de cet autre musée compensent merveilleusement les austères visages du Prado, aux nez bouffis et à la peau grisâtre.

Les paysages, la superbe collection des peintres d'Europe du Nord, les natures mortes, les impressionnistes… Je n'aurais pas assez de trois matinées ici. La partie consacrée au XXe siècle éclipse la plupart des collections des musées américains. Il va me falloir ajouter Madrid à la liste des endroits où je veux revenir souvent. Nous achetons le gros livre du Thyssen-Bornemisza. Il pèse deux kilos sinon plus, mais l'idée de partir sans lui était insupportable.

Tard le soir, après une sieste à une drôle d'heure – sept à neuf –, nous ressortons en quête d'un endroit pour dîner. Nous reviendrons à l'hôtel après minuit, en nous traînant alors que les Espagnols sont en pleine forme. Le célèbre *cocido madrileño*, repas complet composé de soupe, de pois chiches et de plusieurs viandes bouillies servies séparément, a certainement de quoi réchauffer les nuits noires de l'hiver. Une fois rentrés dans notre chambre, nous nous jetons dans ses Heavenly Beds [1] (on nous propose d'ailleurs d'en acheter de semblables). Ed s'endort sur ses antihistaminiques, moi sur une biographie de Lorca, ses poèmes, ainsi qu'une pile de livres d'art et d'histoire.

Nous sommes venus en Espagne pour découvrir lentement l'Andalousie, et aussi intimement qu'un étranger le peut. Une idée qui remonte à loin chez moi. À l'âge de treize ans, je m'étais abonnée à un club de disques 33-tours, qui m'a envoyé par erreur le *Boléro* de Ravel. Écoutant celui-ci en boucle – mon premier morceau de « classique » –, je m'imaginais, cape au vent mais capuche baissée, galopant à travers les plaines andalouses sur un Appaloosa, les mains serrées sur la crinière. Mon corps imprimait les mouvements du cheval, et le vent répondait à ceux du *Boléro*. La musique de Ravel sera pour toujours liée au souvenir de la coiffeuse de mes grandes sœurs, à leurs brosses en argent, leurs flacons de parfum, ce miroir dans lequel je me sentais si différente de la petite fille du Sud qui me regardait timidement. Des années plus

1. « Lits de paradis. »

tard, mon premier mari et moi habitions la résidence universitaire de Princeton. C'est là qu'un étudiant romantique du Nicaragua, Carlos du Bon, m'a lu Lorca à l'ombre des arbres. Pendant ce temps, nos jeunes enfants jouaient avec des tortues d'eau douce qu'ils avaient trouvées dans les herbes. Difficile de rendre compte de tels moments. Vêtu d'un bon costume italien, Carlos était adossé à un tronc, cravate desserrée et jambes croisées. Ses cheveux noirs comme du pétrole brut, sa latinité essentielle, son doux parfum étourdissant... et les mots de Lorca convoyaient l'image d'un monde étranger, littéraire, sophistiqué, aux nombreuses facettes. *Vert c'est toi que j'aime vert...* Je n'étais pas mariée depuis longtemps. J'aimais mon mari, beau garçon, brillant et, comme moi, originaire du Sud. Mais j'étais subjuguée par les dents blanches de Carlos, qui avait étudié à la Sorbonne, à El Escorial en Espagne, qui parlait italien, français, allemand, anglais et, bien sûr, l'espagnol de son pays. Glissant sur les vers de Lorca, sa bouche m'emportait malgré moi vers des territoires sans loi dont je ne savais rien. Aujourd'hui encore, je me demande si sa peau avait bien l'odeur des tropiques, mangue, sel et citron vert – ou s'il s'aspergeait d'eau de Cologne. Je revois ses doigts bruns sur le livre, son regard vif quand il relevait la tête. *Vent vert. Vertes branches... Vert et je te veux vert...*

Demain, nous prenons pour Séville un train à grande vitesse.

Nous traversons une place en direction d'un bar à tapas – nous voulons essayer ça – lorsqu'une dame âgée, en jupe et blazer comme il faut, vient à notre rencontre et s'excuse de nous déranger. Vraiment pas de chance, elle a perdu son sac la nuit dernière, juste à son arrivée ici. Elle doit passer ses vacances en Espagne chez des amis. Ceux-ci ne rentrent que demain soir de Tunisie, où ils ont été retardés.

– J'ai la clef de leur appartement, mais malheureusement ni argent ni rien à manger. Ils sont partis depuis deux semaines, et ils n'ont laissé chez eux que deux oranges. Pourriez-vous m'aider ? Vous avez l'air tellement sympathiques. Je suis horriblement gênée de demander.

Ed sort son portefeuille et lui donne dix euros. Elle nous remercie dignement et nous reprenons notre chemin. En effet, c'est terrible de ne plus avoir ni argent ni cartes de crédit. Nous cherchons le bar à tapas dont nous avons noté le nom sur une enveloppe. Plus tard, nous apercevrons notre Anglaise, qui ne semble pas nous reconnaître.

Nous avons trouvé notre hôtel à midi, où ils ont eu la gentillesse d'appeler un médecin. Celui-ci est monté dans la chambre et nous a délivré deux ordonnances, une pour la sinusite de mon mari, et une pour moi au cas où je l'attraperais aussi. À la pharmacie, on a tout de suite donné un verre d'eau à Ed pour qu'il prenne ses médicaments. Quelques heures plus tard, il sent l'énergie rejaillir dans ses veines.

– Demain je suis guéri, annonce-t-il. Bizarre comme on se laisse démonter lorsqu'il arrive quelque chose en voyage. Une carte Visa perdue, une ampoule au pied, des bagages qui disparaissent… On oublie qu'on est arrivé, alors qu'on voulait voir cet endroit-là depuis toujours.

Quand nous entrons enfin dans le bar à tapas, il a retrouvé son enthousiasme et il en commande tellement que nous ne ressortirons pas dîner. Il va falloir s'habituer au rythme espagnol : *tapeo* (la tournée des bars à tapas), puis le repas du soir, jamais avant dix heures. J'aime bien. Dans un menu, les hors-d'œuvre me tentent toujours plus que les plats principaux. Nous goûtons des pommes de terre au jambon sous une mayonnaise pimentée, des anchois marinés, des morceaux de filet de porc accompagnés d'une sauce au poivre vert, des épinards au bacon et aux noix, de la friture de différents poissons, le tout servi dans des soucoupes. Le vin blanc ressemble au xérès. Le garçon m'explique que cela vient des *barrique de Jerez* dans lesquelles on le fait vieillir. Je lui demande ensuite quelque chose d'un autre tonneau, et le muga qu'il apporte, un rioja blanc, léger et parfumé, s'accorde merveilleusement au *torta del casar*, un fromage clair, assez mou pour le manger à la cuiller. Si nous n'avons plus faim du tout, nous ne nous sentons pas vraiment satisfaits. On a dîné ou pas ? Ce soir, nous sommes trop las pour nous en soucier.

Nous nous affalons dans notre grand lit du Don Alfonso XIII, sans penser à l'heure du réveil ni à ce que nous ferons après. Toujours fatiguée à la maison, je suis en outre surchargée d'obligations. En général, le lendemain ne promet que ça. Mais *en roue libre*, quelque part dans le monde avec une petite valise bien remplie et un carnet… Alors, je traite la fatigue par des bains chauds et je tire les rideaux aux premières lueurs. Le téléphone est là au cas où on voudrait demander quelque chose à la cuisine, et le lendemain a l'attrait charmant d'une ville étrangère, prête à révéler des plaisirs insoupçonnés.

Nous commençons tôt. Les deux syllabes de Séville en prennent ici trois – *Sevilla* –, qui s'élèvent et retombent, musicales comme l'eau des fontaines aperçues hier soir dans les cours vertes et fleuries. Notre hôtel est à deux pas de la manufacture des tabacs, où Prosper Mérimée a planté le décor de *Carmen*. L'opéra composé par Bizet est aujourd'hui le chéri des stations de musique classique du monde entier. Il faut croire que les cigares roulés-sur-cuisses par les *señoritas* ont enflammé l'imagination érotique des fumeurs du XIXe siècle. J'aime voir l'art placer dans le réel des personnages et des événements imaginaires, de sorte que le lieu fasse lui aussi partie de l'œuvre. Carmen illumine cet endroit d'un charisme sexuel. Un endroit en lui-même fantastique. Qui a fait les plans de cette fabrique, avec ses arcades, cours et fontaines, ses chapelles et jardins ? Les oranges poussent sur les arbres, non pas une par une comme chez nous, mais en grappes – des *grappoli* de raisin. Une fois passé le portail, cintré, en pierre, je me sens en terrain familier. Évidemment – ce bâtiment, le deuxième d'Espagne par sa taille, héberge l'université de Séville. Vélos, pantalons de survêt', T-shirts étriqués, cheveux en bataille, affichage politique, fumée de cigarette – cela pourrait être la maison des étudiants de la fac de San Francisco, sauf que l'architecture est ici grandiose. Nous en faisons le tour et trouvons le Guadalquivir. Je ne me rappelle qu'une phrase, au hasard des lettres du poète nicaraguayen qui me lisait Lorca : *un ciel pur et la lumière sur l'eau.* Elle me revient à l'esprit dans sa simplicité. La perspective de la ville et du fleuve ressemble à une photographie d'un autre temps – la silhouette intemporelle du dôme, la dentelure de la cathédrale, le minaret et la tour qui se dressent entre l'eau et le ciel strié d'étain, d'argent et de nacre.

Nous nous arrêtons à une *churrería* sur le pont Isabella. De grands rouleaux de pâte dansent dans la friture. Les hommes les retournent à l'aide de longues baguettes, puis les retirent et nous les tendent, enveloppés d'une serviette en papier, avec le chocolat dans un petit gobelet en carton. Comment fait-on pour les manger entiers ? Ils sont énormes. Depuis le milieu du pont, l'endroit idéal pour se bourrer de *churros* et dévisager Séville, nous distinguons de nombreux clochers, des fragments de vieux remparts, des cafés condamnés, cernés d'orangers. L'été doit être un enchantement sur les berges du fleuve, mais l'hiver y est déjà splendide. Séville paraît bien plus chaleureuse que Madrid. Vive, fraîche, jamais glacée. Nous enlevons bientôt nos manteaux. De grands coups de pinceau étirent les nuages dans un ciel devenu céruléen.

Les rues sont très vivantes dans le quartier de Triana. Nous nous entassons dans une boutique qui vend de l'huile d'olive en vrac, et une quinzaine de variétés d'olives. Dans une autre plus loin, spécialisée dans les jambons, la passion nationale : *serrano* ici, *ibérico* ailleurs. Les jambons sont suspendus entiers, au plafond, par le sabot. Les gobelets accrochés dessous servent à récolter la graisse qui suinte. La peau ressemble à un vieux cuir de selle, mais la chair est une tranche d'orange sanguine. On nous donne un morceau de l'*ibérico*, cochon noir, puis du *serrano*, le cousin blanc. Le premier est épais, fibreux, et terriblement parfumé. Les deux ont un goût sauvage, puissant, très différent du *prosciutto*, de la branche italienne, plus raffinée. Les Espagnols adorent leur *jamón*, et chaque province élève sa propre espèce de porc. Certains sont maintenus à l'état sauvage, d'autres nourris exclusivement de glands, certains encore sont des croisements, et il y a des jambons qu'on fume plus longtemps que d'autres. Complexe, l'univers du cochon. Nous emportons des tranches d'un *ibérico de Bellota*. Un animal nourri essentiellement de glands, et dont le goût est des plus estimés.

Nous débouchons dans une rue aux boutiques débordant de peignes à mantilles, de roses en plastique, de boucles d'oreilles en corail, de castagnettes, de robes de flamenco délirantes dans toutes les tailles. Au besoin, on peut même acheter un étui pour ses castagnettes. Quelle audace, cette robe jaune soufre, moulante, avec des volants ourlés de dentelle blanche, prêts à tourbillonner au-dessus d'un pied frappeur – et les chaussures assorties, typiques avec la bride sur la cambrure. Une autre, à pois rouges, galonnée d'une large tresse noire, irait à une fillette de cinq ou six ans. Elles semblent sorties d'un magazine de poupées de papier – mais, aussi surprenant que cela soit, ce sont de vraies robes. Boutique après boutique de vêtements de flamenco. Il doit y avoir ici des bals, fiestas et défilés où toutes les femmes en portent, car il y en a bien trop pour les seuls caprices des touristes.

Un homme à bicyclette remonte la rue en soufflant dans une flûte qui ressemble à un piccolo. C'est le rémouleur. Une femme s'approche avec un couteau, l'homme cale son vélo sur le trépied, puis il fait pivoter sa selle. Il a deux meules à la place du porte-bagages, qui se mettent en mouvement lorsqu'il actionne les pédales. Le couteau est vite aiguisé, le rémouleur replace sa selle et repart au son de sa mélopée.

– Futé, cet affûteur, dit Ed.

J'ai pris la photo, mais je n'ai pas pu enregistrer la musique.

Ed me montre le dôme d'une église recouvert de faïence, dominé par une tourelle jaune moutarde qui ressemble plus à un minaret qu'au traditionnel clocher. Je suis déjà amoureuse de ces faïences – le portrait baroque de la madone, bleu et blanc sur la maison ocre ; le balcon de fer forgé et la fenêtre en alcôve, bordée de trois rangées de carreaux extravagants ; jusqu'aux numéros des magasins dans les rues, encastrés dans les murs, avec ces motifs travaillés. Même sans ces faïences magnifiques, l'extérieur des maisons est décoré : les pilastres et le tour des fenêtres sont peints de cette vive teinte moutarde, les portes sont vertes, ou d'un beau bois sombre et verni. Sur les balcons et la terrasse d'un appartement, tout en haut, je compte cent vingt-cinq pots de géraniums accrochés aux balustrades. Quel courage ! Ça en fait quatre fois plus que chez nous ! Et vais-je aussi couvrir d'épaisses bougainvillées nos façades exposées au sud ?

Quelques mots nouveaux sont déjà familiers. Les carreaux bleus sont bien sûr des *azulejos*. Non que l'« azur » fût au départ la couleur la plus utilisée – cela vient tout simplement de l'arabe *az-zulayj*, qui veut dire « bouts de mosaïque ». On ne peut rester plus d'un jour à Séville sans entendre parler des Mudéjars : musulmans espagnols, restés après la Reconquête, qui sont devenus chrétiens, ou qui ont fait semblant pour leur sécurité. Il y a un style, un art, un artisanat mudéjars. Levez les yeux jusqu'à en avoir le torticolis, contemplez ces plafonds *artesonados*, à caissons et moulures, qui comptent parmi les plus belles réussites du genre. Ed aime le mot *celosia*, qui qualifie ce qui est ajouré – pierre ou persiennes –, et le *mihrab*, soit la niche d'une mosquée qui indique aux fidèles la direction de La Mecque.

Mais qui étaient ces envahisseurs, les Maures, qui apportèrent leurs arômes, leurs épices, leur science – algèbre, navigation, irrigation –, leur amour de la poésie, de la musique, et leur passion pour le doux son de l'eau qui coule ? Leur nom vient de l'ancienne Mauretania, région du nord de l'Afrique occupée par les Romains. Il a ensuite désigné les Berbères, puis les descendants nés de sang berbère et arabe. Ce sont les Berbères islamisés qui ont, au Moyen Âge, conquis l'Espagne. Certains, voyant une connotation péjorative dans le mot Maure, lui préfèrent celui d'Arabe, ou de Sarrasin dont l'étymologie signifie probablement « oriental, originaire de l'endroit où le soleil se lève ». Mais ces termes sont souvent employés les uns pour les autres ; pendant les Croisades, un musulman était un Sarrasin. D'autres sont arrivés des déserts arabes, souvent via l'Afrique du Nord, pour échapper aux guerres entre les tribus nomades. Les Berbères almoravides et almohades, les Abbassides de Bagdad, la dynastie des Nazaris, et les puissants Omeyyades de Cordoue, originaires de Syrie, furent en Espagne l'équivalent des Medici en Italie. En se mêlant aux Ibères, ces musulmans de diverses origines ont créé un vaste creuset multiculturel, qui a fait de l'Andalousie une torche de lumière dans les âges sombres de l'Europe.

Le nom du café « La Tertulia » est cerné d'un liseré bleu et blanc, puis d'un cadre rouge. Sa porte est aujourd'hui fermée, et je me demande s'il entretient vraiment la tradition. Les *tertulias*, conversations publiques, datent en effet du XVIIIᵉ siècle. J'ai vu à Madrid des annonces pour des discussions littéraires (le vendredi après-midi) – pour la poésie le week-end, la politique une fois par semaine, et même des réunions pour les plus de quatre-vingts ans. L'une d'elles avait pour intitulé « l'imbécile moderne » et, à mon avis, ils n'ont pas fini d'en discuter. Une autre invite tous ceux qui sont « *contra ésto y aquéllo* », contre ceci et cela.

Où faire ses courses à Triana ? Nous le demandons à une femme qui porte deux énormes sacs, où dépassent des bettes rouges. Elle nous indique un bâtiment moderne près du pont. Propret, mastoc, le marché semble au premier abord manquer d'intérêt. Dans leur ensemble, les produits sont standard, importés de partout – poireaux de Hollande, endives sous cellophane, et des autocollants sur les poivrons et sur les fruits. Puis nous remarquons de grandes bassines pleines d'escargots rayés de brun ; des poignées d'asperges sauvages entre les betteraves emballées sous vide ; un plateau de *tagarninas del campo* – petits légumes verts de la campagne. Les brocolis verts qui portent en Italie le nom de *broccolo romano* sont ici des *romanescu*.

J'aimerais pouvoir faire la cuisine, mais ce premier voyage sera une initiation rituelle : tapas, fromages et autres spécialités locales. Nous nous arrêtons déjeuner dans un café au bord du fleuve, près du pont. La grande assiettée de tapas, dénommée *ración*, fera un repas léger et idéal. Nous choisissons le cabillaud aux poivrons grillés, et des croquettes de différents légumes. Attentionné, le garçon nous apporte aussi une *ración* de pommes de terre à l'aïoli, son plat préféré.

Séville est une ville pour les sens. L'air clément de la mi-journée embaume. Sur la plaza del Altozano se trouvent une vieille pharmacie avec azulejos, des bancs aux formes stylisées le long des murs du jardin, et de nombreuses maisons pourvues de *miradores*, littéralement de « points de vue ». Lors d'un voyage au Pérou, j'avais dessiné un de ces balcons fermés et mystérieux, en bois sculpté, un de ces encorbellements d'où l'on peut voir sans être vu. Je les savais inspirés de l'architecture espagnole, et je perçois maintenant l'influence arabe dans l'original – les arcs en fer à cheval, les motifs ajourés dans le bois. Dans une maison musulmane, le *mirador* porte le nom de *mashrabiyya*, ou moucharabieh. Dans la trilogie romanesque de Naguib Mahfouz, qui se déroule au Caire, une jeune musulmane passe la tête au-dehors et brave l'interdit, s'offrant presque en spectacle. Son entêtement précipitera son destin. La place et le rôle du *mirador*, chez des générations entières de musulmanes, pourraient susciter des années de recherche. Certains sont vitrés, d'autres protégés par des rideaux et des plantes. Le principe est toujours d'actualité, sans doute parce que c'est un espace mi-clos, qui protège d'une chaleur et d'une luminosité féroces, tout en garantissant un peu d'intimité si vous avez envie de somnoler avec un bouquin, ou de vous prélasser nue avec une coupe de cerises. Faïence partout – même le dessous des balcons est carrelé.

En traversant le fleuve vers le quartier El Arenal, nous nous arrêtons pour regarder les équipes de kayakistes en T-shirt filer sur le Guadalquivir. Le temps, extraordinaire, se maintient. J'en ai assez de trimballer mon manteau, je le jetterais bien dans l'eau. Je n'arrive pas à croire qu'un paysage aussi serein puisse également être quotidien. Parce que le grand fleuve *al-wad al-Kabir* traverse d'un souffle d'eau les poèmes de Lorca : « Les voix au bord du Guadalquivir… Guadalquivir des étoiles. » Revenant glorieux du Nouveau Monde, chargés de sucre, d'argent et d'autres pillages, les navires espagnols remontaient autrefois cette autoroute à deux voies : « Séville possède une route/pour les bateaux à voiles. »

C'est ici que Cristóbal Colón, né Cristoforo Colombo, a supplié le roi Ferdinand et la reine Isabelle de le soutenir dans son entreprise. Lorsqu'ils lui ont permis de s'entretenir avec les astronomes et les cartographes, ceux-ci, fort sages, ont conclu : « Si la Terre est ronde, vous serez obligé de naviguer par-dessus les montagnes. C'est déjà impossible sous le meilleur des vents, et donc vous ne pourrez

jamais revenir. » Isabelle insistant, Ferdinand a
cédé. C'est aussi en 1492, année indélébile, que le
roi et la reine sont entrés dans Grenade, faisant
main basse sur ses richesses en répandant la bonne
parole. Le journal de Colomb révèle un homme
déterminé, un homme de vision. Il n'a jamais dit
aux marins de la *Niña*, de la *Pinta* et de la *Santa
Maria* quelle distance exactement ils avaient parcourue. Mais cet homme secret a ouvert les portes
de l'inconnu.

Après des semaines et des semaines en mer, les
marins ont senti peu à peu la présence d'une terre :
des herbes qui flottaient à la surface, un crabe, un
bâton sculpté, une branche couverte de baies.
Désespérés, ils étaient prêts à se mutiner. Pendant
ce temps, Colomb écrivait dans son journal que la
mer était douce et calme comme le Guadalquivir.
La nuit arriva enfin où ils repérèrent une côte et
purent mouiller au matin – quelle nuit cela dut
être ! Quelqu'un a-t-il dormi ? Au lever du soleil, ils
ont vu un groupe d'hommes nus sur le rivage, qui
les observaient. La suite appartient à la controverse.

Je demande à Ed :

– Je me souviens d'avoir longuement regardé un
portrait de la rousse Isabelle dans mon livre d'histoire, à l'école primaire. Pas toi ?

– Si, il y avait toute l'histoire de Colomb. C'est la
première fois que j'ai compris vraiment ce que veut
dire *prendre le large*. Un vrai explorateur. Et quelles
que soient les conséquences. Déterminé à vivre
sa passion, à débusquer tous les possibles. Je n'ai

jamais cru qu'il cherchait seulement de l'or. *Partir* le démangeait.

– Mais on nous a caché que Ferdinand et Isabelle avaient chassé les Juifs et financé l'Inquisition. Comme si c'étaient les dieux d'un royaume des fées où Colomb construisait de jolis bateaux pour venir *nous* trouver.

El Arena est un quartier vivant, plein de bars à tapas et de petites boutiques. Près de la plaza de toros – l'arène qui, par bonheur, est fermée toute la saison –, un magasin très chic d'articles d'équitation nous rappelle que l'élevage de chevaux est une grande tradition espagnole. Les jeunes Sévillanes viennent ici acheter d'élégantes selles depuis 1892 –, des selles pour galoper, cape au vent, le long de la plaine du Guadalquivir sur un *Boléro* à trois temps.

Voyager avec Ed, c'est être toujours en quête du parfait espresso. Il ne trouve que rarement l'élixir idéal, la tasse bien faite avec la couche adéquate de *crema*. L'espoir renaît sans cesse à la vue du prochain percolateur. Tout peut aller de travers – le café est mal empaqueté, moulu n'importe comment, la machine déréglée… Ed boit quand même son jus trois ou quatre fois par jour. Après un dîner prolongé, je ne tiens pas forcément à courir de rue en rue à la recherche d'un bon café. Surtout si un lit merveilleux m'attend. Quand j'aborde le sujet, Ed répond :

– Eh bien, mon amour… Toi, tu examines tout ce qui fleurit sur ton passage, et tu t'assures en plus du nom de la fleur…

Nous finissons notre après-midi de promenade sur une terrasse. Ed examine le peu de crème dans sa tasse, et l'acidité du café le fait grimacer. Ça sera peut-être pour le suivant.

En revanche, il s'est vite converti au rituel des tapas. Du poisson et encore du poisson ! Ed adore le fruit de toutes les pêches, goûte tous les calamars, oursins, clams et autres animaux marins, avec ou sans écailles – qu'on lui sert marinés, saumurés, grillés ou bouillis, dans des assiettes à tapas. Dans un bar fréquenté où les tables débordent sur la place aux orangers, nous essayons les crevettes à l'ail, les petits calmars frits, les toasts au fromage, les amandes grillées-salées. Puis nous partons vers le prochain café.

Mais la moitié des réjouissances nous échappe. Pourquoi n'ai-je pas continué l'espagnol après ma première année de fac ? Je me souviens – je n'avais pas acheté le livre de cours, j'aurais pu prendre une autre option à la place, je ne m'en suis même pas occupée. Ensuite, quand je suis partie étudier un été à San Salvador de Allende, je me suis liée avec mon professeur. Son ami chauffeur de taxi nous a conduits par les petits chemins, à la recherche d'objets chichimecas. Au revoir, la grammaire espagnole. Il portait de courtes bottes de cow-boy, il pensait que j'avais la peau trop blanche pour être vraiment en bonne santé. M'enfonçait l'index dans

la chair du bras comme si c'était de la pâte à pain.
« "Trop beaucoup blanche", disait-il. Et les yeux de
chat : porte-malheur. » J'ai conservé des tessons de
poterie et un crâne d'enfant, trouvés dans un cimetière abandonné où des garçons tapaient dans des
ossements plutôt que dans un ballon de football. Et
voilà pour les rigueurs de la linguistique. Pourtant
j'adorerais me mêler aux gens d'ici, leur parler,
même le peu qu'on puisse réellement dire quand on
est étranger. Le rituel des tapas est surtout convi-
vial. Des amis se retrouvent, mangent un morceau,
rencontrent d'autres amis, se dirigent ensuite vers
un deuxième ou un troisième bar, bondés, où
d'autres encore les attendent. Il existe à Venise une
coutume similaire, dite *ombra* – la tournée des
ombres. Au début de la soirée, les voisins du quartier se réunissent dans de petits cafés aux comptoirs
ouverts sur la rue, devant un demi-verre de vin et de
quoi grignoter dans une assiette. Puis, et souvent en
groupe, ils filent dans le suivant. Le nom date peut-
être d'une époque où les gondoliers se cachaient
dans les ombres de Saint-Marc pour boire un gor-
geon. Personne ne sait exactement, n'est totalement
sûr de l'origine du mot *tapas*, sans doute dérivé du
verbe *tapar* : recouvrir. Une soucoupe ou une
tranche de jambon posée sur un verre de vin était
commode à transporter. Selon certaines sources,
cela évitait aussi aux mouches d'y tomber. L'appellation viendrait encore d'une consigne officielle du
XVIIIe siècle, qui obligeait les aubergistes à « couvrir » l'estomac des cochers, lorsqu'ils s'arrêtaient

en chemin pour se rafraîchir. Trop gris, ils faisaient des tonneaux avec leurs diligences, dit-on… Quelle qu'en soit l'étymologie, la tradition nous charme. Mais l'envie me brûle de demander à quelqu'un : *Comment faites-vous pour manger tout ça, et dîner encore par-dessus* ?

Ce soir, nous avons décidé de faire suivre nos tapas d'un vrai repas. À onze heures du soir ! Nous avons peut-être déjà marché quinze kilomètres, pourtant nous continuons dans l'intervalle car, la nuit, Séville devient *muy simpática* – les réverbères entre les orangers, les fontaines aperçues dans les cours, les voitures à chevaux… Bêtes nobles, en outre, rien à voir avec les tristes haridelles qui, presque partout ailleurs, promènent les touristes. Et toujours les volumes massifs de la cathédrale, sous la Giralda qui domine le tout.

– Facile d'imaginer le muezzin en train d'appeler son monde à la prière du haut de sa tour, non ?

– Le guide dit qu'il avait un âne pour l'emmener là-haut cinq fois par jour. Que l'escalier est une rampe sans marches, en zigzag.

Nous tournons en rond et retrouvons la place d'où nous sommes partis, où nous remarquons notre pré-tendue Anglaise en panne, qui parle à trois touristes. Un homme parmi eux met la main à son porte-feuille. Quel attrape-gogo. Aussi précis qu'invraisem-blable (la Tunisie, les deux oranges), finalement. La Miss ressemble à un professeur ou à une documenta-liste en vacances. Elle se détourne du petit groupe, nous aperçoit, mais ne nous reconnaît pas. Au bout d'une heure de marche seulement, nous nous serions méfiés de ses deux oranges : il y a des orangers partout ! Il suffit de tendre un bras pour les cueillir.

Et la Giralda nous sert de balise. Elle s'élève à quatre-vingt-seize mètres, on la voit de presque tout Séville. Un vrai minaret – le clocher excepté –, et l'ensemble symbolise la façon dont les conquérants successifs ont harmonisé les styles. Quand les Maures almohades l'ont construite au XIIe siècle, elle était couronnée de quatre boules dorées surmontées d'un croissant de lune. L'éclat du soleil sur ces sphères se voyait très loin autour de la ville. Au bord du fleuve, la Torre del Oro était autrefois recouverte d'azulejos dorés, qui brillaient également pour les bateaux sur le Guadalquivir. Sur les représentations d'époque, le minaret a une structure plus fine, des proportions plus gracieuses. Les catholiques ont évasé le tiers supérieur pour y incorporer le clocher – l'appel chrétien, cette fois, à la prière. Une allégorie de la Foi, *Fides*, orne le sommet et tourne au moindre souffle de vent, contrairement à ce que le nom pourrait suggérer. C'est elle qu'on assimile à la tour, *giralda* signifiant girouette en espagnol. Le minaret initial était peut-être plus élégant, mais celui d'aujourd'hui est encore magnifique. Les décorations originales des deux tiers du bas ont été conservées avec les arcades de la façade, à plusieurs lobes. On croit voir la quintessence de l'art maure, pourtant ces arcades en fer à cheval sont en réalité wisigothiques. Elles ont inspiré les Arabes au point de devenir leur

marque de fabrique – avec quelques variations
quand même. Le mariage des cultures est sensible
d'un bout à l'autre de la ville. Les Romains se sont
inspirés de la Grèce ; les Wisigoths ont puisé dans
l'esthétique romaine ; les Arabes se sont servis à
loisir dans tout cet éventail ; et les catholiques adoraient l'architecture mauresque ! Ces derniers ont
voulu en finir une bonne fois avec les sultans et la
domination arabe, pourtant ils ont continué de faire
vivre leur art et leur artisanat, contribuant ainsi,
entre le VIIIe et le XVe siècle, à faire de l'Andalousie
un trésor de beauté. Il est toujours là.

Sur la petite plaza de Santa Cruz, on a l'impression que les comédiens peuvent débouler d'un
moment à l'autre sous les orangers. Couvertes de
vigne vierge, des arcades en fer forgé en font le tour,
et toutes ces maisons sont des maisons de rêve : un
rêve d'Espagne, avec portes sculptées, balcons de
fer et fières façades. Derrière des rideaux de damas,
nous apercevons les pièces illuminées aux meubles
seigneuriaux, les carafes en cristal sur les buffets et
les immenses portraits encadrés d'or. L'intérieur
doit être chargé des mêmes odeurs que chez mon
grand-père – fruits trop mûrs, encaustique, fumée
de cigare et cuir. Un de ces hôtels particuliers est
maintenant un restaurant, où nous dînons d'un bar
avec une vinaigrette aux amandes, d'artichauts au
riz noir, et d'un soufflé aux figues pour le dessert.

C'est grandiose. Je deviens espagnole. Ce qu'il est tard. *Olé !*

Nous trouvons un taxi vers une heure du matin et lui montrons l'adresse, à Triana, que le serveur a inscrite sur la note du restaurant. Quelques minutes plus tard, nous descendons devant un bâtiment blanc sans prétention, qui n'est pas sans ressembler à ceux où le Moultrie, les Georgia Elks ou les Légionnaires tenaient leurs petits déjeuners dans le Sud de mon enfance. Assises autour de plusieurs tables devant la scène, quelques personnes sont en train de bavarder. J'aperçois, à ma grande surprise, cinq ou six petits enfants et des personnes âgées. Nous prenons place près de la scène. Le flamenco va bientôt commencer.

Au retour, à trois heures du matin, plus de taxis. Nous nous préparons à repartir à pied – et l'hôtel est assez loin – quand nous voyons revenir celui qui nous a pris tout à l'heure.

– Je me suis dit que vous voudriez peut-être rentrer, maintenant, dit-il en ouvrant la portière arrière. Je suis sûr que vous avez passé une bonne soirée.

Nous avons envie de l'embrasser. Nous tombons de fatigue et nous sommes encore surexcités. Ce flamenco nous a essorés. J'ai une migraine épouvantable, Ed une soif inextinguible. Les battements de mains, secs et cadencés, les mélopées assourdissantes, l'expression des danseurs, extatiques, affligés, nous ont saisis jusqu'à la moelle. Quelle puissance ! J'ai pensé plusieurs fois qu'on n'avait pas le droit de regarder un visage humain parcouru d'émotions aussi intimes. Mais j'étais envoûtée comme le voyeur. Il est un mot que nous utilisions à tort et à travers à la fac : *duende* – l'invocation d'une force de vie et la manifestation de son esprit. Je me rends compte que nous ne savions rien de ce que cela signifie. Le flamenco allume dans le sang des incendies de forêt. Les femmes dans leurs tourbillons de couleurs vives, claquant pointes et talons, talons et pointes, les hommes en noir, minces comme des fouets, irradiant la sexualité. Le jeu constant entre les deux groupes, et le danseur solo qui en émerge. Les mains deviennent un instrument à part entière, le staccato qui soutient, qui cadence et souligne. La force brute qui anime et ponctue.

Je demande au chauffeur :

– Vous dansez le flamenco ?

– Bien sûr. Comme tout le monde à Séville. C'est de naissance.

Enfoncés dans la banquette, nous regardons dehors. Nous nous attendions à quelque folklore commercial, vulgaire, superficiel. Non, le serveur nous a envoyés au bon endroit. Nous nous sommes sentis dépouillés de notre couche protectrice, puis fondus – avec le public, les danseurs, le chanteur et le guitariste – dans un rite de sang. Une porte ouverte sur le cœur de l'Andalousie. Je me demande si nous en verrons le fond.

Journées à Séville. L'air est sucré comme un début de printemps, le ciel a la couleur des azulejos. Arrivant un après-midi plaza San Idelfonso, devant le couvent San Leandro, j'apprends qu'on fête sainte Rita, la patronne des causes perdues. Ce qui m'attire à l'intérieur : des fleurs partout, des femmes qui prient, dont certaines agrippées à une photo.

— Toutes des mères éplorées, dis-je à Ed.

Elles s'agenouillent, pleurent, se rencontrent, bavardent, se tiennent et se soutiennent. Je n'ai aucune idée du réconfort que l'on peut ressentir en posant son fardeau aux pieds de quelqu'un. Encore moins si on doit lui dire *je renonce, aidez-moi.* Je ne peux que me demander quel secours on obtient. Entendent-elles Dieu leur parler ? Dansent-elles avec lui ? Près d'une autre porte de l'église, nous plaçons un peu d'argent dans une roue sculptée. Elle disparaît derrière le mur. Puis elle nous revient avec une boîte en bois, pleine de confiseries qui portent la marque des sœurs cloîtrées de l'autre côté.

Sur la place et le long des rues, des hommes en ciré jaune récoltent les oranges dans de grands sacs de toile. Nos chaussures collent au sol, à cause du jus, de la pulpe broyée sur les allées et les trottoirs. Je demande à l'un d'eux si ces oranges sont destinées à faire du concentré, ou la fameuse marmelade de Séville.

— Ni l'un ni l'autre, me dit-il. On est trop près des gaz d'échappement, ici. C'est pour les savons, les parfums, tout ça.

Formidable, une touche de monoxyde de soufre dans le parfum. Orange se dit en arabe *azahar*, en espagnol *naranja*. On boit ici son jus comme de l'eau, avec une cuillerée de sucre. Dans la cour des Orangers, accolée à la cathédrale, les Arabes procédaient aux ablutions rituelles avant d'entrer dans la mosquée. Aujourd'hui les orangers s'enivrent du chant des oiseaux, qui semble couler comme une fontaine. L'air scintille de leurs pépiements. Même les pigeons paraissent sacrés. Ils sont nombreux sur les places, et souvent blancs. On pense davantage à des messagers de l'Esprit saint qu'à des animaux nuisibles. Une jeune maman avec une veste rouge, cintrée, lance à haute voix :

— *Venga, caro ! Alejandro, venga !*

Viens ici, mon chéri ! Viens, Alejandro ! Mais celui-ci, rayonnant, continue de s'éloigner. Les enfants sont habillés comme sur des photos des années quarante. Alejandro porte une chemise blanche à jabot, bien repassée, sur un short bleu marine. Ses cheveux sont un tas de boucles, ses joues de toutes petites grenades bronzées. Je regarde attentivement les jeunes enfants. L'avenir nous en a promis un. Ma fille doit accoucher en mars. *Venga, caro.* Nous avons vu dans une boutique une version miniature de l'« habit de lumière » du matador. Peut-être que, cédant à l'impulsion, nous allons lui en acheter un. Il y avait aussi des costumes d'amiral, ou de simple marin, pour les petits garçons.

On sent la vie à Séville, une vie pleine de surprises, de charmes secrets. Nous dénichons la Venera, une coquille Saint-Jacques de marbre, sur une maison qui était autrefois le centre officiel de la ville. Elle servait de point de départ pour mesurer les distances, en pas et en lieues. Deux religieuses replètes cheminent avec une poubelle pleine. Elles s'efforcent visiblement de la tenir à l'écart de leurs longues robes grises. Échappés des cages accrochées aux balcons et aux fenêtres, les trilles et les gazouillis éclairent les pas des marcheurs. Ah : la rue de l'Amour-de-Dieu ! Les chiens aboient au son des cloches.

Feuilletant les églises comme des pages, nous admirons les petites fenêtres arabes. Leur dessin est celui de gros moules à biscuits, aux formes de lune et d'étoile. Puis les arcades de San Marcos, blanchies à la chaux ; et la plaza derrière, croulant sous les orangers. À Santa Catalina, nous trouvons l'arc mauresque derrière l'arc catholique. Les nuages d'encens répandent une odeur de cannelle. Les quatre panneaux de l'autel de Santa Lucia sont ornés de centaines de paires d'yeux, et même de lunettes de soleil. J'existe grâce à mes yeux. Si je devais placer un ex-voto dans une église, je le dédierais à sainte Lucie.

Depuis le fond des âges, les ex-voto expriment le souhait et la reconnaissance. Nous le vérifions au Musée archéologique. Certains des premiers objets en bronze en étaient déjà − on en voit aussi au musée de Cortona. Les Étrusques nous ont laissé des milliers de petits animaux et de personnages, qui avaient la même fonction. Les paysans en exhument constamment en labourant leurs champs. *S'il vous plaît, protégez ma fille. S'il vous plaît, guérissez mon foie. Merci de m'avoir fait reculer devant la charrette. S'il vous plaît, aidez-moi à traverser le fleuve en crue. Merci de m'avoir aidée à faire tomber la fièvre.* L'instinct d'offrir un présent aux dieux semble enraciné dans l'être humain. Un mur du Musée archéologique est couvert de carreaux de marbre, représentant chacun une empreinte de pied. Ce sont des ex-voto dédiés à Isis et à Némésis. Le nom des antiques dévots est gravé sous chacune des empreintes. Geste ou élan vers le sacré, bizarre et émouvant, sans cesse renouvelé. Qui me rappelle les mains en négatif, vieilles de trente mille ans, dans la grotte de Pech Merle. Nous découvrons également de petites têtes de taureaux jeunes qui, dit-on, étaient offerts en sacrifice.

Le taureau ! Cette invincible icône galope dans toute l'histoire de la Méditerranée ! L'Espagne elle-même a la forme d'une peau de taureau à plat, dit Lorca. Où le symbole est-il né ? Nous l'avons vu en France, dans des grottes préhistoriques où nous devions avancer courbés ou à quatre pattes. Les premiers peintres ont badigeonné de puissants taureaux sur les parois d'Altamira. Dans la rotonde de Lascaux, le plus grand des aurochs, symbole viril et culturel, mesure cinq mètres de long. Ed me rappelle qu'Europe était une princesse phénicienne, conquise par Zeus alors qu'elle se baignait avec ses amies. Il se déguise en taureau pour les séduire et lorsque Europe, joueuse, le chevauche un instant, il l'entraîne aussitôt au large et l'emmène en Crète. Ed sait qu'il peut s'agir d'un mythe solaire. L'étymologie généralement acceptée du mot Europe est un mot sémite, *ereb*, qui désigne l'endroit où le soleil se couche. Donc l'ouest où Zeus, suivant la course de l'astre, a transporté sa baigneuse. Presque tous les tableaux d'Europe et du taureau la représentent vêtue d'une robe flottante, presque transparente, et au moins un de ses seins est nu. Le taureau blanc qui fend les flots est couronné de fleurs. À la villa Giulia, à Rome, une composition de 520 avant J.-C. dépeint Europe et sa bête accompagnées de poissons, dauphins, oiseaux de mer, et d'un ange qui porte des anneaux à chaque main. Combien de peintres ont-ils pour ainsi dire trempé leurs pinceaux dans le mythe : Tintoret, Raphaël, Boucher, Guido Reni, Véronèse, Moreau, Picasso, Klee, Ernst, etc. Sur de très vieilles monnaies, sur les vases grecs, sur d'innombrables toiles, Europe se tient toujours aux cornes de l'animal. Si Zeus s'est métamorphosé en taureau, c'est que, d'évidence, sa force symbolique est antérieure au mythe crétois.

Ces cornes sont devenues un symbole magique dans toute l'Europe. Fascinant. Dans les fables, les Saintes Écritures et l'histoire, c'est la mise à mort du taureau, ses cornes érigées en trophée, qui permettent au guerrier d'épouser la princesse ou de prétendre au trône. Selon l'Ancien Testament, le Messie lui-même devait réaliser cet exploit. Selon les Écritures encore, c'est du mot *reem*, bœuf ou buffle, que vient le nom d'Abraham. Le taureau déploie sa légende depuis le culte abyssinien d'Astarté, avec ses coiffes cornues, en passant par Minerve, jusqu'à Marie perchée sur un croissant de lune. Lequel croissant est un avatar desdites cornes. Dans les *Vies* de Plutarque, Thésée, jamais en reste, combat un taureau de Marathon, puis emporte la bête soumise pour la sacrifier à Delphes. De nos jours, à Cortona où nous habitons, c'est un geste commun de lever deux doigts – en forme de cornes – pour désigner un cocu. Pointer les deux mêmes doigts vers le sol signifie : « Jamais ici. » Pour les protéger du mauvais œil, on donne aux nouveau-nés des bracelets, des colliers avec un bout de corail qui a la forme des cornes. La créature mi-taureau, mi-homme qui habitait le labyrinthe de Cnossos, et les courses de taureaux de l'Antiquité grecque, prétextes à toutes sortes d'acrobaties, sont partie intégrante de l'inconscient collectif occidental. Je porte moi-même, sous mon chemisier, un *cornino* en ivoire et plusieurs amulettes contre le mauvais œil.

Quand nous traversons la plaza Alfalfa (je n'aurais jamais cru que c'était un mot espagnol [1]), le marché aux animaux de compagnie bat son plein – perroquets verts ou à différents motifs, espèces exotiques roses comme des crevettes, canaris,

1. En anglais, *alfalfa* est la luzerne.

oiseaux chanteurs jaunes et turquoise – certains semblent avoir été capturés dans les arbres à proximité. Poissons, chiots, chatons, et une masse de gens. Beaucoup ont moins de dix ans et pleurent pour un hamster. Je déteste cette odeur de plumes collées dans la fiente. Dégoûtant. Apercevant un groupe de bonnes sœurs, nous leur emboîtons le pas pour sortir de la foule. Leurs habits gris, volumineux, nous précèdent comme un gros nuage de pluie.

Nous goûtons sans cesse de nouvelles tapas qui viennent grossir notre liste. Je note l'intitulé dans mon carnet, moitié en anglais, moitié en espagnol :

- ❖ Épinards au bacon et aux noix.
- ❖ Filet de porc sauce au poivre vert.
- ❖ Moussaka gratinée au fromage.
- ❖ *Solomillo con ali-oli* (filet de bœuf à l'aïoli).
- ❖ *Bacalao con salmonjo* (morue avec un gaspacho épais).
- ❖ *Pringa casera* (hachis à la viande).
- ❖ Croquettes de crevettes.
- ❖ *Pan de ajo con carne mechá casera* (pain aillé à la viande).
- ❖ *Chipirón a la Plancha* (calamars grillés).
- ❖ *Empanadas con jamón* (chaussons au jambon).
- ❖ *Empanadas de carne* (chaussons à la viande).
- ❖ Friture d'anchois.
- ❖ Friture de petits poissons (un genre de vairons).

Nous avons soupé dans quelques-uns des restaurants estimés de la ville, souvent situés dans
de beaux immeubles. Certains étaient un rien
pompeux, compassés, trop solennels pour nous.
D'autres avaient un charme rustique avec leurs
jambons accrochés au plafond, et de belles flammes
dans le gril pour le steak et le poisson. En fait, nous
préférons partir à l'aventure dans trois ou quatre
bars à tapas. Les restaurants ressemblent tout de
même à ceux qu'on trouve partout en voyage, alors
que le circuit des tapas nous immerge dans la vie
locale avec son rythme et son animation.

*

N'ayant réservé que pour quelques jours, nous
quittons le Don Alfonso, dont le parking se remplit
brusquement de petites Skoda tchèques, neuves et
étincelantes, qui arrivent pour un congrès. Nous
choisissons un hôtel dans le quartier de Santa Cruz
où nous restons deux nuits. La cour est agréable,
l'atmosphère exotique et l'endroit accueillant. Puis
nous changeons encore, pour un établissement qui
a lui aussi une cour, où nous prenons deux petites
chambres. Le courant tombe en panne le premier
jour et nous passons la nuit sans chauffage, sans
lumière, sans eau chaude. Personne n'a l'air de trop
s'inquiéter, et donc nous partons sans cesse en promenade, allumons des bougies au retour, et nous

nous lavons les dents à l'eau minérale. Je me console avec les motifs des azulejos dans l'escalier, les fontaines qui chantent, le guitariste qui joue dans la loge en fin d'après-midi, et le réceptionniste amoureux de l'histoire de sa ville.

– Vous avez « pris » un bon voyage ? nous demande-t-il dans son drôle d'anglais.

Pour nous remercier, je suppose, de ne pas nous être plaints, on nous alloue le lendemain une chambre plus grande. Je me prélasse dans la baignoire bleue en pensant au poète Antonio Machado, né dans un de ces quasi-palais, où il écoutait le lent écoulement de l'eau. À l'âge adulte, il rêvait d'une fontaine qui chante dans son cœur, et d'un soleil brûlant qui brûle à l'intérieur. Ces rêves ont poussé avec lui dans ces murs, l'ont inspiré toute sa vie durant. Allongée sur le lit, j'imagine que mon cœur est un soleil brûlant.

La fantaisie est depuis toujours au rendez-vous des villes andalouses. Mais c'est une surprise désagréable de découvrir Séville cernée de faubourgs laids, ordinaires, où la circulation est bien trop dense. Incompatible avec un voyage romantique. Le plaisir est gâché lorsqu'on arrive quelque part et qu'on a l'impression de circuler encore sur l'horrible *highway 101* de San Francisco. Beaucoup de villes d'Europe ont ouvert les yeux. J'aimerais tant voir Florence, qui a montré la voie, imitée par les autres. Nous apprenons vite dans quels quartiers

trouver l'âme sévillane et échapper aux moteurs.
Avec leurs sabots crépitants, les attelages de chevaux gardent un air d'authenticité, d'idylles lentement bercées.

Séville, civilisée, dispose d'une vaste étendue
verte, *el parque de María Luisa*, où l'on doit pouvoir
oublier un peu la chaleur quand la ville se transforme l'été en poêle à frire. Nous nous promenons
toute la matinée entre les mimosas et les bananiers.
Le parc est plein de grâces – fontaines, mares aux
canards, nombreux bancs d'azulejos, pavillons et
cascades. Les racines s'amassent au pied de gigantesques arbres tropicaux, signe qu'ils ont eu le temps
de s'acclimater depuis le retour des explorateurs du
Nouveau Monde. Je cherche un écriteau avec un
commentaire, mais il n'y en a pas ou peu. L'un
d'entre eux, *el árbol de las lianas*, vient d'Amazonie.
Les Robinsons suisses pourraient construire leur
maison dans cette profusion de branches. Un
aveugle longe lentement un sentier – peut-être
reconnaît-il son chemin aux odeurs, ou à la texture
du gravier. Un monument est consacré à Gustavo
Bécquer, poète sévillan du XIXe siècle. Quelqu'un a
posé un bouquet de lys extravagants, resplendissants, au bras d'une des allégories de marbre. Le rose
vif des fleurs sur les tons frais de la statue détonne
dans ce matin de janvier. On espérerait de semblables contrastes dans la langue du poète. Un guide
local le décrit comme « un incorrigible bohémien,
qui gagnait mal sa vie en traduisant des romans
étrangers, [...] qui susurrait d'étranges et féeriques

mélopées ». J'y vois plutôt un romantique incorrigible, assez mièvre, mais capable de fulgurances :

> *La lumière de l'éclair*
> *Sous lequel nous naissons*
> *Brille encore à la mort,*
> *Si brève étant la vie.*

Les parcs ont tous quelque chose d'intemporel. Le poète est sur son piédestal, l'allégorie porte ce bouquet sauvage, et je les transporte l'un et l'autre à l'époque du franquisme. De longues années, brutales, abrutissantes. Comme si la poésie y avait eu une quelconque importance ? Je poserai désormais de belles brassées de fleurs aux endroits que je bénis, pas seulement la fleur des champs, le rameau, le daphné ramassés en chemin.

Nous quittons le parc par l'endroit où furent érigés les derniers bûchers d'un lointain prédécesseur du fascisme, cette Inquisition qui, jumelle de Franco avant l'heure, a rassemblé rois et Église dans une folie aveugle. Séville – ici des gens furent brûlés vifs, ici l'on vient toujours se recueillir devant le poète, ici le flamenco réveille les morts, les retourne et les rend à la terre.

Il n'est de ville où j'ai assimilé si vite l'agencement des quartiers et la place des monuments. Il m'a suffi d'un regard sur un plan du XVIᵉ siècle, trouvé dans un livre. La longue promenade du premier jour, le parc, le fleuve, La Giralda en guise de phare – j'ai depuis l'impression de me repérer instinctivement. Nous inventons des raccourcis qui nous mènent exactement où nous voulons. En visitant à pied, on mémorise de nombreux détails – la maison verte aux feuilles de bananier enchevêtrées sur la terrasse, la jolie porte turquoise dont la peinture s'écaille, les arènes avec leurs cadres jaune moutarde, le rouge et le noir des matadors sur les affiches, les hauts palmiers au bruit de crécelle, les patios enchanteurs et les fontaines bourdonnantes du callejón del Agua, la ruelle de l'Eau.

Je pourrais vivre ici. Y a-t-il pour moi un callejón del Sol, une ruelle du Soleil ? En puisant dans mes vieux rudiments d'espagnol, et en appelant au secours ce que je sais d'italien, je pourrais arriver à m'exprimer en quelques mois. Je pense déjà à une maison de deux étages, autour d'une cour, à une fontaine qui ne se tait pas ; le sol carrelé, les motifs d'un tapis d'Orient, une fenêtre ajourée qui égrène la lumière. L'été, je pose la joue contre un carré de faïence pour en prendre la fraîcheur. Les jardins sont des chambres, ce que les Arabes avaient deviné. Et je dors d'un sommeil pur dans le frémissement de l'eau. Je rêve peut-être du désert. Les persiennes de bois sculpté ignorent les tempêtes qui balayent les plaines. La pièce d'eau, vestige des bains maures, a un bassin profond. Cette vision ne va pas sans un jeune enfant blond qui joue dans la rue en babillant son premier mot d'espagnol : *amigo*.

Plaza del Salvador, un dimanche matin, je me sens parfaitement dans mon élément. Les familles sirotent leur jus d'orange au soleil de la terrasse,

pendant que les tout-petits s'échappent de leurs
poussettes et poursuivent les oiseaux. La messe terminée, d'élégants jeunes hommes en costume noir,
les cheveux coiffés en arrière, et des filles aux jupes
ultra-courtes sortent de l'*iglesia* San Salvador. Ils se
regroupent sous les arbres, devant les tables et,
comme à une réception, grignotent des chips en
buvant de la bière. Un chariot à côté vend des mou-
linets : de petites ailes qui tournent au vent sur un
bout de bois. Les orangers sont odorants, l'église
bâtie sur les fondations d'une mosquée. La place est
cernée de boutiques pour enfants – quels vêtements fantastiques dans les vitrines ! –, de robes et
de costumes de mariage. Bref, tout est fait pour
penser à la noce. Succombant à la tentation, nous
achetons un petit ensemble blanc pour le bébé qui
se joindra à notre famille : un coton fin aux milliers
de smocks, avec de longs rubans au bas. Quelle tête
fera-t-il en passant les bras dans ces manches
plissées ? Vite, prenons-le en photo avant la première tache de purée de carotte !

D'un coup de taxi, nous filons dans un monastère cartusien qui a été transformé en fabrique de
faïence, avant d'être racheté et restauré par la ville.
C'est à présent une galerie d'exposition. Même en
janvier, quelques roses et géraniums donnent de
l'éclat aux cours. La vigne vierge est une longue
chevelure ornée de petites trompettes. À l'intérieur,
les toiles aux couleurs vives nous donnent envie
de visiter d'autres galeries contemporaines. Nous
revenons dans le centre. Tard le soir, nous goûtons

les desserts de plusieurs bars à tapas : gâteau de riz à l'orange et à la cannelle, fromages et pâte de coing, biscuits aux figues et noix pilées. Puis le flamenco nous attend au cœur de la nuit dans un des *tablaos*. Le jeune danseur est passionné, précis. Le guitariste-chanteur m'intrigue. La danse semble jaillir du lien qui unit les deux hommes. Le musicien ne quitte pas l'autre des yeux, il l'encourage, lui transmet sa propre énergie. Tout son corps semble tendu vers lui. Le spectacle commence sur un cri perçant : « Ayyyyyy… » – une de ces lamentations à vous figer sur place, vous vriller les neurones. Peut-être leur origine remonte-t-elle aux rituels juifs. Le flamenco est un mélange de traditions gitanes, musulmanes et hébraïques, dans lequel tous les chagrins, toutes les passions se fondent.

J'aime le moment brutal où la danse s'arrête, où le danseur se retire aussi nonchalamment qu'on traverserait la rue. Clac. Tout retombe. Coup de théâtre qui souligne l'écart entre le monde du *duende*, donné en spectacle, et l'autre, « normal », où nous montrons si peu ce que nous ressentons. Nous apprenons avec plaisir des expressions nouvelles : *toque de palmas*, le « frappé » des mains, *pitos*, le « claqué » des doigts, et *taconeo*, avec les talons. Autant de cordes pour un corps devenu instrument. Les *castañuelas* viennent du mot châtaigne, et peut-être a-t-on improvisé les premières castagnettes en en faisant claquer deux, sorties de leur bogue. Ed achète un CD pour emporter à la maison, que nous écouterons dans notre cuisine,

loin, bien loin de ce patio ouvert aux étoiles. Je lui
pose la question :

— Ça ne t'ouvre pas des portes dans la tête, ce
flamenco ?

— C'est vrai que j'en avais une idée assez stéréo-
typée. Mais maintenant, en l'écoutant, les visages
reviendront, et la passion avec. Une passion sauvage et bruyante.

— Les bons spectacles de flamenco remplissent les
salles du monde entier. Tu sais qu'il y a trois cents
écoles de flamenco au Japon ? Au Japon ! Là où le
décorum est roi ! Qu'est-ce qui explique le succès de
cette musique partout, ici comme ailleurs ?

— Le désir. C'est un art qui nous parle de désir.
Des désirs silencieux tapis au fond du cœur.

Quel homme suivrait ce long chemin sans de
folles arabesques à offrir à son âme ?

Le jour vient où nous devons partir, quoique pas
très loin. Nous nous rendons dans une hacienda, à
la campagne, où l'on élève chevaux et taureaux.
Séville disparaît derrière nous, et la petite voiture de
location bourdonne dans la *vega*, la plaine. Las
Vegas ne m'a jamais spécialement inspirée, mais le
mot est suggestif. *Vega* – tout son sens se déploie
sous un grand ciel ouvert, la route traverse bientôt
des champs ondoyants, des oliveraies, des cultures,
et les prés aux taureaux. Mon rêve de maison à
Séville se transforme en une ferme elle aussi imaginaire, un *cortijo*. Nous en apercevons tous les cinq

ou dix kilomètres, d'un blanc austère, cernées de murs, avec de grands arbres, rois des campagnes qui se dressent sur un paradis.

Nous descendons au cortijo El Esparragal, trois mille hectares d'un monde réservé, dont la cour est le cœur. Elle ressemble à un cloître, cerné par des arcades garnies de fauteuils et de bancs de bois sculptés. Il y a des plantes en pot autour de la fontaine. Les murs sont couverts de têtes de taureaux, de brides, comme dans ce restaurant en Floride où des marlins et des requins pèlerins sont accrochés au-dessus des tables. Un des taureaux a la langue en sang, un estoc dans les reins. Cela me rappelle l'imagerie religieuse sanglante qui me déplaisait tant au Prado. Des chevaux batifolent dans les prés, galopent d'une clôture à l'autre. Le cœur bondit au spectacle de ces animaux gracieux qui courent, hennissent en faisant demi-tour, repartent à fond de train dans l'autre sens.

Nous sommes les seuls hôtes, et c'est étrange – l'auberge est tenue par une famille. Celle-ci vit à Madrid, nous apprend la fille à la réception. Nous nous installons dans une chambre qui donne sur une autre cour, petite et ombragée. Le murmure de la fontaine s'écoule jusqu'à nous dès qu'Ed ouvre la fenêtre, mais nous ne restons pas. Le pré aux taureaux nous intrigue, comme les longs chemins de terre où nous roulons, muets, sous de grands chênes-lièges, dans un parfum d'oranges mûres. Puis la chapelle privée, l'arène miniature – le *monde* intact de cette hacienda nous absorbe immédiatement. J'aimerais, moi aussi, un clocher au-dessus de mon toit, et des kilomètres de bougainvillées comme des flammes de soleil. Et un de ces chevaux blancs. J'aimerais peindre des liserés bleus sur ma maison, des cercles pour repousser le mauvais œil. D'une nudité blanche, les fermes ici sont plus dispersées qu'en Toscane, et font penser aux ranches texans – mais bien sûr, nos *Lazy-X ranches* sont d'origine espagnole, tout comme l'équitation – un art.

Ne connaissant jusque-là de l'Espagne que Barcelone et Majorque, je n'avais pu constater à quel point le Mexique lui ressemble. Certes, on sait bien que ce dernier doit autant à sa propre culture qu'à la colonisation. Mais tout s'explique maintenant que nous traversons les minuscules villes andalouses avec leurs parcs désolés, leurs mauvaises herbes, leurs bodegas, le bas des murs peint d'une bande ocre ou turquoise clair. Les bouteilles géantes de Coca près de la devanture, les fontaines taries, les pas des portes où les habitants s'assoient, tricotent, fument, écossent leurs haricots. Pas plus grandes qu'un distributeur de boissons, les boutiques sont encombrées d'oranges, d'échelles, de chaussures, de peinture – un méli-mélo entassé n'importe comment. Je m'étais souvent demandé au Mexique : *Mais où sont-ils tous* ? Je m'en souviens et Ed doit lire dans mes pensées :

– Ce silence. On se croirait au lendemain du Jugement dernier.

Son panier de linge bien calé sur la hanche, une femme solitaire pose des pas incertains sur le

trottoir craquelé. Nous pourrions nous trouver dans
un de ces villages proches de San Miguel, dans la
Sierra Nevada. Ed pense à haute voix :

– On pourrait appeler ça le *no-man's limbes*.
L'endroit idéal où chercher une méga-dose de
duende.

Nous déjeunons seuls dans la salle à manger familiale, sous le portrait austère et quasi présidentiel de
la *señora*, qui a dû décorer ces pièces elle-même.
Vêtue d'une modeste robe de bal et d'un bracelet
pour tout bijou, elle a les cheveux ras, un regard
direct, et pas l'ombre d'un sourire. L'air d'une
femme qui a pris son destin en main dans les années
quarante, quand le peintre l'a immortalisée. Les
murs du salon sont ornés de diverses toiles de
matadors, et de taureaux célèbres, probablement
issus de l'hacienda. Ces femmes gracieuses qui servent notre repas ont les mains gantées. Nous
n'avons rien commandé ; on nous apporte tout simplement un rôti de porc, des pommes de terre, des
plats d'autres légumes. Nous leur demandons :

– Sommes-nous les seuls clients ?

– *Sí*. La famille arrive dans l'après-midi. Nous
sommes théoriquement fermés, en ce moment.

Tout en mangeant, nous commentons cette
curieuse réponse. Nos réservations ont dû atterrir
ici par erreur.

En guise de *siesta*, nous nous installons près du feu
avec un dé de xérès, en observant les taureaux

menaçants et les élégants matadors qui sont ici dans leur élément. Il arrête de pleuvoter, et nous émergeons dans l'après-midi trempé. Le long du chemin, nous trouvons des asperges sauvages, des violets, des iris. Un lièvre effrayé file en nous voyant, puis c'est nous qui avons peur en croisant une bande de sangliers. Ils sont sept, avec une allure des plus comiques, et ils paraissent se prendre très au sérieux.

Quand nous repassons au salon à l'heure du dîner, la famille est là. Les fils et les filles du portrait présidentiel, je suppose. Entre deux âges ; les épouses et les époux ; et pas de jeunes enfants. Ils correspondent parfaitement à l'image que je m'étais faite de la noblesse terrienne espagnole. Certainement habillés depuis l'enfance dans les boutiques d'équitation de Séville – tout ce qu'il y a de plus chic. On y trouve les chapeaux plats, les gants fins, les selles de cuir repoussé, et ces leggings aux motifs réguliers qui ressemblent à des napperons en papier. La *familia* sirote du xérès et discute à voix basse. Tweed, cuir, bottes, cheveux épais. Ils savent parcourir les plaines au galop, avec ou sans *Boléro* ; mais aucun ne pourrait danser le flamenco. Ils nous saluent silencieusement – concentrés sur eux-mêmes ; peut-être ne s'étaient-ils pas réunis depuis un certain temps. Les photos encadrées de leur jeunesse montent la garde sur les tables, avec celles des ancêtres. Nous sommes des intrus et nous contentons d'observer. Nous choisissons un canapé et parlons de nos prochaines journées. Ces dames et ces messieurs prennent le chemin de la salle à manger, où l'on est en train de mettre le couvert sous les yeux de la *señora*. Chandeliers et argenterie. Dans quelques minutes, les serveuses aux gants blancs vont venir nous chercher. On nous escorte derrière la famille attablée. Pas un ne sourit ni ne nous regarde. Je dis à Ed :

— Ça n'existerait pas en Italie.

Nous arrivons, soulagés, dans une autre salle plus intime, plus étroite, où nous dînons gaiement de soupe, de gibier en sauce, de gâteau aux oranges.

Personne en vue au petit déjeuner. On nous sert des pâtisseries grosses comme des tortillas. Enveloppées de papier paraffiné, elles portent le sceau d'une Madame Ines Rosales, dans la ville voisine de Castilleja de la Cuesta. Il y a aussi la composition : huile d'olive, essence d'anis, et d'autres ingrédients que l'*Oxford Spanish Dictionary* n'a pas jugé utile d'inclure : *matalahúga*, et *ajonjolí* qui, je crois, veut dire sésame. À haute voix, c'est musical. Trempées dans le café épais (« imbuvable », dit Ed), ces pâtisseries me jouent la madeleine de Proust, et me voilà transportée à Majorque où, avec mes amies Susan et Shera, j'avais loué une maison un été. Nous avions parcouru l'île à pied, sous le vent de la mer qui, agitant les buissons, diffusait leurs odeurs le long de la côte.

Nos longues promenades à Séville étaient propices à une certaine intimité avec la ville ; les routes d'Andalousie ouvrent le tableau, permettent de voir comment le paysage influence la psychologie des

habitants. *Vega* – le ciel immense, l'habitat épars
dans les plaines, le gros soleil qui, se glissant sous
l'horizon, tire un rideau d'épaisse obscurité. Les
gens du cru sont à la fois cordiaux et distants. Est-ce
la méfiance ancestrale de l'étranger à cheval, ou
bien un vestige de l'étau du franquisme ? Les oliveraies interminables, couvertes d'oxalis jaunes, laissent Ed perplexe. Où sont les maisons ? Dans ces
ondulations de terre, pas un point, pas une marque
qui ressemble à une construction humaine – mais
une armée de fantômes : majestueux oliviers, étincelants et tortueux. En janvier déjà, des ouvriers
sont là qui battent les branches, agitent les troncs
avec leurs machines, ramassent les drupes
échappées des filets. Nous nous arrêtons au premier village pour regarder les remparts maures, et
un troupeau de chèvres qui passe le pont. Dans un
magasin de souvenirs poussiéreux, le patron nous
apprend que les ouvriers viennent en fait des villes,
et c'est depuis toujours comme ça. À la différence
du système italien, où les métayers, en famille,
exploitent autant de terre qu'ils peuvent. Les
immenses oliveraies d'ici appartiennent à de lointains propriétaires, qui en confient la gestion à des
équipes locales. L'Espagne produit une excellente
huile d'olive, toutefois celle qu'elle exporte est souvent massacrée au moment de l'extraction. J'en ai
ouvert de pitoyables bouteilles, même lors de mon
séjour à Majorque – trop fluide, avec un arrière-
goût industriel. Si l'on veut bien chercher, on en
trouve de merveilleuses, mais artisanales. Triste de

voir ces arbres ainsi battus. Seulement, quand on en
possède des millions, la main de l'homme ne suffit
plus à apporter la récolte au moulin.

*

La route est à nous – les amandiers et les pruniers en fleurs commencent à danser le rock'n'roll.
Nous allons à Italica, une cité romaine plantée près
du Guadalquivir, dont le lit, à l'époque, était bien
plus proche. Hadrien et Trajan y sont nés. Ici
encore, la topographie a un aspect naturel. On
s'oriente rapidement, on imagine facilement la cité
se déployer au IIe siècle avant J.-C., sur des artères
deux fois plus larges qu'à Séville. Il ne reste que les
fondations, les sols de mosaïque, mais on se représente les murs et les immeubles. Plus aisément
encore que dans des centaines d'autres sites où j'ai
traîné mes jambes. L'avantage d'être là en janvier :
nous avons pratiquement Italica pour nous. Les
mosaïques, en marbre noir et blanc pour l'essentiel,
sont intactes. Pourquoi aimons-nous fouler les rues
de l'Antiquité ? La curiosité, la contemplation, l'histoire qui nous surprend. Les parterres romains en
trompe-l'œil dessinent des étoiles. J'ai pris de
l'avance sur Ed et l'appelle à me rejoindre :
– Viens voir Méduse, entourée de motifs en
forme de svastikas !
– Dommage que Hitler ait bousillé cette croix-là
pour toujours. Tiens, il y a quelque chose pour toi,
ici : la maison des oiseaux.

Une série de grands cadres plaqués au sol entoure trente-deux volatiles différents. Nous remarquons les grecques [1] ; Bacchus ; les symboles astrologiques ; une mosaïque des jours de la semaine ; puis la maison de Neptune et l'hommage au père de la ville, Publius Cornelius Scipio. Que nous connaissons mieux sous le nom de Scipion l'Africain, qui a vaincu Hannibal à Carthage, rallié les Ibères à sa cause et soumis l'Espagne orientale.

Italica, première ville romaine de ce pays, fut construite pour accueillir les blessés de ses armées. Il devait se trouver parmi elles des mosaïstes. Dotés de lèvres épaisses, des guerriers noirs, trapus, grimpent sur des palmiers, chevauchent des alligators, se protègent avec leurs écus, et font bander leurs arcs. Ils semblent presque sortir d'un dessin animé. Des grues et des ibis se mêlent aux motifs des bordures. À l'intérieur, poissons et hippocampes font des cabrioles avec les créatures mythologiques des mers. L'effet général est tonique et paillard – un héron pique les fesses d'un Pygmée, un autre Pygmée ouvre la gueule d'un crocodile. Peut-être cette mosaïque est-elle la traduction d'un récit épique ? Dans ce cas, on aimerait bien le lire.

Un employé lave le sol en mosaïque d'une maison ouverte aux quatre vents. La lessive gicle bruyamment sous son balai, puis l'homme rince avec un seau d'eau claire. Combien de milliers de

---

1. Grecque, n. f. : ornement fait de lignes droites qui reviennent sur elles-mêmes à angle droit.

fois a-t-on répété cette opération sur cette surface inaltérable ! Chaque pièce de marbre est appliquée sur une couche de plâtre, elle-même coulée sur un mélange de chaux et de terre cuite, le tout reposant sur un fond de gravier. Le terme « mosaïque », qui vient du grec, signifie « travail patient digne des Muses ». Les premières devaient être faites de chutes de pierre, insérées dans des murs d'argile pour les empêcher de tomber, de goutter. Ou elles donnaient de l'éclat à une pièce sombre. On a ensuite incorporé des fragments de lapis-lazuli, de jaspe, d'onyx, de marbre, de travertin, de malachite – de jolies couleurs, avec une volonté ostentatoire : quand la famille est riche, elle aime à le faire savoir. Du tapis ou de la mosaïque, qui peut dire aujourd'hui lequel est le plus ancien ? Les dessins des uns rappellent ceux des autres, et vice versa. Les couleurs au sol brillent après le lessivage. Le bleu est remarquable – on dirait qu'il date d'hier. Donc il en fut toujours ainsi ; l'averse terminée, on revenait dans l'atrium admirer la splendeur d'un sol verni un instant par la pluie.

Nous avons passé ces dernières journées autour de l'hacienda à visiter de petits villages où les ânes servent toujours. Nous avons mangé dans les cafés ouvriers, débusqué des portiques arabes autour des églises, longé des ruelles où les draps à fleurs claquent au vent entre deux serviettes orange vif, et où les chiens n'ouvrent pas l'œil sur votre passage. Les

rues animées de Carmona m'ont rappelé celles de
Cortona. On vient à la plaza admirer les nouveau-nés, les garçons jouent au foot, des groupes
bavardent au soleil. Un gros poids-lourd s'est arrêté
un instant, le conducteur a sorti un bras de sa cabine
pour cueillir quelques oranges, puis il est reparti.
Comme Cortona et toutes les villes toscanes, celles
d'Andalousie ont leurs chefs-d'œuvre et leurs mystères. Carmona en a tant. Assis au soleil hivernal,
nous avons commandé des *tortillitas de bacalao*
– acras de morue –, des légumes cuits au four, et un
plateau de fromages que nous avons mangés en
regardant des fillettes jouer à la poupée sur un banc
public. On devient vite accro à ces fromages. On
trouve du manchego en Californie, mais il est ici
plus salé, plus crémeux, avec une odeur de ferme.
On voit sur les flancs l'empreinte du moule tapissé
d'herbes dans lequel il vieillit. J'adore les pâtes per-
sillées et j'ai déjà goûté plusieurs fois le *cabrales*,
mélange assez fort de brebis, de chèvre et de vache,
qu'on sert pour l'adoucir avec de la pâte de coing.

La matinée s'est fondue naturellement dans
l'après-midi, passé à explorer la vieille ville. Nous
sommes tombés sur la quintessence de l'église anda-
louse, Santa Maria – construite, pour ne pas
changer, sur les ruines d'une mosquée. Le patio
attenant, où l'on procédait aux ablutions, a gardé
ses orangers. Sur une des colonnes, on peut admirer
le calendrier wisigothique des fêtes religieuses. Toujours et encore, les strates des différentes cultures,
qui se superposent et demeurent.

Nous ne sommes sûrement pas les premiers à fredonner *Help Me, Rhonda*[1] en arrivant dans la ville légendaire de Ronda, juchée des deux côtés d'un à-pic impressionnant. Nous descendons au *parador*, qui fait partie d'une chaîne hôtelière d'État, dont les établissements ont généralement un intérêt historique. Notre chambre manque de charme, mais l'endroit est incomparable. Je vois depuis le balcon le pont qui surplombe le ravin, mais aussi les ruelles et les maisons de la vieille ville. La terrasse de l'auberge donne sur la gorge et l'on aperçoit les sommets au loin. Ronda a tous les ingrédients d'une peinture de mauvais goût – le village croule sous les géraniums ; les façades sont blanchies à la chaux ; les toits de tuile calés entre le gris-bleu de la montagne et la verdure des champs. Déprimants touristes dans les rues principales, déchargés en masse pour la journée, par des autocars venus de la côte. Certains spécimens sont aussi massifs qu'ils sont dévêtus. Un paysage à eux seuls. Le printemps doit avoir ici des allures de cauchemar. Tous ces gens ne devraient même pas se montrer en short dans leur jardin. Mais ils voyagent avec leurs fesses et leurs jambons à l'air.

Quittant les axes fréquentés, nous nous abandonnons à la beauté de Ronda. Les anciens chemins de bergers, escarpés et étroits, mènent aux quartiers

---

1. C'est une chanson des Beach Boys.

résidentiels d'aujourd'hui, silencieux et sereins. Ils me plaisent davantage que les *casas colgadas*, littéralement les maisons suspendues, accrochées au bord de la gorge, profonde d'une centaine de mètres. Je suis trop angoissée pour imaginer vivre ici. Nous nous arrêtons boire une limonade, consulter les livres et les cartes. Une fois de plus, je constate avec étonnement que les guides aplatissent tout – on passe d'une ville à l'autre sans changer de perspective. Aucune description factuelle ne vous révèle toutefois l'essence d'un endroit – ce qui vous élève quelque part, ou vous afflige ailleurs. C'est peut-être incommunicable. Chacun doit secrètement construire ses propres images. La lente chute d'une pièce de monnaie dans le ravin, l'éclat ensoleillé réfléchi par le bronze, l'oubli dans le néant en bas en disent plus que trois pages sur les hôtels et restaurants. Bien plus que n'importe quel résumé historique, desséché, comprimé – à vous supprimer tout vertige.

Je suis fatiguée de Ronda. Nous voulons nous isoler quelques jours, et ouvrir un roman, les pieds sur la table basse, ou faire la sieste, prendre des notes, siroter un jus d'oranges sanguines, goûter le matin les spécialités locales qui attendent au buffet. Les *migas* par exemple, un vrai plat campagnard composé de miettes de pains, d'épices, de chorizo et d'ail. Et les plateaux de fruits, les *churros* encore chauds. Le petit déjeuner est un élément essentiel de la culture. L'Italien avale son *espresso*, l'Américain mange son bol de céréales, ses œufs au bacon, le Français déguste son croissant. Inscrit dans les rythmes quotidiens du lever, du sommeil, le petit déj' est le refrain de la chanson des repas. Les *migas*, plat traditionnel espagnol, nous parlent de ceux qui, à l'aube d'une dure journée de travail, arrangeaient un reste de pain avec un peu de viande – bref, ce qu'ils avaient sous la main.

La lune pleine qui naît dans le ciel rose flotte au-dessus de la gorge – de ma vie je n'ai vu lune aussi grande. La voir ainsi ronde donne une idée de son poids – de la *pesanteur*. Énorme et lente, suspendue au-dessus du canyon. Elle pourrait s'abîmer dans la rivière en bas. *Lune* est le deuxième mot qu'a prononcé ma fille. À un an, l'index pointé vers le ciel, elle en percevait tout l'esprit, et elle imaginait l'espace. Accoudés au balcon, nous suivons sa lente trajectoire. La lune espagnole a le *duende*.

En route vers Marbella et Puerto Banús : un crochet par la côte. Plus au sud, le paysage devient sauvage – corniches, cascades, les chèvres qui cabriolent dans la rocaille. Je me demande si elles ne se tendent pas des pièges toutes seules. Accrochées à ces escarpements impossibles, elles ont elles-mêmes l'air de s'interroger : comment sommes-nous arrivées là ? *Help, help me, Rhonda.* Dans les hauteurs, les faucons paraissent suspendus au-dessus de leurs proies. Vol « stationnaire » que les Italiens ont surnommé *Il Santo Spirito* – le Saint-Esprit.

Nous apercevons la mer depuis un défilé. Nous traversons bientôt de drôles de lotissements. Ils semblent tombés là par erreur. Des touristes anglais et allemands hivernent dans ces cages à poules. Plus dévastée encore que la Costa del Sol, la région de Marbella croule sous le béton : l'Amérique comme si vous y étiez.

– Non, mais c'est Fort Lauderdale, ici ! dit Ed. Regarde-moi cette architecture. Du pseudo-toscano-méditerranéen.

Mais nous trouvons ensuite Marbella, les terrasses des cafés sur la plaza de los Naranjos, les beaux étals de savons raffinés et de draps français, un authentique balcon arabe avec une Vierge de plâtre. Et de nouveau dans l'air le délicieux parfum de la fleur d'oranger. Plusieurs boutiques d'occasion ont leurs vitrines pleines de produits Armani, Gucci et Jil Sander. Arrivés en vacances, les gens doivent regretter d'avoir mis ça dans leurs bagages et ils s'en débarrassent avant de rentrer. Ou peut-être ne portent-ils que le strict minimum. Le soleil est si clément. Dans un beau magasin de vêtements pour enfants, nous achetons une paire de chaussons tricotés main pour notre futur petit-fils.

Quelques kilomètres plus loin, à Puerto Banús, la jet-set flemmarde en janvier. Avec ses yachts – *mamma mia !* –, le port de plaisance est un étalage de splendeurs. Le gai cliquetis du gréement, les reflets vacillant sur l'eau me donnent toujours des envies d'aventure, sans doute cette quête inscrite dans l'âme humaine, le besoin de mettre les voiles,

de prendre le large, comme dit Ed. Mais ces Argo-
nautes-là sont certainement amarrés à long terme.
Dans leurs shorts bien repassés, les mousses asti-
quent, lustrent, lovent les cordages, font de petites
retouches sur le bois, pendant que les patrons
ventrus déblatèrent sur le pont, le portable à la
main. Deux femmes en pantalon clair franchissent
une passerelle d'un pas bancal. Il faut voir les sandales à talons ! Littéralement *chargées* de bijoux, elles
ont aux doigts des bagues plus grosses que des
glaçons.

— Ce qui s'appelle un stéréotype, dis-je à Ed. Tu
vois celui qui lit Heidegger là-bas. Et à l'avant du
Stardust Destiny, un type écrit une villanelle.

— C'est ça, tu rêves. Au mieux, il fait les mots
croisés.

Des Ferrari roulent au pas dans la rue. Au port,
nous examinons les menus des restaurants de fruits
de mer et en choisissons un. Écrevisses, crabes et
gambas gigotent sur un lit de glace, entre des
poissons à l'œil bien brillant. Près de nous, une Alle-
mande a fini de déjeuner — poisson grillé et vin
blanc. Elle commande un Tia Maria. Bronzée
comme du vieux cuir, elle doit avoir soixante-dix
ans, elle a les cheveux couverts d'un foulard
magenta, noué sous son cou. Ed lui demande si elle
vit ici. Oui, elle a acheté un appartement il y a cinq
ans. Elle est membre de plusieurs clubs de lecture
— et d'investissements —, et finalement elle s'ennuie.
D'où peut-être son deuxième Tia Maria. De plus, il
fait un peu frais aujourd'hui (24° au thermomètre).

Enfin, c'est quand même mieux qu'à Stuttgart où il gèle. Angoissantes, ces retraites qu'on vient passer quelque part pour la seule raison qu'il fait beau.

*

Après Ronda, nous nous dirigeons vers Grenade, ville de García Lorca, en passant par Antequera et Archidona. Les sommets des montagnes voisines sont enneigés – un décor pour Xanadu. En approchant de notre destination, nous nous perdons dans de tristes banlieues où même l'air semble sale. Nous finissons par trouver notre hôtel près de l'Alhambra. La déception nous cloue sur place. Grenade, je ne succombe pas à tes charmes. Poésie, roses, rossignols, jardins d'eau, Gitans – j'avais imaginé une cité fabuleuse, donc la faute n'en revient qu'à moi. Peut-être faut-il blâmer mon Sud-Américain de Princeton qui, feuilletant les poèmes de Lorca sur nos vertes pelouses, s'était arrêté sur la *Petite ballade des trois fleuves*. La reliure du recueil était usée (en cuir *cordouan*, maintenant que j'y pense : de Cordoue). « Guadalquivir, haute tour/le vent dans les orangeraies…/Il emporte les fleurs des oliviers, des orangers/Andalousie, jusqu'à tes mers. » Les pages froufroutaient sous la brise, fines comme du vieux papier bible. Marie-Noëlle, sa jeune enfant, avait appris son premier mot cet après-midi-là. *Agua*, répétait-elle d'une voix perçante, *agua*, en brassant l'eau de la piscine en plastique. Les bras croisés, adossée à un arbre, j'étais pendue aux lèvres du Nicaraguayen qui m'apprenait que Grenade avait « deux fleuves, quatre-vingts clochers, quatre mille canaux, cinquante fontaines ». J'ai perdu la bague en or que ma belle-famille m'avait donnée. Je l'ai cherchée dans l'herbe pendant des heures. Mon poète ne m'avait rien dit de la pollution et des maux de tête.

Nous arrivons tard. Depuis la fenêtre de l'hôtel, nous voyons la ville s'étendre à perte de vue sous les montagnes. Nous entendons les franges bruyantes de la circulation dans d'immenses artères illuminées. Pour parfaire cette première impression, un dîner qui tient du graillon, dans le restaurant que nous a chaleureusement recommandé le concierge de l'hôtel. Il est dix heures, l'établissement est vide à l'exception d'un couple silencieux qui avale ses tapas au bar. À chaque fois qu'il ressort de la cuisine, le patron boit une ou deux gorgées d'un grand verre de vin posé sur le buffet. Il prend un air maussade dès qu'on lui demande quelque chose.

– Ça doit être le frère du concierge, murmure Ed.

Au retour, nous scrutons plusieurs rues qui ne présagent rien de bon. Federico García Lorca, rêveur pudique et fils de l'eau, je crois que vous avez dit : « Grenade est faite pour la musique. » Pardonnez-moi, je vous prie, mais cette Grenade est un désastre. C'est un soulagement de voir l'hôtel se dresser au bout de la rue. Il est vaguement de style maure, plein de courants d'air, assez vieux pour prétendre à un peu de caractère. Nous l'avons

choisi, car c'est ici que Lorca, pour la première fois,
a fait une lecture publique de ses poèmes. Un guitariste l'accompagnait : Andrés Segovia. Je vois deux
jeunes hommes sortir d'une voiture. Federico,
Andrés, qui arrivent à la réception, le pas décidé et
la tête vibrant d'idéal ?

Ed monte prendre un bain, je commande un
xérès que je bois sur la terrasse vitrée. Les étoiles
brûlent. *Hey* Federico, j'attendais des chevaux, la
lune, le jasmin, le *duende*, la branche d'un amandier
sous le ciel. Y a-t-il une vérité dans le proverbe
arabe *le paradis est cette partie du ciel au-dessus de Grenade ?* Je n'aime pas vraiment le xérès, Federico. Je
ne visualise pas encore cet Alhambra, plus haut,
présence massive qui, chaque jour, retrouvait sûrement le chemin de vos pensées. Comme tous les
habitants de Grenade, vous deviez le sentir dans la
moelle de vos os. Ce *fino*, quand même excellent
– et quelle belle couleur chaude –, me rappelle mes
premiers beaux-parents. Ils achetaient un mauvais
xérès en bouteilles de quatre litres, le buvaient dans
de minuscules verres en cristal, n'arrêtaient plus de
lever le coude passé midi. J'allais avec mon mari
compter les cadavres sur le perron de la cuisine. Je
me demandais s'ils étaient tous alcooliques. Il y a
quelqu'un dont je n'ai pas envie de me souvenir, ce
soir, ici, sur cette terrasse. Ce vieil homme aux yeux
troubles, trônant dans un fauteuil dans un salon au
plafond trop haut ; ce personnage pénible ; tous
l'évitaient, quoique en essayant désespérément de
le glorifier, ou au moins de l'expliquer. On ne m'a

révélé ses penchants pervers que sur le tard, mais j'avais certainement deviné. D'instinct. J'étais après tout sa belle-fille. Frissonnante, j'ai toujours évité toute espèce d'étreinte au moment de dire bonjour ou au revoir. Les saveurs conservent les souvenirs. C'est peut-être la raison pour laquelle je trouve toujours au xérès un arrière-goût de moisi et de médicament.

Mieux vaut penser à l'homme stellaire, à ce poète aux antipodes de l'ex-beau-père débilitant. Lorca a traversé la vie trop vite, comme un météore – en trente-neuf ans seulement. En démontrant une force et une exubérance qui méritent n'importe où qu'on lève son verre à sa santé. Tout ce qu'il touchait enflammait sa créativité. Poète, dramaturge, conférencier, il avait également réuni une troupe de comédiens, pour apporter le théâtre dans des campagnes où personne ne voyait jamais une pièce. Il avait appris la guitare flamenco avec les Gitans. Il aimait la musique du peuple, ses chansons, ses jeux de mots. Il peignait, fabriquait des marionnettes, écrivait des lettres extraordinaires. Une légende au piano, il en jouait avec ses amis jusqu'à des heures indues. Avec d'autres musiciens, il avait organisé en 1922 une conférence sur le *cante jondo*, le chant profond.

> « La *siguiriya* gitane commence par un cri terrible, disait-il : un cri qui divise le paysage en deux hémisphères idéaux. C'est le cri des générations mortes, l'élégie poignante des siècles disparus, c'est

la pathétique évocation de l'amour sous d'autres lunes et d'autres vents.

Puis la phrase mélodique ouvre le mystère des tons et en tire la pierre précieuse du sanglot, larme sonore sur le fleuve de la voix. Aucun Andalou ne peut se défendre de frissonner en écoutant ce cri ; aucun chant régional ne peut lui être comparé pour la grandeur poétique et il est bien rare que l'esprit humain parvienne à former des œuvres de cette nature [1]. »

Lors de cette conférence, les artistes locaux ont pris conscience de leur héritage. Si Grenade était une promesse d'avenir, Lorca en était la fine fleur. Pablo Neruda se souvenait de lui comme d'un « enfant effervescent, le lit neuf d'un fleuve puissant. Prodigue de son imagination, et sa parole était un éblouissement… Un rire à trouer les murs, il improvisait l'impossible, et dans ses mains la farce devenait une œuvre d'art. Je n'ai jamais vu d'être humain aussi constructif, ni doué d'un tel magnétisme ». J'aurais adoré l'avoir pour ami proche. C'est comme une perte douloureuse. Et si étrange : voici quelqu'un qui me manque, et je n'étais pas née le jour de sa mort. *Buenas noches, Federico.* Je vais tâcher de trouver *votre* Grenade.

1492 résonne ici pour d'autres raisons que la découverte du Nouveau Monde. Grenade était la

1. Traduit en français par André Belamich.

dernière ville importante du sud de l'Espagne qui
fût encore dirigée par les Nasrides – cette année-là,
elle s'est rendue à nos vieux amis Isabelle et Ferdinand. Les Nasrides y avaient maintenu un émirat
indépendant pendant deux cent cinquante ans. Sa
forteresse fabuleuse, l'Alhambra, symbolise le raffinement, la fantaisie, la diversité de l'art mauresque.
Une culture parvenue à son apogée. À ma grande
surprise, je lis que le jour où l'on a remis les clefs
de l'Alhambra à Ferdinand et Isabelle, ils avaient
revêtu des costumes arabes pour gravir la colline et
prendre possession de leur nouvelle résidence. Le
palais a subi des dégâts durant la Reconquête,
toutefois les Rois catholiques en ont conservé
l'unité architecturale. Mais le voyageur peut trouver
bizarre qu'ils aient adopté aussi naturellement le
mode de vie arabe.

Nous nous levons tôt : c'est l'attraction touristique la plus fréquentée de la Terre. Nous avons de
la chance de trouver peu de monde. Pas un seul
autocar. Il n'y a qu'un chat noir pour nous souhaiter
la bienvenue – réincarnation de notre chatte Sister,
digne représentante du genre félin pendant dix-
huit ans. Sister la Mauresque n'a jamais été piquée
par un certain Dr Blood, vétérinaire, elle n'est
jamais partie enveloppée de cette serviette verte,
avec monogramme, que j'avais depuis l'université.

Nous recueillons toutes sortes d'informations sur
le palais et son histoire, et ce qui me fascine le plus
est la façon dont l'art, dans ces lieux, est étroitement
lié à la vie. L'ornementation – tant les décorations

intérieures que la conception des jardins – offre un éventail complet de tout l'art mauresque. Le domaine s'est étendu progressivement pendant plus de deux siècles, à partir de l'Alcazaba, la citadelle – en incorporant peu à peu des étables, des quartiers militaires, des communs, et les appartements de l'administration. Le joyau demeure le palais des Nasrides, avec ses cours, ses bains, l'enchantement de ses différentes salles et jardins. Il est jouxté par la Generalife (qui veut dire le « paradis de l'architecte »), résidence d'été des émirs (probablement rachetée au dit architecte). Ses jardins rappellent ceux, légendaires, de Damas. Nous avançons au son de l'eau, cette même eau qui rafraîchissait les riches heures des hommes du désert. Sensation renforcée par un monde de verdure autour – arbres luxuriants et roses de Damas. Plafonds ouvragés et dorés, azulejos polychromes, stucs porteurs d'épigraphes, mihrabs en forme de fer à cheval, entrelacs d'arabesques aux motifs géométriques ou végétaux – et malgré toute cette splendeur, les pièces restent à taille humaine. Quelques tapis, une pile de coussins, un brasero, et nous serions prêts à laver nos mains dans l'eau de fleur d'oranger, à nous détendre avant un festin de tagines d'agneau aux aubergines et aux choux farcis, avec coriandre, cannelle, citrons confits, pois chiches, safran, et une tourte aux pigeons. Les bains révèlent eux aussi un certain art de vivre. Au-dessus du bassin carrelé se trouve un balcon où prenaient place les poètes et les musiciens. On se baignait en musique. Arcades, galeries, et des entablements soutenus par des colonnes. Ces pièces sont-elles beaucoup plus grandes que les tentes qui, dans le désert, abritaient les ancêtres berbères des émirs ? Les innombrables colonnes ont peut-être remplacé les piquets de celles-ci ? Il y en a cent vingt-quatre dans la cour des Lions : on penserait à une palmeraie. La fontaine au milieu symbolise l'oasis dans le sable stérile. Et quelle merveille, cette fontaine. Ses douze lions de marbre – signes du zodiaque, douze mois de l'année – alimentent des canaux dans le jardin. J'ai toujours aimé l'expression latine *hortus conclusus*, « jardin enclos ». « Ma sœur, mon épouse, est un jardin enclos », lit-on dans le Cantique des Cantiques. Sainte Marie sera par la suite associée à la même idée, le jardin fermé gardant la pureté et la beauté d'un corps vierge. Plus tôt encore, l'étymologie du mot paradis remonte à l'avestique, une langue persane, dans laquelle il s'agit de « l'enclos du seigneur ». Ces jardins musulmans, fermés, ont eu une influence profonde sur ceux du Moyen Âge en Occident. Le plan cruciforme des monastères répond commodément à l'iconographie chrétienne, toutefois les quatre branches de la croix illustrent aussi le concept musulman de paradis, où quatre rivières alimentées d'une même source s'élancent vers les quatre points cardinaux.

– Le cœur a quatre cavités, quatre chambres, médite Ed à haute voix. Y pensaient-ils déjà ?

Comment avons-nous pu vivre si longtemps sans savoir ce que nous apprenons là ?

De nombreux souverains se sont identifiés au soleil. Cependant, dans la salle des Ambassadeurs où les émirs nasrides recevaient leurs subordonnés, un texte inscrit dans le stuc est d'un orgueil véritablement sans limite. Après un voyage fatigant, l'émissaire qui entrait ici, muni de son rapport sur la Costa Tropica, était sans doute stupéfait de trouver le plafond de bois de cèdre, profondément encaissé, les myriades d'étoiles en marqueterie, les hautes fenêtres qui allongent sur le sol leur lumineuse silhouette, et les miradors protégés par une dentelle de bois. En attendant le maître des lieux, il pouvait prêter attention à la calligraphie coufique du poème gravé près du trône :

« Que, de ma part, des paroles de grâce, de prospérité, de bonheur et d'amitié vous accueillent le matin et le soir… l'excellence et la dignité qui sont les miennes m'élèvent cependant au-dessus de ma race. Nous sommes certainement les membres d'un même corps ; mais je suis, moi, un cœur au centre des choses, le cœur d'où jaillit l'énergie entière de l'âme et de la vie. Certes, mes proches peuvent être comparés aux signes du zodiaque dans le ciel du dôme, mais je me flatte de posséder ce qui leur manque – l'honneur d'être un soleil. Car mon seigneur, le victorieux Yousouf, me parant sans travestissement des vêtements de sa gloire et de son excellence, a fait de moi le trône de son empire. Puisse Votre Éminence recevoir le soutien du Maître de la Divine Gloire et du Trône Céleste. »

Sous l'artistique lettrage aux courbes rythmiques, le ton est donné : nous avons ici un beau parleur qui cache une volonté d'airain sous un sourire de bienvenue.

En ressortant de la Sala de los Embajadores, l'émissaire pouvait ensuite se rafraîchir dans la cour des Myrtes, près du long bassin et de la fontaine basse. Ces fontaines et ces cours invitent à la promenade, à la lecture du poète Rumi, avec une tasse de thé au jasmin. Leur luminosité imprègne les pièces voisines, étincelle sur les carrelages, marbre les murs d'ombres mouvantes. Reflets et réfractions exerçaient certainement une vive influence sur la vie quotidienne, les fontaines et les cours se jouant de la lumière et de la température. Même la peau devait être sensible à ces touches d'aquarelle qui ne semble jamais sèche. L'eau dans ces lieux a un pouvoir transformateur. En regardant le plan général de l'Alhambra, je vois qu'elle était un élément architectural à part entière, au même titre que les arcades et les murs. Ces jardins sont réellement paradisiaques. On y vivrait après la mort.

Nous sommes les seuls clients dans la boutique. Tout en feuilletant les livres, je prête soudain attention à une petite musique qui me séduit par sa douceur.

– C'est merveilleux, cette musique, dis-je à la fille au comptoir. Qu'est-ce que c'est ?

– Bien sûr que c'est merveilleux. C'est Angel Barrios.

Elle me regarde comme si la réponse allait de soi. Moi, je n'ai jamais entendu parler d'Angel Barrios.

Nous choisissons plusieurs livres sur l'architecture
et les jardins, ainsi que deux CD – dont, bien sûr,
les airs obsédants de Barrios qui flottent dans le
magasin. Ils resteront liés dans ma mémoire au jour
où j'ai enfin visité Grenade et vu l'Alhambra.
L'autre CD est une version de *Nuits dans les jardins
d'Espagne*, de Manuel de Falla. Rien que le titre est
envoûtant. De tendres accords qui roulent sur le cla-
vier du merveilleux compositeur espagnol. J'écoute
l'un et l'autre en revenant dans notre chambre. Ce
Barrios m'électrise – est-ce le troisième ange de la
prophétesse qui dansait avec Dieu ? L'Alhambra
me reprend sous son charme. Et je sais que j'écou-
terai ce musicien jusqu'à la fin de ma vie.

Les habitants des maisons éparpillées sous
l'Alhambra doivent sentir sa présence et ses jardins
dès le café du matin ; ils doivent s'y promener
constamment en imagination ; et y revenir
constamment le dimanche après-midi. Une rue plus
bas, l'une de ces bâtisses, à la porte patinée mais
d'un bleu soutenu, était justement celle de Manuel
de Falla, ami de Lorca, lui aussi *appassionato* des traditions gitanes. Ils avaient organisé ensemble la
fameuse conférence sur le chant primitif andalou.
Le musicien habitait là avec sa sœur. Il entendait
dans son jardin l'écho des nombreuses fontaines du
palais. Leur fluidité mélancolique se retrouve dans
ses compositions. De Falla est depuis longtemps
mort en Argentine – l'impasse où il résidait est à

présent complètement vide. Lorca frappait sur la porte le marteau en forme de main de femme. L'ami ouvrait la minuscule lucarne pour voir qui était là. La porte s'ouvre, un rire, les deux hommes se retrouvent, Federico écoute Manuel au piano, Manuel écoute Federico qui lui lit son dernier poème. Je les vois à l'intérieur, pleins de vitalité, de créativité sanguine et bourdonnante, à la fois forts et affamés. Une amitié de bonheur qui a eu une fin tragique. Je mémorise la porte bleue – fermée – dans le mur blanchi à la chaux.

La *huerta* – fermette – des Lorca était autrefois une douce maison blanche dans les champs, d'où la famille jouissait d'une vue sur l'Alhambra, et les montagnes distantes de la Sierra Nevada. Elle était entourée d'un jardin charmant. *Il y a tant de jasmin et de morelles noires au jardin que nous nous réveillons tous avec des maux de tête lyriques.* On semble passer aisément de la vie à l'intérieur/à l'extérieur des murs. Aujourd'hui l'autoroute longe un bord de la propriété, qu'un immeuble de dix étages étouffe de l'autre côté. Pourtant lorsqu'on arrive dans le parc, cette maison toute simple est profondément émouvante. Le fourneau noir dans la cuisine, la petite chambre où dormait Federico, le piano, les manuscrits et ces dessins fantaisistes, encadrés – tout a gardé son âme, monument historique ou pas. Dehors, une Gitane m'offre un brin de romarin. Je le prends car Federico l'aurait fait.

Notre journée est un pèlerinage Lorca. En voiture dans la *vega*, vers la maison de sa petite enfance

à Fuente Vaqueros (la « fontaine des cow-boys »).
Mystérieux paysage de plaine – hachuré par les
immenses silhouettes des peupliers qui se dressent,
flous et cotonneux dans un air hivernal, immobile et
blanc. Un paysage qui n'est pas sans rappeler les
sensations d'immensité et de « densité spirituelle »,
décrites par le poète. Correspondances sensorielles
confortées par un rapport étroit à la terre : « Le vent
lui passait un bras gris/autour de la taille », ou « le
soleil dans l'après-midi/est le noyau d'un fruit », et
tant d'autres. Les rangs des peupliers sous la lumière
nacrée me rendent d'humeur rêveuse. Quand le
soleil aura brûlé la brume, seront-ils encore là ?
Cette autre maison est également touchante – le
berceau, les tomettes, le puits et la pompe dans le
jardin, les photos du garçon conservées par maman.
Nous le retrouvons à l'étage, maintenant jeune
homme, dans un documentaire sur écran vidéo qui
le montre dans les campagnes avec les comédiens
de sa troupe. Son grand sourire. Sa vigueur. L'affection qu'il voue à ses camarades crève l'écran. La
famille a encore déménagé, cette fois à Valder-
rubio, où nous partons aussi. Oliveraies sans fin.
Mais, arrivés au pas de la porte, nous nous contenterons d'un coup d'œil et reprendrons la route de
Grenade. Nous écouterons Barrios et de Falla, par-
lerons tranquillement de notre retour bientôt.

   L'après-midi touche à sa fin quand nous rega-
gnons Grenade. Nous nous arrêtons manger des
tapas dans un endroit qui avait la faveur de Lorca.
Puis nous repartons nous promener, sur las Ramblas,

explorer les ruelles pleines de gens qui font leurs courses. Ces magasins de guitares ! Il y en a partout. Dans chacune, quelqu'un est en train d'accorder un instrument, attentivement, de gratter quelques accords, ou simplement d'en prendre une dans ses mains pour voir ce qu'elle lui inspire. Nous nous enfonçons dans le quartier marocain, ombreux, près de l'université, et nous finissons dans un restaurant. Une photo de Lorca est accrochée au-dessus du comptoir. Une fois de plus, nous sommes seuls dans la salle. Le garçon nous sert du vieux *mahón*, au goût de noisettes grillées, qui vient de Minorque. Et un autre fromage, curieux et fumé, qui porte le nom d'*idiazabal.* Offerts – le dîner se termine sur une touche gracieuse.

Le destin de Lorca plane et pèse sur Grenade. Est-ce à cause de cette mort aux mains des fascistes que de Falla, qui aimait tant sa maison près de l'Alhambra, a émigré en Argentine ? Voulant sauver son ami, le musicien s'était rendu au siège du gouvernement. Il avait appris là qu'il arrivait trop tard : Lorca était déjà assassiné. Revenant à Grenade, de Falla a-t-il dès lors trouvé celle-ci insupportable ?

Tandis qu'il m'initiait à la poésie de Lorca, Carlos m'avait raconté une histoire. Une espèce rare de quetzal s'était un jour posée sur le toit de la ferme de ses parents, près de León au Nicaragua. Éblouis par sa beauté, les ouvriers n'avaient pensé qu'à une chose – ils ont aussitôt pris un fusil pour le tuer. Combien d'oiseaux espagnols ont ainsi été assassinés, pendant une guerre civile qui a duré presque trois ans ? De juillet 1936 à la fin du mois de mars 1939, cette guerre a fait cinq cent mille victimes, dont cent trente mille exécutions – cinq mille à Grenade. Dans le jardin fleuri de leur *huerta*, les Lorca ont dû pleurer pendant des années.

Esprit libre, Lorca était cependant bien trop intelligent pour critiquer ouvertement le régime fasciste. Je suppose que, doué d'un sixième sens, il a tout de suite compris, en le voyant se mettre en place, qu'il était lui-même menacé. Lors de son dernier voyage à Grenade (il prenait le train à Madrid pour rendre visite à ses parents), il a reconnu un député de sa circonscription. Levant l'index et le petit doigt, il s'est mis à scander : « Lézard, lézard, lézard » – pour protéger cet homme du mauvais œil. Huit jours avant qu'on vienne arrêter le poète chez ses amis Rosales, son beau-frère était assassiné – il venait d'être élu à la mairie de Grenade. Ceux qui ont emmené Federico García – Ruiz Alonso, Juan Luís Trecastro, Luís García Alix, et le gouverneur Valdés – méritent que leurs tombes soient à jamais couvertes de peinture noire. Avec mention spéciale pour Trecastro, qui a lui-même tiré « deux balles dans le cul [de] ce pédé ». On a tué Lorca dans une oliveraie, près d'une source consacrée par les Maures – la fontaine des Larmes, paraît-il.

Neruda : « Même en cherchant d'arrache-pied, en battant la campagne en quête de quelqu'un à sacrifier qui ait valeur de symbole, on n'aurait pu trouver nulle part – que chez cet homme qu'ils ont choisi – l'essence, la vitalité et la profondeur de l'Espagne. » Le poème d'Antonio Machado nous rappellera toujours que *C'est à Grenade que le crime a eu lieu, Vous savez – pauvre Grenade ! – dans sa Grenade* !

Une de mes citations préférées de Lorca date de son séjour à New York. Il aimait le jazz de Harlem, il voyait un lien entre la musique des Noirs et celle des Gitans andalous. Et il disait ne pas comprendre un monde « assez éhonté et cruel pour pratiquer la ségrégation, alors que la couleur des peuples témoigne du génie artistique de Dieu ». Bravo, Federico.

Laissons le dernier mot à Machado :

> *Élevez, mes amis,*
> *dans l'Alhambra, de pierre et de songe,*
> *un tombeau au poète,*
> *sur une fontaine où l'eau gémira*
> *et dira éternellement :*
> *le crime a eu lieu à Grenade, sa Grenade*[1] *!*

Dans une boutique d'antiquités, je cherche des objets liés à ma perception de l'endroit. J'achète une grenade en marbre que je poserai sur mon bureau. *Granada* est bien sûr le nom espagnol du fruit.

1. Traduit en français par Sylvie Léger et Bernard Sesé.

J'emporte également six vieux azulejos, bleus et blancs, qui représentent des sangliers et des cerfs. Je trouve aussi une petite nature morte d'oranges et de citrons, ainsi qu'un marteau de porte en bronze, vert-de-grisé, en forme de tête de cheval. Il y a une telle pagaille dans le magasin qu'on aperçoit à peine le patron, en train de discuter au fond avec un ami. Ce dernier, originaire de Damas, habite Grenade. Il chuchote quelques mots à l'antiquaire, qui ouvre un coffret et me tend une main de Fatima en argent.

– Porte-bonheur, dit-il.

– Contre le mauvais œil, renchérit le Damasquin.

Il a le teint mat, des yeux noirs comme la suie, mais animés d'un feu minuscule.

Il me fait un grand sourire où manque une incisive ; me donne toutes sortes de conseils ; ce qu'il ne faut pas rater ici ; il tient une boutique de falafels ; et il parle dix langues. Nous avons l'impression de rencontrer un Maure arrivé des siècles plus tôt avec des roses de Damas en boutures, des épices, des livres d'alchimie et des chants. Voilà, Federico, nous commençons à *voir*.

Un jour ou l'autre, je reviendrai à Grenade. J'ai adoré les minuscules bains arabes, le Musée archéologique, le dénuement des rues dans le quartier de l'Albacín. L'Alhambra a électrisé chaque neurone de mon corps. Au fil de la semaine, la topographie, la solitaire *vega* et les montagnes majestueuses ont imprimé leur marque sur mes sens. Pourtant, je me suis sentie agitée, inquiète. Le fantôme de Lorca déambule dans la ville, mal à l'aise dans ses rues. Certaines choses ne peuvent être pardonnées. _Le crime a eu lieu à Grenade._

Ubeda nous séduit immédiatement. Notre chambre du _parador_ profite d'un balcon qui donne sur la cour intérieure. Ce qui me réjouit. Comme Pienza en Italie, Ubeda est une ville Renaissance où, toutes les fins d'après-midi, la pierre dorée transforme la lumière en miel chaud. Nous arrivons à la plaza où les pelles mécaniques ont creusé des trous partout. On contourne les travaux au moyen d'une série de passerelles en bois. Impossible de voir la célèbre statue du fasciste Serro qu'au long des décennies les habitants ont criblée de balles. Rebroussant chemin vers le _parador_, nous tombons sur l'église Saint-Paul qui a la forme d'une mosquée – carrée et basse. Ses quatre flancs m'intriguent. Le premier fait face à une fontaine Renaissance. Un autre présente des têtes sculptées et des colonnes ornementales, qui font immanquablement penser à Venise. Quel privilège d'admirer les palais alentour. Sur la place de l'église, des femmes tricotent et parlent plus vite que leurs aiguilles. Quatre garçons commencent une partie de football. Le ballon percute soudain un des gracieux réverbères à trois branches. Le verre tombe en morceaux, la place reste un instant figée ; puis le jeu reprend avec les conversations.

Comment imaginer, pour un « saint poète », relique plus pertinente que deux doigts de sa main, placés sur un pupitre dans un coffret d'argent ? Des groupes d'Espagnols en voyage organisé s'amassent dans ces pièces où saint Jean de la Croix a vécu et écrit. J'ai entendu parler de lui pour la première fois à l'université. Je lisais T.S. Eliot, qui incorporait dans ses propres vers des citations de l'ascète espagnol. Religieuse, philosophique, la poésie de ce dernier est chargée d'un érotisme refoulé par sa quête d'amour mystique. Lorca voyait poindre le *duende* dans le recours constant à la privation, chemin de l'illumination dans la nuit noire de l'âme. Dans l'ensemble, cependant, les œuvres de Jean de la Croix tiennent surtout de l'homélie : comment vivre dans ce monde, apurer soi-même l'eau du puits, quelle langue parle-t-on dans les campagnes, comment s'initier au sublime par les voies de la sagesse… J'aime mieux ce qu'elles contiennent de poésie pure, lorsque, laissant parler ses voix intimes, il révèle un sens aigu de la métaphore. Les poètes arabes auraient-ils influencé ces vers :

> *Les renards, prenez-les,*
> *car déjà notre vigne est fleurie*
> *tandis qu'avec des roses*
> *nous ferons une pigne*
> *et que nul ne se montre à la colline.*

> *Arrête, bise morte,*
> *viens, zéphyr qui réveilles les amours,*
> *souffle par mon jardin,*
> *que courent ses parfums,*
> *et l'aimé mangera parmi les fleurs.*

(*Le Cantique spirituel*)

Sa haire, et la bûche qui lui servait d'oreiller, sont exposées dans sa chambre à coucher. Les autres pièces réunissent des peintures de ses miracles, dont l'un semble transformer des asperges. Quand Jean de la Croix dialogue avec Jésus, leurs paroles quittent leur bouche sous forme de rubans colorés.

L'influence mauresque est minimale à Ubeda. Une porte ici, un portail là – nous en découvrons un, caractéristique, avec son double fer à cheval à angle droit. Dans l'ombre se trouve un portrait de Marie. Sur la petite corniche dessous, sont posés des vases pleins de fleurs artificielles, couvertes de poussière. Mais aussi une jambe de poupée, une bougie rouge, et deux yeux peints sur un bout de métal.

Je retrouve brusquement ma vieille habitude d'inspecter les vitrines d'agences immobilières et de repérer les pancartes À VENDRE. Voici une ville dans laquelle je pourrais vivre confortablement. Je m'y vois anonyme, avec de longues journées, du temps et de l'espace pour écrire – et lire les œuvres complètes de saint Jean de la Croix. Nous pourrions tout vendre pour acheter une maison sur cette plaza

Santo Domingo, anguleuse et verdoyante. Mais demain nous bouclons la boucle avec Baeza, puis Cordoue, et alors il faudra dire au revoir à l'Andalousie.

Petite et plaisante au milieu des oliveraies, Baeza grouille d'élèves de l'académie de la Guardia Civil, partout dans les rues avec leurs uniformes verts. Fringants, jeunes, les cheveux très courts. Au café avec leurs amies, beaucoup profitent d'un soleil radieux en janvier. Nous laissons nos pas nous guider vers le marché couvert, les plazas, les églises. Nous nous faufilons dans une maison patricienne par la porte entrouverte, puis rêvons de la restaurer entièrement. En face de *l'ayuntamiento* (la mairie), Ed remarque une maison délabrée avec une porte bleue et une plaque de faïence, bordée d'un liseré de roses : AQUI VIVIÓ EL POETA ANTONIO MACHADO. La maison du poète, où son épouse est morte à l'âge de vingt ans, trois ans seulement après leur mariage. Elle est fermée, mais nous voyons la même chose que lui lorsqu'il la refermait chaque matin, avant de partir à l'école du village où il enseignait les langues. Machado a vécu simplement jusqu'au jour où, prenant position contre les fascistes, il a été obligé de quitter l'Espagne. Il est décédé en 1939, peu après son arrivée en France. Nous reprenons la route au milieu des oliviers. Je lis à Ed quelques-uns de ses vers :

On voyait au-dessus
De l'oliveraie
La chouette qui volait et volait
Portant dans son bec
Un brin de verdure
pour la Vierge Marie.
Pays de Baeza,
Je te verrai en rêve
Quand je ne te verrai plus.

Au bout de quelques kilomètres, nous tombons sur un *cortijo* à vendre, serein, murs blancs et neuf mille oliviers. Le prix de la moitié d'un studio à San Francisco. Le monde ouvre des brèches pour qui veut prendre des risques.

Un coup d'œil sur le plan de Cordoue suffit à expliquer pourquoi nous nous perdons sans cesse. Cela devait être une règle de la géométrie arabe : les parallèles n'existent pas. Les rues en étoile suivent le tracé labyrinthique de l'ancienne médina, et convergent vers les églises ou les places. Beaucoup sont trop étroites pour les voitures, pourtant nous voyons un conducteur intrépide qui, cigarette au bec, essaie de se faufiler. Il a rabattu ses rétroviseurs extérieurs et je suis sûre qu'il retient son souffle en naviguant avec cinq centimètres de marge de chaque côté.

Renonçant finalement à nous repérer correctement, nous nous contentons de poursuivre notre chemin au petit bonheur des venelles pavées, sous des guirlandes de géraniums. Nous faisons le tour de la Mezquita, la célèbre mosquée, et évitons les quais où la circulation est dense. Grenade, pourtant un grand centre touristique, ne le montrait pas tant que ça, ce qui nous a surpris. Cordoue l'a rattrapée. Les boutiques de souvenirs kitsch prolifèrent dans le dédale des rues chaulées du vieux quartier juif – on devine un enchantement de cours intérieures derrière les portails aux arabesques de fer forgé. Rares sont les passages dans lesquels je n'ai pas envie de m'engouffrer. Nous tombons sans cesse sur de petites églises gothiques, très simples – cadeau inattendu. On retrouve ici et là une touche arabe – une coupole, un arc, la forme d'un vitrail – œuvre des Mudéjars après la Reconquête.

Notre hôtel se trouve en face du Museo Taurino, dédié à la tauromachie. Oh ! Dépouilles et têtes de bêtes, gisants de matadors ensanglantés... Lorca se demandait si le *olé* espagnol n'était pas lié au moment où le *duende* surgissait dans la musique arabe, poussant les spectateurs à crier *Allah, Allah*. Nous ne nous attardons pas ici. Je suis étonnée d'apprendre que la corrida trouve son origine dans les rites sacrificiels des Tartésiens, qui vivaient près du delta du Guadalquivir vers l'an 1000 av. J.-C. Je ne vois aucune gloire dans ce spectacle-là. Peut-être parce que j'appartiens à une culture qui dénigre la mort. Où elle ne suscite que l'embarras. Je dois de nouveau me référer à Lorca : « Dans tout pays, la mort est une fin. Elle arrive et on ferme les rideaux.

En Espagne, non. En Espagne, on les ouvre. Beaucoup vivent là-bas entre quatre murs jusqu'au jour de leur mort, où on les sort au soleil. En Espagne, un mort est plus vivant mort qu'en nul autre point du globe [1]. » À l'exception du Mexique. À Guanajuato, je suis passée devant l'atelier d'un fabricant de cercueils. Une petite fille avec un jabot rose jouait à la poupée dans une bière ouverte, pendant que ses parents clouaient un couvercle à côté. La vie et la mort sont compagnons plus proches que nous ne pouvons le comprendre.

C'est un plaisir de retrouver des étals de *churros*. Miguel plonge un rouleau de pâte dans l'huile bouillante où il grésille aussitôt. Puis il forme un anneau et le ressort avec une paire de pinces. Il nous explique sa recette. Nous devons en perdre la moitié. Ses *churros* sont énormes. Il comprend ce que je veux dire quand je parle de *hula hoop*, et il nous donne un petit pot de chocolat supplémentaire. En fait, il faut les manger à peine sortis de l'huile. Je finis par y prendre goût.

En face du Museo de Bellas Artes se trouve celui d'un peintre local, Julio Romero de Torres, disparu en 1930. Je n'en avais jamais entendu parler. Il peignait surtout des femmes, avec les cous les plus délicats qu'on puisse imaginer. Certaines des nombreuses toiles ont un côté macabre, mais il y en a beaucoup dans lesquelles la lumière est transcendantale. Les portraits les plus petits, très beaux, ne

---

1. Traduit en français par S. et C. Pradal.

dépareraient pas à côté de ceux de Piero della Francesca, de Zurbarán et de Ghirlandaio que nous avions vus à Madrid.

Au bout d'une longue promenade, nous arrivons au Palacio de Viana, qui ne manque pas de charme. Sa construction date du XVIᵉ siècle, mais il a été plusieurs fois transformé, notamment au XVIIᵉ. Il incarne cette période où l'architecture arabe s'est fondue pour toujours dans le style espagnol. Les quatorze patios sont tout bonnement un rêve. Il faut se joindre à un groupe pour visiter. Comme le guide ne parle que sa langue, nous nous ennuyons et nous sommes vite perdus. Soudain, dans une petite chambre à coucher : un portrait de Franco. Le lit est étroit, et je plains celle ou celui qui dormait en face de ce bonhomme. Pour nous distraire, nous nous imaginons propriétaires et arrangeons tout ça à notre façon : quelles plantes mettre ici, comment disposer autrement tous ces meubles ennuyeux. Puis nous composons un déjeuner du dimanche dans une des cours somptueuses – légumes de printemps, gibier rôti, et pour finir la crème brûlée qu'on nous a servie hier avec une glace à la cannelle. Des fromages de chèvre artisanaux avec un verre de *fino*, ou une liqueur de cerises mûres. Je quitte le groupe pour aller aux toilettes et je me retrouve seule un moment. J'ai un quart d'heure pour examiner les tommettes usées, pour regarder par les fenêtres, et j'échappe au blabla. On me fait la leçon quand je retrouve le groupe au détour d'un couloir. Palacio de Viana : un de ces lieux où, chaque jour, la vie semble tisser sa toile sans discontinuité entre l'intérieur et l'extérieur. J'aime ça.

— Les Espagnols ont inventé une forme d'architecture qui épouse tous les instants de la journée, me dit Ed en sortant, avant que nous ne nous perdions encore dans les rues de Cordoue.

— Le sol est incliné dans les cours intérieures, pour leur permettre d'évacuer les eaux de pluie. Qu'ils récupèrent dans une citerne.

— J'aime bien arriver quelque part par le patio. C'est une transition agréable entre la vie publique et la vie privée. On entre, tout en restant dehors.

— Sans rien interrompre.

La Mezquita – la mosquée – est une des splendeurs de ce monde, et nous la gardons pour la fin. En traversant une minuscule plaza, Ed s'arrête devant la statue d'un homme qui a un livre dans sa main.

— Maimonide ! Évidemment ! J'avais oublié. Il est né à Cordoue.

Je n'en sais pas long sur lui, mais je reconnais son œuvre majeure quand Ed mentionne le *Guide des égarés*[1].

— On ne peut pas faire plus contemporain, comme titre ! lui dis-je. Ou nous égarons-nous

---

[1]. Traduit en anglais sous le titre *Le Guide des perplexes*. D'où le commentaire qui suit, plus facile à comprendre ainsi : « Qui ne s'étonne pas s'illusionne. »

perpétuellement dans l'histoire ? C'est mon cas et je
ne l'ignore pas.

– Ça me paraît une bonne attitude devant la vie.
Qui ne s'égare pas s'illusionne. Voyons – c'est un
Juif qui écrivait en arabe et qu'on a forcé à l'exil.
Personne ne sait pourquoi, mais il a choisi de partir
en Afrique du Nord au lieu de suivre ses semblables
dans le sud de l'Espagne. Peut-être parce qu'il avait
de plus fortes affinités avec la culture arabe. Certains disent qu'il s'est converti à l'islam.

Et c'est encourageant de le voir tenir bon sur sa
petite place, pendant que les étudiants font gueuler
leur musique, toutes fenêtres ouvertes. Il leur ser-
vira toujours de point de repère. Sénèque, qui fut le
précepteur de Néron, est aussi natif de Cordoue.
Comme Averroès, dont la relecture d'Aristote a sus-
cité d'intenses débats au XIIe siècle : le raisonne-
ment retrouvait ses lettres de noblesse sur tout le
continent. Et tandis que l'Europe cheminait dans le
noir, Cordoue se flattait de posséder une immense
bibliothèque, forte de quatre cent mille ouvrages,
mais aussi de maisons et de rues éclairées, avec l'eau
courante, chaude et froide. Elle avait ses tisserands
et ses ciseleurs d'ivoire. Et encore trois cents
hammams, cinquante hospices, dix-sept facultés.
On y louait les mathématiciens, les philosophes, les
musiciens et les poètes. Les femmes *aussi* étaient
musiciennes et poètes. L'esprit de tolérance, qui
régnait entre les juifs, les musulmans et les chrétiens, s'est traduit par une forte expansion culturelle.
Et quelle culture. Malheureusement, la *convivencia*

(coexistence pacifique) a été brisée au XIIᵉ siècle par l'invasion des Almohades, sectaires, qui ont mis fin au règne des Omeyyades, plus souples et plus intellectuels. Puis, en 1236, Ferdinand III de Castille se rendant maître de la ville, les non-chrétiens ont dû s'enfuir.

Les Omeyyades sont les héros de Cordoue. Leur épopée en Espagne commence avec un personnage fabuleux : Abd al-Rahman Iᵉʳ. En 750, il est encore adolescent quand sa famille entière, qui gouvernait la Syrie, est destituée et assassinée. Comme bien des pionniers d'autres temps, il part à l'ouest, vers le pays qui porte le nom d'*al-Andalus*, où il compte de nombreux appuis. Dans son ouvrage *L'Andalousie arabe, une culture de la tolérance*, María Rosa Menocal explique comment Abd al-Rahman a changé le cours de l'histoire. Elle a certainement raison. Plus je me documente sur l'Andalousie, plus je me rends compte que, à l'université, on m'a fait étudier une version déshabillée des choses. Il s'agissait d'établir le joyeux triomphe du christianisme. Quitte à emprunter certains détours pour éviter d'ouvrir les yeux sur de nombreuses contradictions et vérités alternatives.

En vivant en Italie, j'ai commencé à comprendre que le monde occidental est né de la somme des cultures qui entourent la *mare nostrum*, notre mer, comme l'appelaient familièrement les Romains. Même en Toscane, on ressent l'influence lointaine des Arabes, trop souvent ignorée. *Saracinesca*, un mot que nous utilisons fréquemment, illustre la maîtrise des Sarrasins sur l'eau. En sus de la roue hydraulique, ils ont apporté à l'Occident de savants procédés d'irrigation et, de toute évidence, cette vanne perpendiculaire qui permet de faire dériver l'écoulement de l'eau – que nous appelons *saracinesca* en Italie. C'est lors de notre premier voyage en Sicile que nous avons été réellement confrontés à la présence et à l'histoire des Maures. Aujourd'hui, en Andalousie, nous sommes stupéfaits de voir ce que les Arabes ont apporté à la culture méditerranéenne dans son ensemble. Il y a tant à reconsidérer.

La Mezquita. En en faisant le tour, nous avons admiré les portails qui rehaussent les façades de grès brut. Chacune des ouvertures en fer à cheval, avec la porte en dessous, fait penser à une vague silhouette humaine, et les décorations qui bordent la partie supérieure rappellent les auréoles des saints. Toute représentation graphique du corps étant à l'époque interdite, je me demande si ce ne serait pas un subterfuge pour lui donner une place dans l'édifice. Les vantaux des portails sont ornés de motifs géométriques aussi complexes que variés.

Après s'être emparé de la ville, Abd al-Rahman a acheté la basilique chrétienne, bâtie sur un temple romain, qu'il a agrandie et transformée en mosquée. Ses descendants ont poursuivi son œuvre, et il n'en est pas aujourd'hui de plus grande. L'architecture elle-même, quand vous vous y trouvez, semble vous *conduire* naturellement au recueillement et à la prière. Le plan horizontal, immense, paraît vous maintenir au sol. On n'a pas l'impression d'une hiérarchie, d'une volonté d'élever l'esprit vers le ciel. La sensation est très différente de celle qu'on éprouve dans une cathédrale gothique – on se rapprocherait presque du roman. Dans une mosquée, les versets du Coran remplacent l'iconographie des églises chrétiennes. L'endroit où l'on se prosterne, quel qu'il soit, est forcément saint : pas de maître-autel qui serve de point de mire, il faut seulement se tourner vers La Mecque. Un fidèle inspiré peut diriger un groupe de prière où il veut. Le nombre infini de colonnes indique clairement au croyant que tout point de l'espace intérieur a la même valeur pour Allah.

Le mot le plus souvent utilisé pour décrire ces colonnes et leurs arcades est celui de *forêt*. Une forêt pétrifiée, dit même un écrivain. Je comprends cette perception. Il y a également une aimable symétrie avec la cour des Orangers, qui y est accolée. Les fidèles venaient s'y laver avant la prière et – ce que je trouve formidable – les érudits s'installaient aux endroits désignés pour divulguer les théories les plus récentes à quiconque voulait s'informer. Toutefois, à l'intérieur, quand j'observe les arches superposées, je n'ai pas la sensation de déambuler dans une forêt. C'est plutôt un instinct primitif qui me parle – nous marchons dans l'esprit d'Allah. Le jeu des colonnes, des chapiteaux, des différentes hauteurs, me fait penser à un immense cerveau. Il y a malgré tout une intimité dans cet espace qui peut inspirer la claustrophobie. En même temps je sens *un appel de quelque chose.* Je n'ai jamais eu de telle réaction dans un édifice religieux.

Avec ses teintes de crème et de terre cuite, la colonnade a tout d'un paradis. En revanche, les ajouts ultérieurs des chrétiens sont une absurdité et une torture pour l'œil. On a littéralement coincé une cathédrale en plein cœur d'une mosquée. Elle brise l'harmonie de la structure, c'est une abominable intrusion. Se rendant à Cordoue trois ans après la construction de ce monstre, Charles Quint s'est exclamé : « Vous avez détruit ce que l'on ne voit nulle part pour y mettre ce que l'on voit partout ! » Toutefois il n'a rien fait pour réparer l'outrage, rendre son intégrité à la Mezquita, et nous avons aujourd'hui un assemblage aussi ridicule qu'un chameau à tête de poule. Les catholiques ont également muré un grand nombre d'arcades, ce qui nuit à la diffusion de la lumière. Le résultat est certainement une des plus grandes atrocités architecturales de ce monde. Par bonheur, la taille de l'ensemble permet d'oublier cette étrange église et de rêver un moment à l'Andalousie de jadis. Cet endroit est après tout un baume au cœur, et cela inspire le pardon.

De retour à Madrid, nous passons notre dernière soirée très confortablement au Ritz. Les recommandations de l'hôtel précisent que les vêtements de sport sont proscrits dans le hall. Si l'on *doit* en porter, il faut avertir le groom, qui vous escortera vers une porte de service.

Tirés à quatre épingles, évidemment, nous dînons fort bien dans le restaurant de l'hôtel. Autour de nous, les Espagnols en famille sont tellement endimanchés qu'on se croirait revenus trente ans en arrière. Le *muga gran reserva bodegas* a l'arôme des violettes humides qui poussent au printemps – et de la rose Paul Neyron de notre jardin à Bramasole. Le fromage garrotxa, quant à lui, me rappelle les herbes fraîches que je vais cueillir avant de préparer un de nos festins. C'est peut-être que j'ai le mal du pays. Notre voisine Chiara a mis sous enveloppe le *passaporta* d'Ed que nous avons bien reçu. Il peut quitter l'Espagne et retrouver l'Italie en toute légalité.

Nous avons l'impression d'être arrivés il y a des mois, Ed avec une sinusite et moi sans valise. Nous décollons, direction Florence. Les réacteurs font un drôle de bruit – le bourdonnement d'un avion en papier, propulsé par un élastique. Ed boit son verre d'eau à petites gorgées en regardant par le hublot. Je me penche pour voir Madrid se fondre dans le virtuel. Au revoir aux cieux d'azur et de safran sur la *vega* ; au revoir au patio du musée, où les trilles des oiseaux remplaçaient les fontaines ; au revoir à cette nuit où toutes les sérénades s'appelaient Agueda ; au revoir à l'« incorrigible bohémien » et à sa statue de marbre ; au revoir à la calligraphie arabe sur les tombes d'Isabelle et de Ferdinand ; au revoir au soleil de midi sur l'arène ; au revoir à la dinde jetée du haut du clocher (et bonne chance à qui veut l'attraper) ; au revoir à la chèvre toute seule sur son bout de corniche ; au revoir aux enfants en procession derrière la Vierge, avec leurs couronnes de laurier et leurs oiseaux de couleur ; au revoir au grand cerveau d'Allah ; au revoir au gaspacho à l'ail de Ronda ; au revoir aux vers de Machado *Sous le bleu de l'oubli, l'eau sacrée/Ne chante rien – ni ton nom, ni le mien* ; au revoir, Federico García Lorca.

Astrolabe et cataplana au Portugal

Le chauffeur du taxi sifflote en longeant tranquillement le grand parc de l'avenida da Liberdade, où
des feuilles apparaissent sur les branches. Un jeune
printemps, à l'heure en mars, avec ses jacarandas et
ses arbres fruitiers en bourgeons. Je me surprends à
dire :
– L'Europe, l'Europe, vraiment l'Europe.
Je me vois déjà devant un espresso à la terrasse
d'un café Art nouveau, sous les arbres, à inscrire
dans mon carnet des mots de portugais. Nous
faisons le tour d'une immense place avec des fontaines, puis partons en zigzags en haut d'une colline.
Les voies sont de plus en plus étroites, les façades
des maisons bleu ciel ou d'un bleu presque violet
– quelques-unes sont rose mat et décorées d'azulejos. Le chauffeur nous arrête devant un magasin
lugubre de pompes funèbres, dont la vitrine, avec
ses plantes desséchées, augure bien de ce qui se
trouve à l'intérieur. Il vient ouvrir ma portière et,
tendant le bras, me montre ce qu'Ed appelle une
« rue à casser les rétroviseurs ». Il ne s'y hasardera

pas, mais nous fait comprendre par gestes qu'il faut tourner à droite au bout, puis à gauche. La maison que nous avons louée est *là-bas* : ses mains nous le répètent trois fois. Nous traînons nos valises sur les pavés inégaux. Le coin paraît un peu miteux, sans avoir l'air dangereux. Les pompes funèbres sont coincées entre plusieurs petits restaurants – je vois aussi des charrettes de légumes avec des montagnes de choux, et quelques sombres *bottegas*.

– Un authentique quartier de Lisbonne, dit Ed en essayant d'ignorer le bâtard, devant une porte, qui gronde à notre passage.

Le chien tend le cou mais ne bondit pas. Un cri retentit à l'intérieur et l'animal se ratatine par terre. Des mamans arrivent à la crèche pour récupérer leurs tout-petits. Dans le couloir d'une maison délabrée, un homme voûté pose une assiette pleine de nourriture pour les chats de gouttière. Une autre bâtisse a l'air de s'être affaissée sous les bombes ; il y en a plusieurs qui paraissent abandonnées depuis longtemps.

Je ne peux m'empêcher de remarquer :

– Chaque fois qu'on ira quelque part, il faudra descendre la colline. Et la remonter ensuite.

– Tant mieux, dit Ed.

Je pense exactement le contraire.

Notre rue n'est guère plus longue qu'un petit pâté de maisons. Elles ont été restaurées pour afficher un minimum de standing. Les façades sont repeintes de chaque côté, elles ont toutes une fenêtre, une porte et

un perron. Nous arrivons dans notre « chez-nous »
au Portugal.

Les murs sont jaunes, les meubles pratiques, il y a
tout ce qu'il faut dans cette location. Mais aussi des
fruits, du vin, et un petit mot de bienvenue sympathique. Nous inspectons d'abord la cuisine. C'est la
pièce la plus agréable, et elle est bien équipée. Tant
mieux, car nous voulons faire la cuisine le soir. Nous
mettrons nos valises et nos vêtements dans la
chambre d'enfants à deux lits. Celle des parents est
assez petite – et ce qu'elle est sombre ! Mais, à condition de garder la lumière allumée, ça ira. Nous
découvrons une troisième chambre à coucher, plus
spacieuse, en bas de l'escalier. Il y fait noir comme
dans une oubliette. Nous ne redescendrons pas, et je
referme la porte. C'est le printemps, mais il fait
encore froid, même l'après-midi, et le chauffage
marche avec des blocs de paraffine. Cette odeur huileuse, médicamenteuse, me met mal à l'aise. Je me
méfie de cette chose. Mon amie Susan s'est brûlée
sur un bon quart du corps un jour qu'elle en faisait
fondre pour fermer des pots de confiture d'abricot.
La paraffine s'est enflammée en tombant sur sa chemise de nuit en coton. Depuis, j'ai du mal à allumer
ne serait-ce qu'une bougie. J'éteins ces radiateurs en
priant mars pour qu'il soit clément avec nous.
Notre maison a servi de communs au *palácio* rose,
adjacent et si proche qu'il empêche la lumière de
rentrer à l'autre bout.

– Elle a dû être construite avec toute la rangée avant qu'on pose la première pierre du *palácio*. À quoi bon percer des fenêtres si elles donnent sur un mur ?

– Certes, répond Ed. Ou peut-être qu'ils se berçaient d'illusions. Que, par l'opération du Saint-Esprit, la lumière serait encore là quand ils ouvriraient les rideaux en se levant le matin.

Un occupant récent a installé une lucarne dans le toit au-dessus de l'entrée. Tout l'éclairage naturel arrive du même côté. Je pousse le voilage de dentelle pour jeter un coup d'œil dans la ruelle ensoleillée. Elle sert de parking et il n'y a plus une place.

– S'il n'y avait pas toutes ces voitures, l'allée pourrait servir de cour intérieure. Ces gens qui ont restauré leur maison seraient sûrement contents d'en profiter.

– Oui, ils pourraient prendre l'air à la fraîche, l'été.

– Mettre des tables tout au bout, avec quelques arbustes et des pots de fleurs, et ils dîneraient en profitant de la vue sur Lisbonne, qui est superbe.

Mais non, les voitures sont garées si près les unes des autres qu'il faut se faufiler en biais pour arriver jusqu'à sa porte. Et elles repartent forcément en marche arrière. L'automobile rend de grands services, c'est un objet de liberté, mais c'est aussi une catastrophe.

– Regarde, la maison en face est à vendre, dis-je à Ed.

Il se rapproche de la vitre :

– Elle n'attend que tes talents de décoratrice.

Je ne crois pas. Cette unique fenêtre sur façade ne m'attire qu'à moitié.

La nuit va bientôt tomber. Nous redescendons vers l'immense place que nous avons traversée plus tôt, la praça dos Restauradores. À une extrémité, se trouve une foule de gens à la peau très noire. Parmi eux, plusieurs femmes vêtues de cotons africains de couleurs vives, et les cheveux emmaillotés dans de grands turbans. Ed énumère les anciennes colonies du Portugal – Cap-Vert, Angola, Mozambique.

– Il n'y avait pas Goa aussi ? demande-t-il. Et Macao ? C'est où, Macao ? Ils étaient vraiment partout.

– Je ne me souviens que du Brésil. Macao, c'est aux Philippines ? Non, c'est près de Hong-Kong.

La petite foule bavarde, certains utilisent un téléphone portable, les sourires sont tous d'une blancheur immaculée. D'autres, à la terrasse des cafés, profitent des derniers rayons du soleil en sirotant une *ginjinha* – liqueur de cerise populaire ici. Tout le monde est dehors, comme en Toscane à la même heure. On va chercher son pain avant le dîner, on retrouve ses amis, on achète quelques fleurs aux marchands ambulants. Les Lisboètes doivent avoir les chaussures les mieux entretenues d'Europe – il y a des cireurs tous les deux cents mètres. Devant une porte, un homme mendie, le chapeau tendu. Il est difforme, sans doute atteint d'éléphantiasis. Son visage est couvert de bosses bleuâtres, on ne distingue qu'un de ses yeux. Mais un œil vif, exercé à scruter un monde qui ne veut pas le voir. Les passants préfèrent regarder le jeune Gitan qui joue de l'accordéon. Son chien se promène avec une tasse dans la gueule pour faire la quête. Ce petit animal semble doté d'une intelligence surprenante. Le tableau a quelque chose d'intemporel et de familier à la fois. On a l'impression d'un théâtre des archétypes, où l'on rejoue sans cesse la même scène.

Le guide indique une rue à restaurants qui part de cette même place. Ils ont la faveur du Michelin, et nous y allons, en comptant sur notre bonne étoile pour faire notre choix. Mais quel air de lassitude, là-dedans ! Et certains ont des rabatteurs. Nous finissons dans l'établissement le mieux classé où l'on nous sert un dîner tout à fait agréable, bien que dépourvu d'inspiration – gambas grillées, calamars frits. Nous ne savons rien de la cuisine portugaise, encore moins ce qu'on peut en attendre. En revanche, notre ami Riccardo, négociant à Cortona, nous a parlé de quelques vins, et nous essayons sans tarder un *morgado de santa catarina*, blanc, soyeux avec une touche de pêche.

Au retour, l'ascension de la colline est moins ardue qu'elle n'en avait l'air. Et c'est l'occasion d'ouvrir ses yeux. Une femme repasse sur son balcon, il y a des oiseaux en cage sur les fenêtres ouvertes, des garçons qui jouent au football partout. Les commerçants balaient leur boutique et sortent les poubelles. Je vois une jeune fille assise derrière sa caisse enregistreuse. L'éclairage au néon dessine une auréole autour de ses cheveux noirs. Arrivés au niveau de notre rue, nous regardons les coupoles, les lumières et les toits de la ville. Frisson de plaisir – un pays inconnu à explorer.

*

La Lusitanie, Portugal d'antan, a peut-être été colonisée par les Celtes, qui se seraient mélangés à la population d'origine. Les premiers émigrants peuvent aussi être originaires de Lusoni, dans le centre de l'Espagne. On parle également de mercenaires carthaginois. Mais la population d'origine, d'où venait-elle ? Nous retombons encore sur les Indo-Européens, réponse toujours prête, bien commode. Quoi qu'il en soit, les Lusitaniens du premier millénaire se sont révélés de féroces guerriers quand ils ont vu les Romains arriver. Mais ils ont enduré une série de défaites, et finalement, Auguste a établi sa domination. Au mosteiro dos Jerónimos (monastère des Hiéronymites), bâti en l'honneur de Vasco de Gama et de son voyage en Inde, nous commençons par l'aile archéologique, où sont exposés des objets religieux du peuple lusitanien. Bonne idée, nous sommes projetés au tout début de l'histoire de ce pays.

Nous sommes seuls dans cette grande pièce devant les autels de pierre et de marbre, les pierres tombales et les sculptures récemment exhumées. Une jeune fille au visage pur m'observe depuis un

âge où des dieux, des esprits, des forces protectrices régnaient sur cette terre. On nous parle d'une
nymphe, mais peut-être était-elle l'heureuse propriétaire, au village, de cette boucle d'oreille en or,
dont la pointe est une minuscule main. Et son premier amour lui aura volontiers passé au doigt cette
bague gravée de symboles qu'eux seuls pouvaient
comprendre. De nombreux monuments sont dédiés
à un dieu local, Endovellicus, chargé de protéger la
région. J'aime les divinités des carrefours et des
croisements. La route prise, la route condamnée,
sont la métaphore d'un choix dont l'existence est
une constante, partout et depuis toujours. Comme
ailleurs, les païens d'ici adoraient les figures usuelles
de la guerre, de la nature et de l'agriculture, mais ils
avaient aussi quelques spécialités : dieux des
thermes, des chevaux, des javelots, et de la maison.
Le panthéisme a tout pour me séduire : dieu est
dans tout. Je ne vois aucun inconvénient à ce qu'il
prenne de nombreuses formes. Le catholicisme a
d'ailleurs sa manière d'accommoder les mêmes
aspirations, profondément humaines : on priera
pour le saint patron ou la sainte patronne des parachutistes, des télécommunications, des juments fertiles, des hémorroïdes, des objets perdus et des arts
domestiques…

Ed m'entraîne vers une tête de Janus, perchée sur
un seul cou : comme d'habitude, il considère deux
possibilités distinctes. Cette tête a cependant d'un
côté les traits d'une femme, de l'autre ceux d'un
homme. La visée de l'artiste apparaît dès qu'on

pose les yeux sur ces deux visages, merveilleusement représentés : la conciliation des contraires, ou
peut-être, maintenant que j'y pense, le fait que toujours il y aura deux points de vue opposés. J'imagine l'archéologue qui reprend à la terre des doigts,
des mains entières et divers fragments non identi-
fiables, puis qui soudain découvre cette tête dans les
décombres. Nous retrouvons ensuite notre ami le
taureau et sa force symbolique, cette fois sous forme
d'une minuscule statue votive. Un autre, plus grand,
est sacrifié à Jupiter, dieu de lumière avec ses
attributs, la foudre et l'éclair. La collection d'amulettes me rapproche de l'homme qui a jadis tenu ces
petits pots, ces glands, ces fruits. Les inscriptions sur
les pierres funéraires me parlent d'une voix pres-
sante qui me surprend et me touche, à cette distance dans le temps : ici l'on dit adieu au fils qui n'a
vécu qu'un an et vingt-trois jours : *salve*, c'est ainsi.
Et là : *L'Italique m'engendra, l'Hispanique m'enterra, je
vécus cinq lustres, et au sixième l'hiver me tua. Dans ce
territoire invité, je fus ignoré de tous.* De nombreuses
autres portent ce message : *Que la terre te soit légère.*
Un vœu qui ne manque pas d'inspiration. La prochaine fois que j'allumerai un cierge votif à la
mémoire de Joséphine, mon amie, voilà ce que je
lui dirai. Les objets exposés sont tous évocateurs
– nous voyons les forces secrètes qui animaient le
pays.

Le monastère des Hiéronymites se dresse devant
le Tage, dans le quartier de Belém. Le fleuve suggère ces terres inconnues, au loin, qui poussèrent les

explorateurs à quitter la tranquillité du port. Le goût
de l'aventure, l'esprit d'entreprise, voire la cupidité
ont motivé leur quête d'or, de poivre noir et
d'autres épices. À l'origine, le monastère allait
jusqu'à la rive mais, le fleuve reculant avec le temps,
l'espace libéré a été transformé en vaste jardin. Malheureusement, la ligne de chemin de fer et la route
fréquentée qui bordent aujourd'hui le Tage cassent
l'unité des lieux. Nous visitons l'église, le cloître
– sublime –, et le réfectoire aux murs garnis d'azulejos, peints à la main. Nous examinons les différents portails qui ponctuent l'enceinte, longue de
trois cents mètres. Leurs ornements sont d'autant
plus précieux qu'ils survécurent au violent tremblement de terre de 1755 – il a détruit une grande
partie de la ville. La construction date du règne de
Manuel Ier, de la grande époque des explorateurs, et
l'ensemble est considéré comme le summum de
l'architecture de l'époque. Le manuélin est un style
hybride, gothique et presque Renaissance, dans
lequel l'influence mauresque se reconnaît aux
arcades, à la structure rythmique de l'ornementation. Le soin apporté aux détails est typique. Autour
des portes et des fenêtres, la pierre est parée d'une
exubérance d'ancres, de cordes, d'hippocampes, de
palmes, d'éléphants, même d'un rhinocéros. Tout
un vocabulaire bien sûr lié au voyage. Vasco de
Gama est enterré dans ce lieu et ses exploits y sont
célébrés. Le site et l'histoire s'entrelacent, donnent
l'impression de s'éclairer mutuellement.

Célèbres sont également ces pâtisseries, les *pastéis de Belém*, qui nous attendent plus bas dans la rue. Elles doivent faire les délices des Portugais dès l'âge de un an. Les odeurs alléchantes de la Antiga Confeitaria de Belém, à la fois boulangerie et café, vous attirent à des mètres de distance. Des files mouvantes aboutissent au comptoir, où les clients font provision de petits flans pour le déjeuner du dimanche. La pâte délicatement feuilletée est fourrée d'une crème voluptueuse, irrésistible, un vrai régal. Ed en prend deux d'un coup. J'imagine qu'il en fera autant chaque jour jusqu'à la fin de notre séjour.

Requinqués, nous marchons vers la tour qui garde l'entrée du port. On dirait une gigantesque pièce d'échecs. On reconnaît sur tous les étals de cartes postales cette *torre* manuéline, construite avant le tremblement de terre. La dernière image, aussi, que les marins en partance conservaient de Lisbonne. Mais elle ressemble, et c'est troublant, à une médiocre aquarelle d'elle-même.

Nous revenons au monastère contempler d'autres merveilles. Quiconque aime les bateaux se doit de visiter le musée de la Marine – à commencer par les enfants de dix ans et tous ceux qui se souviennent d'avoir eu cet âge. Le monde a-t-il jamais connu une folie comparable à celle des Portugais pour les bateaux à voile ? Et une telle passion pour les modèles réduits ? Il y en a des vitrines pleines, et de toutes les tailles – certaines grandes comme la main, d'autres comme une bicyclette. Voiles, lettrages,

ferrures, gréement, garnitures sont méticuleusement
reproduits jusqu'au moindre cordage, noué ou lové.
Les conservateurs du musée ont rassemblé aussi une
vaste collection d'uniformes, avec les pots de terre
cuite et les vasques à épices qu'emportaient les
explorateurs. Les peintures et les ex-voto révèlent les
périls, les naufrages, les incendies, les séismes. Dans
« l'épave du poivrier », les restes d'une goélette qui
faisait la liaison avec les Indes orientales, nous
découvrons des cuillers, des pièces de monnaie, des
boucles de ceinturon, de la vaisselle en porcelaine
bleue et blanche. Puis nous arrivons devant l'autel
« portable » de Vasco de Gama – il l'accompagnait
jusqu'aux Indes. Il est orné d'une statue de saint
Raphaël.

Les vitrines qui me séduisent le plus sont celles
dédiées aux appareils de navigation. On peut
admirer ces deux petits globes – l'un représente les
animaux des constellations, l'autre la Terre – avec
leurs étuis ronds. Un cadran solaire de poche est
équipé d'une boussole. Ces instruments sont magnifiques, mais il faut se rappeler qu'ils étaient indis-
pensables, que leur présence à bord était une
question de vie ou de mort. J'examine le clino-
mètre, qui indique la « bande », ou l'inclinaison du
navire ; le baromètre à suspension ; un appareil qui
permet de mesurer l'azimut, soit l'angle formé par
le nord, ou un autre cap, et le plan méridien. La
sphère armillaire est un assemblage de plusieurs
cercles de métal, au centre desquels sont placés la
Terre ou le Soleil ; elle donne la position des pôles,

de l'équateur, des méridiens, de l'écliptique, etc. Sa valeur de symbole n'est en rien démentie : sur le drapeau portugais, le motif central est superposé à une sphère armillaire jaune.

L'astrolabe est un objet de toute beauté. Son étymologie veut dire « qui prend les étoiles ». On dirait une grosse montre de gousset magique. C'est un cadran de métal sur lequel sont gravés des chiffres, avec les signes du zodiaque et quelques mots en lettres cursives. Je l'imagine aussitôt dans la main d'un ange. Ces astrolabes éveillent aussi des souvenirs poétiques. Chaucer leur a consacré un traité en 1391, un ouvrage très précis au confluent de la science et des arts. Et s'il est une histoire d'amour que j'aime tout spécialement, c'est bien celle d'Abélard et Héloïse – le fils qu'ils eurent ensemble se prénommait Astrolabe.

L'instrument est arrivé en Europe avec les musulmans, lorsqu'ils ont envahi l'Andalousie. Son existence remonte cependant à 150 av. J.-C., et l'invention est généralement attribuée à Hipparque de Bithynie. Le pilote d'aujourd'hui a la tour de contrôle ; le navigateur du Moyen Âge avait son astrolabe, qui est une représentation plane de la sphère armillaire. Construit pour une latitude donnée, il a pour fonction essentielle de repérer la position des astres : il permet notamment de mesurer la hauteur du Soleil par rapport à l'horizon, et ainsi de calculer l'heure. Un cadre de métal, le *rete*, ou araignée, marqué de points qui représentent les étoiles fixes, tourne sur un plateau qui est une projection de la sphère céleste. C'est avec une règle mobile, l'*alidade* qui vient de l'arabe, que l'on procède au calcul. L'Église avait beau considérer ces instruments-là comme des outils du diable, les capitaines n'en avaient sans doute pas de plus sacrés.

Et c'est loin d'être tout ! De vrais navires sont exposés en cale sèche dans un entrepôt. Bateaux de pêche effilés, avec une peinture sur la proue contre le mauvais œil. Certains motifs font penser aux blasons folkloriques des Allemands de Pennsylvanie. Une galère à rames est ornée d'un coq noir. Nous voyons un yacht royal, différents vaisseaux de guerre, des barques à rames primitives. Puis nous traversons rapidement le musée des Carrosses. Certes, ce qu'on sauve de l'histoire offre toujours un peu d'intérêt – mais à chacun sa hiérarchie.

Le tram n'arrive pas. Pas de taxi en vue. Eh bien, une longue trotte nous attend. Les places vides semblent attendre l'apparition d'une parade militaire. Pas de stress ici ; les voitures circulent tranquillement. Innombrables pâtisseries et cafés en chemin – langues-de-chat, tartes aux amandes, aux fruits, aux agrumes. À la boulangerie Canecas, à carreaux bleus et blancs, on voit derrière la vitrine les mitrons qui aplatissent des ronds de pâte, qui la tassent au milieu, puis qui replient les bords en laissant comme un trou au centre. Nous achetons un de ces pains ovales, garnis de graines sur l'arête. Une chose est sûre : le pain de Lisbonne est particulièrement bon.

Ed a appris à commander un *bica*, l'espresso portugais, et ce café-là lui plaît.

— Meilleur qu'en France. Certainement meilleur qu'en Espagne. Ça doit remonter au temps des colonies africaines. Ils savent choisir les grains et les torréfier depuis toujours.

— C'est vrai, il est aussi bon qu'en Italie.

— Hum, différent, quand même.

Nous passons les jours suivants comme de parfaits touristes. Sans oublier, entre un musée, un château et une église, de faire une incursion dans une nouvelle pâtisserie. Je commence à aimer sérieusement ces tartes aux amandes. Ed qui préfère les flans traditionnels regrette qu'on ne les lui ait pas fait goûter tout petit. Nous nous installons à la terrasse du café A Brasileira, près de la statue grandeur nature de l'écrivain attablé. Il a peut-être écrit sur la chaise où je suis assise :

> « Depuis cette terrasse de café, ma vue incertaine se pose sur la vie. J'en vois bien peu – elle, cette éparpillée – concentrée ici sur cette place nette et bien à moi. […] qui sait si ma plus vive aspiration n'est pas réellement de rester simplement ici, assis à cette table, à cette terrasse de café ? […]
>
> Ah, comme le quotidien frôle le mystère, si près de nous ! Montant à la surface – touchée par la lumière – de cette vie complexe et humaine, comme l'Heure au sourire indécis monte aux lèvres du Mystère ! Comme cela vous a un air moderne !

Et, au fond, que tout cela est ancien, est occulte, et tout imprégné d'un autre sens que celui qu'on voit luire en toute chose [1] ! »

Pessoa refusait d'être une seule et unique personne. Auteur caméléon, sensible, il nous a laissé de nombreux livres qui paraissent appartenir à des auteurs différents. Un de ceux que je préfère, *Le Livre de l'intranquillité,* est écrit sous la plume d'un employé de bureau. Il donne cependant l'impression d'une autobiographie. Richard Zenith, qui l'a traduit en anglais, qualifie ce monumental patchwork « d'antilittérature, de scanographie verbale et primitive d'une âme angoissée ». Ce livre, merveilleux compagnon lisboète, se compose de courtes sections, idéales pour une dégustation à petites doses dans les nombreux cafés que cet ubiquiste fréquentait en ville. Revenu à Lisbonne à la fin de l'adolescence, Pessoa ne l'a pratiquement plus quittée – la ville nourrit, sous-tend et coule dans sa plume, quelles que soient les identités qu'il se soit données. Le ciel vert au-dessus du Tage, « les plantes qui rendent chaque balcon unique », le couchant transformé en dégradés de gris par la pierre des façades, la complainte du vendeur de billets de loterie, « l'éternelle lessive » qui sèche au soleil. Une myriade de sensations urbaines forme le décor vivant de ses pages. J'aime le dimanche dans les villes d'Europe, la tranquillité soudaine de leurs

1. *Le Livre de l'intranquillité,* traduction française de Françoise Laye.

rues, les parcs qui se remplissent de gamins et de landaus. Pessoa :

> « J'écris un dimanche matin, à une heure déjà avancée, par une vaste journée de lumière douce où, sur les toits de la ville interrompue, le bleu d'un ciel toujours inédit enferme dans l'oubli l'existence mystérieuse des astres…
> C'est dimanche en moi aussi…
> Mon cœur se rend, à son tour, dans cette église située il ne sait où ; il s'en va vêtu d'un costume tout en velours, le visage rosi par les premières impressions et souriant, sans tristesse dans le regard, par-dessus son col un peu trop grand [1]. »

Un orchestre d'environ douze musiciens, très dignes, joue sur la place devant sa statue. Ils semblent prêts, d'un moment à l'autre, à entonner un hymne.

Les funiculaires me font penser à des attractions de fête foraine ; les taxis sont si nombreux et bon marché que nous parcourons la ville en tous sens. Nous partons à pied et revenons avec un chauffeur.

Pas de maquettes de bateaux, de chandeliers baroques, ni rien du tout à convoiter à La Fiera da Ladra – foire aux voleurs. Ceux-ci ont dû se convertir à l'immobilier. Il me revient surtout en mémoire toutes les choses que j'ai pu jeter dans ma vie – une poupée Barbie unijambiste, des livres de poche sans leur couverture, de tristes peignoirs de bain, de vieux claviers d'ordinateur. Nous quittons

1. *Ibid.*

le marché aux puces et tournons en rond dans l'Alfama, l'ancien quartier arabe, resté labyrinthique. Il faudrait semer des petits cailloux pour arriver à revenir à son point de départ. Larges comme le bras, les rues grimpent, sinuent, zigzaguent, redescendent. Façades blanchies à la chaux, pots de fleurs partout, ruines effondrées autour d'une cour, puis la cour débouche sur une petite place où les oiseaux rivalisent dans les arbres pour vous offrir le plus beau chant de la matinée. Il y a dans ce quartier une âme qui accompagne vos journées. Si je vivais à Lisbonne, j'habiterais ici. Avec ses airs de souk, de bazar, ses racines ibériques, l'Alfama n'est pas seulement pittoresque et intéressant. Son cœur est resté profondément exotique. Ouvrez cette porte et trouvez une évocation d'un mathématicien musulman qui utilisait l'astrolabe, longez ce jardin clos et imaginez les femmes de la maison rassemblées sous le mimosa, devant la fontaine. La mémoire part facilement à la recherche du guitariste qui, de sa fenêtre sous les toits, joue au clair de lune ; du faïencier qui travaille dans son atelier ; de l'enfant qui tresse de l'osier sur son pas de porte ; du marin qui remplit son sac. L'esprit de l'Alfama s'associe à celui des objets d'art lusitaniens que nous avons vus le premier jour. Le mystère se prolonge ici, avec le rituel, l'alchimie, la magie. Et c'est naturellement le foyer du fado, qui veut dire « destin », une musique pleine de *saudade* qui surgit du cœur comme un déchirement. Nous n'avons pas de mot équivalent en anglais. Cela implique-t-il que le même sentiment n'existe pas chez nous ? Un vers de Yeats s'en rapproche : « Une pitié indicible est tapie au cœur de l'amour. » Mais la *saudade* parle aussi du désir qui déborde, qui tend obstinément vers son objet. S'il semble moins électrique que le *duende* espagnol, il puise toutefois à la même source : nous sommes seuls, nous mourrons un jour, la vie nous malmène et s'enfuit – la prise de conscience est aisée, mais c'est autre chose de vivre ça au fond de soi.

Couleurs : turquoise de l'islam, curry, corail, blanc d'os, bleus dégradés de la mer. Les odeurs du pain qui cuit, des pavés mouillés, du poisson frit dans les boutiques des rues. Arômes de coriandre, de menthe, de gros ragoûts et de porc rôti qui filtrent aux portes des petits restaurants de quartier – les *tascas*. Le plat du jour – *prato do dia* – est affiché sur la vitrine, et nous choisissons une *tasca* aux tables pleines, où tout le monde s'assoit avec tout le monde. En attendant ma commande, j'admire le gâteau aux noix nappé de caramel qu'on apporte au voisin. Il s'en aperçoit, s'empare de ma fourchette et me la rend avec une bonne bouchée de son gâteau. Le garçon nous sert du poisson frit dans une pâte légère et craquante, et des aubergines épicées que les Maures d'antan n'auraient pas dédaignées. Pour une surprise, c'est une excellente surprise. Voici la vraie cuisine locale. Au dessert, Ed prend de bonnes vieilles pommes au four, et moi un flanc à la cannelle, parfum d'Arabie. La note : vingt euros – quatre fois moins que dans un de ces restaurants cotés, et dix fois meilleur.

L'Alfama se dévoile au rythme lent de l'après-midi. Un air de musique coule d'une fenêtre. Pas du fado, rien de fatidique, mais une vieille chose de Bob Dylan qui, d'une voix monocorde, invite une *lady* à s'allonger sur son grand lit en cuivre. Moi j'aperçois plutôt une femme en train d'étendre du linge sur son balcon. Elle a la bouche pleine d'épingles en plastique vert. De vieux trams aux couleurs gaies, rouge et jaune, desservent les rues principales. Je trouve dans un magasin d'antiquités des azulejos du XVIIIe siècle, entassés à même le sol, pleins de poussière. Ed ressort pour téléphoner à notre ami Fulvio en Italie. Je le vois faire de grands gestes, à l'italienne, pendant que j'examine une centaine de carreaux. J'en choisis quatre pour décorer ma cuisine en Californie. Après tout, un souvenir est fait pour se rappeler… Et j'aurai toujours plaisir à me rappeler Lisbonne. Depuis le parc du château, on domine la ville qui dresse ses toits de tuile rouge, cité heureuse sur l'eau.

Lisbonne, comme San Francisco, réside sur une pointe de terre. Est-ce la première ou la dernière ? Là-bas, sur les rives du Pacifique, j'ai toujours l'impression d'être perchée sur l'ultime corniche, à l'extrémité du pays – on ne peut pas aller plus loin. À l'autre bout de cet océan froid, les vagues se brisent sur de lointains et adventices rivages. Rocheuses et déchiquetées, les côtes californiennes conservent une beauté sauvage et solitaire. Par sa géographie, Lisbonne inspire tout le contraire. Les navigateurs des temps anciens l'ont quittée pour s'aventurer vers l'Afrique, qu'ils ont contournée vers les Indes ; d'autres sont partis à l'ouest, pour atteindre la Terre-Neuve et le Brésil vers 1500. C'est ici que Henri le Navigateur – je connais son nom depuis la classe de huitième – a tracé les routes maritimes, quoique sans jamais lui-même affronter les mers. Financé par l'Espagne, Magellan s'en est chargé à sa place. Et Lisbonne sert de port d'attache sur les cartes de Vasco de Gama.

– Bartolomeu Dias, se souvient Ed.

Des noms resurgissent, incertains, de nos vieilles interrogations écrites. *Comment s'appelait le bateau de Vasco de Gama ?* Le *San Rafael* – mais il y avait aussi le *San Gabriel* et le *Berrio*. Voici deux choses qui intéressaient beaucoup mes professeurs de l'époque : le nom des navires, et le nom des chevaux des généraux sudistes.

Lisbonne ne peut qu'évoquer San Francisco – depuis le port s'élève une ville de collines, parcourues de trams pittoresques, où l'on vit dans la peur des tremblements de terre. En même temps, elles ne se ressemblent pas du tout. Alors mon impression initiale demeure, et je viens à bout d'une tendance après tout naturelle à comparer le nouveau au connu. Voilà, cet endroit ici est la première rive de l'Europe.

Dans le jardin du Principe Real, nous prenons un *bica* dans un café de verre et nous allons le boire sous un énorme magnolia. Les branches d'un cyprès s'étirent sur la pergola, ombrelle géante sous laquelle des hommes jouent aux cartes. Autour du parc, les maisons sont un langage qui parle de la ville. Jaunes, bordeaux sombre, roses, elles paraissent solides, imparfaites et patinées. Une fille mince ouvre sa porte, plisse les paupières au soleil. Elle referme, et sa vie reste un mystère. Mystère – ah, ce mot. Il est partout dans le monde de Pessoa, mystère de l'ordinaire, mystère d'une vie donnée dans un endroit donné.

Nous sommes ébahis par le nombre de librairies. Il y en a dans toutes les rues ! Je rentre dans l'une d'elles pour regarder les livres de cuisine. Nous apprécions ce que nous mangeons ici et là, mais avec l'impression de passer à côté de quelque chose. La libraire est vite enthousiaste. Elle retire quelques livres de ses étagères, puis hoche sa tête bouclée, et elle les replace aussitôt. Tout bien considéré, il n'y a pas pour elle d'autre livre de recettes que *Cozinha Tradicional Portuguesa* – la cuisine portugaise traditionnelle – de Maria de Lourdes Modesto. La première page est consacrée à la soupe à l'eau et au saindoux.

– Elle fait tout comme il faut. Regardez cette recette de *rissoles*.

On entend *rissoïsh*. On en a vu sur les menus des restaurants. Elle continue :

– Ce sont des beignets. Délicieux. Aux crevettes, ou au poisson, ou encore au porc. Si je n'en ai pas un tous les jours, ça va pas !

Elle fait signe à sa collègue en riant :

– Je l'envoie me les chercher. J'aime bien manger, comme vous pouvez le remarquer.

Le périmètre de sa taille suggère, en effet, quelques *rissoles*.

— Vos autres plats favoris ? lui demandé-je.

Je sors mon carnet. Ce qu'elle aime, je vais le goûter.

— L'araignée de mer farcie. La morue au four — *bacalhau*. Oh, *bacalhau* sous toutes ses formes. Ma belle-mère la fait cuire au four avec des pommes de terre, du persil et des oignons. Nous avons mille façons de la préparer.

Dès qu'ils eurent tracé leurs routes maritimes dans l'Atlantique, les Portugais ont commencé à pêcher le cabillaud à Terre-Neuve — en le faisant sécher, comme des chemises blanches amidonnées, pour le rapporter consommable des mois plus tard. Dans tous les marchés d'Italie et de la Méditerranée, on trouve des piles de morue séchée. Mais nulle part autant qu'au Portugal.

— Le chou, dit la libraire. Il faut que vous veniez chez moi goûter ma soupe au chou et au chorizo. C'est qu'il faut le couper en tranches très fines, le chou. Ah, les soupes de mon pays ! La soupe aux haricots verts ! Avec de la menthe !

Elle me décrit plusieurs soupes au pain, avec poisson ou légumes. Nous sommes tout ouïe, et déjà affamés. J'aimerais bien qu'elle envoie sa collègue nous chercher quelque chose. Elle passe de différentes préparations de l'anguille à un plat au nom bizarre mais, semble-t-il, national :

— À votre prochain repas, il faut essayer la *cataplana*, au porc et aux fruits de mer.

– Cataplana ? Qu'est-ce que c'est, le nom d'un
endroit ?

– Chère madame, c'est le nom du chaudron
dans lequel ça se prépare. Avec un couvercle
attaché en haut, qui se referme. Comme un coquillage. Tout le monde en a un chez lui.

– On regardera sur les menus, promet Ed.

Et cette fois nous sortons, direction le prochain
sonho, beignet sucré qui porte bien son nom de
« rêve ».

Parmi les nombreuses curiosités, il en est une qui
m'impressionne particulièrement. C'est le Museu
Nacional do Azulejo, situé dans l'ancien Convento
da Madre de Deus. L'histoire des faïences portugaises est là, accrochée aux murs. La ville est
déjà un musée d'azulejos en plein air, mais le
musée dédié retrace cinq siècles d'évolution. Tout
commence avec les faïences maures, aux couleurs
de terre, serties de minces arêtes comme des émaux
cloisonnés. Dès le début du XVIIIe, le Portugal leur
donne son style propre, ce bleu et blanc si vif et si
rafraîchissant, qui « tapisse » les églises, les banques,
les pas de porte, les bancs publics, les fontaines…
D'un bout à l'autre de Lisbonne, les motifs bleus et
blancs servent d'enseigne à la pharmacie, à la boucherie, aux numéros des maisons dans les rues. Puis
l'Art nouveau se les est appropriés. Nous cherchons sur les façades les arrondis caractéristiques,
les roses, les jaunes dans le bleu clair. Quand on se

promène dans Lisbonne, c'est un bonheur de remarquer partout ce sens de l'ornementation – les faïences, certes, mais aussi les dessins de la pierre dans les rues et sur les trottoirs.

L'azulejo est au Portugal ce qu'est la fresque à l'Italie : des scènes complexes qui relatent des événements, qui racontent une histoire. Réalisé une vingtaine d'années avant le terrible tremblement de terre, le panorama de la ville est spécialement remarquable. Dans la chapelle du couvent, la partie inférieure des murs est consacrée à une vie de saint Antoine. La brillance de l'émail atténue la profusion du baroque et du rococo qui couvre le reste du bâtiment jusqu'au moindre centimètre carré. J'aime ces motifs mauresques, floraux, géométriques, semblables aux arabesques des tapis persans, qui portent déjà en eux-mêmes l'image d'un jardin. Mais la fraîcheur du blanc-bleu a quelque chose d'éternel. Nous prenons des dizaines de photos, dont la plupart ne révéleront en fait que le reflet du flash au milieu des carreaux.

Nous résidons dans un endroit très calme. La table de la salle à manger est encombrée de tous nos livres, carnets et cartes. Nous passons des CD de fado pendant que je me plonge dans la prose ampoulée d'*Un voyage au Portugal* de José Saramago. Espiègle, il se cache de page en page sous ce prête-nom du « voyageur [qui] est maintenant prêt à quitter les œuvres d'art et à poursuivre son chemin ». Il faudrait supprimer ce « voyageur », ce « il », et être plus direct ! Mais l'écriture est sertie de passages bien sentis, de paragraphes qui sont de véritables joyaux et me pressent de poursuivre ma lecture. Ed regarde un film italien sous-titré en espagnol. Drôle d'activité quand on visite le Portugal. Nous avons fait la cuisine et nous avons dîné sur la table basse, couverte d'une nappe jaune – ornée de freesias dans un verre, pour masquer l'odeur insidieuse de la paraffine. Les saucisses régionales que nous avons préparées avec des pommes de terre sautées ont elles aussi laissé quelques arômes dans l'air. Sur la place, nous avions acheté une boîte de tartelettes à la Pasteleria Suica. L'avantage de louer une maison – pas besoin de sortir, se contenter d'un repas simple, passer quelques heures ensemble avec nos livres. Le plaisir.

Nous commençons à mieux connaître le quartier – la calçada de Sant'Ana. La petite épicerie du coin, aux étagères bien pleines, a pratiquement tout ce qu'il nous faut et elle est ouverte jusqu'à minuit. Le doux jardin au sommet de la colline est un havre de verdure où murmure une fontaine. Juste à côté, le campo dos Mártires da Pátria – le champ des Martyrs – m'attire à chacune de mes promenades. Il y a toujours des gens agglutinés autour de la statue de José Thomaz Sousa Martins, un médecin et pharmacien du XIXe siècle, qui reçoit toujours des « prières » de guérison. Autour du monument sont entassées des plaques de marbre gravé, avec des remerciements, des suppliques, des ex-voto en cire.

Les maladies sont décrites sur des bouts de papier
– on demande son aide au médecin. Une femme
vend des colliers et des bracelets avec la pierre
bleue qui protège du mauvais œil. Mais aussi des
bras, des mains, des pieds, des jambes – de cire
comme les ex-voto, et que l'on pose en offrande
devant la statue. J'en achète plusieurs pour ma collection personnelle, plus quelques bougies censées
éloigner les mauvais esprits de la maison, et vous
garder en bonne santé. De facture rudimentaire,
elles ont été roulées dans des graines et des herbes.
Le vent les empêche cependant de rester longtemps
allumées. C'est la raison pour laquelle un tonneau
en fer se trouve là, avec une flamme qui brûle à
l'intérieur. Les gens placent leurs bougies sur le tonneau, se recueillent un moment, puis ils les lâchent
dedans. On voit des sacs pleins de cire sèche, dure,
empilés sur le côté. Le monument de Sousa Martins
est un lieu d'intense activité spirituelle. Il est mort
depuis cent sept ans, mais son souvenir brille de
mille feux. J'allume à mon tour une bougie que je
place sur le fût, et je pense très fort à la santé de ceux
que j'aime. Pour faire bonne mesure, j'achète
encore deux bracelets contre le mauvais œil, que je
noue à mon poignet.

*

Et puis nous rencontrons Carlos Lopes. À savoir
Carlosh Lopesh en *portugaish*. Cette langue combine
de nombreux sons que je n'avais entendus débiter

jusque-là que par une machine à laver le linge. L'italien et mes quelques bribes d'espagnol sont bien utiles – des milliers de mots sont similaires dans les trois langues –, mais nous restons perdus la plupart du temps.

Un crochet au bureau de tourisme de Rossio pour demander s'il existe en ville des écoles de cuisine. On nous répond que non, aucune, mais les deux jeunes femmes se concertent un instant et nous indiquent finalement l'adresse d'un magasin d'ustensiles divers, dans un quartier résidentiel, où l'on donne des leçons. Elles nous conseillent surtout de goûter le gâteau au chocolat du patron ; il est frais tous les jours dans la boutique à côté ; qui lui appartient aussi ; la recette est secrète ; les meilleurs restaurants l'ont sur leur carte... Et nous de sauter aussitôt dans un taxi. Au magasin en question, l'employé – un ami d'une des deux jeunes femmes – nous apprend que Carlos est sorti. Nous lui laissons notre numéro et lui demandons où se trouve la pâtisserie.

Le taxi nous attend pendant que nous y entrons en vitesse. Nous achetons les dernières parts qui restent, une pour chacun, et encore une pour notre chauffeur – à sa plus grande surprise. Sans perdre de temps, nous les mangeons dans la voiture. Où l'on n'entend que des grognements satisfaits : le gâteau est léger, somptueux, la qualité du chocolat évoque les forêts tropicales et la moiteur de la terre en dessous. Voilà le goût du paradis auquel nous irons tous un jour.

Carlos nous téléphone le lendemain et nous repartons au magasin. Si cela ne nous avance à rien, au moins nous pourrons prendre d'autres parts de son gâteau. Plutôt le gâteau entier.

Plein d'assurance, les yeux brun-jaune, avec un regard direct, Carlos aurait pu être un des grands navigateurs. C'est un homme fort, ni vieux, ni jeune. Les Portugais sont en général plus affables, moins incisifs que les Espagnols. Il porte un cardigan ouvert qui ne date pas d'hier. Et Carlos Lopes est bien dans sa peau, ça se voit tout de suite. Par chance, il parle un anglais excellent. Son esprit, son ironie transparaissent en moins de cinq minutes. Nous lui expliquons que nous aimerions être initiés à la cuisine d'ici, par quelqu'un du cru, que nous sentons çà et là le parfum du vrai, que nous aimerions en savoir plus. Après notre premier déjeuner dans une *tasca*, nous avons quand même poursuivi nos explorations. Le livre de recettes que nous avons trouvé nous conforte dans l'idée qu'il y a des paliers, des secrets et encore des paliers dans les saveurs de ce pays – au-delà des poissons grillés, calamars frits et salades au crabe que nous commandons chaque soir. Carlos nous répond qu'il apprend à ses élèves à faire des sushis, à cuisiner thaïlandais et polynésien.

– Mais rien de portugais. On sait tous très bien ce qu'il faut faire.

– Vous accepteriez de nous donner un cours particulier ?

– Venez demain dans mon restaurant, à l'Alfama dans le bâtiment du marché. On préparera un repas ensemble.

Le Mercado de Santa Clara, son établissement, se trouve au premier étage d'un marché en dur, qui ressemble à une gare ferroviaire du XIXe siècle. Il domine également l'autre marché, celui des voleurs. Le décor est la simplicité incarnée – nappes blanches sous des rangées de fenêtres, fleurs coupées dans de petits bols, un des fameux gâteaux au chocolat sur une desserte… Nous nous retrouvons à la cuisine – une coquerie – et Carlos se met au travail. Tout en parlant :

– Les herbes les plus courantes sont la coriandre, le persil et l'origan. Mais surtout la coriandre.

Il en coupe une bonne botte et la place près des fourneaux, dans un récipient, prête à servir. Puis il incise un bar des deux côtés afin de remplir ses entailles de l'excellent sel de mer local, et il immerge entièrement son poisson dans de l'huile d'olive. Il l'a acheté frais ce matin, explique-t-il en le faisant griller cinq minutes sur chaque flanc à feu vif. Voilà, c'est terminé. Maintenant les travers de porc – ils ont mariné une bonne nuit dans un jus de citron salé, avec une dose de cette sauce au piment qu'on trouve dans toutes les cuisines portugaises. Je n'ai jamais encore vu personne les préparer ainsi. Carlos fait fondre une cuillerée de saindoux dans une poêle à frire, attend qu'il soit vraiment brûlant pour bien y saisir ses travers. Il se saisit d'une autre poêle et y verse un petit peu de leur jus pour faire revenir du rutabaga, déjà cuit à la vapeur et coupé en morceaux. Plus deux poignées de chapelure.

Sans perdre de temps, il lave un grand bol de clams, les jette dans une casserole avec de l'ail et de l'huile d'olive, presse un citron par-dessus, ajoute une *tonne* de coriandre et un peu de vin blanc. Puis il transvase le tout dans une *cataplana* en cuivre. La cuisson est rapide, il remue ça comme si c'était du pop-corn. On va se régaler !

— Très simple, dit-il en cassant des œufs au-dessus d'un bol. C'est ce qu'on mange à la maison le dimanche soir. Le vrai truc, c'est les œufs.

Les jaunes ont cette couleur dorée mouvante des beaux soleils couchants. Carlos y ajoute des dés d'oignon et de tomate, qu'il brouille dans les œufs. Il nous parle sans cesse de ses ingrédients, fait l'éloge de la Savora, la moutarde portugaise ; du *piri-piri*, une sauce à réveiller les morts, à base de piments d'Angola ; et du cumin, qui parfume toujours le porc et les boulettes de bœuf. Il rit quand Ed lui demande si on met du porto dans la cuisine.

— Les Portugais n'en boivent jamais une goutte.

Il trempe de minuscules filets de sole dans un jus de citron à l'huile d'olive, il les roule dans la farine, et hop, à la friture ! Nous lui posons des questions sur les restaurants. Il glorifie les *tascas*, en sus de quelques tables spécifiques. Il égoutte un instant ses filets sur des cartons à œufs vides.

– Les Portugais ont plus de restaurants par tête de pipe que n'importe quel pays d'Europe.

Je suis sûre que c'est vrai. Il y a des quantités de *tascas* dans chaque quartier, et tous sont toujours archipleins.

– Ne cherchez pas trop de salades. Je ne sais pas pourquoi, mais ça n'a jamais pris chez nous.

Carlos saupoudre ses filets de persil ciselé, et maintenant il défait son tablier.

Nous mangeons. Pour manger portugais, il faut avoir faim. Notre hôte et professeur nous sert un simple « vin vert », *vinho verde* Muralhas de Monção, puis un Azeitao Periquita Fonseca rouge. Vient le moment des desserts. Il prie le garçon de nous apporter une pâtisserie feuilletée, fourrée avec ce qu'il appelle un croisement de crème brûlée et de flan aux œufs – ces *pastéis de nata* que nous connaissons maintenant bien. J'ai plutôt envie d'évoquer son gâteau au chocolat. Lorsque je prononce le mot « recette », Carlos nous fait un petit sourire de Joconde et demande au garçon de revenir avec deux tranches – mais il ne nous révélera rien. Je lui parle d'un autre gâteau au chocolat, dans lequel la poudre d'amandes remplace pratiquement la farine. J'ai appris à le faire il y a bien des années chez Simone Beek, dans le sud de la France : j'en ai enfourné depuis une bonne centaine. Du coup, Carlos nous sert de l'amarguinha, un *digestivo* sucré à base d'amandes, dans de tout petits verres. Nous allons partir et il refuse que nous payions. Je suis épatée par la générosité de cet homme, ébahie qu'il ait consacré sa matinée à des inconnus, qu'il ait partagé son savoir, et évoqué de si belles tranches de vie au cours d'un long, long déjeuner.

Il nous rappelle tôt le lendemain. Nous donne rendez-vous pour dîner – et ensuite nous irons écouter du fado dans l'Alfama. Il dit *fa-dou*, comme *hindou*. Pour passer le temps, nous allons au marché Ribiera. Connaissant bien le coût de la vie en Toscane, nous sommes étonnés de voir d'aussi belles huiles d'olive qui ne coûtent que quatre et sept euros le litre. Nous trouvons des fromages de chèvre enveloppés dans une sorte de gaze, et des amandes qui nagent dans le miel. Nous prenons de la *massa de pimiento*, de petites boîtes de purée de piment salée. J'ai grandi dans un État, la Georgie, qui compte parmi les premiers producteurs de piment aux États-Unis – on m'a élevée au *Pimiento-cheese sandwich*, un régal s'il en est. Le cheddar serait encore meilleur avec de la moutarde portugaise. Sous le plafond voûté, les étals présentent toutes sortes de légumes qu'on ne voit pas dans les restaurants, mais aussi de pleins sacs de bigorneaux et de moules. À la boucherie chevaline, la viande – oh, ce qu'elle est noire ! – a la couleur du porto. Dans d'autres étals encore, on voit des saucisses qui ont toutes les couleurs du sang. Et les fleurs me font vraiment craquer. Plusieurs fleuristes les vendent tressées en couronnes funéraires – des fers à cheval ornementaux, des éventails de chrysanthèmes, des glaïeuls, avec les rubans pastel et les regrets en lettres dorées. À prendre avec ses carottes sur le chemin du cimetière. Carlos avait raison, on trouve peu de laitues. Mais des montagnes de choux. Ed remarque les nombreuses variétés d'oranges. Nous avons acheté plus de choses qu'on n'en peut porter, alors on rentre.

Nous retrouvons Carlos à son restaurant de l'Alfama et nous partons aussitôt dans le dédale. Après avoir tourné-viré cinq ou six fois, je ne sais plus du tout où on va.

— Ne vous promenez pas tout seuls ici la nuit, nous recommande-t-il.

— C'est dangereux ?

— Vous risquez surtout de vous perdre. Et un gamin essayera peut-être d'arracher votre sac.

— Ça peut arriver n'importe où dans le monde.

— Oui, sauf qu'ici vous êtes perdue.

— Pour ça, d'accord.

Il nous arrête devant une porte fermée, sans enseigne, et il frappe. On nous fait entrer dans une petite salle. Cinq tables. Nous sommes les seuls clients de cet occulte restaurant qui, cependant, porte un nom : Os Corvos. On nous assoit près d'un mur de casiers à vin. Sans ouvrir la bouche, le garçon nous apporte un lavradores de Feitoria, dans la région du Duoro au nord. Un bon vin fort, aux arômes de prune et d'amande. Carlos échange quelques mots, et nous mangeons bientôt une soupe à la coriandre, différentes saucisses du nord également – porc, boudin, certaines farcies au riz, certaines à l'ail fort. Le goût authentique du Portugal, pour lesquels il fallait venir ici. Qui aurait su que la coriandre, déployée si généreusement, puisse apporter tant de fraîcheur ? Le garçon nous apporte une salade de fèves crues, elle aussi enrichie d'huile, d'ail et de coriandre ; de savoureuses tranches de rôti de porc ; une grande terrine de ricotta parfumée à l'origan ; et des haricots verts cuits façon tempura, à la japonaise. C'est déjà un long festin, pourtant je cède devant le flan au dessert. Mon goût immodéré pour le caramel. Je goûte même le soufflé glacé aux amandes dans l'assiette d'Ed, et – à peine un zeste – la glace aux écorces de citron confites, dans celle de Carlos. C'est de l'amour que je ressens !

Minuit a sonné quand nous repartons dans les rues sinueuses de l'Alfama. Il faut se baisser pour passer une porte basse. Nous arrivons à l'heure pour le fado. Chance : il y a une table de libre dans la petite salle, où l'on perçoit une certaine impatience. Deux guitaristes prennent place dans l'espace réservé, suivis par la *fadista*, qui semble en savoir long sur le destin. Elle porte le châle noir requis et, bien qu'elle n'ait sans doute pas atteint cinquante ans, son âme paraît centenaire. Dans ses yeux noirs se lit toute la *saudade* du monde. Plus qu'entamer un tour de chant, j'appellerais ça entrer en éruption. Mon épine dorsale se métamorphose en câble électrique. Je ne sais absolument pas ce qu'elle raconte, mais qu'importe. Avec cela que la musique est une forme préverbale, un mode de communication direct qui ronge les terminaisons nerveuses. À la pause, Carlos commande du *bagaço*, qui ressemble beaucoup à la grappa.

Le chanteur suivant nous fait tomber de nos chaises. La *fadista* avait le physique de l'emploi, mais Luis Tomar, guindé dans son costume, pourrait aussi bien vendre des assurances. L'occasion de se rappeler qu'il vaut mieux ne pas se fier aux apparences. Sa voix, toute d'émotion contenue, disjoint les atomes de la pièce. Si elle menace de déborder à tout moment, la passion reste soumise – accordée à un timbre qui parle aux synapses du cerveau. Là où sont contenus vos rêves et vos désirs intimes. Je voudrais qu'il n'arrête jamais de chanter.

Et maintenant nous savons manger. Le nez pointé sur les façades et leurs azulejos (le bonheur d'en trouver un des années cinquante !), nous nous promenons longuement sur les trottoirs aux motifs fantastiques. Forcément, une *tasca* nous intime l'ordre de nous arrêter déjeuner. Le soir, nous ignorons les restaurants recommandés par les guides, et traquons, dans notre quartier, les bonnes odeurs de ces tables quasi familiales. Les *tascas* sont vivantes et drôles. Loin d'isoler les gens, elles sont propices à une proximité qui fait paraître normal d'échanger avec son voisin une bouchée de ce qu'on a. Les touristes, nous le remarquons, ne sont pas nombreux autour de nous. La simplicité du décor repousse probablement bien des étrangers. Nous revenons plusieurs fois au Floresta et au Minho Verde, carrelé de bleu et de blanc, dans la rue Sant'Ana, proche de la maison. Nous aimons l'atmosphère bruyante, le porc grillé, les gambas, le canard au riz, la soupe aux haricots verts, les assiettes d'oranges pelées, prédécoupées, qui claquent sur la table. Les habitués commandent du foie de porc, des pavés de poisson, grillés au jus de citron. Le Portugal fait tout bonnement les meilleurs pains du monde. Je survivrais facilement en ne mangeant que ça – et en piochant dans les bols pleins d'olives qui arrivent à un moment ou un autre. Nous goûtons aussi les fameuses *cataplanas*, vigoureuses daubes de clams, avec ou sans porc, aux oignons, poivrons et poulpes. Le fils crie les commandes pour la *mamma* à la cuisine. Un chat tigré, vanille et caramel, s'insinue entre mes jambes. Ed adore les additions à douze euros.

Il demande à Carlos :

– Où est-ce que vous mangez, hors des coins perdus de l'Alfama ?

Nous voulons voir s'il n'y a pas de jeunes cuistots qui bousculent les conventions. Trois cent soixante-cinq recettes pour la morue, d'accord, mais ensuite ? Carlos nous donne le nom de quelques restaurants où, sans renoncer à la tradition, les chefs exploitent des idées personnelles qui, à terme, profiteront à la gastronomie dans son ensemble. Il nous envoie au Mezzaluna vérifier ce qu'il reste de la table lisboète, maintenant que l'Italien Michele Guerrieri opère en ces lieux.

Après les *tascas* simples et familiales, l'atmosphère du Mezzaluna, fraîche et sophistiquée, nous transporte à Milan ou à New York. Les miroirs, les gravures, les fleurs superbes sont accueillants. L'endroit est intime sans paraître confiné. On nous installe au milieu de citadins à la mode, de femmes aux coiffures relevées, parées de gros bijoux en or sur de fins chemisiers de soie. Les messieurs portent des costumes sombres, qui leur confèrent quelque chose d'officiel. Bien habillés, les *businessmen* européens, plus sexy que les nôtres, ont une autre dimension. À la table à côté, on donne au couple qui finit de déjeuner une assiette de fromages de chèvre, pas plus gros que des kumquats. Ils sont d'un blanc crémeux, sauf un, enroulé dans des feuilles, et un autre qui est cendré. On nous sert bientôt de la trévise grillée, panée, fourrée au prosciutto. La vinaigrette de la salade d'épinards (tiens, de la salade !) est une émulsion au citron avec des miettes de ces mignons petits fromages locaux. Michele s'approchant de notre table, nous lui disons que nous venons de la part de Carlos. C'est un jeune Italien, fin, mince, qui a grandi à Naples et à New York – un homme du monde. Il a un grand sourire et des yeux rieurs de Napolitain. Il nous apporte un bucelas Quinta da Murta, déclare qu'il aime utiliser les ingrédients traditionnels de la cuisine portugaise, notamment les fruits de mer, et que son grand plaisir consiste à les associer aux pâtes de son pays. Bien sûr, toutes les régions du monde servent aujourd'hui des pâtes avec leurs produits du terroir – mais si l'on se posait la question de savoir pourquoi, la réponse tient dans ses tagliatelles fraîches, dans une sauce à la crème avec des gambas. Michele associe également pâtes et fromages de chèvre, tant appréciés des Portugais – une formule inconnue en Italie. Sa version locale des macaronis, avec crevettes, roquette et citron, est une merveille de légèreté. Cet homme a la ferveur des émigrés ; il a ouvert un second restaurant plus bas dans la rue, et il a lancé un magazine gastronomique, *Gula*. En bon Italien, il déambule dans la salle et discute avec ses clients. Les grandes vedettes du Portugal – piments, œufs, aubergines, ail, coquillages, oranges – apparaissent sous de nouveaux atours. Au dessert, ses oranges arrivent nappées d'une sauce au citron et au cidre, avec une effilochade de fenouil. Pour l'instant, je n'ai aucune envie de partager mes aubergines roulées à la tomate et au chèvre. Ah, et pas de doute (s'il y en avait), c'est vraiment un bon restaurant : je vois le gâteau au chocolat de Carlos qui se promène sur une desserte.

Notre séjour à Lisbonne est terminé. Carlos nous rendra visite à Cortona cet été. Nous partons visiter un peu l'intérieur et le nord du pays. Il nous a recommandé plusieurs *tascas* en chemin, quelques tables qui valent le détour, et des vins à goûter. Nous nous enfoncerons dans les terres jusqu'à Estremoz, Evora, puis nous remonterons vers certaines villes choisies – Guimarães, Obidos – en zigzaguant à volonté. Enfin nous redescendrons au sud, à Sintra, et ce sera notre dernière étape. Nous avons réservé dans les *pousadas*, bâtiments historiques transformés en auberges, et dans deux grandes villas converties en hôtels.

Depuis l'agence de location de voitures, il suffit de tourner deux fois et nous quittons la ville par le grand pont. Nous sommes bientôt dans l'Alentejo, terre de pâturages constellée de fermes chaulées, aux portes d'un bleu luisant, avec des bandes de même couleur qui font le tour des bâtiments. Maintenu par la tradition, ce pourtour coloré était jadis censé éloigner le mauvais œil. À proximité d'Estremoz, où nous passerons notre première nuit, les fleurs de camomille tapissent complètement le sol, sous les oliviers aux reflets changeants d'étain et d'argent. Une masse de moutons se déploie comme une énorme amibe autour de murettes de pierre, couvertes d'églantiers grimpants.

Il a fallu que j'attende ce jour pour découvrir l'Alentejo, pour franchir la double porte fortifiée d'Estremoz, avec en perspective la petite place et ses blanches maisons basses ; toutes ces années passées, et je n'avais encore pu embrasser cette ville d'ombre, sa fontaine, les mauvaises herbes qui poussent au-dessus du fronton de l'église. Et les iris blancs, les pruniers en fleur, le marché avec ses clapiers à lapins, ses oiseaux vocalistes, ses poulets et ses dindes. Les étals aux guirlandes de saucisses campagnardes, les bottes d'herbes, la morue empilée ; ni encore les odeurs d'oranges et de citrons qui flottent dans les rues, devant les portes et les fenêtres et leurs bâtis de marbre.

Une de ces fulgurantes épiphanies du voyage : se rendre compte que, juste derrière notre ignorance, des mondes sont là que nous sommes prêts à aimer avec fougue. Tant d'existences distinctes, unies par une vitalité dont on ne sait rien. Qu'on ait la chance d'y assister ou pas, la brise est là, de toute façon, qui gonfle le rideau bleu de la porte. Les chemins éloignés du quotidien promettent de telles secousses, de tels chocs. Je pourrais vivre dans cette ville : comment ai-je attendu des siècles pour m'y rendre ?

Des perdreaux ! Et des jambons – gras, succulents, cireux – suspendus aux étals. Un homme à côté vend des peaux. Il a une frange carrée sur des joues couperosées. Il me montre la dépouille d'un sanglier, les soies hérissées, les onglons encore attachés. J'achète deux peaux de chèvre en souvenir d'un hôtel à Deya, à Majorque, où elles servaient de descentes de lit sur le sol carrelé. J'espère que tous mes vêtements ne sentiront pas le fauve dans ma valise… Nous lui demandons de nous indiquer un restaurant, il nous montre l'autre côté de la place.

Pain fantastique. À la farine de maïs, avec la texture d'un quatre-quarts. Le restaurant ressemble à une grange et nous devons attendre car c'est jour de marché. Les clients sont nombreux, il n'y a que deux serveurs pour la salle. Comme en Espagne, les gens ont la manie de jeter des papiers par terre. Le sol en est jonché. Après le pain, arrivent des olives et une bouteille d'eau – ça me va très bien, pas la peine d'apporter le menu. La fille revient quand même avec celui-ci. Puis elle nous apporte un coq en sauce avec du riz, et de la morue aux pommes de terre. Goûteux, un peu lourd pour midi. Nous titubons sous le soleil et nous nous faufilons maintenant par les rues désertes, vers la superbe *pousada* en haut de la colline : c'est un château qui domine la ville. Nous avons un appartement avec salon. Des fruits avec un rince-doigts nous attendent, mais aussi de grands lys dans la salle de bain, un vase de chrysanthèmes entre les antiques lits jumeaux en bois sculpté. Durs comme des tombes, quand même. Une bouteille de champagne rafraîchit dans un seau sur le guéridon.

Mon lit aux draps immaculés est un peu large pour ce genre de modèle. Le dessus est bien repassé et la douceur des draps inspire un sommeil chaste. Ed ferme un peu les persiennes avant une courte sieste. Je lui demande :

– Tu n'aimes pas ces lits ?

Mais bientôt sa respiration épouse le ralenti des rêves. Allongée sous de fines bandes de lumière, je sombre dans de très vieilles sensations. Je retourne dans ma chambre à Fitzgerald et je suis de nouveau jeune fille sur le lit blanc, en bois tourné, dont le jumeau est vide de l'autre côté. Je sens presque sous mes mains la dentelure du couvre-pied rose, les draps frais et le monogramme maternel, saillant comme les veines de la main de ma grand-mère. Au fond de la pièce se trouve mon étagère pivotante,

où j'ai rangé *Les Frères Karamazov* entre les *Enquêtes*
de Nancy Drew et les aventures des Bobbsey Twins
– plus tout à fait de mon âge. Ma mère m'a rapporté *Les Frères Karamazov* un jour qu'elle faisait les
courses à Macon, car il n'y avait plus aucun Nancy
Drew au rayon libraire du grand magasin (le seul
endroit où l'on pouvait acheter des livres dans un
rayon de trois cents kilomètres autour de chez
nous). Au moins aurais-je de quoi lire, avait-elle
pensé, puisque je finissais les autres si vite. Sans le
vouloir, elle m'a catapultée dans une nouvelle
dimension, littéraire, et après c'en était terminé de
Nancy. Je lisais déjà beaucoup, pourtant c'est là que
j'ai pris conscience de ce qu'était un écrivain. À la
fin du roman de Dostoïevski, j'ai ressenti une sorte
de jubilation. J'étais au contact de quelque chose de
grand. Cette sensation de transcendance s'est
depuis renouvelée avec chaque nouvel ouvrage
digne de ce nom. Pour devenir un plaisir essentiel
de l'existence. Les titres de la Modern Library, en
bleu et noir, leurs tomes plus lourds que tant de
livres sans corps, sont devenus une réalité de la vie.
J'avais pris possession de la coiffeuse de ma sœur,
partie à l'université, un meuble recouvert de toile
jusqu'en bas. J'avais hérité de ses brosses en argent,
du petit plateau de rouges à lèvres orange, des limes
à ongles émeri, des minuscules ciseaux en bec de
héron. Dans mon lit étroit, je comprenais tout le
sens du mot *solitaire*. Tard le soir, j'écoutais une sta-
tion de la lointaine Nouvelle-Orléans qui, entre les
morceaux, diffusait de la musique cajun et des

publicités pour la brillantine. J'adorais le mot
bayou, surtout le passage de la chanson : *on blue
bayou.*

Là, presque au fond d'un Portugal agricole, des
lits jumeaux me ramènent au cadran vert de ma
radio. Elle brillait dans l'obscurité de ma chambre
de petite fille. L'après-midi, la *pousada* est plongée
dans un calme profond. Le château semble abandonné à une rêverie où revient la mort triste de la
reine Isabelle (peut-être même dans cette pièce). Le
fils du roi est parti vaincre les Arabes ; Vasco de
Gama monte les escaliers garnis d'azulejos ; puis, à
la dernière marche, Manuel lui donne le comman-
dement de la flotte qui va ouvrir la route des Indes.
Les souvenirs silencieux qui peuplent la *pousada*
vont réveiller jusqu'à mon propre passé.

Au sortir de la route principale, les chemins de
terre sont aussitôt jonchés d'éclats de marbre.
D'énormes blocs se dressent dans les carrières
comme des statues de Michel-Ange. Nous crissons
sur la piste qui mène au cimetière. Comme en Italie,
les tombes sont ornées de photos. Il y a parfois la
famille tout entière. Les *eterna saudade* inscrits sur les
dalles laissent peu de doute sur le sens exact des
mots. Ce cimetière voisin d'une carrière ne ressemble pas tout à fait aux autres. Disposé comme
une ville avec un monument central, il étend des

« rues » bordées de maisons – petits théâtres de marbre sculpté – où les cercueils sont installés en plans superposés. On pourrait les toucher en passant le bras sous les voiles de dentelle. Certains sont recouverts de soie, comme des dessus-de-lit. Les cercueils sont parfois eux-mêmes en marbre, d'autres en bois. Ce *campo* compte une vaste population de saints, d'anges secourables, et ici un soldat grandeur nature monte la garde à l'entrée du mausolée. Les tombes des pauvres (ou alors les parents sont trop chiches) sont constellées de copeaux de marbre, toujours, ou de tessons de verre. Là une pierre tombale, innovante, est en réalité un baril de pétrole, coupé dans le sens de la hauteur. On y a placé des fleurs artificielles et la photo d'un vieil homme. La tombe 524 n'est rien qu'un tas de terre, dépouillement d'une dernière résidence après une longue journée de vie.

De simples églises blanches ponctuent les chemins. Leurs formes sont pures comme celles des fleurs des champs. Des taureaux se rassemblent au milieu des chênes-lièges. Quelques cousins de Ferdinand [1] se prélassent à l'ombre. Ils ont l'aspect luisant du cuivre poli, et chacun porte une cloche. Tous les moutons aussi. Nous nous arrêtons écouter les mini-symphonies qui courent dans le paysage ondoyant. Je tends mon dictaphone pour enregistrer ce madrigal de métal. Il m'accompagnera jusqu'au bout de ce voyage. Nous faisons une halte

---

1. Taureau d'un dessin animé de Disney.

à Gloria, où une femme voûtée passe la serpillière sur les dalles de marbre qui entourent une église guère plus grande que mon living-room. Sa maison se trouve à côté, les murs sont de grands cadres bleus, elle est cernée de hautes marguerites et de buissons de romarin. Souriante, elle nous ouvre la porte de la maison de Dieu comme si elle nous invitait chez elle. L'intérieur propre sent le blanc de chaux, le sol marbré est impeccable. C'est ici qu'elle vient prier. L'église est de toute beauté. Il y a des fleurs bleues et jaunes sur l'autel peint, les parois sont garnies d'ex-voto : *merci de m'avoir épargné les cornes du taureau, le naufrage du navire, la charrette qui allait se renverser sur moi.* L'herbe printanière est luxuriante, croisée de torrents et de rigoles d'eau vive. Joie de partir à l'aventure sur ces petites routes, les vitres ouvertes à l'air plein d'odeurs douces, avec une halte ici ou là pour photographier les maisons bien entretenues, drapées de rosiers banksia jaunes et de glycines. Les jardins débordent de pivoines. Nous nous arrêtons devant une autre église aux contours soulignés d'un bleu céleste. Celle-là est plantée dans une prairie d'iris sauvages et bleus, plus courts que ceux du Sea Ranch qui, en Californie, tapissent les collines salées au-dessus du Pacifique. Les bancs chaulés doivent inviter aux discussions après la messe. Pause après une promenade dans les prés, l'oreille tendue vers les cloches des taureaux qui chantent sur tous les tons.

Attachés au maintien des traditions culinaires, les restaurants des *pousadas* servent également les meilleurs produits régionaux. Dans la seigneuriale salle à manger, nous goûtons une soupe à l'ail, au pain et au fromage de brebis. Les *açordas*, soupes au pain, sont un élément essentiel de la cuisine portugaise, l'équivalent de la célèbre *ribollita* dans le répertoire toscan. Je fais souvent aussi une autre de ces soupes « sèches », toscanes également, à base de pain et d'oignons. J'adore les potages qu'on peut manger à la fourchette. Avec un pain aussi délicieux, leurs *açordas* ne peuvent qu'être somptueuses. À Lisbonne, nous avions apprécié une variante aux crevettes. Nous aimerions bien en trouver une au potiron ou aux pois chiches, deux produits communs de l'Alentejo, où ces potages sont une spécialité. Nous avons vu des perdreaux au marché et nous constatons avec plaisir qu'ils figurent au menu. Joliment servis, farcis au pain et à la viande, c'est un plat riche et savoureux. On a dû autrefois en remplir les soupières pour Alfonso, Pedro et Fernando, les trois rois qui vécurent ici – à qui nous devons l'existence de ce *castelo*, devenu un paradis pour voyageurs. Oh, le plateau de fromages ! Louées soient les brebis dont les clochettes retentissent dans l'obscurité ! Y a-t-il un saint pour les fromages ? Dans ce cas, qu'il accepte mes grâces.

Dans mon lit dejeune fille, je ne rêve pas un rêve, mais une simple image : un pigeon gris au plumage irisé avec, en guise d'aigrette, un liseron bleu en fleur.

En parcourant la campagne autour d'Estremoz, nous visitons les plus modestes ruines de villages romains – ce qu'il reste des tours –, les mégalithes préhistoriques perdus dans les champs, et de nouvelles églises, enchanteresses, solitaires, sculpturales, de pures splendeurs. Certains de ces villages sont parfois si petits que nous les traversons sans nous en rendre compte. L'Alentejo invite à se promener à pied ou à bicyclette. La terre allonge et roule d'immenses étendues vides. À cette saison, le vert des champs paraît sous-tendu d'une couche de lumière. Illuminé aussi par la musique des cloches et des clochettes. *Mon royaume pour un cheval !* C'est peut-être la province la plus pauvre du Portugal, mais ses habitants vivent dans la beauté, celle des maisons comme des paysages. Et ils ont pour eux l'abondance des jardins et élevages. Ils sont tous accueillants partout, même si, en terme de communication, nous ne pouvons aller bien loin.

Evoramonte est un spectaculaire village blanc, perdu au bout du monde, quoique avec son église, son ermitage, son château et un panorama souverain. Dans le cimetière perché sur la colline abrupte, un ange de marbre grandeur nature, contemplatif, est assis à l'extrémité d'une tombe. Je crois n'avoir jamais vu d'ange assis dans un cimetière. À São Lourenço de Mamporcão – cinq cent cinquante-huit habitants –, la petite église avec son abside ronde et son clocher est si gracieuse que je prends le temps de la dessiner dans mon carnet. Ses courbes naturelles semblent tracées d'un seul geste par une immense main. Notre promenade nous guide jusqu'à la ville fortifiée d'Arriolos, où les murs des maisons sont bordés, en sus du bleu traditionnel, de pervenche et de jaune. Cet endroit est-il bien réel ? Un homme passe *l'aspirateur* dans la rue, sans laisser un mégot. Son appareil est plus gros encore que le nôtre à la maison, un modèle pourtant « grandes surfaces ». L'endroit a pour spécialité les tapisseries, non pas à l'aiguille, mais au métier, avec une trame large. Une femme de la coopérative nous raconte l'histoire de cet artisanat domestique, depuis les convertis maures jusqu'à aujourd'hui, en passant par l'art nouveau. Elle nous dit en anglais :

— Aujourd'hui, ce travail-là est assuré par des femmes qui ne veulent pas avoir un patron sur le dos.

Qui en veut, de ces patrons ? Sur la place où l'on teignait jadis la laine, un jet d'eau caché gicle d'une manière imprévisible dans plusieurs directions. Les saccades, le rythme et l'intensité sont eux aussi variables. Les chiens et les touristes sursautent à tous les coups. Un vrai jeu de cache-cache pour l'été. Comme partout, j'imagine notre futur petit-fils, en voyage avec nous d'ici quelques années. Je le vois, en maillot de bain bleu, courir pour échapper à cette pluie espiègle. L'église respire l'intimité. Elle est garnie sur tous ses murs d'azulejos, qui représentent des scènes miséricordieuses. La ville est si blanche que le ciel paraît plus bleu. Des hommes en béret jouent aux cartes devant un café, quelques femmes tissant au métier profitent de la lumière sur leur pas de porte. Sur la place également, un pilori rappelle qu'Arriolos a connu des temps plus mouvementés.

Nous arrivons le lendemain à la *pousada* d'Evora, magnifique Evora. Nous avons été brimés toute notre vie ! Et si nous n'étions jamais venus ? Au milieu de la ville, l'elliptique praça do Giraldo, avec ses arcades, ses terrasses de café pleines et ses rangées de petites boutiques, me rappelle la Toscane. La vie se concentre à cet endroit. Les clients attablés profitent du soleil printanier. La *pousada* dos Lólos, autrefois un couvent, se dresse devant les fières colonnes d'un temple romain. Les arcades ne sont pas les seuls vestiges des Maures. Quelques coupoles et une grande porte en ruine nous rappellent aussi leur présence, comme ces rues en toile d'araignée qui s'ingénient à nous faire tourner et retourner – sans les trouver – autour des endroits repérés sur le plan.

Parmi ceux-ci, la *tasca* Tasquinha d'Oliveira, recommandée par Carlos. Petite et joyeuse : une demi-douzaine de tables et les murs sont décorés de poteries traditionnelles. Le patron nous apporte tout de suite des tapas, en si grand nombre qu'il ne sera pas question d'un plat de résistance. Il débouche une fantastique *reserva*, rouge : monte de penha de Portalegre. Et encore un pain fantastique, avec un léger goût de seigle. Crabe farci, acras de morue, cabillaud et pois chiches, champignons marinés à la menthe, tourte au poulet, croquettes de viande – les assiettes ont beau ne pas être bien grandes, elles s'accumulent. Nous croyions le déjeuner terminé, mais il revient avec un soufflé aux épinards et aux crevettes. Puis des œufs brouillés aux asperges sauvages. On a presque fini la bouteille. Arrive un fromage de brebis frais, avec une confiture de potiron et des amandes. Flan au dessert, une seule cuillerée et mon appétit rebondit. C'est une des pâtisseries aux œufs du vieux couvent. Bénies soient les sœurs qui ont occupé de longs après-midi à inventer d'aussi bonnes choses. Toutes leurs recettes comportent des œufs. On en met aussi dans les soupes. Je ne connais pas d'autres cuisines où ils tiennent une place aussi importante. Ed pense à la *graham cracker pie*[1] de sa mère. En fond sonore, Karen Carpenter chante « *on top of the world looking down on creation*[2] ». Pauvre Karen, anorexique : sa voix plane sur un vrai festin.

Passé les remparts d'Evora, la campagne est jonchée de dolmens et de menhirs. On comprend que, depuis la préhistoire, la région suscite toutes les convoitises. Nous visitons quelques-uns des « vingt châteaux remarquables » des proches villages, ainsi que la tour des Aigles, abandonnée. Nous nous laissons surtout aller au hasard des chemins. J'aimerais revenir dans l'Alentejo à l'époque où les blés sont de l'or en fusion. Le soir, le soleil

1. Gâteau aux œufs battus en neige (cf. *Bella Italia*).
2. « Depuis le toit du monde, les yeux sur la Création. »

printanier vient s'étendre sur les champs comme un voile de mariée. Je me mets à fredonner une chanson de colonie de vacances : « *Highlands, thy sunshine is fairest, thy waters are clearest, my summertime home. Bright stars watch over my sleep like the eyes of the angels in heaven's blue dome*[1]. » La route file au milieu des chênes, et nous rentrons dans notre splendide demeure.

On nous a installés dans un immense salon avec chambre à coucher. Nous avons des fresques sur tous les murs. Le balcon donne sur la cour, et sur la pergola tapissée de vigne vierge. Notre lit a sûrement été conçu pour un roi. Et l'accueil personnalisé des *pousadas* – le champagne dans son seau – nous attend à nouveau. Après de si magnifiques balades, quelle meilleure détente qu'un bain et une sieste dans un lit aux draps de lin. Le lin se prête aux plus beaux rêves.

Le dîner est servi dans le cloître du couvent, où peut-être les sœurs se régalaient des pâtisseries qu'elles inventaient à leurs moments perdus. Le dîner a le goût des vieux plaisirs de la campagne – jusqu'à la traduction du menu, rustique à sa manière : soupe au vinaigre et à la menthe, mâchoires de cochon noir, sauté de taureau, poitrine de canard, asperges à la graisse craquante, et des « citarouilles », certainement plus grosses que

---

1. « Ô montagnes au soleil clément, aux eaux les plus pures, ma maison d'été,/Comme les yeux des anges dans la coupole des cieux, vos étoiles veillent sur mon sommeil. »

toutes les autres citrouilles. Nous mangeons tout. En fait, d'étape en étape, nous dévorons le Portugal.

Dans le lit royal aux draps immaculés, je rêve que la tombe de ma mère s'est ouverte. Je regarde à l'intérieur, je vois ses cheveux d'or roux. Jeune et entière, elle quitte sa sépulture pour m'annoncer :

— J'ai quelque chose à te dire.

Horrifiée, je réponds :

— Mais tu es morte. Morte.

J'ai la sensation de gonfler des pieds à la tête ; je vais bientôt m'élever et flotter dans l'air. Je ne sais ce qu'elle a à me dire, et je ne veux pas le savoir. Je veux qu'elle rentre sous terre. Ed me secoue :

— Tu fais un mauvais rêve.

Je me réveille, toujours déterminée à ne rien savoir. Pourquoi ne pas écouter qui revient de l'au-delà pour vous apprendre quelque chose ? Non, non, il n'en est pas question.

Il est tôt quand je me faufile hors de la chambre. En bas, ils commencent juste à installer le buffet du petit déjeuner. Mon rêve me poursuit, me dérange, et j'ai besoin de rester seule le temps qu'il s'évanouisse. Je m'assois avec un café et un guide de voyage. Quand les autres clients commencent à arriver, je pars dans l'air froid du matin. Chaque fois que je sors de la *pousada*, cette rangée de colonnes romaines me fait sursauter. Evora est une des plus grandes petites villes du monde. Princière. Un coffret à bijoux, avec parcs, jardins, hôtels particuliers, fontaines. Une cathédrale dont les dimensions inspirent le respect, sinon la crainte. Je m'y arrête pour contempler à nouveau la sculpture en bois peint de l'ange Gabriel. Celui-ci vous laisse imaginer Marie. C'est toujours facile d'imaginer Marie. Les mères sont bien comme ça, non ?

Pendant que j'effaçais mon cauchemar, Ed a eu le temps de manger d'autres *migas* au porc – qui nous avaient tant plu à Ronda. Le menu explique que les croûtons de pain ont « mariné des heures » dans l'huile d'olive. Ed :

– Tu n'as pas crié, c'était plutôt comme si tu pleurais « Nooooooon », en tombant dans un puits.

– Alors ça doit être dans notre chambre qu'elle est morte, la reine Isabelle.

Il y a des restaurants partout en ville. Ils honorent ce mois-ci les soupes de la région. Le mois dernier était consacré au porc. Le prochain, ce sera l'agneau. Les affiches que nous voyons dans les rues, annonçant concerts, ballets, performances, nous font penser à la vie culturelle intense de Cortona, notre deuxième patrie. Dans les vitrines, tous les menus annoncent des soupes que je retrouverai dans le livre de Maria Modesto – je ne peux plus me passer d'elle. Carlos nous avait dit : « Les Italiens ont les pâtes. Nous, c'est les soupes. » Fèves et tête de cochon, très peu pour moi, mais il y en a des dizaines d'autres. En lisant les recettes, j'imagine le goût de ces soupes traditionnelles, servies partout en ville pendant le mois de mars :

❖ *Sopa de beldroegas* : pourpier, qui pousse spontanément dans mon jardin. J'essaierai cette soupe avec les ingrédients traditionnels : pain, ail, fromage.

❖ *Sopa de poejos* : à la menthe pouliot, qui pousse aussi à Bramasole sans qu'on lui demande rien. Une autre soupe à base de pain détrempé, avec oignons et ail.

❖ *Sopa de tomate à Alentejana*, dite aussi *sopa de tomate com toucinho, linguiça e ovos* : soupe de tomates, parfois servi avec des saucisses et des œufs.

❖ *Açordo de espinafres com queijo fresco, ovos e bacalhau* : soupe « sèche » aux épinards, fromage frais, œufs et morue.

❖ *Sopa de poejos com bacalhau* : soupe à la morue aromatisée à la menthe pouliot.

❖ *Sopa de peixe com hortelã da ribeira* : soupe de poisson aromatisée à la menthe verte, forte, qui ressemble à l'estragon.

❖ *Sopa de caçao* : raie avec coriandre et vinaigre, parfois aussi du paprika.

❖ *Sopa de feijão com mogango* : haricots et potiron – les pères pèlerins américains auraient sûrement pu y penser.

❖ *Sopa alentejana de espargos bravos* : aux asperges sauvages, qu'on adore aussi en Toscane, où on les fait en *frittata* – omelette.

❖ *Sopa de panela* : avec plusieurs sortes de viande, du pain et de la menthe.

❖ *Sopa de alface com queijo fresco e ovos escalfados* : soupe à la laitue, au fromage frais de brebis et aux œufs, qu'on nous a servie un soir à la *pousada.* C'est un bouillon clair, aux ingrédients entiers, comme les soupes japonaises.

❖ *Sopa de feijão e batata com ossos de porco* : haricots, pommes de terre, os de porc.
❖ *Sopa de túberas com linguiça e toucinho* : soupe aux truffes, avec saucisse, lard maigre et œufs.
❖ *Açorda à Alentejana* : pain et ail.

Nous arrivons à Obidos vers midi. Ville blanche, fortifiée, juchée sur une colline avec un château et une tour carrée. Une étape de beauté recommandée par tous les guides. Les voyageurs y sont peu nombreux à cette époque de l'année, cependant l'activité est quand même centrée sur le tourisme. Dans ce cas, inévitablement, quelque chose disparaît de la vie propre des lieux. Les maisons sont charmantes, fleuries, le blanc de chaux est souvent rehaussé de bordures jaunes comme le soleil. La plus grande glycine de la chrétienté étend ici ses lianes sur une façade entière. Les jolies églises, nombreuses, invitent à une halte. Mais après Estremoz et Evora, ce n'est pas l'enchantement. Nous aurions pu être les premiers étrangers à arriver à Estremoz – c'est la sensation que j'ai eue. Evora, quant à elle, inscrite comme Obidos au patrimoine mondial de l'Unesco, est loin d'être consumée par le tourisme. Alors, maintenant, Obidos…

Comme c'est aujourd'hui mon anniversaire, Ed me pousse à chercher quelque chose de pas ordinaire. Le Portugal étant connu pour son linge de table, ses dessus-de-lit, ses draps, je rentre dans une boutique dans les rues hautes. Tout fait envie. Je choisis des draps crème festonnés, aux fleurs brodées main, que ma mère aurait sûrement aimés.

À la *pousada*, le château au sommet de la colline, nous avons droit à la chambre de la tour. Elle nous emballe, mais au début seulement. *Rapunzel, Rapunzel, dénoue tes cheveux d'or*. On longe, pour y arriver, un bout de rempart avec une vue splendide. On entre dans une pièce étroite avec un mini-coin salon, une armoire, et la porte des toilettes. Pour accéder à la chambre, il faut monter sur une échelle presque à la verticale, à se briser les chevilles. Là-haut se trouvent un lit à baldaquin et à panneaux en bois (comment ont-ils réussi à le hisser là-dedans ?), et un petit bureau sur lequel la *pousada* a mis le champagne à rafraîchir. Les trois fenêtres sont des défenses, par lesquelles on tirait les carreaux d'arbalète. Comme elles ne laissent passer que très peu de lumière, nous allumons les deux lampes de chevet. Seulement, des ampoules aussi faibles seraient mieux à leur place sur un sapin de Noël. Cette chambre est froide comme la pierre. Littéralement. À cette hauteur, on entend le vent hurler aux quatre points cardinaux. La tour oscille, ou est-ce une impression ? Il fait encore plus froid en bas, où nos deux valises occupent presque tout l'espace. Ce n'est que la fin de l'après-midi, mais nous décidons d'ouvrir le champagne, de trinquer pour cet anniversaire dans une vraie tour médiévale. Combien de fois aurons-nous encore cette chance ? Puis Ed allume la télévision. Installés sous la couette dans un lit pour chevalier en cotte d'armes, nous regardons un film avec Elvis Presley, aussi terrible qu'hilarant, en version originale avec sous-titres espagnols. Quand le mot fin apparaît, nous avons quasi terminé la bouteille. Pour ajouter au sentiment d'irréalité, la salle à manger de la *pousada* est vide, à l'exception d'une tablée de Portugais énormissimes et très bien habillés. Ils ont l'air de sortir d'un tableau de Botero. Ils échangent à peine quelques paroles pendant que se succèdent les plats d'un excellent dîner.

De quoi vais-je rêver là-haut dans la tour, la nuit de mon anniversaire ? De lointaines images du mariage d'Alphonse V et d'Isabelle, unis dans la paisible église du *parque*, alors qu'il avait dix ans, et elle huit ? De quelque récit lié à la célèbre Josefa de Obidos, artiste peintre du XVIIIᵉ, locale et révérée, dont il ne reste pourtant que deux toiles dans cette ville ? En tout cas rien, j'espère, qui se rapporte au pilori devant Santa Maria. Après le champagne de l'après-midi, et le vin rouge du dîner, je sombre dans ce lit noir vers un sommeil sans rêve. Contrairement à Ed qui rit à haute voix en dormant.

— Qu'est-ce qu'il y a de drôle ? lui demandé-je dans l'obscurité.

— Toi.

Nous repartons très tôt le lendemain matin, après une petite promenade autour du château et des remparts. Avec un peu de distance, on peut retrouver quelque chose de l'enchantement initial d'Obidos. Aux premières lueurs, les porches mauresques, les passages et les escaliers de pierre, les maisons d'un blanc de lune sont certains de leurs charmes. Partout flotte le parfum des orangers en fleur, et je suis heureuse.

Beaucoup plus de circulation dans le Nord que dans l'Alentejo. Bien des Portugais sont de vrais casse-cou. Nous avons l'habitude de la route en Italie, où certes les gens roulent vite, mais au moins ils font attention à ce qu'ils font. Les Italiens sont généralement d'excellents conducteurs. Pendant des kilomètres, nous sommes obligés de suivre un camion qui zigzague avec un chargement de liège. Le liège part en pluie dans les airs au moindre cahot. Puis c'est un homme assis sur une charrette de foin, tirée par un baudet, qui pousse les autres véhicules à des actes inconsidérés. Les deux voies en deviennent trois. On reste près de la ligne jaune et on la franchit pour doubler. Certains font ça « au pif », comme on disait chez moi. Deux roulottes de Gitans, avec des chevaux à chaque bout, cheminent sur la grand-route. Des femmes sont assises à l'avant, avec leurs foulards à fleurs, et leurs bébés dans les bras. Tout le monde fait des embardées autour d'elles. C'est de la folie, et une folie dangereuse. Je pousse des hurlements pour empêcher Ed de doubler précipitamment.

À l'approche de Coimbra, nous cherchons notre villa-de-campagne-transformée-en-hôtel. Nous la trouvons finalement. C'est une minuscule oasis, une maison de rêve, quoique cernée d'immeubles et de pavillons industriels : on ne voyait pas ça sur le site web… Mais l'endroit en lui-même, Quinta das Lágrimas, est merveilleux, un petit palais jaune avec un escalier central et deux balconnades. En fait un microcosme de Coimbra, cité fabuleuse sur le rio Mondego, et entourée de laideurs. Nous partons à pied depuis l'hôtel, et longeons un jardin fantastique pour les enfants. Il compte un village miniature où sont représentés tous les styles architecturaux du Portugal. Nous remarquons une fois de plus à quel point ce pays est idéal pour des vacances familiales. Le centre-ville est une plongée dans l'Ancien Monde. Sa panière calée sur la tête, une femme gravit une volée de marches et passe de l'autre côté de la rue. Deux autres portent aussi sur le crâne de grands paniers à linge. L'université, la plus ancienne et la plus respectée du Portugal, est plantée sur une place, au milieu d'autres bâtiments où élèves et professeurs étudient et enseignent depuis des siècles. Sa tour date de 1728. Sa cloche, appelée *cabra*, la chèvre, sonne l'heure officielle en ville. Et c'est une ville où l'on marche. Le café de Santa Cruz, à côté de l'église, a servi des générations d'intellectuels, tant à l'intérieur que sur les tables de la *praça*. L'église, fine réalisation dans le style manuélin, donne l'impression d'un château de sable sur lequel une grande vague se serait abattue. À l'intérieur, sérénité des azulejos bleus et blancs. Dehors, les musiciens de rue installés autour de la fontaine sont parmi les pires que j'ai jamais entendus. Nous suivons les trottoirs à motifs pendant quatre heures de promenade, nous imprégnant de la vie qui vibre partout ici.

Carlos nous avait parlé d'une *tasca*. Une chance : l'endroit, grand comme une place de parking, a une atmosphère tellement familiale que nous n'aurions pas osé y entrer sur la foi d'un coup d'œil. Du sol au plafond, les murs sont couverts de phrases et de dessins des clients : sur des serviettes en papier, des pages arrachées d'un carnet, des boîtes d'allumettes, tout ce qu'on voudra. Il suffirait d'en faire craquer une, et on serait transformés en torches. On nous serre sur deux chaises devant un minuscule coin de table, où trois fromages régionaux arrivent sans attendre, ainsi qu'une corbeille d'un pain à vous tirer des larmes de plaisir. Puis on nous sert deux bols de soupe au chou. Un homme assis à la table voisine nous donne un peu de son sanglier. *Ça*, ça ne m'était encore jamais arrivé. Et dans aucun pays au monde. Le garçon revient avec du porc grillé sous de gros morceaux d'ail et des feuilles de coriandre arrosées d'huile d'olive, le tout sur un plat en étain. Suit un second, en terre cuite, avec riz et haricots en sauce. Toute la tablée de l'autre côté est en train de ronger ce qui va bientôt ressembler à des monceaux d'os. Cela fait, ils passent au ragoût de porc, accompagné d'un grand saladier d'épinards fumants avec une odeur d'ail. Nous ne savons même pas comment s'appelle cet endroit. Le Manuel ze Dos Ossos ? Selon le petit carnet d'Ed, la

tasca de Carlos se trouvait au 12 Beco do Forno, derrière l'hôtel Astoria. Faute d'arriver à la localiser,
nous avons demandé à plusieurs personnes où se
trouvait « la *tasca* ». Toutes, y compris l'agent de
police, nous ont envoyés ici. La moindre bouchée
est délicieuse, et nous aimons cette atmosphère.
Ouvriers et hommes d'affaires descendent ensemble
une nourriture copieuse.

Le restaurant de notre mini-palais Quinta das
Lágrimas porte le nom d'Agua. De conception
moderne, il n'est ouvert que depuis deux semaines,
et c'est selon moi une erreur de goût. On se croirait
dans la cafétéria d'une zone industrielle. Mais le
jeune chef allemand, adroit, me gratifie d'un
saumon en croûte au sésame, et d'un plat de gibier
avec une sauce aux truffes noires. Ed a commandé
des lasagnes aux épinards, avec figues et safran.
Horreur ! Cependant :

– Pas mal, dit-il.

Et comme il aime le cabillaud sous toutes ses
formes, il prend celui d'ici, à la moutarde et aux
échalotes. Ce sera notre premier repas au Portugal
qui ne mette pas en valeur les traditions locales. Le
chef s'inspire plutôt des anciennes colonies. Peut-
être les gens d'ici apprécieront-ils le mélange de
produits régionaux et d'ingrédients venus des Indes
et des Amériques. Quand même, ces figues au
safran me laissent dubitative.

Notre voyage touche bientôt à sa fin. Il y a tant
d'aspects de ce pays que nous ne connaissons pas.
Nous avons seulement vu quelques villes dans le

Nord, mais rien du bas Alentejo, et rien non plus de l'Algarve. J'aimerais tant aller à Madère et aux Açores. Nous sommes limités par nos choix, dois-je confesser à mes dieux des croisements. Reviendrons-nous, prendrons-nous à nouveau un mois pour parcourir les routes ? Je voudrais poursuivre nos explorations, assembler chaque année une pièce supplémentaire de ce puzzle si riche. Je sais si peu de chose. Voyager ainsi est un tel privilège, une telle immersion dans l'histoire, dans l'art, la cuisine, la terre et les paysages. Par chance, notre dernière étape dans le Nord révèle une ville qui sera notre préférée.

Guimarães, dans la région de Minho, est absolument spectaculaire avec ses balcons de bois sculpté et de fer forgé. On aimerait vivre au milieu des nombreuses maisons à colombages, qui vous donnent l'impression d'entrer dans le décor d'une pièce de Shakespeare. Sommes-nous à Amsterdam ? En Angleterre ? Une Angleterre ensoleillée, dans ce cas. En plusieurs endroits de la ville, nous tombons sur des sculptures grandeur nature. Des cierges allumés sont posés devant elles, ainsi que des ex-voto en cire, représentant des têtes et d'autres parties du corps. Ce sont différents tableaux d'un chemin de croix qui date de 1727 ; il n'en reste aujourd'hui que cinq. Dans le quartier résidentiel, les camélias sont des arbres à part entière. On remarque quelques maisons en ruine au milieu des autres, et les cerisiers en fleur dans les jardins. Ici et là, les bardeaux de bois ont été peints pour ressembler à des azulejos, par ailleurs peu nombreux.

Difficile à trouver, notre petite *pousada* est l'un des lieux les plus agréables où nous ayons jamais résidé. D'abord parce qu'elle donne sur une *praça* aux dimensions plaisantes, ensuite parce qu'elle a le même confort austère et stylé que les autres. Mais surtout pour la réponse que nous donne un serveur, quand nous lui apprenons que nous adorons le Portugal :

— Mon pays est très petit, mais « très beaucoup ».

Au buffet du petit déjeuner, je bavarde avec une femme qui me reconnaît pour avoir lu certains de mes livres. Elle appelle auprès d'elle un groupe de voyageuses, toutes du sud des États-Unis, qui viennent me saluer. Nous avons des amis en commun, ce qui nourrit vite la conversation. Les employés s'étonnent de cette agitation. Quand l'autocar des Américaines sera parti, l'un d'eux me demandera discrètement :

— Madame était une star du cinéma ?

Guimarães est connue pour son coton et ses filatures. Je choisis à nouveau des draps, plus jolis que ceux d'Obidos.

— Faites attention, me dit la patronne dans le magasin. Beaucoup sont brodés en Chine.

Je trouve un couvre-lit, très doux, et un autre en matelassé. Ed fait la tête en pensant à nos bagages, à nos pull-overs qui sentent déjà la chèvre d'Estremoz.

Cette ville d'une beauté sereine s'enorgueillit d'être « le berceau du Portugal ». L'appellation date de l'époque où Alphonse VI, roi de Castille et León, a donné cette lointaine province à sa fille et son gendre. À la mort de ce dernier, leur propre fils, lui aussi baptisé Alphonse, s'est retourné contre sa mère et lui a arraché le pouvoir. Chassant ensuite les Maures en 1139, il s'est autoproclamé roi du Portugal, avec Guimarães pour capitale. Les rois suivants lui préféreront Coimbra, mais Guimarães a la mémoire longue. J'espère qu'ils n'ont pas oublié l'affreux caractère de cet enfant.

La région avait déjà une riche préhistoire, comme on peut le voir au sortir de la ville à la Citânia de Briteiros – « la cité celte ». Certains vestiges seraient cependant antérieurs aux Celtes (600-500 av. J.-C.), et quelques instruments datent du néolithique. Un grand nombre de pierres sculptées et d'objets de culte sont conservés au musée Martins Sarmento de Guimarães, ainsi dénommé en l'honneur de l'archéologue qui a découvert le site.

Avant qu'Alphonse Ier Henriques se proclame roi du Portugal, une femme d'influence au nom fantastique de Mumadona a construit le château en haut de la colline. Salazar, le morne dictateur du XXe siècle, avait fait du palais adjacent sa résidence personnelle. Je suis un peu lasse de visiter les châteaux – ça finit par devenir répétitif –, mais celui-ci ne manque pas d'intérêt. Il s'élève au nord de la ville, d'où l'on profite d'un vaste panorama sur le Monte de Penha au loin.

Si elle n'est restée capitale que quelques années, Guimarães est toujours fière de ses espaces publics

– jardins, château, esplanade, statues. Une fierté visiblement partagée par ses habitants, attachés à l'architecture médiévale et à leurs nombreux monuments, tous bien entretenus. D'étroites rues pavées, bordées de belles résidences, partent en sinuant depuis les places. Des balcons de fer forgé ornent les fenêtres, garnies à l'intérieur de rideaux de dentelle ou d'étoffe. La grande rue commerçante, fleurie, n'est en rien touristique. Aurions-nous choisi de nous établir au Portugal, si nos pas ne nous avaient d'abord conduits en Italie ? Nous nous posons la question. C'est un petit territoire, mais qui offre une diversité fantastique. Avec une palette culinaire que je me verrais bien explorer pendant dix ou vingt ans. L'histoire, la beauté, les plages sans fin, et des villes joyaux comme celle-ci nous amènent à conclure que, oui, ce serait un bonheur de vivre ici une partie de l'année. Guimarães ferait un excellent choix. Nous passons devant une maison en ruine, avec un petit côté mauresque, un jardin broussailleux, dans laquelle je m'imagine facilement en train de gratter les murs et de commencer à peindre.

Nous nous arrêtons pour quelques pâtisseries locales. Les *toucinho-do-céu* doivent faire partie de ces choses qu'il faut goûter très jeune pour bien les apprécier. Ce sont de petits flans, très riches en œufs, aux amandes et à la confiture de potiron. C'est un peu visqueux, écœurant. On trouve du potiron dans beaucoup de desserts locaux. Du sang de porc, également, ce qui est plutôt inattendu. J'en resterai aujourd'hui aux biscuits aux amandes. Quant à Ed, il choisit un cousin manifeste du bon vieil éclair au chocolat.

Comme dans les autres *pousadas*, la salle à manger est une vitrine des recettes et des ingrédients de la région. Le cabri, rôti sur son lit d'herbes, est tendre, fondant, goûteux. Ed aime ce ragoût généreux de viandes et de saucisses. Nous n'avons fait qu'apercevoir la région de Minho, mais jusque-là, tout est admirable : les vignobles et les villages bien étagés sur les collines, les visages au sourire prompt, les habitants qui soignent amoureusement leur terre. Demain nous partons à Sintra et ce sera notre dernière soirée portugaise.

Dans une vie antérieure, notre hôtel à Sintra était un palais fabuleux, dénommé La Maison des sept soupirs. J'ai envie de soupirer moi aussi, puisqu'il faut demain reprendre l'avion. Le Portugal m'a apporté plus de surprises qu'aucun autre pays. Comme nous avons fini par réserver une *pousada* chaque soir, les journées au volant ont paru moins stressantes – nous sommes sûrs d'arriver dans un endroit qui ait du caractère, avec des cuisiniers qui connaissent leur affaire. De tous les pays d'Europe, c'est le moins ruineux pour le portefeuille. Ces *pousadas*, vraiment un luxe, sont considérées assez chères sur place, mais bon marché vu de l'extérieur. Et le prix des vins, des pâtisseries, même des draps brodés à la main date d'un autre temps. Notre

dernier hôtel, le palácio de Seteais, n'est pas une
pousada, mais il en a tous les attributs : la chambre
est claire avec de grandes fenêtres qui donnent sur
la mer, le champagne nous attend dans le seau. Des
abricots secs, des dattes, des figues et des noix sont
disposés autour dans des soucoupes en argent. Il y
a même des tranches de fruits frais dans un compo-
tier. Un geste de courtoisie, hautement civilisé,
répété chaque fois. Dans les couloirs et les salons,
des scènes mythologiques sont peintes sur les murs
– de douces couleurs attendries par le temps. Les
planchers sont couverts des fameux tapis crochetés,
artisanat portugais par excellence, mais nous n'en
avions encore jamais vu.

Au sud et à quelques heures seulement de
Guimarães, Sintra est un autre monde : enclave val-
lonnée, verdoyante, une petite ville blottie autour
du Palácio Nacional, l'ancien palais mauresque – ce
qu'on reconnaît aux arcades du rez-de-chaussée
et aux garnitures du toit. Les fenêtres de style
manuélin/vénitien du premier étage s'insèrent joliment dans l'ensemble. Nous trouvons à l'intérieur
des pièces entières couvertes d'azulejos sévillans
et mudéjars (les Mudéjars étant ces musulmans
convertis au catholicisme après la Reconquête). Les
murs d'une chambre à coucher sont garnis de carreaux d'une couleur de biscuit, avec des feuilles de
vigne en relief. Les carrelages imitent les motifs des
tapis d'Orient. Le décor est parfois extravagant. Sur
un plafond sont peintes cent trente-six pies, qui correspondent chacune à une des dames d'honneur de

la reine Philippa. Façon pour le roi Jean Ier de les traiter de commères, l'une d'elles ayant rapporté à la reine… qu'il aurait été vu en train d'en embrasser une autre. « En tout bien tout honneur », aurait-il répondu, d'où les bannières brandies par les pies au plafond, et qui ne disent rien d'autre, à savoir : « *Por bem.* » Nous ne saurons pas si la reine s'est satisfaite de l'explication. J'en doute. Dans une autre salle, les azulejos sur les murs décrivent des scènes de chasse. Sur le plafond octogonal, soixante-douze cerfs portent les blasons d'autant de familles nobles. Malgré les réticences exprimées plus tôt à l'égard des palais et châteaux, je trouve celui-ci fantasque et fascinant. Sintra possède un grand nombre d'édifices dignes des livres d'histoire. Si mon petit-fils aime les légendes, les chevaliers obscurs et les trésors enfouis, je l'emmènerai un jour les visiter. En haut de sa colline, le château des Maures, avec ses minarets arabes, ferait l'objet d'une belle promenade s'il ne pleuvait pas. Ses tours et ses créneaux semblent découper le ciel. Plusieurs autres palais dans les collines semblent prêts à narrer de fabuleux récits.

Je me demande où résidait Lord Byron lorsqu'il vivait ici. Le poète anglais, qui a beaucoup voyagé, aimait Sintra, et l'on retrouve les quelques vers qu'il a écrits à son sujet dans quantité de guides et brochures. Il m'est arrivé également d'offrir ma prose à certains lieux, où l'on vous est toujours reconnaissant d'une louange écrite. La moindre petite phrase de Goethe, de Mark Twain ou de Nathaniel Hawthorne, la moindre strophe de Shelley, Keats ou Dante, pourvu qu'elles mentionnent un coin de terre, y seront certainement recopiées et chéries pour l'éternité. Les Majorquins révèrent même George Sand qui, dans *Un hiver à Majorque*, les décrivait comme des brutes attardées.

On comprend facilement ce qui attire les poètes dans ce paysage à la fois rocailleux et forestier, avec ses palais, ses passages secrets, ses vues maritimes, et ses mystérieuses brumes arrachées à la mer par un sol brûlant. L'humidité goutte des arbres, l'air porte des senteurs d'herbes. Moins à la mode qu'autrefois, Sintra garde son lot de belles villas protégées. En sus des magasins de vêtements et de décoration intérieure, elle a aussi – évidemment – une excellente boulangerie. L'endroit tout indiqué pour goûter la spécialité locale, les *queijadas de Sintra*, tartelettes au fromage blanc et à la cannelle. Ed propose de rapporter un assortiment de pâtisseries, mais il se ravise en pensant à nos peaux de chèvre et à nos dessus-de-lit. Nous rentrons à pied à l'hôtel où nous arrivons trempés comme des soupes. Faisons donc sauter le bouchon de cette bouteille. Elle flotte dans la glace fondue. Impossible d'imaginer la fin de nos voyages, alors trinquons et, comme disent les Grecs : *puissions-nous vivre toujours.*

*

Déjà, notre vol pour Rome a deux heures de retard. Ensuite, nous nous retrouvons au fond de l'avion, moi coincée dans la rangée du milieu ; Ed de l'autre côté de l'allée, près du hublot. C'est le chaos, les gens s'assoient n'importe où, ignorent les places attribuées. L'ensemble des passagers parle italien. Les hôtesses finissent par renoncer. Au décollage, plusieurs personnes crient. Ed et moi nous regardons : *que se passe-t-il ?* Dès que l'appareil prend de l'altitude, tout le monde se relève, des groupes se forment, on fait la queue pour les toilettes, on distribue des fruits à la ronde. Le signal lumineux ATTACHEZ VOS CEINTURES se rallume, et il y a bientôt des trous d'air. Encore des cris, mais personne ne se rassoit. Toutes sortes d'objets circulent. On me donne à manger, des photos, des cartes postales. Les sandwiches industriels de la compagnie aérienne sont accueillis avec des commentaires bruyants : *Che schifo !* Quelle merde ! Nous sommes cernés par un groupe d'Italiens bruyants, qui reviennent d'un pèlerinage à Fatima. C'est pour la plupart leur baptême de l'air. Et c'est surtout la fête. Je n'ai jamais entendu rire autant – ni même rire tout court – dans un avion. Me voyant perplexe, mon voisin le plus proche s'exclame :

– *Signora*, un peu de chahut, c'est bon pour le cœur !

Ed récolte plusieurs cartes de visite, on lui raconte toutes sortes de choses. Le pilote entame sa descente vers Fiumicino, mais les allées ne se vident pas. Impossible d'entendre la voix qui, sur les haut-parleurs, exhorte les passagers à relever leur tablette et à boucler leur ceinture. En hurlant carrément, les hôtesses finissent par reprendre le contrôle de la situation. Nos pèlerins se calment, mais pas pour longtemps. Nous rentrons en Italie – et donc en chansons.

Spaccanapoli :
Naples coupée

Nous nous arrêtons écouter quatre musiciens qui jouent des airs brésiliens avec un certain brio. Brusquement, un couple quitte la foule des passants et se met à danser le tango. Naples. Où ailleurs voyez-vous des gens danser au pied levé le tango dans les rues ? La petite foule grossit, frappe dans ses mains, lance des encouragements. Nous entrons dans le bar à côté pour regarder la suite en savourant le meilleur café du monde. Concentré et puissant, l'arôme vous explose dans la bouche et y reste. Nous apprécions la coutume italienne qui consiste à servir un verre d'eau en même temps. Apparemment, la plupart des gens n'en boivent que la moitié, mais ils la boivent. Peut-être pour se rafraîchir car le café est toujours brûlant. Et comme les garçons sortent les tasses d'un râtelier plongé dans l'eau bouillante, elles n'ont pas le temps de refroidir. Comment font-ils ? Je bois la mienne à petites gorgées, tandis que les Napolitains arrivent au comptoir, vident la leur d'un trait et repartent.

Un couple moins doué imite le premier. Une petite fille se tortille, les bras au-dessus de la tête. C'est la fête. Et il y a des moments où tout Naples est une fête.

En venant ici pour la première fois il y a quatorze ans, nous avons été impressionnés par les vibrations de cette ville, par son Musée archéologique aussi, où l'on conserve les découvertes faites à Herculanum et Pompéi. Le climat particulièrement doux nous a séduits… et la circulation automobile nous a laissé d'impérissables souvenirs. Ed finissait par rouler sur les trottoirs. Puis nous sommes revenus il y a environ quatre ans, et depuis, week-end après week-end, parfois semaine après semaine, nous continuons à explorer la ville et ses environs. Il faudrait vivre deux fois pour connaître *Napoli* – dès le premier séjour, on ne veut plus dire Naples. Ce mois-ci, nous avons deux semaines. Mai est le mois idéal, car quantité d'églises et de musées, fermés le reste du temps, sont ouverts le matin. C'est aussi le meilleur moment pour se promener le long de la célèbre baie. Les Romains d'autrefois, qui connaissaient la moindre colline, la moindre anse, savaient précisément où construire leurs villas.

On a mille fois lu les mêmes choses sur Naples. Évitez ce quartier, cette rue, mettez votre argent dans une ceinture de voyage, laissez vos bijoux chez vous. Vol, paresse, chaos, corruption, confusion, saleté, meurtres et mafia. Cependant la mafia ne s'intéresse guère aux touristes, et l'indice de criminalité est ici considérablement moins élevé que

dans la plupart des villes américaines. Faut-il avoir
peur ? Nous habitons la baie de San Francisco.
Voilà ce que j'ai envie de répondre aux écrivains
qui vous conseillent d'être très vigilant ici : *Oakland,
vous connaissez* ?

Des écrivains qui se répètent les uns les autres,
sans remarquer que cette ville est un panorama à
360°, et que leurs impressions de voyage ne couvrent que dix centièmes de la circonférence. Quantité de voyageurs – ceux qui ne sont jamais venus,
ou ceux qui ont passé une nuit en route vers Amalfi
ou Pompéi – chantent la même chanson.

Elle ne date pas d'hier. Bien des récits de voyage
du XVIIe et du XVIIIe siècle incendient Naples. « Un
paradis habité par les diables », disait-on déjà au
XIVe. On a attribué la paresse à un soleil trop chaud.
Naples est-elle plus étouffante en août que la Côte
d'Azur ? Les bonnes plumes auraient pu reconnaître que c'est une ville d'or. Elle a la chance d'être
située sur une des plus belles anses du monde,
devant une somptueuse nappe de bleu et de tranquillité, avec la côte d'Amalfi d'un côté et le Vésuve
de l'autre – histoire de parfaire la composition. Un
volcan qui fumait, d'ailleurs, pour ajouter au pittoresque, comme en attestent des milliers de peintures. (Ce jusqu'en 1944, date à laquelle le cratère
fut bouché par une éruption.) Pour ces nobles Européens partis faire leur « grand tour », le Vésuve rappelait une nature primitive, toujours à l'œuvre sur le
littoral italien. Du port, on voit les îles engageantes
de Procida, Capri, et depuis certains endroits,

Ischia. Pour les Anciens, ce lieu figurait en bonne place dans ce que la Méditerranée avait de mieux à offrir. Plus près de nous, les voyageurs des Lumières éprouvaient pour Naples un mélange d'attraction et de répulsion. Selon ces derniers, les pauvres ici étaient des imbéciles heureux et/ou des fainéants intégraux. Dans son essai *Voyages et visions : pour une histoire culturelle du voyage*, Melissa Calaresu évoque plusieurs visiteurs français au chapitre « À la recherche de la tombe de Virgile ». Elle cite Richard de Saint-Non : « On peut dire que l'oisiveté est le trait le plus caractéristique de la nation napolitaine. » Pour Joseph-Jérôme Lefrançais de Lalande, les Napolitains sont « pervers, indolents, et particulièrement inconstants ». Calaresu mentionne la riposte des écrivains du cru, qui traitèrent les Français de pédérastes, de bouffons, de plagieurs et d'ignorants. Toutefois les stéréotypes du XVIIIe, notamment répandus par Lalande et Saint-Non, se sont maintenus jusqu'à ce jour.

Les Italiens eux-mêmes arrosent parfois de mépris le Sud de leur pays, et Naples en particulier : « Le sud de Rome, c'est déjà l'Afrique », avons-nous entendu une fois de trop.

Un jour que je m'enthousiasmais au sujet du fringant Raoul Bova, qui joue dans le film tiré de mon livre *Sous le soleil de Toscane*, notre amie Amalia a haussé les épaules :

— Il ne me plaît pas. Parce qu'il a le genre napolitain, peut-être.

Alors que nous fermions la porte de la maison, Beppe – qui s'occupe de nos oliviers et de notre verger – est arrivé avec sa désherbeuse.

– On rentre le 20. On part à Naples.

Il a posé son appareil.

– *Napoli. Ehhhh. Son' tutti cattivi. Tutti.*

En d'autres termes : il n'y en a pas un pour racheter l'autre, là-bas.

L'amie qui nous a conduits au train.

– *Caos. Ladri.*

Le désordre. Des voleurs. Elle m'a tendu sa main :

– Donne-moi ton collier, je te le garde.

– Ça n'est même pas de vraies perles. Tu ne crois pas qu'on va me l'arracher, quand même ?

Il est resté à mon cou.

Le tango est fini. Nous retournons au funiculaire qui nous hisse pratiquement jusqu'à la piazza Vanvitelli, dans le quartier neuf de Vomero (XIXe siècle), où l'énergie tapageuse de Naples s'évanouit entièrement. On pourrait être ici à Paris, à Vérone, dans n'importe quelle ville bien ordonnée, avec des rues piétonnes, arborées, bordées de cafés, de pâtisseries et de toutes sortes de petits magasins. Mais les boutiques de vêtements ont une touche personnelle – rien qui ressemble aux chaînes et aux habituelles franchises. Des musiciens de rue jouent – de quoi ? – des marimbas, près d'une fontaine qui représente à sa façon le Vésuve. De l'eau jaillit à la place de la lave. Nous discutons avec les deux gérants d'un magasin d'antiquités, Fidele et Roberto, qui n'ouvrent leur boutique que le week-end. C'est une activité secondaire. Le reste de la semaine, ils sont médecin et avocat. Nous leur achetons une petite tasse en argent, que l'épouse de Roberto emballe comme si c'était un cadeau de valeur. Ils vont bientôt fermer pour le déjeuner, et nous sortons avec eux. Ils nous font faire un petit tour du quartier, et nous montrent leurs maisons dans une rue tranquille d'où l'on aperçoit la baie au loin. Nous parlons de restaurants, d'opéra, et des changements en cours à Naples. Ils nous invitent à déjeuner, mais nous préférons ne pas déranger si c'est seulement par politesse. Nous échangeons nos numéros de téléphone et nous dînerons bien ensemble un de ces jours.

Nous poursuivons notre chemin – chez les marchands de légumes, les asperges sont impeccables, les salades ressemblent à des chapeaux de plage. Nous passons devant quelques *friggitorie*, friteries, qui proposent bien mieux que des frites : alléchants *arancini* (boulettes de riz, croquantes, fourrées au fromage ou à la viande), pizzas et, en cette saison, beignets d'artichauts – tellement délicieux. Je sens l'odeur des croquettes de pomme de terre – il y en a des montagnes –, de la *mozzarella in carrozza*, mozzarelle dans un « carrosse » de pain perdu. Les fameux *crostini* toscans, rondelles de pain garnies de mille choses, sont ici de petits disques de pâte à pizza, frits, qu'on tartine selon l'humeur du chef.

Vocabulaire :

pizzaiolo : celui qui fait la pizza, une activité essentielle.

mozzarella di bufala : les bufflonnes de Campanie, la
région de Naples, donnent le lait à partir duquel on
produit ce fromage fort apprécié des Napolitains.

Le premier jour, nous voulons des pizzas. Le restaurant que nous choisissons indique *Dal 1914*. S'ils
en servent depuis aussi longtemps, ils doivent savoir
faire. Le cuisinier les enfourne dans son four à bois
aussi vite qu'il étend la pâte et y jette ses tomates.
Un autre les en ressort à l'aide d'une longue spatule
de métal. C'est samedi, l'heure du déjeuner, nous
sommes les seuls touristes dans cette salle pleine de
familles du cru. Je commande une classique *margherita*, et Ed une *napolitana*, celle qu'il préfère, avec
des anchois et des câpres.

La *margherita* de Naples est un concept à elle seule :
ni trop fine, ni trop épaisse, craquante au bord, plus
molle au centre. Et la pâte ne croule pas sous une
montagne d'ingrédients : tomates *vesuviana*, *mozzarella
di bufala* toute fraîche, et un soupçon de basilic, touche
méditerranéenne par excellence. Une ode bien écrite
à la simplicité ; le parfait équilibre des goûts et des
consistances. Certaines pizzerias ne font que la *margherita* et la *marinara*. On trouve aussi généralement
une cousine à la scarole, hachée et mélangée à des
raisins secs, de l'ail, des câpres, et parfois des anchois.

*

À Vomero, les allées ombragées, sinueuses, de la villa Floridiana vous donnent aussitôt l'impression d'un grand parc généreux. À un moment ou à un autre, vous tomberez subitement sur la villa elle-même, élégant palais blanc néoclassique. Devant le parvis, des couples sont allongés sur des couvertures avec leur bébé, d'autres poursuivent de jeunes enfants qui courent dans tous les sens. C'est la débandade ! La *mamma* parvient tout de même à récupérer ses petits. L'éternelle partie de football a commencé, mais ni les cris ni les aléas du ballon ne semblent déranger un autre couple, qui fait pratiquement l'amour sur l'herbe à côté. La façade sud de la villa a plus de charme, avec son grand escalier et le panorama ouvert sur les alentours et la baie. Ferdinand Ier avait offert ce palais des plaisirs à son épouse Lucia, duchesse de Floridia. À leur demande, l'architecte toscan Antonio Niccolini transforma le bâtiment pour qu'il ressemble au teatro San Carlo, le fabuleux opéra de Naples. C'est également lui qui a conçu les jardins avec le zoo privé, et encore le théâtre, le temple, la chapelle, les fontaines… Les propriétaires manquant un jour de moyens, l'État a peu à peu racheté le domaine, qui héberge les collections du duc de Martina.

Le gardien et le guichetier ont l'air réjouis que des visiteurs se présentent enfin à l'entrée du musée de la Céramique. Je veux voir les majoliques et les faïences, qui figurent en bonne place parmi les arts traditionnels de la région. La collection, centrée essentiellement sur le XVIIIe siècle, est très hétéroclite. Un coffret de vieilles fourchettes à deux dents pointues. Un reliquaire en cuivre dédié à sainte Valérie. Celle-ci figure, décapitée, sur le couvercle. Puis dans le fond du coffret, elle tend sa tête au bourreau qui s'éloigne. Le genre d'objets précieux que les amateurs – tout comme le duc de Martina – seraient ravis de trouver dans une brocante : un Napoléon peint sur papier parchemin, un service en porcelaine XVIIIe de la Manufacture royale de Naples, des sculptures d'ivoire et de corail, des jumelles de théâtre en écaille de tortue. Tout concourt à évoquer le luxe et le raffinement associés au règne des Bourbons à Naples.

Six mille assiettes, vases, statuettes, urnes, encriers et tabatières plus tard, nous ressortons et partons en direction d'une pâtisserie particulièrement odorante que nous avons repérée à l'aller. Histoire de reprendre des forces avant de retourner à l'hôtel, où nous attendent quelques heures de lecture, devant le golfe magique que domine la terrasse.

Les *dolci* de Naples mériteraient un livre rien que pour eux. L'héritage français et espagnol, absorbé par la tradition locale, se décline sous mille formes dans les innombrables pâtisseries et bars de la ville. Nous nous limitons à un le matin, un l'après-midi, et nous partageons le dessert du soir. Une petite bouchée d'un *cannolo*, croustillant et fourré de crème pâtissière, sinon au chocolat et à la *ricotta* – enfin, où est le mal ? Surtout avec une deuxième tasse de ce café divin – l'équivalent d'une cuillerée à soupe, et la *crema* qui reste sur les lèvres… Ed n'en revient pas qu'on utilise encore partout ici des appareils à pompe. Les percolateurs de Toscane ont maintenant des touches électriques.

– Oh, non, non, lui dit le *barista*. Le café est mieux serré comme ça. Et, avec le levier, l'eau passe avec plus de force.

Il montre la jauge, abaisse le levier en question, puis il lève les bras, comme pour dire *Qu'est-ce que vous voulez ?*

– C'est du jus de chaussette qu'ils boivent en Toscane !

En rentrant dans notre chambre, nous découvrons que la direction y a fait monter un plateau de *sfogliatelle* et une demi-bouteille de villa matilde. Les *sfogliatelle* ont la forme de palourdes à peine ouvertes. C'est une pâte feuilletée, tendre, proche de celle du millefeuille. Les dents s'enfoncent dans l'épaisseur ferme et sucrée de la *ricotta*. Assurément une des meilleures pâtisseries du monde. Voilà : se caler sur le grand lit aux draps de coton, les fenêtres ouvertes sur le volcan, la baie, le château rose comme une églantine, et siroter un verre de vin en fin d'après-midi en grignotant une de ces irrésistibles gâteries – un rêve de sybarite ! Les hédonistes de la Rome antique n'auraient peut-être pas fait mieux. Nous ouvrons nos cartes et plans, comparons les restaurants proposés par divers guides, dressons une liste des trésors napolitains que nous voulons admirer.

Il est presque dix heures quand nous montons à la salle à manger. C'est encore tôt pour dîner à Naples, mais d'autres arrivent en même temps que nous. Il fait trop frais ce soir pour s'installer sur la terrasse, aussi nous plaçons-nous près d'une fenêtre. Nous profiterons des bateaux de pêche aux fanaux mouvants, des grosses taches de lumière qui flanquent le bord de mer. Le Vésuve dresse au loin ses contours menaçants.

– Le Vésuve, dis-je à Ed. Rien que de le savoir là, les gens doivent y penser tout le temps sans même s'en rendre compte.

– C'est comme San Francisco. D'un moment à l'autre, les éléments peuvent se déchaîner.

Je sais qu'il se réfère au tremblement de terre de 1989. Nous avions dû quitter la maison en courant – elle tremblait comme une souris brinquebalée dans la gueule d'un chat.

– Au moins, ici, on a le temps de voir venir.

– Oui, enfin, ils ont péri dans la fumée et sous les cendres, me répond Ed. Ça doit être aussi rapide qu'un séisme.

– Il y a un côté positif, je suis sûre.

– Voyons… les tomates qui poussent sur les pentes, peut-être. Et la vigne.

– Pas seulement. Tu te souviens de l'image de William Blake ? Des enfants qui apprennent à marcher sur leurs orteils gelés ? Les Napolitains épongent certainement toute cette énergie, cette chaleur vivante qui irradie du sol. C'est une force souterraine qu'ils ressentent sous leurs pas, dès qu'ils apprennent à mettre un pied devant l'autre. Et elle leur insuffle leur passion et leur vitalité.

– C'est une théorie, ça, sourit Ed.

Le garçon nous sert notre deuxième villa matilde de la journée, et nous trinquons à la silhouette sombre du volcan.

Spaccanapoli – la rue qui coupe Naples – symbolise pour moi les nombreuses dualités de cette ville : le laid contre le sublime ; les strates déposées par le temps contre un présent qui bouillonne chaque jour ; les différentes cultures qui ont façonné le tempérament local (italienne, française, espagnole, et même quelque chose de mauresque) ; la douceur du climat contre la proximité angoissante du volcan ; l'exubérance d'une architecture intacte, face à tant de maisons qui s'affaissent ou s'effritent ; d'un côté, les arts et un sens fabuleux de la décoration, de l'autre les figurines populaires, religieuses, et les nativités qu'on vend partout. Chaque division est suivie par une autre, et ainsi de suite. Un livre seul ne pourrait contenir la beauté insouciante de Naples. Par son voltage, son intensité, elle ressemble à New York. Mais la cité américaine est tournée vers le commerce, l'avenir, quand l'énergie napolitaine, généreuse, pleine de verve et d'entrain, est une force terrienne, sexuelle, intemporelle. À qui grandit ici, le reste du monde doit paraître bien fade.

Vocabulaire :

decumano : mot latin qui désigne une grande artère.
Spaccanapoli qui perce le centre de Naples,
droite comme une flèche, était sur le plan romain
une importante voie de passage, appelée le *decumano inferiore*. La via Tribunali, proche et parallèle, était elle le *decumano maggiore*, et la via
Anticaglia, le *decumano superiore*.

presepio : la crèche. La tradition se maintient depuis
des siècles. Les aficionados sont toujours en quête
de nouvelles figurines de terre cuite, aux visages
expressifs, habillées à l'ancienne, qui reproduisent la gestuelle propre à ces lieux. Tous les
Napolitains doivent en avoir des collections.
Dans la petite rue qui borde l'église San Giorgio
Armeno, je trouve une famille d'anges aux déli-
cates couleurs pastel, et j'en achète une douzaine
pour offrir à Noël.

scavo : fouilles archéologiques.

paléochrétien : vestiges des premiers chrétiens.

corno : objets en forme de cornes, qu'on porte sur soi
ou qu'on expose, censés protéger du *malocchio*, le
mauvais œil.

Bienvenue à Spaccanapoli : le vieux damier
romain est là sous vos pieds. C'est ici qu'on a découvert le forum : le marché de l'Antiquité. Les ruelles
qui partent de chaque côté sont les plus étroites de
la Terre, flanquées d'ateliers grands comme des placards, de *botteghe* dont les étagères tiendraient dans
deux valises. Le vent bat le linge qui sèche au-
dessus de votre tête. J'hésite souvent au bout d'une
rue, où soudainement l'obscurité a un visage
sinistre. La via Tribunali et la via Anticaglia (qui se

transforme en via S. S. Apostoli) offrent les mêmes
sensations que Spaccanapoli – ramassées, bordées
de palais, de boutiques défraîchies, de tant d'églises
que je ne sais plus les distinguer. Nos pas nous
mènent de la piazza Bellini à la via Anticaglia, puis
nous faisons un crochet via Tribunali vers le *duomo*,
où nous reprenons Spaccanapoli, tout au bout,
jusqu'à la piazza Gesu. Avec quelques zigzags
quand même. Mais nous nous concentrons sur ces
rues-là, car ici se trouvent les *monumenti*. Fermés la
plupart du temps, ils sont ouverts en mai le matin.

Un taxi nous dépose dans une piazza tellement
Vieux Monde que notre cœur chavire. La piazza
Bellini semble assoupie dans un autre siècle. Appartements et cafés aux teintes fanées – terre cuite,
ocre, moutarde ou sang – entourent quelques ruines
grecques exhumées. Un homme dort sur un banc. Il
y a une rue entière de librairies. On entend de la
musique partout – un violon intemporel dans le
matin et, de cette autre fenêtre, un saxophone
mélancolique. Nous nous laissons happer par cette
ambiance particulière dont nous n'aurions jamais
soupçonné l'existence. Elle paraît cependant tellement familière, tellement adéquate. Du haut de
leurs étages, de vieilles femmes ont les yeux rivés
sur quelque chose que nous ne voyons pas. Les
hommes lèvent leurs *saracinesche* (les rideaux de fer
qui ferment les boutiques italiennes ont gardé le
nom de ceux qui les ont apportés), puis ouvrent la
porte des magasins d'instruments de musique et de
partitions.

Plan en main, nous découvrons des cours intérieures avec des escaliers à jour qui montent en colimaçon jusqu'au troisième étage ; des palmiers solitaires ; des religieuses à la mode ancienne, tout engoncées de noir sous leur croix ; des prêtres aux longues soutanes ; des immeubles défraîchis, à la peinture écaillée ; des *palazzi* abandonnés ; une église baroque jaune, en ruine, envahie par les pigeons. Au cloître de Santa Chiara, sublime, d'extravagantes majoliques recouvrent les bancs, les fontaines, et bordent les allées. Les rues sont un tourbillon quotidien d'activités. Et les églises sont ouvertes ! Toute la semaine, nous allons cheminer dans ce quartier, sous les arcades des marchés – les légumes débordant de leurs caisses, des bacs de plastique bleu pour les poissons, les chaussures à deux sous. Et les boutiques de *presepe*. Un grand nombre de celles-ci vendent des santons faits main. Les crèches ne se limitent pas à la sainte famille, aux mages et aux anges – tout le village est mis à contribution. De jeunes enfants font les courses avec leurs parents ; j'en vois qui achètent des miniatures : toits de tuile, fours à pain, âtres, corbeilles de fruits. Petite, j'accumulais aussi des trésors pour ma maison de poupée. Et partout on vend le *corno*. Les bijoutiers en proposent leurs versions, en coraux, en turquoise, en or. Les magasins de figurines ont également les leurs, en terre cuite et en cuivre. Dans une boutique, je demande à un jeune homme qui fabrique ses propres santons :

– On croit vraiment, ici, que le *corno* vous protège du mauvais œil ?

Il me montre celui, minuscule et en or, qu'il porte sur une chaîne autour de son cou :

– On n'y croit pas – mais on les porte. Quand on achète une voiture neuve, une moto, n'importe quoi de neuf, il faut accrocher le *corno*. Surtout si on n'y croit pas !

Ah, Naples, toujours double : Spaccanapoli…

En plein cœur de la ville, San Lorenzo Maggiore est un de ces endroits inexplicables où convergent des forces magnétiques, enterrées, qui vous attirent vers un nœud invisible. Pétrarque, en son temps, avait couru à l'intérieur pour se réfugier de la pluie – curieux comme cette anecdote est restée. C'est ici aussi que Boccace a rencontré sa Maria, devenue Fiammetta sous sa plume. Irrésistiblement, l'église nous arrache à la pittoresque piazza. Derrière le portail se dessine la rue, où l'on se demande comment les footballeurs en herbe arrivent si adroitement à éviter les stands encombrés de *corni*, de *pulcinella*, et encore – de décorations de *presepe*.

Lorenzo, patron des cuisiniers, est un de mes saints préférés. Il est toujours représenté avec le gril sur lequel on l'a torturé. Il aurait même dit : « Retournez-moi, je suis cuit de ce côté » ; je n'en doute pas. L'église gothique qu'on lui a consacrée est très masculine. Elle a été l'objet de nombreux remaniements, ce qui ajoute à son intérêt. Les fouilles ont révélé l'agora grecque qui se trouve en dessous – le forum romain n'en était pas loin. Le bâtiment d'aujourd'hui, un bébé au regard de l'histoire, a été construit sur un édifice paléochrétien. Plusieurs décorations baroques ont été retirées pour qu'il retrouve sa simplicité épurée. Le gothique est assez rare en Toscane, où j'habite, c'est pourquoi j'ai brusquement une impression d'étrangeté. Seules les colonnes de marbre et leurs incrustations de *pietra dura* ont un air familier. À l'intérieur, un des personnages immortalisés dans le marbre semble faire une sieste après le déjeuner ; un autre est allongé sur le côté, comme s'il lisait un roman au lit. Sous le cloître adjacent se trouve l'ancien marché romain. Arrivé au bas d'un long escalier, on débouche de plain-pied dans une vraie rue de l'Antiquité. Cela devait être sinistre de se cacher ici lors des bombardements de la Deuxième Guerre, comme l'ont fait les Napolitains. L'endroit – une coupe transversale du passé – est sombre, froid, humide. Le plan des magasins est resté intact. Comme leurs successeurs d'aujourd'hui, ils sont dotés d'une salle pour recevoir la clientèle, et d'une autre, plus petite, qui sert de réserve, et où l'on peut manger et se reposer. L'étroite rue pavée a la largeur de celles qui relient aujourd'hui les *decumani*. Une série d'arcades renforce la ressemblance. Un four à pain, une citerne, une sorte de passe-plat, un lavoir de pierre – autant de détails qui retracent la vie quotidienne.

Déjà émerveillée, je le suis encore plus par une aile du couvent, où je découvre deux petites pièces contenant des sarcophages du Moyen Âge, et des gisants. Ce sont tous des hommes, sans doute plus petits sous cette forme qu'ils ne l'étaient en réalité. Ils ont les pieds posés sur des chiens, et la tête sur un oreiller de marbre, dentelé pour donner une idée de douceur. Ils ont les mains croisées sur la poitrine comme des chevaliers, à l'exception de celui qui les joint en prière. La beauté du marbre sculpté invite au toucher. Un frisson me parcourt l'échine quand j'applique ma paume sur un de ces visages. Comme si l'homme de pierre sentait ma propre peau. Il y a bien longtemps qu'il est redevenu poussière, mais son image est toujours là.

Santa Maria del Purgatorio se dresse devant un marché sous arcades. Des crânes et des os de bronze, plantés sur des blocs de pierre, servent de comité d'accueil. On devine une crypte sombre en dessous, avec des fleurs en plastique dans des bidons d'huile d'olive. Je suppose que si vous venez là tous les jours, que vous vendez vos légumes en discutant avec vos amis, vous ne remarquez plus les crânes grimaçants qui lorgnent sur vos chicorées…

Santa Maria di Constantinopoli doit être, ce matin, l'église la plus animée de Naples. Elle aussi est ouverte au mois de mai, et le jeune homme qui nous salue aimablement propose de nous la faire visiter. Son professeur est là qui nous dit *buon giorno*. Il fait répéter une leçon d'anglais à une autre élève. Bientôt trois jeunes filles nous rejoignent. Quoi de plus charmant qu'une demoiselle de onze ou douze ans, avec une cascade de cheveux noirs et un sourire resplendissant ? Elles bondissent d'excitation et, parlant toutes en même temps, nous expliquent que l'église a été édifiée pour remercier sainte Marie, lorsque celle-ci a fait reculer une épidémie de peste. L'une d'elles affirme qu'il en avait été question bien avant – et pour les mêmes raisons – mais que les gens n'ont pas tenu parole. Voilà pourquoi la peste est revenue ! Marie voulait l'église qu'on lui avait promise. Nos demoiselles nous escortent dans le jardin du couvent où leurs camarades enthousiastes sont en train de danser sur des airs traditionnels. Elles ne veulent pas admettre que nous comprenons l'italien.

– *Nonstop music. You will listen,* disent-elles.

Tout en chantant, leurs amies font la roue à même le sol, frappent sur leurs tambourins, et jouent de cet instrument typiquement napolitain, à marteaux et clochettes, la *triccaballacca*. Trop jeunes pour penser à l'amour ? Elles entonnent des romances, roulent des yeux et des hanches, une main sur la taille – innocentes petites Carmen. Je demande à notre guide improvisé :

– C'est laquelle, ta chérie ?

Hyper-sérieux, il lève vers moi son beau regard noir et sourit :

– Aucune, mais il y a beaucoup de très belles filles à mon école.

Les filles nous tirent par la manche, nous montrent les lauriers poussiéreux du jardin, un peu dégarnis, mais aussi les orangers amers, les mimosas et les mandariniers. Enfin la coupole de l'église, et leur école qu'elles semblent beaucoup aimer. À côté se trouve une cour désolée, pleine d'ordures et de chaises cassées.

— *Abbandonata*, dit une des élèves en haussant les épaules.

Elles nous proposent à nouveau de visiter l'église. Ça ira. Nous leur disons au revoir, nous les remercions, et toutes nous serrent très gentiment la main. Elles décampent aussitôt.

— Pause pizza, dit Ed en partant.

Nous allons à La Campagnola, un endroit d'apparence ordinaire, où il n'y a que des Napolitains. L'enseigne indique : *Qui si mangia bene e si spende poco* — ici l'on mange bien pour pas cher. C'est d'une simplicité extrême : aucun guide ne vous y enverrait. La *mamma* est à la cuisine, il n'y a pas de pizza, mais les sardines et les courgettes marinées sont alléchantes. Comme le poisson grillé et les *peperoni ripieni*. Quatre touristes jettent un coup d'œil à l'intérieur, mais poursuivent leur chemin. N'empêche, les gens continuent d'arriver. L'homme de la maison fait de la place, disposant à mesure tables et chaises pliantes. Aucun problème : Naples a la plus forte densité de population en Italie, on a l'habitude d'être serré. Voyant la *mamma* approcher, je lui demande comment elle prépare ses délicieux poivrons — ce n'est pas une farce, plutôt une garniture.

— Passez-les au four, coupez-les en tranches, ensuite mettez-les dans un plat. Saupoudrez de chapelure, de persil, de pignons de pin, de raisins secs, ajoutez un peu de beurre, et recommencez une fois.

— Pas d'huile d'olive ?

— Mais bien sûr, l'huile d'olive. Arrosez. Et après au four.

— C'est tout ? Il n'y a pas un peu de viande ?

— *Si, come no ? E forse un po' di formaggio ?*

Si, pourquoi pas ? Et peut-être un peu de fromage aussi.

Nous rentrons à l'hôtel à pied : longue promenade. Nous trouvons sur notre chemin d'innombrables églises Santa Maria. Certaines portent le nom du lieu : Marie de l'arche, du portique, de la colonne, du panorama. D'autres sont liées au souvenir : Monteoliveto, Jerusalem, le jour d'été où la neige est tombée. Ces noms révèlent toutefois ce que la Vierge incarne au fond pour les croyants. Il y a des églises pour les miracles, pour les grossesses, pour les coups de main, les souhaits exaucés, la foi, la patience, la pureté, la santé, les victoires, la connaissance, l'espoir, les remerciements, la grâce, tous les bonheurs, les sept malheurs… Des dizaines et des dizaines d'occasions de l'appeler à l'aide dans la vie quotidienne. Une statue dans une rue est l'occasion d'accrocher un petit mot ou une photo, qu'elle considérera avec miséricorde. Nous nous arrêtons à chaque fois. La voici illuminée, auréolée de tubes au néon. Elle nous regarde jusqu'au fond de l'âme. Et ce sourire impénétrable. Un Jésus dans une niche, très émouvant, porte au-dessus de sa tête l'inscription ADOREMUS en caractères romains. Il a aussi sa couronne d'épines. *Ecce homo*, voilà l'homme. Sa douleur se noie sous les fleurs.

— Naples me subjugue, dis-je à Ed. La ville méditerranéenne dans toute sa splendeur, débordante de cœur. Le summum.

— Dans quinze ans, il n'y aura pas de meilleur endroit pour vivre. Il faudrait lui donner un petit coup de propre, d'accord. Mais j'espère qu'ils laisseront les maisons en ruine, la même vie débordante et désordonnée.

— J'ai beau adorer Rome, il y a quelque chose à Naples qui me touche de plus près. J'adorerais être née ici. Plus que n'importe où ailleurs.

À l'heure de la sieste, dans l'obscurité des volets à moitié fermés, je reprends *The Gallery* de John Horne Burns, un jeune soldat américain en poste ici pendant la Deuxième Guerre mondiale. Comme le *Earthly Paradise*[1] de Colette, ce livre me fait l'effet d'un vibrant retour aux sources. En sus d'être un écrivain imagiste, à la langue claire, et qui semblait écrire avec son sang, Burns comprenait l'Italie. Malgré la guerre, l'occupation, malgré son très jeune âge aussi, il allait vite au fond des choses. Je

1. Recueil de textes de Colette, à caractère autobiographique, traduits et publiés en anglais.

viens de faire un tour à la Galleria Umberto I, qui sert de toile de fond à son roman. Je m'y replonge aussitôt, séduite par l'amour et la chaleur qui transparaissent dans ces pages. Il *reconnaissait* Naples : il a vu de quelle façon ses habitants, confrontés à des circonstances tragiques, parviennent à vivre quand même, à conserver l'essence de la joie. En bon adepte du portrait, il nous présente de nombreux soldats américains, et de nombreux Napolitains – tous aux prises avec la bêtise et la folie, susceptibles à un moment ou un autre de révéler leur vrai visage. Tour à tour, la laideur et la grâce de l'Homme illuminent et salissent chaque page. Cette description, page 347 :

« Moe aimait Naples […] Ces coins de rue qui ne donnaient nulle part, ce soleil qui arrosait les décembres, ces yeux qui le regardaient en riant ou en pleurant – tout cela lui rappelait une chose : son cœur était davantage une cheville qu'un muscle. Plus que tout, il aimait les rires légers, les bourdonnements, les rugissements de Naples, tout ce qui lui parlait de choses plus vieilles que 1944 ; de choses qui remontent à une époque où les hommes, unis dans le chaos, restaient prêts à s'adosser au mur au nom de ce qu'ils croyaient. Moe sentait que la passion et le ciment des fois anciennes avaient ici survécu. Ce n'était peut-être qu'une impression, mais Naples le rassurait, le confortait. La poussière y était comme un cataplasme, ses cris recelaient la vraie humanité. »

Dimanche, la ville se referme, la circulation diminue, les familles se rassemblent dans le parc de la Villa Reale. On retrouve ses amis, on se promène tranquillement au bord de l'eau. Les enfants font un tour sur le dos des poneys aux longues crinières, ou sur les petites carrioles derrière. Les plus grands se précipitent sur les autotamponneuses.

— Ils s'entraînent pour plus tard, dit Ed.

En effet, ces gamins sont déjà exubérants, agressifs, derrière leurs volants minuscules. Au kiosque, le concert a commencé. Nous évitons l'aquarium où sont confinées toutes les espèces de la baie. À propos — j'adore l'histoire du festin organisé pour les généraux américains à la Libération. Les garde-manger de la ville étant vides, on a préparé du poisson — devinez où on l'a pris…

Le marché à la brocante étend ses stands le long du parc, tous les deuxième et quatrième dimanches du mois. Les vendeurs ont plutôt l'air d'être là pour discuter le coup. Je trouve une salière de table qui me plaît. Le gars, rougeaud, avec d'épais sourcils en ailes d'oiseau, affirme :

— Ah, m'dame, celle-là, elle a servi sur les tables de tous les rois *di Borbone*, et aussi chez Napoléon.

Je prends une seconde salière dans ma main.

— D'où êtes-vous ? me demande-t-il.

— Nous vivons en Toscane, répond Ed.

— Mais vous n'êtes pas toscans.

— *No, americani.*

— Vous aimez la Toscane ! Bien vu, mais en fait pas tant que ça. C'est vrai, c'est tranquille, la

Toscane. Seulement ici (d'un geste, il montre la baie), c'est la vraie beauté.

— Vous êtes né à Naples ?

— *Signora*, comment aurais-je pu naître ailleurs ?

Nous achetons les deux salières après les négociations usuelles — son côté, mon côté — et inutiles en fait, car notre homme ne baisse guère ses prix. De toute façon, ça n'était pas très cher.

Le *centro* est interdit aujourd'hui à la circulation. Cela donne une idée du paradis que serait Naples si seulement on arrivait à se passer des voitures.

Dimanche, *domenica*, est le meilleur jour. On ne se sent pas obligé de courir, courir, courir. Autant aller au café, en face du Castel d'Ovo — le château de l'Œuf. Aveuglante, la lumière de la baie va et vient sur nos visages. Cachés derrière nos lunettes de soleil, nous traînons devant un *espresso*, érigeons la pizza au rang de forme d'art, moquons les uniformes ridicules des touristes, parlons du roman de Shirley Hazzard, *Bay of Noon*, dont l'action se situe ici ; mais aussi de macaronis au gratin, de patios avec palmiers et bustes de marbre…

La journée semble durer une semaine. Il commence à pleuvoter. Quand nous partons à pied au Musée archéologique, voilà qu'il tombe des cordes. Ah, *Napoli* — une ville où non seulement l'amour est roi, mais où l'on trouve aussi des taxis sous l'averse. Le musée est presque désert. Un cadeau qu'on nous fait. Nous nous attardons dans les salles consacrées à Pompéi. Il y a encore quelque temps, il fallait prendre rendez-vous pour voir les

peintures dites « pornographiques » du bordel de la
cité dévastée. Aujourd'hui la porte est ouverte. Ces
choses sont censées vous émoustiller ; en fait, elles
sont simplement drôles. Un homme a un pénis tellement énorme qu'il faut le lui porter sur un plateau.
Des affaires de bestialité, aussi, pas convaincantes.
Donc nous allons plutôt voir l'argenterie… Coupes
à vin avec vignes en relief, anses en forme de bec
d'oiseau, bols aux motifs floraux, assiettes creuses
aux courtes poignées, parfaitement adaptées au
dessin de la main. Avec de nouveau un décor de
vignes, mais aussi des scènes de chasse, et une tête
de Méduse. Ces ustensiles de cuisine seraient à leur
place dans la mienne aujourd'hui. Il ne manque au
plat à four et à la sauteuse que le revêtement anti-
adhésif. Je me demande ce qu'ils pouvaient bien
préparer dans ce moule à biscuits, avec cette poignée. Comme chaque fois que nous revenons dans
ce musée, nous admirons les célèbres mosaïques
des cours de Pompéi et d'Herculanum. Un coup
d'œil à la fenêtre nous apprend qu'il ne pleut plus.

En rentrant « chez nous », nous passons par la
grande librairie Feltrinelli. Il y a tant de monde à
l'intérieur qu'on n'a pas la place de bouger. Je voudrais un recueil de recettes napolitaines. Ed part au
rayon musique chercher un CD de musique folklorique. Puis il file vers la poésie, et nous nous
perdons de vue une demi-heure, tandis que je feuil-
lette les livres de jardinage. Cette longue et douce
journée, sans hâte, sans le besoin de visiter le
maximum de choses, doit ressembler à la vie ici. La

lumière dépose sur la baie des reflets d'argent pur. D'appétissantes odeurs de porc rôti s'échappent des fenêtres embuées par la cuisson des pâtes, et je n'aimerais rien tant qu'une invitation à dîner. Je m'imagine vivre dans un de ces appartements hauts de plafond, avec un balcon de géraniums d'où l'on voit le golfe et les îles. À l'intérieur, les couleurs seront vives comme une composition murale de Matisse. Petite cuisine, avec d'épais plans de travail en marbre. Ed fait des raviolis à la bourrache et à la *ricotta*, pendant que ma *pomorola* (sauce tomate érigée en absolu) frémit sur le feu. Avec Villa-Lobos en fond sonore, qui va si bien dans l'air léger de Naples. Un dimanche soir chez nous, lapin grillé, olives, graines de fenouil et zeste de citron, la table qu'on dresse devant les fenêtres ouvertes, pour profiter jusqu'au dernier instant du coucher du soleil – peut-être le rayon vert ? Fidele et Roberto arriveront pour dîner avec leurs épouses. Je vois déjà les coupes transparentes, givrées, pleines de glace au melon et aux amandes. J'ai presque en bouche le goût des *zeppole*, délicieux beignets croustillants. Mais pour l'instant, je ne possède vraiment que deux salières en argent, achetées ce matin, emballées dans mon sac dans leur papier de soie.

Il nous suffit bien, après tout, de dîner tard dans une trattoria. Artichauts grillés, et les *pappardelle* sont plus larges que d'habitude. Poivrons rôtis, l'assortiment de grillades et le pain maison, ferme comme un gâteau. J'ai l'impression de manger du blé frais.

– Enlève-moi cette panière, que je n'y touche plus. C'est une catastrophe d'aimer autant le pain.

Chaque soir, nous nous exclamons au-dessus de nos assiettes :

– Comment font-ils pour trouver tous ces goûts ?

Et les restaurants sont pleins de vie, de conversations et de musique car, à Naples, il y a toujours quelqu'un qui vient chanter. Manger dehors est une fête et cela devrait toujours être ainsi.

Nos journées trouvent leur propre rythme. Les églises se fondent les unes dans les autres. Les snacks des rues sont fantastiques ! Nous goûtons toutes les crèmes glacées, toutes les parts de macaroni, toutes les pizzas – tout sauf les pieds de cochon. Nous marchons tant que je n'ai plus de jambes.

– *Che palle !* crie un homme à deux garçons en Vespa. À toute vitesse, ils ont pris Spaccanapoli en sens interdit. Ce culot ! Je vois que les gens d'ici donnent facilement la pièce, et parlent aux Gitans qui mendient. Il n'y en a pas beaucoup – chez nous à San Francisco, le petit monde des rues est mille fois plus nombreux. Les Gitanes sont parfois assises avec un groupe d'enfants, et parfois seules. Leur beauté nous étonne presque toujours, et elles ne sont pas si mal habillées. Personne ne feint de les ignorer ; reconnaissons que cette ville a encore un cœur. Même chose pour les Africains qui vendent des mouchoirs en papier, des CD, des sacs de contrefaçon ; et pour tous les gens du voyage qui passent de restaurant en restaurant en montrant leurs bouquets. Ils font un travail, on les traite poliment. Ed leur achète toujours quelques fleurs.

Quant aux rues – quelle folie ! Deux ou trois jours suffisent pour nous rendre compte que nous garderons de toute façon un point de vue d'étrangers. Après quelques courses en taxi, Ed commence à comprendre que les autres voitures *s'attendent* à ce qu'on leur coupe la route, et donc qu'elles freinent pour éviter un accident. Il les regarde manœuvrer, plein d'admiration.

– Quel métier ! dit-il, tout en complimentant notre chauffeur : Bravo, bravo.

Je m'accroche à son bras quand je vois les autres faire leurs demi-tours en pleine rue. C'est au millimètre près. S'ils ont quatre secondes avant qu'on arrive dans l'autre sens, *va bene*, on passe. C'est l'autre qui ralentit. Mais, à moins de deux secondes, on attend. À Naples, la conduite automobile est une chorégraphie. J'arrive à garder mon calme. Pourtant il faut éviter au dernier moment une femme qui porte sur sa Vespa deux petits enfants, et ses paniers à provisions. Il y aura d'autres embardées devant un vieux couple, armé de ses seules cannes. Puis devant l'agent de la circulation. Une fois sur deux peut-être, les taxis grossissent la note, quoique pas de beaucoup, et les détours sont intéressants… Tous les chauffeurs aiment discuter. Nous engageons la conversation pour le plaisir de les entendre parler le dialecte, rapide et saccadé. Lorsqu'il est difficile de

tourner quelque part – l'occasion ne manque pas –
tout le monde participe. Les employés des magasins
sortent et donnent des conseils, quelqu'un endosse
le rôle du metteur en scène, les passagers des véhicules viennent voir ce qui se passe – puisqu'ils sont
immobilisés. Dix personnes gesticulent et, centimètre par centimètre, sous les cris de la foule, la voiture s'engage dans la rue à droite sans érafler la
carrosserie de la BMW mal garée.

Les longs après-midi se déroulent dans la
chambre. J'écris un peu, je lis, je prends des bains.
Nous ressortons ensuite, direction Capodimonte,
un des palais transformés en musée, ou celui de San
Martino d'où on a une vue magnifique. Il héberge
une vaste collection de crèches, présentées avec
soin et intelligence. Des villages entiers de santons ;
la Nativité n'est qu'un thème parmi tant d'autres.
Au retour, les gens que nous croisons ressemblent
aux figurines des *presepe* que nous venons de voir.
Depuis San Martino, la descente se fait à pied par
l'un des plus grands escaliers de pierre au monde
– sa construction n'a sûrement eu d'égale que celle
des pyramides ! Et tous les soirs, dîner dehors !
À *Napoli* ! Nous ne rentrons jamais avant minuit ou
une heure du matin, pour un sommeil profond
habité par les rêves.

La femme de chambre entre pendant que je
m'occupe des bagages. Ed a filé tôt pour faire un
dernier tour dans le quartier. Je suis encore prise

dans la toile d'un de ces rêves – je tiens la barre sur le bateau, nous volons pratiquement au-dessus de la baie, j'ai un chat roux sur les épaules. J'ai mis le cap sur – quoi, où ?

Je ne veux pas partir. Je demande à l'employée si on rêve toujours beaucoup, comme ça, à Naples. Elle me répond :

– Non, *signora*, vous avez dû manger du poivre.

Fez :
à l'intérieur du spectre des couleurs

Je ne maîtriserai sans doute jamais l'art des départs réussis. Un art qui inclut le temps de la réflexion, la science du bagage, le savoir-anticiper. Après les chaussures, tout en bas, j'ai mis de quoi m'habiller dans ma valise. Deux couleurs de base, plusieurs chemisiers aux motifs gais. Tout est rentré sans problème, j'ai même la place de rapporter quelques souvenirs. J'ai arrosé les plantes d'intérieur, interrompu la livraison des journaux, mis deux lampes sur le minuteur automatique. Nous dînerons simplement d'une salade et d'un soufflé. Nous dormirons sans mauvais rêve, nous nous réveillerons, cœurs légers, pleins de flamme à l'idée du voyage, et nous quitterons la maison largement en avance. On ne se trompe pas dans les horaires, on n'oublie pas son passeport, ni d'éteindre la machine à espresso.

Mais la plupart du temps, j'aimerais autant qu'on me transporte à l'aéroport sur un brancard. Qu'on me fasse monter par l'arrière et que les hôtesses disposent un rideau autour de moi. Car tout départ, inévitablement, inspire les dieux de l'espièglerie. La veille d'un voyage désiré depuis longtemps, ils veulent vous voir triompher de toutes sortes d'épreuves.

J'ai fouillé la maison ce matin à la recherche de nos billets d'avion – jusqu'à ce qu'Ed s'en aperçoive et m'apprenne qu'il devait passer les prendre à l'agence. Puis notre système de canalisations à Bramasole, complexe avec ses deux citernes et le vieux puits, s'est mis à tousser. Nous avons passé deux heures à ramper autour des réservoirs en criant :

– Ça marche ? Ça marche ?

Enfin l'eau est revenue après quelques à-coups. Un tuyau s'est déboîté et on s'est retrouvés trempés. Ensuite, tandis qu'on mettait la table dehors pour le déjeuner, on a entendu un drôle de crépitement. Qui s'est transformé – là, pas de doute – en fracas. Catastrophe : une grande murette sous les tilleuls s'est effondrée jusqu'au bas de la colline. Nous sommes allés voir en courant. Une avalanche de pierres finissaient de s'entasser plus bas sur la route. Une chance que le destin n'ait envoyé personne faire une promenade matinale, à pied ou à vélo, sur le chemin de notre maison. Nous avons donc dégagé les pierres l'une après l'autre, et Ed est parti en quête d'un *muratore*, pour réparer tout ça et empêcher qu'une autre section rejoigne la première. J'annule mon rendez-vous chez le coiffeur dont j'avais pourtant bien besoin. Je n'ai pas le temps de récupérer le linge à la blanchisserie.

Plus tôt, en ville, j'ai dit à une amie :

– Nous partons demain pour Fez.

Ces mots semblaient miraculeux. Fez. Je n'ai encore jamais mis les pieds sur le continent africain. Quand je tire ma valise, rangée sous le lit, j'entends un petit bruit de pattes – impossible de se tromper. *Un topo*, une souris. Par chance, mon amie Giusi est en bas. Nous aimons cuisiner ensemble et elle veille sur Bramasole quand nous ne sommes pas là.

– J'avais une souris dans mon *armadio* l'année dernière, dit-elle en grimpant l'escalier quatre à quatre.

Puis elle referme la porte de la chambre. Armée d'un balai et de gants en caoutchouc, elle nous enferme avec l'animal. Nous tirons le lit. Rien. Nous ouvrons l'*armadio*, où j'ai suspendu mes vêtements d'été. Rien. Mais nous trouvons des crottes dans le tiroir d'un coffret. La souris a grignoté une perle de mon collier africain. Sans hésiter, Giusi ouvre aussi le tiroir du bas de l'armoire, dont elle sort un pull-over jaune bien plié. Trois minuscules souriceaux dégringolent sur le plancher. Je réprime un cri. Giusi met ses gants, ramasse les nouveau-nés, les jette dans un sac en plastique. Ils sont difformes, épouvantables. Leurs coups de pattes désordonnés, leurs yeux en tête d'aiguille me retournent l'estomac. Les créatures du Seigneur. Giusi en trouve trois autres sous un poncho. Je lui tends le sac plastique. À bout de bras. Elle tire le tiroir complètement, et nous découvrons la *mamma*. Pas si petite que ça, pas du tout la gentille souris à la Beatrix Potter. Elle se cachait derrière le pied de l'*armadio*. La chasse commence. Giusi l'accule dans un coin, mais la bestiole lui passe entre les jambes, file sous le lit, et s'en retourne à l'armoire. J'ai peur qu'elle lui morde les chevilles. Giusi manie adroite-ment son balai, pendant que je me blottis dans un coin de la pièce, parfaitement inutile et bien consciente de l'être. La souris bondit dans la che-minée et disparaît dans les hauteurs. Nous lui laissons un repas empoisonné pour son retour. Giusi répète que je dois remettre tous mes vête-ments bien pliés dans la machine à laver, car les souris ont marché dessus. J'ai des images de peste noire qui me défilent dans la tête.

Donc je ne range dans ma valise que mes affaires d'été, celles que j'avais sagement suspendues. En fin d'après-midi, nous prenons la route de Rome et nous passons la nuit dans un hôtel près de l'aéro-port. Notre avion pour Casablanca part tôt demain.

Nous sortons du taxi à Bab Bou Jeloud, à l'entrée de la médina de Fez. Hafid el-Amrani, le jeune patron de la maison où nous séjournons, est venu à notre secours à Meknès, à une heure de route sur le chemin. La voiture que nous avions réservée à Casablanca pour nous conduire ici a rendu l'âme dans la banlieue de Meknès. Sept heures de suite, le

moteur a chauffé, craché et il a finalement abandonné. En général, le trajet dure entre trois et quatre
heures. D'abord, la Mercedes, une digne trente-
naire, reculait devant la moindre colline. Ensuite,
quand sur le tableau de bord l'aiguille passait dans
le rouge, notre chauffeur se garait en l'attente de
quelqu'un qui veuille bien s'arrêter pour verser un
litre d'eau dans le radiateur. Deux fois aussi, il est
descendu dans le fossé pour remplir sa bouteille
avec de l'eau boueuse. Nous restions assis à
l'arrière. Température extérieure : 40°. Notre
chauffeur était optimiste : il suffisait que le radiateur
soit de nouveau plein, et alors plus de problème.

– Le thermostat ! répétait Ed sans cesse.

Quand la voiture n'a plus voulu redémarrer, nous
avions heureusement assez de réseau pour téléphoner à Hafid, à Fez. Nous avons patienté deux
heures, puis il est arrivé dans un taxi hors d'âge.
Sommes-nous partis avec la guigne ?

Il charge maintenant nos bagages dans le petit
chariot d'un gamin. Nous entrons par la porte bleue
et je vois tout de suite que c'est un autre monde.
Muselés par des culs de bouteille en plastique bleu,
des baudets supportent passivement leurs charge-
ments de tonneaux et de sacs pleins. L'odeur âcre
de la laine crue semble brûler l'air. Quelques
« petits taxis » rouges rejoignent ou quittent rapidement la place, zigzaguent entre des hommes en djellaba chaussés de babouches jaunes. En Toscane, il
y a belle lurette que les ânes ont disparu. J'en voyais
un, de temps en temps – il y a quinze ans. Ils sont

remplacés aujourd'hui par de charmantes camion-
nettes, miniatures et à trois roues, qui portent le
nom d'*Ape*, ou abeilles. Mais ici, l'âne est roi.

Hafid est bel homme, avec de grands yeux noirs
qui auraient pu inspirer une mosaïque romaine. Ses
cheveux sont du même noir profond. Il porte un
jean, se déplace avec agilité dans les allées encombrées de la médina. On ne fera pas rentrer de voitures ici. Les rues sont déjà étroites, mais de plus, les
boutiques, trop petites, débordent sur la chaussée
devant leur porte. Accroupis de part et d'autre, des
hommes vendent des CD, des chaussettes, des
pommes de terre, des briquets, des mouchoirs en
papier. Également, remarque Ed, des carrés de chocolat, des couches et des cigarettes à l'unité. Tous les
dix mètres, des trous plus grands que des tombes
empêchent d'avancer normalement. Munis de
pioches, des ouvriers creusent le pavé autour
d'antiques canalisations, à la recherche d'une fuite
ou d'un bouchon. Les odeurs qui s'élèvent de ces
profondeurs datent sûrement de l'époque romaine.
On croirait une illustration du mythe de Sisyphe. Il
faut grimper sur les amas de terre autour des exca-
vations. L'idée de procéder par ordre, d'avancer à
son tour, semble inconnue ici. Tout le monde
pousse dans tous les sens. Plus qu'un embouteil-
lage, c'est un chaos d'ânes et de gens – des cellules
en fusion. Par chance, personne ne tombe dans le
trou. Hafid et le gamin portent le petit chariot à
bout de bras, au-dessus de leurs têtes. Toutes les
cinq minutes, quelqu'un crie :

— *Balak !*

J'apprends vite la traduction : attention au mulet qui arrive à fond de train.

La médina est un labyrinthe dont nous ne sortirions pas sans fil d'Ariane. Ou plutôt le fil d'Hafid. Il file et bifurque dans des dizaines de rues, et on a parfois l'impression qu'il revient sur ses pas. J'aimerais voir une carte topographique des lieux. Je dis à Ed :

— La chaussée a la même texture qu'une balle de golf, avec les alvéoles.

— Ou que des viscères, répond-il. On pense aux intestins de Mahomet.

— Le temps a contourné Fez.

— Oui, passé l'enceinte, on fait marche arrière dans l'histoire.

Balak, balak !

Nous arrivons devant une porte usée, montons un escalier sombre et étroit, débouchons enfin sur une terrasse où six jeunes enfants sont laissés à eux-mêmes. Hafid ouvre une nouvelle porte, celle de la *masseria*, les chambres d'hôtes que nous appellerons « chez nous » pendant ces quelques jours.

Après la misère des rues, les tristes ânes pelés, l'odeur du crottin, la confusion et les montagnes de détritus, nous pénétrons dans une petite maison sereine et poétique, avec de fines moulures vieilles de quatre siècles, joliment colorées, et des bandeaux de calligraphie coufique – un mariage réussi de l'art et de la géométrie. Les fenêtres en hauteur, bien au-dessus de nos têtes, projettent des rectangles de lumière blonde. Quelques tapis berbères, une douche avec des sièges et des seaux de cuivre comme au hammam, une vasque carrelée, des banquettes basses couvertes d'étoffes artisanales – l'unité semble parfaite. Le toit en terrasse domine la médina entière, vaste labyrinthe de cubes aux couleurs du désert, tous couronnés d'une antenne satellite. Les constructions ont l'aspect grossier des amphores qu'on repêche, couvertes de coquillages. Je ne m'attendais pas à ce que la médina – qui *est* l'ancienne Fez – soit aussi grande. Les deux autres secteurs de la ville sont nettement séparés, ce qui forme trois cités distinctes. Hafid indique plusieurs forts éloignés, et un tombeau sur une colline, tous baignant dans la même teinte de terre. À l'intérieur, la paix semble émaner des murs eux-mêmes. Nous sommes dans un appartement secret au cœur d'une mystérieuse enclave médiévale.

Quand nous ressortons après une douche rapide, l'obscurité a envahi la médina. Les ânes ont été rassemblés dans les écuries ou sont repartis dans les collines avec leurs maîtres. Il y a encore du monde dehors, mais au moins je ne crains plus qu'on me pousse dans une de ces tranchées puantes. J'essaie de mémoriser notre itinéraire et de compter les rues, mais en vain. Si nous jetions des petits cailloux ou des bouts de pain pour pouvoir revenir sur nos pas, jamais nous ne les retrouverions. Hafid nous laisse dans un petit restaurant où l'on dîne sur le toit. Des assiettes de poivrons grillés, de carottes au vinaigre et au cumin, d'olives aux citrons confits, ainsi qu'une variante de la *caponata* aux aubergines, précèdent un couscous traditionnel aux sept légumes. J'adore la cuisine marocaine depuis une présentation faite par Paula Wolfert, à laquelle j'ai assisté il y a trente ans. Je me suis débrouillée ensuite avec son livre *Couscous and Other Good Food from Morocco*. J'ai toujours dans mon frigo des bocaux de citrons confits.

— Comment des *carottes* peuvent-elles être aussi bonnes ? dit Ed.

Il se ressert de la salade de concombres et de tomates, jumelle de la *California salsa* que nous faisons à la maison.

La semoule se prête à toutes sortes de préparations, comme les pâtes chez les Italiens ou les tortillas au Mexique. Cela permet d'improviser. Contrairement à la version toute préparée que j'utilise souvent quand je suis pressée, celle qu'on nous sert ici est fraîche, légère, mousseuse, sans grumeaux. Les sept légumes du jour sont des aubergines, de grands haricots, des tomates, des oignons, des carottes, de la citrouille et du chou – qui aurait pensé à les marier ? On les pose sur la semoule fumante, avec les pommes de terre et le *khlii* – de la viande de bœuf marinée puis séchée. Je me souviens :

— Le guide recommande de ne pas manger la peau des légumes.

La terrasse surplombe la porte bleue par laquelle nous sommes entrés tout à l'heure. Et là, on croirait voir une scène tournée au ralenti. Tous les commerces baissent leur rideau, et du coup les promeneurs, les mendiants et les boutiquiers repartent vers la ville nouvelle. Les restaurants de la médina ne servent pas de vin en raison des nombreuses mosquées alentour. Mais on ressert du thé à la menthe après chaque plat. Hafid revient nous chercher. Il nous raccompagne à la maison, comme des enfants.

Quand le destin pose sur votre route des cadeaux inattendus, il faut les comprendre et les accepter. En préparant notre voyage, j'ai cherché sur l'internet un endroit à louer sur place. Plutôt que faire des étapes rapides dans plusieurs villes, j'ai préféré me concentrer sur une seule. Fez est la quintessence du Maroc, « la cité médiévale la plus totalement musulmane du monde » selon mon guide Cadogan. J'ai lu tant de choses sur Marrakech que Fez avait un parfum d'aventure. Et je voulais la voir de l'intérieur, sans nécessairement me réfugier dans les murs d'un hôtel. Au cours de ces recherches, j'ai repéré un site dont la description me plaisait. Les photos révélaient certains détails qui m'ont aussitôt fait sourire – un bout de plafond, le bâti d'une porte. Manifestement, on avait restauré avec amour une vieille demeure traditionnelle. J'ai rempli le questionnaire proposé et je l'ai renvoyé avec un e-mail.

Le lendemain matin, une longue lettre m'attendait. Lori, la propriétaire de la maison de Fez, me disait avoir brièvement rencontré Ed, lors d'un concours de poésie organisé par elle. Elle faisait partie du jury. Il lui avait montré, ainsi qu'à un autre poète, quelques clichés de Bramasole à l'époque où nous commencions seulement les travaux. C'était encore une ruine. En sus des photos, la description qu'en avait donnée Ed avait enthousiasmé Lori au point qu'elle avait quitté son travail. Elle était partie à Fez pour étudier l'arabe et, pensant toujours à l'exemple de Bramasole, elle avait acheté sa maison dans la médina. Entre-temps, elle avait lu mes livres qui, disait-elle, l'avaient armée de courage. Puis elle avait épousé le meilleur ami d'Hafid. Sa vie avait complètement changé. Elle concluait sa lettre en nous priant de bien vouloir accepter son invitation. Nous serions ses hôtes. En lisant cet e-mail, j'ai senti comme de longs fils garnir un écheveau, je l'ai lu et relu, émerveillée par le mystère de ce qu'on donne et de ce qu'on reçoit, par ces causalités qui toujours nous échappent. Notre réponse était oui. Nous avons entamé une correspondance prolifique. Et nous avons invité Lori et son mari à Bramasole.

Me voilà allongée dans son lit, où j'écoute avec bonheur les oiseaux qui chantent dans la médina. La djellaba de soie ivoire accrochée au portemanteau de fer appartient à la vie qu'elle s'est faite ici.

Hafid nous apporte le petit déjeuner. Épais gâteaux de semoule, bricks, une pleine cafetière italienne, et un pichet d'oranges pressées. Nous avons pu récupérer après la course d'obstacles qui, hier, nous a menés à cette terrasse ouverte sous un ciel blanc.

Hafid nous emmène dans la médina visiter une maison vieille de cinq siècles, partiellement restaurée. L'architecture parle une langue claire, que tout le monde peut comprendre. Et cette maison nous dit : l'intimité est la première des choses. Les portes et les fenêtres donnent sur la cour intérieure, et non sur la rue. On n'est pas censé être vu chez soi. Les trois étages inspirent la fraîcheur, la tranquillité, la méditation à quiconque passe l'unique porte d'entrée. Intactes, les vieilles moulures de plâtre ressemblent à d'immenses mouchoirs de dentelle. On peut admirer la façade – levez les yeux – depuis la cour, d'où la lumière rebondit dans les pièces. On peut aussi se réfugier à l'ombre d'une alcôve. Depuis toujours, les populations du désert doivent aimer l'ombre autant que le murmure de l'eau. J'aimerais voir ce sol carrelé bleu et blanc inondé par la pluie plutôt que par le soleil. À l'intérieur, je sens quelque chose qui circule, et une sorte de lien. Des escaliers de service et des passages tortueux mènent à des galeries autour de la cour. Celles-ci permettent d'accéder à des chambres, somptueusement décorées, avec parfois une enfilade de pièces secondaires et d'alcôves. À ma grande surprise, je retrouve exactement les motifs et les couleurs des sols et des murs andalous. Les Maures et les Juifs qui, exilés d'Espagne, se sont établis à Fez y ont apporté leur artisanat. Hafid :

– Vous devriez acheter une maison dans la médina. Ça n'est vraiment pas cher pour des Américains.

– Combien ? lui demandé-je en regardant les gracieuses arabesques des versets du Coran, gravés au-dessus des faïences, avec ce joli motif de diamant taillé.

– Vingt mille, trente mille dollars au maximum.

– Ensuite, il faut faire des travaux…

Il hausse les épaules.

– Oui. Mais pour ça, je suis là.

Son ami Rachid nous rejoint. Il a environ quarante ans, il est né dans la médina et il y a grandi. Il va nous servir de guide. Autour d'un thé à la menthe, sur le toit, nous lui expliquons que nous aimerions voir les principaux monuments, mais aussi *sa* médina, celle qu'il connaît intimement. Lui voudrait discuter de William Faulkner et de Saul Bellow. Il est licencié en lettres et il aime la littérature moderne américaine. Nous partons en balade. Rachid – et c'est bien agréable – nous épargne les discours tout préparés. Il n'en a pas. Nous nous promenons simplement, attentifs aux odeurs et aux situations. L'artisanat satisfait avant tout les besoins locaux. Un des souks – quartiers réservés à un métier particulier – a pour spécialité les sièges de mariage, énormes trônes luisants, aux flancs de métal repoussé, dans lesquels on installe le marié et sa belle. On dirait des accessoires du *Magicien d'Oz.* Dans un autre souk, les menuisiers fabriquent différentes sortes de tables sculptées, mais aussi des cercueils. Il y en a un de prêt pour un enfant. Un artisan expose ses planches à laver. Je n'en avais pas vu depuis mon enfance en Georgie. Ma mère allait dans le quartier noir déposer notre linge chez Rosa, qui le frottait sur une planche de ce genre avant de le faire bouillir dans une grande et sombre lessiveuse.

Nous nous arrêtons devant les majestueuses portes de cèdre, aux gonds immenses revêtus de la main de Fatima pour protéger la maison du mauvais œil. Rachid nous montre plusieurs médersas, des écoles coraniques fondées au Moyen Âge. Les étudiants habitaient les chambrées en surplomb de la cour, ils étudiaient en bas la philosophie et l'astronomie. Quelqu'un a dû y faire des études poussées de géométrie car, devant les dessins des mosaïques, des faïences, les motifs des bordures et les plafonds de cèdre sculpté, le visiteur se demande *comment* une telle abondance de formes a pu être concentrée avec autant de grâce et d'harmonie.

Des mois plus tard, quand je repenserai à Fez, ce sera surtout la menthe qui me viendra à l'esprit. Les gens en vendent partout, c'est incroyable, sous forme de gros bouquets, ou de paniers pleins qui semblent ne servir qu'à ça. Il y en a des tonnes sur toutes les tables. Les poignées de quelques brins n'existent pas ; ce n'est pas une garniture, c'est un ingrédient à part entière. Le thé n'est pas servi avec trois petites feuilles décoratives, comme dans un mint julep ou le *iced tea* du Sud américain. Ici on verse le thé vert, bouillant, dans un petit verre plein de feuilles, et vous portez celui-ci à votre bouche, en le tenant entre l'index en bas et le pouce sur le bord. Tout le monde en boit constamment. Rachid nous précède à l'étage d'un salon de thé où des hommes discutent, assis sur des tabourets rudimentaires. Le propriétaire dispose en tout et pour tout d'une plaque chauffante pour faire bouillir l'eau, de quelques théières en métal, d'un seau pour rincer les verres (hum…), et d'une montagne de menthe. Je suis la seule femme et personne ne fait attention à notre présence.

– Il n'y a pas de meilleure menthe au Maroc que celle de Fez, affirme Rachid.

Je n'aime pas spécialement ce thé-là, mais je le bois avec plaisir. Avec une telle quantité de menthe, il est presque solide. Il a le goût des vieux remèdes ; d'une tente l'été dans le désert ; il a le goût du temps.

Rachid nous confie :

– La médina compte neuf mille rues, dont un millier sont des culs-de-sac.

Il nous emmène déjeuner dans une petite salle bondée où règne une sorte de magicien dont j'aimerais bien comprendre les paroles. Il semble venir d'un autre monde, il a la démarche légère d'un danseur. Selon Rachid, il était autrefois conteur à Marrakech et il sait encore jeter des charmes. Il prend Ed par le bras et le conduit à la cuisine, où il lui fait goûter un hachis épicé, un tajine d'agneau, du chou-fleur, et des friands au fromage juste sortis du four. Ed choisit trop de choses, ce qui vaut peut-être à Rachid cet air embarrassé. En tout cas, il mange. Rachid nous explique que la *kefta*, la viande hachée, est du chameau. Il nous raconte une histoire de touristes qui ne voulaient *pas* en manger, et qui se sont fait avoir à tous les coups... Les clients habituels vont et viennent dans la cuisine, où ils se servent eux-mêmes. On n'a jamais fait mieux avec une dinde que ces brochettes au barbecue. Nous ne laissons rien dans nos assiettes, sinon la viande mystère.

Le souk des tanneurs n'en a certainement plus pour très longtemps. Tous les touristes viennent faire un tour ici, après une ou deux boutiques de cuir. Avant même d'arriver, vous savez où vous êtes : votre destination est la même que pour ce défilé de mulets, chargés de peaux raides et sèches comme des crackers. Les peaux sont mises à tremper dans de la fiente de pigeon. Un tanneur patauge là-dedans jusqu'aux genoux. Des cuves grandes comme des baignoires sont remplies de couleurs vives. Où est la révolution industrielle ? On ne se presse pas exactement de la faire, ici : il s'agit d'industrie, sans doute, mais alors dans le sens étymologique.

– Le jaune vient du safran ou du mimosa, le rouge du coquelicot, et le vert de la menthe, nous explique Rachid.

Je n'en crois rien : ces couleurs sont criardes. Un ami à lui, patron d'une boutique, nous tend des brins de menthe à garder sous notre nez... J'achète une paire de ces babouches jaunes que tout le monde porte ici.

– Le jaune va avec tout, poursuit notre guide.

Je les laisserai au soleil sur le toit pour dissiper l'odeur. Pourquoi ne font-ils pas tremper le cuir dans de l'eau de rose, tant qu'ils y sont ? Sur les étals des marchands, les bacs de boutons de rose sont une fête pour l'œil.

Ces « baluchons » dans les rues sont en fait de minuscules mendiantes. Leurs visages ont la couleur et le grain des coquilles de noix. Leurs mains sont comme des griffes.

– Un bon musulman donne toujours l'aumône, dit Rachid.

Ed, catholique vaguement apostasié, met la main à la poche.

– On donne combien ?

– Un centime.

En fin de journée, nous retrouvons Fatima, une cousine d'Hafid, à la *masseria*. Elle est venue préparer le dîner. Elle installe un réchaud rond à charbon, en argile, puis elle essuie le plat à tajine au couvercle conique, en terre cuite vernie. C'est lui qui donne son nom aux mille variantes de ce plat complet marocain. Fatima doit étouffer sous son épaisse djellaba rose. C'est une femme corpulente, et elle porte un voile sur les cheveux. Elle a un regard gai et elle sourit tout en vidant son sac de commissions, avant de préparer ses légumes. La voilà qui improvise sa cuisine sur notre toit. Elle remplit un seau d'eau pour laver tous les ingrédients, elle étend une toile cirée sur ce qui va lui servir de plan de travail.

Elle cisèle plus de persil que je ne suis capable d'imaginer, puis elle émince un panais, des pommes de terre, des courgettes, des oignons et des tomates. Elle embrase ses charbons en un tournemain. Lorsqu'ils se mettent à rougeoyer, elle verse de l'huile dans le plat à tajine et le pose sur le feu. Puis elle dispose dans l'huile ses morceaux de bœuf – j'espère qu'il ne provient pas d'un de ces étals couverts de mouches que j'ai aperçus dans les rues –, et elle les recouvre d'oignons. Elle nous fait bien remarquer que les légumes reposent sur la viande, sans toucher l'huile. Elle saupoudre de sel, de quantités de poivre blanc et noir, de paprika, de cannelle, puis elle repose le couvercle et coupe d'autres légumes. Je n'ai encore jamais vu personne évider des carottes. Hafid prétend qu'elle fait toujours ainsi. La viande a cuit une vingtaine de minutes quand Fatima arrange une nouvelle couche de légumes par-dessus les oignons. Elle ajoute une tasse d'eau et assaisonne encore. Même à cette heure tardive, il fait très chaud sur le toit. À ma grande surprise, Fatima retire sa djellaba et continue de préparer le repas, vêtue seulement d'un long sous-vêtement de coton peigné. En fait, non, je vois qu'elle a encore dessous une couche de quelque chose. Je cuis littéralement dans mon chemisier de lin à manches courtes. Le tajine mijote tranquillement à feu doux pendant une heure.

Nous admirons le coucher de soleil sur la médina en buvant de l'eau minérale.

— Tu vas t'asseoir dans l'avion avec un plat à tajine sur les genoux ? me demande Ed.

— Oui.

— Ça sert à quoi, le chapeau de carnaval, dessus ?

— La vapeur se répand sur les parois, puis elle retombe sur la viande et sur les légumes. Qui s'arrosent tout seuls, quoi.

Ce que je viens d'inventer, mais ça pourrait être vrai.

— Finalement, c'est un ragoût de bœuf qu'elle fait, Fatima. Même disposé en couches.

— À la base, oui. Seulement, tu as vu toutes les épices qu'elle met ?

— Bon, un ragoût intellectuel alors. Dommage qu'on n'ait pas de vin.

— On est dans la médina. La foudre nous tomberait sur la tête. Et les ânes viendraient nous piétiner.

Fatima sort plusieurs bocaux de son sac : le caviar d'aubergine, la salade de concombre et de tomate. Qu'elle nous sert avec de petites tranches de pain rond. Partout dans la médina, j'ai vu courir des enfants qui portaient à bout de bras une planche couverte d'un torchon. Rachid nous a expliqué que les gens font encore tous leur pâte à pain, puis qu'ils l'apportent à la boulangerie où on la fait cuire. En jetant un coup d'œil dans l'une d'elles, j'ai vu disposées sur une table une série de ces planches, avec le pain tout chaud qui attendait le retour des enfants. Ces miches plates, ovales comme un visage, se prêtent parfaitement aux salades, à tout ce qui se tartine et se sauce – comme le jus de cuisson des tajines.

Nous dînons au clair de lune. La viande est tendre, chaque légume a conservé son goût propre. De fait, nous ne laissons pas une goutte de sauce au fond du plat. Un curieux silence règne la nuit sur la médina. Compte tenu du nombre d'habitants, je suis étonnée de ne pas entendre gueuler la télévision… ni un chanteur de rap sur le toit d'à côté… Mais pas une voix ne crie, ne chante, ne cherche querelle. Les gens se replient chez eux, comme dans la rue sous les plis de leurs vêtements.

Fatima range sa cuisine portable, remet sa djellaba et m'embrasse chaleureusement. Pas Ed, à qui elle serre la main respectueusement, en détournant les yeux. Puis elle retourne à la maison retrouver son mari et ses trois enfants.

Trois heures plus tard, Ed se sent au plus mal. Il a la fièvre, il sue et j'ai peur. Il passe la nuit à vomir dans les toilettes. Il dit avoir l'estomac retourné, lacéré. La fièvre tombe au bout de six heures, mais la douleur reste intense. Il a le regard vide, la vue brouillée ; pas la force de lever un bras. Je téléphone à notre médecin en Italie, qui pense tout simplement à une intoxication alimentaire. Les nausées ayant cessé en quelques heures, il écarte l'éventualité d'une salmonellose. Je note les médicaments qu'il me recommande, en espérant qu'Hafid les trouvera à la pharmacie. Je repense au torchon que Fatima a plongé dans son seau, à la viande hachée du déjeuner. En revanche, moi je n'ai rien. Je me sens même une énergie inhabituelle.

– Tu t'es lavé les dents à l'eau du robinet ?

Il ne répond pas.

Au matin, Hafid déclare qu'Ed a tout simplement trop mangé, que cela arrive souvent aux visiteurs.

– C'est que la cuisine de Fez est vraiment délicieuse.

Peut-être.

Il revient au milieu de la matinée avec plusieurs médicaments. Ed dort. Il a l'air plongé dans le coma. J'essaie de ne pas penser au personnage de Paul Bowles, qui meurt dans son roman *Un thé au Sahara*, laissant derrière lui une épouse névrosée qui finit prisonnière d'un harem. L'appel de l'étranger semble avoir des conséquences désastreuses pour les innocents et les déracinés.

Les dieux sont donc toujours contre nous. Pendant trois jours, Ed ne quittera plus la *massería*. Je sors avec Rachid, nous lui rapportons de la nourriture – qu'il dédaigne – et bouteille après bouteille d'eau – qu'il se force à boire. Il semble confiné dans une sorte de transe, au-delà de la maladie. J'aimerais que mon ange protecteur, promis au début du voyage, se décide à intervenir.

Sans Ed, les lieux prennent une autre dynamique. Je suis mon guide, Rachid, puis, distraite par un étal de pieds de bêtes, ou de lanternes de fer, je le laisse filer et je me retrouve entre deux rues dans la foule grouillante. Ouf, il a rebroussé chemin. Je me demande si ça ne lui fait pas tout drôle de passer ses journées avec une infidèle, qui s'arrête en plus constamment pour regarder ces hommes. Celui qui vend des fourchettes, des bracelets et des peignes en corne : une dizaine d'articles disposés sur une table pas plus grande qu'une assiette. Ou l'agent immobilier dans un minuscule bureau, avec ces vingt clés accrochées au mur derrière lui. Et encore les artisans qui gravent des épitaphes sur le marbre des pierres tombales. « Tout le monde a perçu le goût de la mort », inscrit l'un d'eux.

– Un bon musulman va au cimetière tous les vendredis, me dit Rachid.

Il y a partout des fontaines publiques, avec une débauche de carreaux extraordinaires. Je ne doute pas qu'on ait réuni, dans un album de photos, ces longs bassins ornés de motifs et de couleurs merveilleuses, dont certains datent du Moyen Âge. Des femmes s'y rendent toujours avec leurs cruches, et des enfants avec des bouteilles en plastique.

– Ils ont l'eau chez eux, dit Rachid, mais celle-là, ils n'ont pas besoin de la payer.

Il m'expose la différence entre le caftan (sans capuche), et la djellaba (qui en a une, pour protéger de la pluie, de la poussière, de la chaleur). La djellaba est portée par les hommes comme les femmes. Je commence à mieux comprendre les usages vestimentaires. J'avais au début l'impression que tout le monde se promenait en robe de chambre. Mais mon allergie à la poussière n'a pas tardé à se réveiller, et le vent me fait l'effet d'un sèche-cheveux en pleine figure. C'est pourquoi je me laisserais bien tenter par un de ces voiles si mystérieux. De fait, la poussière et le soleil sont rapidement envahissants. Les robes amples et légères des femmes sont élégantes, certainement confortables, et les préservent des éléments. Je repère dans la foule la djellaba beige de Rachid, et je m'imagine presque en porter une, au lieu de ce pantalon et de ce chemisier noirs. Les femmes semblent flotter dans ces ruelles étroites comme une rivière de couleurs : une foule de fils safran, bordeaux, sauge, pistache, bleu paon, vert du Nil et moutarde ; et encore : rouille, magenta, émeraude, rouge tomate, ocre et toutes les teintes de terre. Parfois une silhouette en blanc – signe de deuil. Certaines sont complètement recluses dans leurs voiles noirs, coupées du monde ; d'autres portent de simples foulards ; et d'autres encore n'ont rien du tout. J'en vois qui me regardent et qui, aussi vite, détournent les yeux.

Le flot des couleurs se retrouve, vibrant, sur les étals de nourriture : mûres, figues, câpres poudreuses, coriandre feuillue, menthe, sacs de toile pleins de curcuma doré, dattes, cuissot de chameau rouge sang, et des piles de têtes de chèvres et de moutons. Commentaire de Rachid au sujet de ces dernières :

– On fait d'abord flamber les poils, ensuite il faut enlever les asticots. Très bon au petit déjeuner, bien chaud, bien pimenté, avec du cumin.

Je ferai *sans* cette recette-là. La palette délicate des lentilles, du cumin, du couscous, des haricots secs, de la coriandre, des pois chiches et du sésame rappelle les couleurs du désert. Les étals reflètent l'abondance de la table, le goût des aliments forts, la richesse agricole des pentes de l'Atlas. Un âne traîne son lourd chargement de petits artichauts pointus, pas plus gros que des dattes fraîches. Je m'arrête pour prendre en photo les fromages de chèvre sur leurs feuilles de vigne.

— Tout le monde mange du chameau une ou deux fois par semaine, me dit Rachid.

Hafid m'a confessé n'y avoir jamais goûté.

Partout des chats décharnés et de jeunes chatons. À mi-voix, je me dis qu'il ne doit pas y avoir de rats dans la médina. Mais Rachid répond :

— Les chats de la médina ont peur des rats.

Il me montre une source où un homme remplit sa cruche, puis l'endroit où jadis coulait le ruisseau. Il est maintenant souterrain. De l'autre côté de la porte bleue se dressent des jacarandas.

— Ils diffusent un parfum musqué, la nuit, assure Rachid.

Quelques figuiers débordent par-dessus les murs. Dans le souk aux métaux, un arbre est tellement gros que l'œil refuse de le croire. À l'ombre de ses branches, on vend d'immenses chaudrons où l'on pourrait caler un mouton ou une chèvre entiers. Rachid :

— Les gens louent ces chaudrons pour les mariages.

— Est-ce qu'on se marie à la mosquée ?

– Non, on demande à quelqu'un qui a une belle maison s'il veut bien la prêter. Les mosquées servent exclusivement à la prière.

N'étant pas musulmane, je ne peux entrer dans celles-ci et je dois me contenter d'apercevoir, en passant, les cours et les fontaines où les fidèles font leurs ablutions. Sans l'avoir décidé, nous arrivons devant une très grande mosquée, et nous sommes vendredi à la fin de la prière. Une foule de vertueux fidèles se déverse brusquement dans la rue. Nous devons nous coller au mur pour laisser passer le flot. Soudain, un âne nous marche pratiquement sur les pieds et Rachid recule vers la pyramide d'œufs derrière lui. Il en précipite quelques-uns par terre. Personne n'a crié *balak, balak*.

Plusieurs fois par jour, nous revenons à la maison voir comment se porte Ed.

– Il faut que le facteur soit né dans la médina, note Rachid, sinon personne n'aurait jamais de courrier.

Il pense que, sans quitter le lit, Ed devrait au moins s'asseoir. Je rappelle le médecin en Italie pour le tenir au courant.

– Peut-être demain, répond Ed.

Il a pris une douche, tourné quelques pages d'un livre. Il paraît décontracté, apaisé.

Je m'abstiens de lui raconter l'agneau mijoté dans sa sauce au cumin, la pastilla (ou *bastela*, friand au pigeon nappé de sucre glace), le couscous au poulet, aux oignons confits et au miel. Je prends un taxi avec Rachid, direction la ville nouvelle et la boulangerie

française, où j'achèterai des petits pains pour Ed et
du fromage blanc. Nous faisons un crochet dans une
librairie où l'on trouve les œuvres de Mark Twain et
de Sherwood Anderson. Je tombe sur un livre de
recettes marocaines, en anglais, et je regrette de ne
pouvoir décrire à Ed le poulet farci à la semoule, parfumé à la cannelle et à l'eau de fleur d'oranger – ni
l'agneau aux abricots, aux raisins secs et à la muscade. Je vois qu'on utilise davantage les épices que
les herbes. La grande diversité des ingrédients est en
soi une source d'inspiration – coing, potiron, *feggous*
(petits concombres à la peau rêche), topinambour,
cardon, semoule d'orge. Certains m'intriguent,
comme la grenadine, l'huile de fleur d'oranger, le lait
d'amande et l'huile de rose. Dommage, vraiment,
qu'Ed ne veuille plus rien manger. La ville nouvelle,
avec ses larges avenues et ses terrasses ombragées,
ressemble à un autre monde. Beaucoup de femmes
et de jeunes filles font fi de l'habit traditionnel – j'en
remarque certaines qui portent un jean à taille basse,
mais gardent la tête couverte.

– J'aime autant que ma femme s'habille avec
pudeur, me dit Rachid.

Puis :

– Et qu'elle reste à la maison avec notre fils.

Je le taquine :

– Vous ne voulez pas une deuxième femme ?

Je sais que les hommes peuvent ici en avoir
jusqu'à quatre.

– Une suffit bien. Qui a les moyens d'entretenir
deux épouses ?

– Comment la première peut-elle supporter que son mari en amène une seconde chez elle ?

C'est la première question « déplacée » que je lui pose.

– Parfois la première épouse ne peut pas lui donner d'enfants. Et on ne se débarrasse pas comme ça de sa femme, ajoute-t-il fièrement. Il y a des lois contre ça.

– Et si, moi, je voulais deux maris ? Ou quatre ?

Il sourit en arabe.

Il n'a encore jamais fait aussi chaud. Aujourd'hui je dis à Rachid que je voudrais voir les tissus. Nous visitons des ateliers où des hommes, assis sur des tapis, cousent des djellabas et brodent les encolures. Dans la rue, d'autres cardent le fil, le tirent et l'enroulent sur des bobines. Je résiste à l'impulsion de commander une de ces parures splendides, car elle moisirait dans mon placard jusqu'au Jugement dernier. J'aimerais trouver de la soie pour faire du linge de table, ou des rideaux. Mais presque tout arrive prédécoupé en pièces de trois mètres – ce dont on a besoin pour une djellaba. Je tombe sur un carré de soie ancienne, ivoire, brodé de fleurs d'abricotier. Rachid recule de quelques pas au début des négociations. Aucun prix n'est jamais marqué nulle part, et voilà qu'on me presse d'en donner un. Celui que je propose paraît si peu élevé que le vendeur a l'air choqué. Rachid pose une main sur sa bouche pour cacher un sourire.

– Combien m'en offrez-vous, madame ? me dit-on.

Je renchéris un tout petit peu, et le vendeur m'assène :

– Quatre cents euros, pas moins.

Je n'irai sûrement pas jusque-là, et donc je remercie le monsieur. Je le complimente sur la qualité de la soie et je m'en vais. Il en reste comme deux ronds de flan. L'Américaine lui a échappé – elle ne lui a acheté qu'une petite main de Fatima en argent.

Je n'ai en fait pas envie d'acheter grand-chose. Rien qu'un chemisier noir en coton pour moi, un autre bleu pour mon amie Aurora, et une paire de babouches pour ma fille. Rachid m'emmène au souk des céramiques, où nous voyons les potiers tourner et peindre des pots et des saladiers en argile. Le bleu de Fez est pratiquement toujours verni. Je choisis deux petits bols pour les olives.

Nous faisons un crochet chez l'herboriste.

– Le patron n'est pas n'importe qui, me dit Rachid. Vous allez voir.

Il se présente : Mon Kade Khalid. Le teint pâle, légèrement voûté, il me montre ses huiles, ses hennés, ses écorces. Me fait sentir une chose qui ressemble à une gomme jaune – c'est en fait la glande à musc d'une gazelle.

– L'animal se frotte contre un arbre, et ensuite nous prenons la glande. Elle parfumera vos tiroirs pendant deux ans.

Il a des bocaux pleins de cailloux multicolores sur une haute étagère, qui, dit-il, repoussent le mauvais

œil. Je lui prends un sachet de « quarante épices ».
L'étiquette indique : *rasse el-hanoute*, à traduire par
« le feu de la boutique ».

– Comment vous sentez-vous, madame ? me
demande-t-il.

– Fort bien.

– Les gens viennent me voir quand ils ont des
problèmes. J'ai des trucs pour faire des enfants. De
l'huile d'argan contre l'arthrite. Des tas de choses
pour mettre dans la cuisine, aussi. Tenez, donnez-
moi votre main.

Il la frotte entre les siennes, qu'il place ensuite au-
dessus et au-dessous, à environ deux centimètres.
Sans conteste, elles me communiquent leur chaleur. Il me fixe droit dans les yeux. Oh non, l'attrait
du lointain exotique… Curieusement, lorsqu'il
retire ses mains, je me prends à frissonner.

– Et maintenant, comment vous sentez-vous ?

– Merveilleusement bien, lui dis-je.

Une vague de force me parcourt l'épine dorsale
et se répand dans mes jambes. C'est comme une
poussée d'adrénaline. Je baigne tout l'après-midi
dans l'euphorie, avec une impression de puissance
physique qui semble me revenir de l'enfance.

*

Nous visitons les tombeaux, les musées. Je crois
que mes pieds ont foulé jusqu'au moindre centimètre carré de la médina. Après une bonne trotte

dans la chaleur, nous nous arrêtons devant ce qui pourrait être les ruines d'une forteresse.

— Le palais el-Glaoui, me dit Rachid. Puisque les maisons vous intéressent.

Il frappe à une énorme porte de bois, encastrée dans un mur long comme une rue. Avec son visage en lame de couteau, l'homme qui nous ouvre, très brun, pourrait être un vieux jazzman tombé dans l'oubli. Rachid et lui se font l'accolade.

— Ma famille vous souhaite la bienvenue, nous dit Abdel Khalek. Et voici ma demeure.

Nous entrons dans une vaste cour, couverte de faïences, avec une fontaine au milieu d'un somptueux bassin. Les mauvaises herbes poussent dans la première, une oie solitaire a fait son domaine du second, qui est tapissé de boue. Ce palais est trois fois plus grand que la plus grande des maisons que j'ai pu voir dans la médina. Des pièces qui ressemblent à des salles de bal donnent sur des jardins envahis par la végétation, où j'aperçois des vestiges d'autres fontaines, et quelques citronniers ou mandariniers décharnés. Je restaure mentalement le tout, en prenant pour modèles les jardins admirables des vieux tableaux persans. Empruntant une série de couloirs, Abdel nous conduit vers une aile distante du bâtiment, où son grand-père entretenait jadis cent femmes. Les galeries s'affaissent autour de la cour, mais les motifs floraux des moulures ont une touche féminine qui évoque un harem.

— Est-ce qu'il a dit « cent » ?

– Son grand-père était un homme très occupé…
répond Rachid.

Abdel nous fait visiter les cuisines du palais, pas
si différentes – si l'on fait abstraction de la poussière et de leur mauvais état – de celles d'un manoir
anglais : la rangée de fourneaux, les cuivres,
quelque chose d'une caverne sans fond. Puis il nous
montre « la première salle de bains de Fez », avec
ses accessoires Belle Époque, et même une vraie
baignoire en porcelaine. Dans sa chambre – plutôt
grande elle aussi, avec une porte centrale qui ouvre
sur la cour –, je remarque un portrait de sa grand-
mère, alors âgée d'une vingtaine d'années. Elle est
parée d'une robe blanche, raide, volumineuse. Son
visage a l'éclat de la jeunesse. Pas de voile ou de
grande cape noire – j'ai envie de demander si elle
occupait un poste hiérarchique, mais je n'ose pas. Il
y a en fait seize bâtiments contigus à celui-ci, tous
fermés, et à divers stades de délabrement. Je ne
pose pas non plus la question, mais j'imagine que si
les cent femmes du grand-père lui ont toutes donné
des enfants, les problèmes d'héritage et d'indivi-
sion ne seront jamais réglés. Nous nous asseyons sur
de longues banquettes où l'on nous sert un thé à la
menthe avec des cornes-de-gazelle – de petits
gâteaux aux amandes en forme de croissant. Abdel
n'est pas musicien de jazz, il se consacre à la peinture, il erre dans les murs de ses ancêtres, et les fait
parfois visiter aux voyageurs que les guides lui
recommandent.

Ed a envie de prendre l'air, et nous allons jusqu'à la Maison Bleue, une belle *riad* transformée en hôtel. Quelques touristes français et anglais sirotent un verre, dispersés dans le patio où deux musiciens jouent d'instruments rudimentaires. Nous prenons place près d'une fontaine, je demande du champagne et Ed de l'eau. On nous assied ensuite sur des banquettes colorées devant une table basse. J'adore dîner à la marocaine.

— Tajine ? propose le garçon.

— Jamais, murmure Ed en se calant sur la banquette.

Nous commandons un couscous à l'agneau avec les petits hors-d'œuvre habituels. Ed avale quelques bouchées : ça va mieux, mais ce n'est pas encore tout à fait ça. La beauté sereine de l'endroit me fait un instant oublier la rudesse opiniâtre de cette médina que Rachid m'a appris à connaître.

Le matin du départ, Ed veut faire une dernière sortie. Rachid nous emmène prendre un taxi, qui nous laisse dans le mellah, l'ancien ghetto.

— Donnez un euro au conducteur, nous dit-il.

Je n'en reviens toujours pas que la vie soit si peu chère.

Avec ses ruelles tortueuses, ses échoppes, ses loggias en bois – fenêtres caractéristiques d'où les femmes pouvaient voir sans être vues –, le quartier ne manque pas de charme. Après plusieurs jours passés dans la médina, bercée de rythmes et de traditions médiévales, j'y suis peut-être moins sensible. Tout a été soigneusement retapé. Nous admirons la synagogue restaurée par l'Unesco, avec le bain rituel au sous-sol, là où se trouverait la crypte si c'était une église catholique. Rachid nous conduit ensuite au cimetière juif, où les tombes serrées les unes contre les autres sont aveuglantes de blancheur.

– Le mellah a été officialisé en 1438, nous dit-il, mais les Juifs vivaient déjà là depuis des siècles. Des murs ont été construits tout autour pour les protéger des Arabes, et le mellah est finalement devenu une prison. Les Juifs restaient reclus dans leur quartier. On leur interdisait de porter leurs chaussures noires à l'extérieur. C'est seulement au XVIIIᵉ siècle qu'on les a laissés mettre des sandales de tissu, et alors ils ont pu sortir.

– Que veut dire *mellah* ? demande Ed.

– Le sel, répond Rachid. Et l'endroit où on le traite, qui portait le même nom. Selon la légende, les têtes des ennemis tués au combat étaient salées et préservées ici, avant d'être exposées sur les murs.

Il nous montre ensuite le palais royal.

– Il y a toujours des Juifs ?

– Quelques-uns. Mais ils vivent dans la ville nouvelle. Tout le monde cohabite sans problème dans la ville nouvelle.

Nous nous arrêtons devant l'immense palais royal, complètement clos. Il doit y avoir des jardins à l'intérieur – même des arbres – où les gens harassés de

soleil viendraient très volontiers se rafraîchir un vendredi soir.

Dans une rue latérale, un garçon marche à petits
pas avec son grand frère. Le plus jeune porte un fez
rouge et une robe blanche.

– Il s'en donne, des airs… dit Rachid. En fait, il
vient d'être circoncis.

Le garçon veut bien que nous le prenions en
photo.

En fin de matinée, nous dégustons des pâtisseries
aux amandes et au sésame avec un thé, puis nous
rentrons faire nos valises à la *masseria*. Rachid parle
de Joseph Conrad. Ed a l'air translucide, privé de
substance, comme les anges.

– Vous aurez laissé deux kilos à Fez, lui dit
Rachid.

Je sens encore circuler dans mon corps l'énergie
que m'a communiquée cet herboriste, hier. Nous
donnons à Rachid quatre éditions du *Times Literary
Supplement*, qu'il lira certainement de la première à la
dernière page. Et nous promettons de lui envoyer des
livres. À sa grande surprise, peut-être, il m'embrasse
au moment du départ.

Revoilà Hafid avec son petit chariot. Ed se réjouit
que nous ne rapportions pas de plat à tajine… Une
voiture nous attend à l'endroit convenu. Arrive un
représentant de la compagnie de taxis – celle qui
nous a échoués, à l'aller, sur la route de Fez. Il
m'offre un bouquet de fleurs. Nous filons aussitôt à
Casablanca, où nous n'aurons qu'un bref aperçu du
port et de quelques palmiers. Il fait nuit quand nous

nous présentons à notre hôtel. Au lit, Ed me raconte tout *Casablanca* – le film. Il s'endort et je pense à ma sœur Nancy. Peu après leurs noces, son mari, jeune diplômé de l'université de Georgie, était parti dans la marine comme enseigne de vaisseau. On l'avait affecté à Rabat au Maroc, dans une base militaire, ce qui avait épaté toute la famille. Nous avions ouvert un atlas pour savoir exactement dans quelle région du globe se trouvait ce lointain avant-poste. Nancy avait pris le bateau pour rejoindre son époux, tout en sachant que son père, malade, disparaîtrait en son absence. Celui-ci répétait sans arrêt qu'elle se rendait chez des gens qui, trois générations plus tôt, « étaient encore des cannibales ». Nous vivions nous-mêmes au bout du monde. Des lettres sont bientôt arrivées, avec des descriptions des Berbères, des sources chaudes du désert, et de cette triste base maritime. Nancy a accouché là-bas. J'avais quatorze ans. Je dévorais ses lettres. On a permis à ma sœur et mon beau-frère de faire le tour de la Méditerranée sur un navire de guerre, avec des escales de plusieurs jours à Marseille, Naples, Athènes et Chypre. Une liste d'endroits de rêve, pour moi presque irréels. J'ai retracé leur itinéraire entre les grands blocs – rose, bleu clair et jaune – de la carte. Ma mère a pleuré quand nous avons reçu les photos de Boo, leur bébé. La femme qui le tenait dans ses bras avait des yeux étincelants, des bijoux aux poignets et aux chevilles. Et ses mains étaient tatouées au henné.

Aujourd'hui, dans le fond d'une nuit à Casablanca, et comme des siècles plus tard, je peux suivre ma sœur et son mari dans le souk où ils ont acheté un agenouilloir en cuir. Je les revois, jeunes, dans leur minuscule Morris Minor. Ils roulent le long d'une plaine qui ressemble à une immense miche de pain. Ils traversent les champs de sésame, de menthe, les forêts de chêne-liège, jusqu'à ce point noir sur la carte où ils commencent leur vie ensemble.

Cet après-midi, nous sommes certainement passés devant l'endroit où ils ont tourné à gauche. Les boucles, les arrêts, les intersections, le fil qui se déroule, les chassés-croisés, les courses et les poursuites – la trame des vies. Tant de choses bien plus mystérieuses que la rotation des étoiles. Ma mère, qui ne s'est jamais beaucoup éloignée de chez elle, nouait les lettres ensemble avec des rubans, puis elle les rangeait dans son bureau. « Si tu en as la possibilité, me disait-elle, pars. »

Bourgogne :
un presse-papiers pour Colette

Cerises, œufs de caille, patates douces, asperges blanches à six euros le kilo, abricots charnus (érotiques), haricots verts (importés du Kenya), seaux de pivoines et de roses, grappes de tomates rouge cramoisi − et toute l'effervescence du marché couvert d'Auxerre. Les clients remplissent leurs cabas aux étals de fruits et de légumes, les dames de la ferme sont venues avec leurs paniers d'œufs. Cela pourrait être un marché en Italie ou au Portugal. Mais il suffit de faire quelques pas pour être bien sûr d'être en France. Les étals de viande sont aussi soignés que les vitrines des bijoutiers du Ponte Vecchio. Les yeux comme des soucoupes, nous regardons les dindes bridées, farcies aux pruneaux, les paupiettes de porc, les jambons roses en gelée, les poulets aux pattes noires, les rôtis dans la crépine. Je compte jusqu'à vingt sortes de terrines : poisson, foie de ceci et de cela, « campagne », légumes, volaille. Les boulangers vendent des gougères − grosses comme des balles de base-ball −, des pâtés en croûte, de bonnes miches rocailleuses de pain. Le fromage à lui seul justifie un voyage en France. À côté de moi, une femme en tâte discrètement plusieurs pendant que le crémier regarde ailleurs. Elle sait, du bout du pouce, apprécier la maturité. Puis elle se penche pour examiner la croûte. Elle fait part de son choix : la meule en question est compacte comme du beurre, lisse comme une peau de bébé. Ed choisit plusieurs chèvres fermiers, ronds et gonflés, de la taille d'un gros bouton de manteau. Deux vendeurs encaissent l'argent. Je règle l'un d'eux et nous nous éloignons. Le second crie qu'il faut le payer, le premier lui répond que c'est déjà fait, et il s'ensuit une querelle de famille à laquelle personne ne prête attention.

Nous avons loué une belle maison en pierre, malheureusement mal entretenue, dans le minuscule village de Magny, sur l'Yonne. J'aimerais que mes amis Susan et Cole puissent l'acheter. Ils adorent la France et feraient de ce jardin un petit paradis. Il a déjà les arbres fruitiers. Inévitablement, le caractère des propriétaires transpire des murs et je me mets à inventer des histoires : à l'odeur, on pourrait croire que quelqu'un est mort récemment dans le lit Ikea (il est d'époque). Quelqu'un qui cherchait quelque chose dans ces piles de journaux qui datent d'une décennie. L'association du piano à queue, de la cheminée – elle est digne d'un château fort – et des chaises en plastique m'inspire un *pourquoi ?*

auquel j'essaie en vain de trouver une réponse. Mais je maintiens que cet endroit est un roman.

Les photos de l'agence de location montraient une table joliment mise, prête pour un dîner romantique, et un salon un peu flou dont les portes-fenêtres donnaient sur la rivière. C'était peut-être le rêve du propriétaire, avant que ne se déroulent chez lui les tristes événements qui font la trame de mon récit. Au moins, la très charmante rivière est là – et j'adore cette odeur particulière. Une barque est à moitié submergée sur la rive. Le téléphone ne fonctionne pas (évidemment, dès le deuxième chapitre, Monsieur ne voulait plus entendre parler de personne), et les portables n'accrochent aucun signal. Que se passera-t-il si l'un de nous deux trébuche sur la pile des vieux puzzles moisis, et qu'il faille appeler une ambulance ? Quand, au village, nous avons demandé à la gardienne comment rebrancher le téléphone, elle nous a répondu :

– Ah, il n'a sans doute pas payé ses factures !

Le mystère s'épaissit. Déprimé, le proprio ne s'occupe plus de ces détails-là, trop terre à terre. La cuisine, maintenant… *tout équipée, spacieuse, avec son coin salle à manger.* Deux étagères couvertes de graisse, des moisissures, un fourneau d'un autre âge qui s'ennuie dans un coin, avec des brûleurs de maison de poupée. Le four a l'air d'un gros grille-pain. On dînera sur du Formica. Je ne serais pas étonnée de voir un serpent sortir de sa cachette sous le frigo. J'en ai déjà aperçu un, vert et noir, exotique, long d'un mètre, qui prenait le soleil sur le perron de la cuisine. Il s'est éloigné paresseusement quand j'ai frappé le long du sentier avec un bâton. Mais la gardienne a réussi à faire marcher la cuisinière sans provoquer une explosion. Et le potentiel littéraire reste entier. Un incendie se déclare dans le garage – le sapin de Noël, entreposé là depuis trop longtemps, prend feu. C'est le point de départ, tragique, du roman que je n'écrirai pas – mais la famille s'est bien dissoute pendant les fêtes de fin d'année. Le sapin desséché symbolise sa désunion. Peut-être l'épouse s'est-elle enfuie avec le mécanicien du village ? Quant à nous, nous sommes une bande de rêveurs, trop facilement séduits par la lumière des fleuves.

Un arrêt pour admirer la cathédrale gothique d'Auxerre, une cité prospère qui ne manque pas de charme. C'est déjà une chance, pour une ville, d'être située au bord d'un fleuve. C'est encore mieux quand la tour d'une église s'élève vers le ciel. Les rues grouillent de gens en train de faire leurs courses, d'autres s'attardent aux terrasses des cafés. Nous faisons un crochet vers une grande surface de la périphérie, où nous achetons des draps, des serviettes, des torchons, une nappe, des serviettes de table et quelques ustensiles de cuisine. En fait, je rêverais de voir mes bienheureux amis gratter, peindre et redonner tout son cachet à cette maison. Déjà les fenêtres ouvertes, les draps frais, quelques vases remplis de fleurs et un minimum de ménage – ça fait une différence.

Quand Colette était petite fille dans la commune proche de Saint-Sauveur-en-Puisaye, sa mère Sido prenait tous les trois mois la route d'Auxerre, la grande ville de marché, qui respire toujours le XIXᵉ siècle. À deux heures du matin, Sido s'installait dans la victoria pour aller faire de luxueuses commissions : un pain de sucre enveloppé de papier indigo, cinq kilos de chocolat, de la cannelle, de la muscade, du rhum pour les grogs, du poivre, de la vanille et du savon. J'imagine Colette sur la banquette arrière, son intense curiosité, les cahots sous les étoiles, les chevaux qui ralentissent en entrant, à l'aube, dans la cité en train de se réveiller. Quand j'étais gamine, ma mère m'emmenait faire les courses à Macon – notre Auxerre –, où il y avait tout pour exciter de soudaines convoitises. Cette jupe qui me plaisait avec un épais galon sur l'ourlet. Je pouvais également me procurer les livres dont notre petite ville de Georgie était dépourvue. J'ai un jour piqué une colère folle chez Davison parce que maman refusait de m'acheter un animal en fourrure qui jouait de la musique.

Je suis ici en Bourgogne pour « revisiter » Colette. Nous sommes venus en voiture depuis Cortona, car Ed souhaite rapporter quelques vins bien particuliers, de préférence ceux qui s'accordent le mieux avec la cuisine du cru... j'espère aussi trouver pour mon jardin de Bramasole quelques herbes introuvables en Toscane : de l'oseille, du cerfeuil, de l'estragon, certaines variétés de basilic. Nous avons avec nous une pile de livres de gastronomie française, dont un entièrement consacré au fromage. Et il y a toute la Bourgogne à voir.

Nous serpentons sur les routes de campagne, bordées de champs ondoyants. Les chats mis à part, les villages sont vides. Des villes fantômes. Nous traversons deux fois celui de Misery [1], puis un autre :

— Arrête-toi, tu as vu comment il s'appelle, celui-là ?

Le panneau disait bien : « Anus ». Nous nous arrêtons « chez nous » pour ranger les courses. Une lumière oblique, ambre, balaie le jardin derrière la maison. C'était autrefois un verger. Pour mieux voir, je mets un pied sur le balcon, mais la balustrade rouillée ne m'inspire guère confiance. Dehors, les transats cassés, empilés les uns sur les autres, me ramènent à la saga du propriétaire. A-t-il pensé à se jeter dans la rivière ? Je propose à Ed, resté dans une autre pièce :

— Allons dîner dans un endroit merveilleux.

Nous reprenons la voiture, puis nous marchons un peu le long de l'eau et nous trouvons un restaurant au bord du canal. En levant les yeux au-dessus du menu, je reconnais notre gardienne. Évidemment, c'est la serveuse qui, généreuse, nous offre l'apéritif avec des olives. La même lumière oblique que tout à l'heure émaille les flots calmes. J'aime les longs crépuscules d'été. Un spectacle m'enchante toujours, celui des bateaux bleus qui naviguent

---

1. *Misery* veut dire « misère » en anglais.

entre chien et loup. Une petite guirlande électrique s'allume bientôt, et nous nous régalons de poulet rôti et de salade.

*

À l'université, j'ai dû sélectionner trois écrivains pour mon oral de maîtrise. J'ai choisi Keats, la poétesse américaine Louise Bogan, et Colette. Alors le directeur du département m'a convoquée pour discuter de mes options.

— Keats est un grand. Bogan, un peu secondaire. Mais cette Colette ? A-t-elle écrit quelque chose de valable ? Ne faisait-elle pas partie de la troupe des Folies-Bergère ?

Cela s'est passé en 1975, et c'est aujourd'hui difficile à imaginer. J'étudiais la fiction avec Wright Morris, un auteur que je vénérais pour sa perception innée des lieux et des situations, pour ses images soignées, puissantes, évocatrices. Lorsqu'il nous a distribué sa liste de lectures au début du semestre, il ne m'a pas échappé que tous ces romanciers étaient des hommes. Je suis allée le voir à la fin du cours.

— Monsieur Morris, j'ai une question à propos de votre liste. Pourquoi n'y a-t-il aucune femme ?

— Ah, bonjour, ma chère. Oui, je m'en suis fait la remarque, également. J'ai bien pensé à Virginia Woolf, mais elle devient franchement assommante. Je veux que vous ayez vraiment de la matière.

Peut-être était-il hypermétrope. Toujours est-il qu'il semblait jeter sur moi un regard compassé, comme si je n'étais qu'une petite chose très éloignée du bout de son nez.

— Donc… ai-je dit.

J'ai marqué un temps, puis :

— Ford Madox Ford est plus important que Virginia Woolf ?

Mon ton n'était pas agressif. C'était plutôt un réflexe d'autodéfense.

— Il a davantage de choses à offrir à un jeune écrivain, mademoiselle Meyer.

— Mayes.

— Oui, bien sûr. Mademoiselle Mayes, notre belle du Sud.

Personne ne s'efforce autant que moi d'éviter les conflits. Mais si l'on me pousse, je suis capable de crises de rage, et je me battrai sur tous les terrains s'il le faut. Là, je titubais sous un deuxième coup. La semaine suivante, j'ai pris rendez-vous avec tous les membres de la commission des examens, et je leur ai rendu visite avec une pile de livres de Colette. Je ne nie pas avoir usé un peu de mon charme du Sud. Et ils ont fini par plier. Sans doute n'étaient-ils pas tout à fait convaincus par les qualités littéraires de l'auteur auquel je tenais. Du moins ont-ils évité d'avoir à justifier plus tard leur sélection, au cas où une étudiante forte tête, belle du Sud ou pas, les obligerait à le faire.

Colette était encore une nouveauté pour moi. J'avais lu la série des *Claudine*, et *La Naissance du jour* que je considérais comme un classique. Mais elle est vite devenue une amie proche. C'est un des plaisirs de cette existence : quand des livres cheminent avec vous puis vous mènent à l'étape suivante, où l'espace est plus grand et où vous respirez plus à votre aise. Sa plume m'a propulsée. Aujourd'hui encore, chaque fois que je reprends une de ses œuvres, ses perceptions et ses images ouvrent les miennes. Sa prose est un buvard qui absorbe la vie. Et avec quelle finesse. Je connais sa famille aussi bien que la mienne. Je suis tous les tournants de son histoire, la route qu'elle a parcourue seule, ses erreurs, l'originalité de son regard. Mais cette histoire, aussi irrésistible soit-elle, ne suffirait pas à m'attacher. Cela n'est pas tout. Colette pèle, découpe et mord dans l'expérience comme dans une orange. Elle réfléchit et ne compte que sur elle, deux qualités qui me sont chères. Sa passion pour les roses, les chiens, le lever du soleil, et toutes les sensations de la vie se fondent dans un verbe qui tient de l'alchimie. Son style, immédiat, envoûtant, me donne l'impression de toucher la main en train d'écrire. Je ne me suis jamais sentie aussi proche d'elle qu'en lisant le récit de son enfance en Bourgogne. Ces années-là l'ont inspirée et l'ont soutenue toute sa vie durant. La maison, le jardin des débuts sont restés *son monde*, réel ou métaphorique, sous la présidence d'une mère austère et passionnée.

Cette amitié durable ne souffre pas, ou peu, du fait que Colette n'est plus là. Je la connais intimement. Je rêve, tout éveillée, de m'asseoir avec elle pour un déjeuner épatant dans son appartement chéri du Palais-Royal. Que mangerions-nous ? Délicieuse spéculation. Des huîtres sur un lit d'algues et de glace. Le champagne qu'elle choisirait. Un petit faisan, farci aux morilles et aux noix, une salade de choses fraîches qu'elle aurait dénichées chez les marchandes des quatre-saisons. Pour le dessert, des fraises sauvages, bien sûr. Sur quoi porterait la discussion ? Le style, la prose ? Les éditeurs ? Non. Je lui parlerais des ellébores roses que j'ai plantées sous le lilas des Indes. Je lui expliquerais que je compose mon jardin californien en fonction de ce que les cerfs ne mangent pas. Nous parlerions de politique, de chiens, de manteaux d'hiver, de flamenco, et les dogmes sont bien ennuyeux, n'est-ce pas ? Deux abeilles tournent autour du bouquet d'anémones rouges et violettes que j'ai apporté. Leur danse sur les pétales vifs a quelque chose de fascinant. Leur bourdonnement tiède se perd dans les grosses gouttes de pluie qui commencent à tomber dans le jardin en bas. Nous pouvons observer la scène en silence.

Nous levons le camp, Ed et moi, en route vers les grandes étapes des pèlerins médiévaux. Difficile d'avoir une vue générale de la cathédrale d'Autun, encaissée derrière d'autres bâtiments. Ses gargouilles folles et tordues nous regardent. L'une d'elles nous montre carrément ses fesses, par lesquelles s'écoulent les eaux de pluie. Était-ce une première dans la provocation religieuse ? J'allume des cierges pour les mères, désespérément malades, de mes amies Robin et Madeline, puis je pars chercher les reliques de Lazare. Je ne peux que rester figée, malgré le froid, devant le tympan du Jugement dernier au-dessus du portail roman. Élus ou réprouvés, de nombreux personnages attendent d'être envoyés en enfer ou au ciel. Toute une gamme d'émotions est représentée – les hommes prient, se tordent les mains, se cachent derrière elles. La peur est manifeste. Comme des mâchoires géantes, deux énormes griffes les attrapent par le cou et les emportent vers le Jugement. Un des chapiteaux montre la pendaison de Judas. Sa tête est inclinée entre deux grandes fleurs. J'ai toujours plaint le pauvre Judas, qui a laissé passer la chance de sa vie. Quelqu'un joue de l'orgue sans grande conviction. Le son est étouffé, comme si l'instrument était enfermé dans une malle avec lui.

Et pas de Lazare. Cette fois, il ne se relèvera plus.

Les pèlerins viennent toujours à Vézelay pour les reliques de Marie-Madeleine, conservées dans la basilique qui porte son nom. Le village peut se concevoir comme une magnifique introduction à celle-ci. Sous les maisons à colombages et les minuscules boutiques des rues, des caves voûtées abritaient autrefois les hordes qui se rendaient ici au début des croisades ou pour vénérer les reliques. La façade de la basilique, avec son clocher, est plus étroite que l'intérieur, avec sa nef profonde, ses colonnades et ses nombreux vitraux. Un vaste espace s'ouvre devant vous, renforcé par la clarté radieuse du verre non coloré. L'idée est de vous conduire vers le chœur et l'autel de lumière. Le tympan du portail central, en bas-relief, est fascinant. Le maître sculpteur a représenté le Christ qui réunit ses apôtres avant la crucifixion. Plus encore que le reste de son corps, ses mains sont surdimensionnées, expressionnistes. Elles rayonnent d'énergie spirituelle – l'Esprit saint qu'il transmet aux apôtres, chargés de répandre sa parole dans le monde, de convertir les païens. La diversité des visages attribués à ceux-ci est amusante : hommes à tête de chien, aux oreilles gigantesques, avec un groin en guise de nez, et il y a même des Pygmées. « Là vivent les bêtes infernales », inscrivaient les cartographes d'antan à l'emplacement des régions inconnues. Ces monstres trouvent une forme ici. Ce qui me fait l'effet d'une révélation. Les chrétiens du Moyen Âge ne doutaient de rien : même ces effrayantes têtes de chien devaient être converties. Dans le groupe, quelques-uns des apôtres ont l'air franchement inquiets. L'imaginaire roman mérite d'être étudié. Ce défilé de carnaval – grotesque, fantasque, chimérique – chevauche deux cultures prodigues, païenne et chrétienne. Il révèle les cheminements de l'inconscient collectif, les angoisses liées à une nature sauvage et indomptable. Une des créatures ressemble à une vache ailée munie d'une valise.

Les chapiteaux sculptés sont magistraux. J'aime particulièrement celui qui montre deux personnages autour d'un pressoir. L'un dépose des grappes, l'autre en recueille le jus – sans doute une métaphore du sang du Christ. Dans une des boutiques pour touristes, j'achète un livre de photos avec les bas-reliefs et les sculptures – à savourer plus tard.

Ed a repéré une pâtisserie. En France, les pâtisseries ressemblent aux gâteaux qu'elles vous vendent – elles sont bleu clair, roses ou dorées. Quand retentit la clochette, on vous accueille dans un magasin bien rangé, où les odeurs tièdes du sucre et du beurre arrivent en flottant des fourneaux. Autant que le goût, la forme fait l'objet d'une recherche. Nappage et saupoudrage sur les choux, les biscuits et les brioches sont aussi un régal pour l'œil. Ed s'octroie deux ou trois de ces délices chaque jour : tartelettes au citron ou aux fraises, mille-feuilles, feuilletés au chocolat noir dans leur petite coque dure, sablés aux pruneaux… Et, chaque fois qu'il en finit un, c'est :

– Vive la France !

Les maisons du village, fermées, préservent leur intimité. Rideaux de dentelle derrière toutes les fenêtres – pas de dentelle artisanale, mais ces produits industriels avec des motifs si banals de chevaux caracolant, de chats à pelote, de moulins à vent. Certainement fabriqués en Chine. Un rideau de dentelle n'existe que pour la main qui le pousse, pour ceux qui, l'entrouvrant discrètement, jettent un petit coup d'œil dans la rue. *Qu'est-ce qui se passe là-bas, chez les voisins ? Chez cette Marie-Madeleine, surtout.*

À Beaune, centre caractéristique d'une région viticole, nous prenons place dans un des traditionnels cafés et nous passons un moment sous les platanes. Dans son *Voyage en France*, Henry James décrivait Beaune comme « une petite ville bourguignonne assoupie, vieille et bien faite, avec ses rues tortueuses, ses lignes toujours obliques, et ses toits pointus, couverts de mousse ». Loin d'être assoupie, elle regorge aujourd'hui d'énergie – magasins attrayants, marché du samedi, tout le monde retrouve ses amis. Je voudrais photographier chacune des girouettes. Nous trouvons un gros poêlon en cuivre à rapporter à Giusi, qui aime faire la cuisine avec nous. Nous devrions sans doute aller au Marché aux Vins qui, comme je l'ai noté dans mon carnet, se trouve au 2, rue Nicolas-Rolin. La rue porte le nom de l'homme qui, au Moyen Âge, a créé les célèbres hospices. L'endroit où acheter un taste-vin, où goûter une vingtaine de crus à la lueur d'une bougie. Ça me paraît au-dessus de mes possibilités. Je veux bien aller jusqu'à trois, après quoi mes papilles se referment.

Ed prend en photo les toits de tuiles vernissées, aux motifs géométriques rouges, bruns, jaunes et verts, de l'Hôtel-Dieu des Hospices. Avec ses colombages, ses pignons, ses couleurs en jacquard et ses toits pointus, le bâtiment ressemble à un gros jouet. Sous la colonnade, les sœurs passaient d'une aile à l'autre en portant, j'imagine, de grandes marmites de bœuf bourguignon – une miche de pain calée sous le bras. Nous visitons les salles et nous nous représentons les malades dans ces lits rouges. Pas si mal, à condition, quand même, de ne pas avoir la peste. Placé jadis sur le maître-autel de la chapelle des pauvres, le *Polyptyque du Jugement dernier* de Rogier Van der Weyden domine maintenant une autre salle. Pas très réconfortant, depuis son lit de malade, de voir les damnés partir vers l'enfer. Les heureux élus sont moins nombreux à prendre la route du paradis.

Créé au XVe siècle, grâce à Nicolas Rolin, chancelier du duc de Bourgogne, l'hôpital a bénéficié d'importantes contributions des habitants de la région, dont une soixantaine d'hectares de vignes qui lui appartiennent encore. Trente-neuf crus ou grands crus proviennent de ces différentes parcelles de terrain, et chaque année, la vente aux enchères des Hospices a lieu le troisième dimanche de novembre. C'est l'un des événements majeurs de la viticulture française.

Beaune se trouve en plein cœur du vignoble de la Côte d'Or. Pommard est à quelques kilomètres. Dans le magasin, les « grandes » bouteilles sont alignées comme des chevaliers avant les joutes : gevrey-chambertin, corton, meursault, pouilly-fuissé, puligny-montrachet. Le vendeur nous aide

sagement à composer une caisse. Je me vois rapporter ces vins-là à nos amis italiens.

Douée d'une compréhension innée du monde
naturel, Colette sait rétablir les correspondances
entre les vins et les éléments. Un grand millésime,
disait-elle, est le produit de quelque « sorcellerie
céleste », et le travail du négociant n'a rien à voir là-
dedans. Écoutons-la :

> « La vigne, le vin sont de grands mystères. Seule,
> dans le règne végétal, la vigne nous rend intelli-
> gible ce qu'est la véritable saveur de la terre. Quelle
> fidélité dans la traduction ! Elle ressent, exprime par
> la grappe les secrets du sol. Le silex, par elle, nous
> fait connaître qu'il est vivant, fusible, nourricier. La
> craie ingrate pleure, en vin, des larmes d'or. Un
> plant de vigne, transporté par-delà les monts et les
> mers, lutte pour garder sa personnalité et parfois
> triomphe des puissantes chimies minérales. Récolté
> près d'Alger, un vin blanc se souvient ponctuelle-
> ment, depuis des années, du noble greffon bordelais
> qui le sucra juste assez, l'allégea et le rendit gai. Et
> c'est Xérès lointaine qui colore, échauffe le vin
> liquoreux et sec qui mûrit à Château-Chalon, au
> faîte d'un étroit plateau rocheux [1]. »

Pendant qu'Ed se délecte d'une tarte aux noix et
au chocolat, j'entre au paradis des fromages locaux.
Il y a des centaines de fromages artisanaux. Les
employées, toutes impeccables dans leurs blouses
blanches, ressemblent à des infirmières au chevet

1. *Prisons et paradis.*

de nouveau-nés. L'une d'elles agite un rameau feuillu au-dessus de ses protégés pour repousser les mouches. Elle a quelque chose d'une allégorie. Pourquoi n'a-t-il jamais existé de déesse du fromage ?

Pour épater Ed, j'achète un époisses dans une boîte en bois ronde – moelleux, coulant, avec un goût pour le moins affirmé. C'est un fromage à croûte « lavée », m'apprend la déesse/infirmière : après un mois d'affinage, on la lave au marc de Bourgogne. Je choisis aussi deux minuscules chèvres, pas plus gros que la dernière phalange du pouce. Le temps de prendre du pain, et nous filons vers notre manoir en ruine. Ed vide la barque de son eau, puis l'essuie à l'aide des serviettes de bain usées de notre propriétaire. Nous ramons à contre-courant et nous arrêtons dans une zone légèrement marécageuse, où nous étendons un bout de nappe sur la planche au milieu de la barque. Si le fromage est à point, si le pain convient, et si le vin – un pouilly-fuissé – est divin, alors nous flotterons joyeusement dans la lumière jusqu'aux pastels du crépuscule. Il faut trinquer. Je lève d'abord mon verre à la mémoire de Colette.

Quand, plus tard, nous hissons la barque sur le rivage, Ed me demande :

– Quand est-ce qu'on va à Saint-Sauveur ? Ce n'est pas bien loin.

Il sait que je me prépare pour ce qui sera presque un pèlerinage. C'est dans cette ville que Colette a

passé son enfance. Il sait que je savoure l'attente.
Saint-Sauveur – le creuset.

– Je suis prête. Allons-y demain.

*

Malgré les descriptions passionnées qui se pressent dans mon esprit, je vois surtout une haute
maison grise au 8, rue de Colette (anciennement rue
de l'Hospice). Elle paraît mal entretenue. Il y a sur
une plaque le nom d'un médecin, et je m'imagine
en train de sonner. *Pourrions-nous voir la chambre de
Colette ?* Je m'abstiens. Voici ce qu'elle écrivait :

> « Grande maison grave, revêche avec sa porte à
> clochette d'orphelinat, son entrée cochère à gros
> verrou de geôle ancienne, maison qui ne souriait
> que d'un côté. Son revers, invisible au passant, doré
> par le soleil, portait manteau de glycine et de bigno-
> nier mêlés, lourds à l'armature de fer fatiguée,
> creusée en son milieu comme un hamac, qui
> ombrageait une petite terrasse dallée et le seuil du
> salon… [1] »

Le point de vue : une enfant qui se cache de sa
mère qui la cherche. La voix de Sido résonne : « Où
sont les enfants ? » Mais elle ne lève pas les yeux
vers le noyer où « brillait le visage triangulaire et
penché d'un enfant allongé, comme un matou,
sur une grosse branche, et qui se taisait ». Colette

1. *La Maison de Claudine.*

interrompt sa description le temps de se demander :
« Le reste vaut-il que je le peigne, à l'aide de
pauvres mots ? » Mais elle poursuit, lyrique :

> « Je n'aiderai personne à contempler ce qui
> s'attache de splendeur, dans mon souvenir, aux
> cordons rouges d'une vigne d'automne que ruinait
> son propre poids, cramponnée, en cours de sa
> chute, à quelque bras de pin. Ces lilas massifs dont
> la fleur compacte, bleue dans l'ombre, pourpre au
> soleil, pourrissait tôt, étouffée par sa propre exubé-
> rance, ces lilas morts depuis longtemps ne remonte-
> ront pas grâce à moi vers la lumière, ni le terrifiant
> clair de lune, – argent, plomb gris, mercure, facettes
> d'améthystes coupantes, blessants saphirs aigus, –
> qui dépendait de certaine vitre bleue, dans le
> kiosque au fond du jardin [1]. »

Les souvenirs défilent et elle se rend compte que
« le secret est perdu qui ouvrait, – lumière, odeurs,
harmonie d'arbres et d'oiseaux, murmure de voix
humaines qu'a déjà suspendu la mort, – un monde
dont j'ai cessé d'être digne ?… ».

Le temps, le temps cuit et durci par le soleil, qui
glisse et nous échappe inexorablement, le temps
comme ces yeux païens gravés dans la pierre,
masqués par un buisson feuillu, et qui, de leur
époque romane, contemplent avec étonnement
l'avenir et ses transformations. Les historiens de
l'art appellent « l'homme vert » ce motif récurrent
d'un visage derrière le feuillage.

1. *Ibid.*

Ma propre enfance n'était pas un paradis, loin de là, mais cette suite d'expériences premières reste une mine d'or dans la mémoire. S'il m'arrive d'aller creuser dans ces sensations, dans ces impressions-là, ce n'est pas par nostalgie, non, non, c'est pour le plaisir d'intimes renaissances. Je me balance entre les colonnes en bois du lit de ma mère ; je sors par la fenêtre jouer sous le clair de lune au jardin ; je me recouvre entièrement de peinture d'extérieur (ma mère hurlant *Tu vas mourir !*) ; je m'assois sur le dos d'une grosse tortue qui repart dans les vagues ; je sens l'odeur doucereuse du porc qui rôtit dehors sur le feu ; mon nœud bouffant à la ceinture, mon père qui murmure *tu auras tout ce que tu voudras* ; cachée derrière les hortensias, je m'imagine blanche comme une de leurs grosses fleurs... Les dix mille images qui composent une enfance sont pour toujours imprimées dans le souvenir. Wright Morris, maître de la fiction et de la « matière » littéraire, m'avait dit : « Si vous avez eu une enfance, vous aurez de quoi écrire jusqu'à la fin de votre vie. »

Je me demande si le jardin était autrefois plus vaste ou si la mémoire de l'écrivain, amoureuse du moindre pétale, de la moindre brindille, ne l'a pas agrandi.

Cette maison est une énigme, un message codé. Sa façade est aussi révélatrice de la vie de Colette qu'une pierre tombale l'est du corps qu'elle recouvre. Je l'ai visitée il y a vingt ans. Je me souviens d'un jeune couple qui passait devant, sur une

Vespa. Ils s'étaient arrêtés, le garçon avait fait vrombir le moteur, et la fille avait levé le bras vers une fenêtre du haut. « Bonjour, Colette », avait-elle dit pendant qu'ils repartaient.

Cette fois, je suis là pour voir le musée Colette, récemment inauguré – dommage qu'ils n'aient pas pu racheter la demeure familiale. On accède, après une petite promenade, au château XVIIe dans lequel il est logé – autrement prestigieux que la maison de maman. Colette aurait sans doute eu les moyens de l'acquérir si elle était retournée à Saint-Sauveur à la fin de sa vie. Je me rends soudain compte que, une fois mariée et installée à Paris, elle n'est jamais revenue vivre ici – elle aurait pu. Elle appréciait d'autres coins de France, tout particulièrement La Treille Muscate, sa maison de Saint-Tropez. Jeune femme, elle se plaisait à déménager. Bien que très attachée à ses murs, elle avait aussi la bougeotte. Dès le départ, cette apparente contradiction m'a rapprochée d'elle, et je m'y suis identifiée. « Où que tu sois, tu as toujours la tête ailleurs », me reprochait mon premier mari. Il disait malheureusement vrai. C'est seulement par la suite, quand j'ai pu vivre dans des lieux désirés, que j'ai un peu oublié la mienne, de bougeotte.

La maison de la rue de l'Hospice est devenue le paradis perdu – quoiqu'un paradis toujours disponible pour une mémoire prête à le reconstituer, à le reconsidérer, sinon le réinventer. Mais y retourner, non. C'est l'une des réponses à l'énigme du prétendu port d'attache. Les images lointaines de cette maison et du jardin sont dispersées dans ses livres, comme la poussière d'étoile des fées. La poignée en cuivre qui brillait à la porte de sa chambre ; un roulement de tambour au village, par un matin de nouvel an ; une bassinoire qu'elle emportait à l'école ; la découverte d'un nectar, oublié dans une bonbonne couverte de toiles d'araignée ; un panier cassé plein de baies de fusain ; un bouquet de safran des prés ; sa pèlerine à capuchon qui faisait d'elle un héraut… Des milliers d'images révérées, mais aussi fraîches que les sentiers humides de l'automne, où elle allait chercher des chanterelles. Son enfance a presque le même parfum de réalité que la mienne : « mes petits sabots pointus ». Quarante-cinq ans à Paris, disait-elle, n'ont jamais effacé la jeune provinciale en quête du domicile perdu.

Y a-t-il au monde musée plus personnel ? Cette bâtisse _est_ Colette. Des diapositives de ses yeux sont projetées sur le mur, en haut de l'escalier. Des yeux qui ne vous quittent pas pendant que vous montez – depuis l'enfance jusqu'à la fin de son regard. On vient en général voir un musée ; dans celui-ci, c'est elle qui vous voit. Les titres de ses livres sont inscrits en lettres d'or sur les contremarches. Ici et là, gravées sur le sol de marbre : ses nombreuses adresses. Elle a dû être une des personnalités les plus photographiées de son époque. Quatre murs d'une salle couverts de photos. Les cadres ont des couleurs, et l'ensemble un air de gaieté. Un cliché la montre jeune, assise au piano, avec une natte qui tombe presque par terre. Ses épaules sont droites, un peu floues, et on croit l'entendre jouer. Un coin est consacré aux animaux photographiés avec elle. Elle en avait toujours un, en général un chien affreux. Je frémis en voyant ses manuscrits avec leurs corrections, son agenda parcouru d'encre brune. Le pot à crayons et l'étui à lunettes – les vrais – conversent avec leur image, sur l'agrandissement placé derrière. Pour parfaire le tout, Colette saisit sur le cliché un stylo parmi les autres.

On a peint des vignes bleues autour des portes, qui font penser à son jardin de Saint-Tropez. On en passe une et on entre dans sa chambre à coucher-bureau, réplique de l'appartement du Palais-Royal avec ses meubles. On croirait voir le vrai. Tout le contraire d'un musée de cire. C'est un plaisir d'observer l'escabeau qu'elle utilisait dans sa bibliothèque, les chiens de faïence transformés en lampes, les fauteuils Voltaire couverts de dentelles à fleurs, les murs chinés grenade et jaune tournesol, le lit étroit calé sous la fenêtre. Clouée dans celui-ci par son arthrite, Colette a vraiment vécu dans cette pièce. Sous l'édredon de fourrure, sur l'étroit bureau à roulettes, elle écrivait là, recevait ses amis, contemplait sa collection de papillons, épinglés au petit bonheur, sans ordre ni rangée, comme s'ils volaient ensemble. Elle adorait le verre : des bracelets, un cheval en verre sont conservés ici, et toute une collection d'objets rares, ludions et boules de toutes les couleurs... Je la vois attraper un de ses presse-papiers, avec une fleur, un papillon en inclusion, puis elle s'arrête pour réfléchir au beau milieu d'une phrase. Elle écrivait souvent sur un papier bleuté, s'en servait même parfois pour couvrir l'abat-jour. La lumière bleue des fenêtres de son appartement au Palais-Royal était célèbre. Ceux qui, la nuit, passaient dessous levaient les yeux et comprenaient qu'elle écrivait. Ces pièces semblent encore vibrer de sa présence, de son originalité. Elles baignent dans le Sud et ses couleurs.

Elle ne trouverait sans doute rien à redire au café du rez-de-chaussée. Dommage qu'elle ne puisse pas nous rejoindre : fromages et pâtés sur des tartines de baguette fraîche, avec un bon verre de rouge.

Ce musée serait le paradis terrestre si l'on y plantait le jardin de Colette – au gré des souvenirs : celui de sa mère, le sien, ou le troisième qu'elle imaginait faute d'en avoir encore un. Sinon, faites-nous une promenade méditative, labyrinthique, ponctuée de citations assez puissantes pour que la réalité submerge l'imagination. Si une moisson de roses n'épanche pas leurs senteurs, au moins pourrait-on lire :

> « L'émoi printanier est si solennel que l'avènement de la rose, après, se célèbre avec moins de ferveur. Tout est loisible, cependant, à la rose, splendeur, conspiration de parfums, chair de pétales qui tente la narine, la lèvre, la dent… Mais tout est dit, tout est né dans l'année lorsqu'elle y entre ; la première rose n'annonce que toutes les autres roses. Qu'elle est assurée, et facile à aimer ! Elle est plus mûre que le fruit, plus charnelle que la joue et le sein. »

Et :

> « Ne me demandez pas où je planterai le rosier
> blanc qu'un coup de vent défait, le rosier jaune qui
> sent le cigare fin, le rosier rose qui sent la rose, le
> rosier rouge qui meurt sans cesse d'encenser et dont
> le sec et léger cadavre prodigue encore ses baumes.
> Celui-ci, je ne le crucifierai pas contre un mur ; je ne
> le lierai pas à la margelle de la citerne. Il croîtra, si
> mon meilleur destin le veut, tout près de la chambre
> à dormir dehors, la chambre qui n'aura que trois
> murs au lieu de quatre et qui sera tournée vers le
> levant [1] »

Et même les roses qu'elle n'aimait pas fleuriraient
de toutes leurs fleurs grâce à cette inscription :

> « […] roses couleur de capucine, qui sentaient la
> pêche ; – roses maigres et d'un mauve sale, qui sen-
> taient la fourmi écrasée ; – roses orange qui ne sen-
> taient rien du tout, – enfin une petite horreur de
> rosier à fleurette jaunâtre, velue, mal fichue, buis-
> sonnante, responsable d'un relent de ménagerie
> musquée, de salle de gymnastique fréquentée exclu-
> sivement par des jeunes femmes rousses, et de
> vanille artificielle [2] […]. »

De retour dans notre maison humide sur la rive
verte de l'Yonne. Cette odeur de moisi, cette
négligence triste nous sautent aux yeux après la

1. *Prisons et paradis.*
2. *Ibid.*

luminosité et la chaleur des intérieurs de Colette. Personne n'est là pour s'occuper − même un strict minimum − de cette jolie bâtisse au bout du village.

− Si on partait maintenant ? Il n'est que trois heures. On pourrait se trouver une petite auberge sympa à la tombée de la nuit. La carte est dans la voiture ?

− Un quart d'heure, et je suis prêt.

Nous rejoignons Dijon, dînons comme des rois et reprenons la route le lendemain, direction un relais de campagne à proximité d'Avignon.

Je trouve aujourd'hui les herbes que je cherchais chez un pépiniériste, et quelques lys jaunes pour notre chambre. Nous passons à l'île aux brocantes, à L'Isle-sur-la-Sorgue, où il fait tellement chaud que je ne regarde même pas les nappes splendides et les serviettes à monogrammes, ni les services en argent. Nous ne faisons que passer, nous vidons des litres d'eau en bouteille, nous n'achetons rien, et nous retrouvons la pierre dorée de notre mas, protégé par un immense chêne. Déjeuner et piscine.

Notre chambre est dotée d'un beau secrétaire, soigneusement ciré depuis des générations. Ed s'écroule pour une sieste de fin d'après-midi, je rapproche le petit bureau de la fenêtre pour le seul plaisir d'ouvrir mon carnet, d'y coucher quelques mots qui m'ont trotté dans la tête − *nidifier, médulle, efflorescence, tesselles*. Je n'arrête pas de scruter, dehors, les longues arborescences du chêne. L'arbre idéal pour Colette aux yeux verts. Elle serait déjà dans les branches. De pâles lichens, argentés,

dessinent leurs cartes sinueuses sur le tronc. À la fin
de son service, un des garçons se renverse sur une
chaise, le visage au soleil. Ses bras, lisses et bruns
comme du caramel, se tachent d'ombre. Dans l'eau
de leur pichet, mes lys ont des lisérés d'or frais
devant les rideaux de soie bleue. Colette aimait tant
les contrastes, les demi-teintes, les couleurs et les
sensations du monde vivant. Une guêpe tourne
autour des deux tranches de melon, deux croissants
orange dans une assiette jaune.

Les îles Britanniques :
de jardin en jardin

Lower Swell, dans les Cotswolds. Nous nous sentons chez nous dans cette ancienne école en pierre, transformée en séjour de vacances, avec son jardin privatif. Le petit groupe des maisons autour a la même bonhomie tranquille. Elles semblent naturellement à leur place avec les champs d'un vert profond et rayonnant. Les moutons ont l'air d'attendre la Mary de la comptine [1], et le mot chlorophylle vient spontanément à l'esprit.

Notre « école » est particulièrement accueillante – trois canapés profonds, de hautes fenêtres d'où l'on voit se balancer les fleurs roses d'une grande mauve, une table où l'on tiendrait à douze (encore faudrait-il que nous trouvions douze convives), et une cheminée. Je pourrais rester ici des mois. J'imagine des soirées d'hiver à lire les auteurs locaux, de Laurie Lee à Shakespeare, en regardant une pluie oblique tomber dehors. Pour l'instant, c'est juillet et,

---

1. *Mary had a Little Lamb* (« Mary avait un petit agneau »), comptine enfantine.

toutes fenêtres ouvertes, nous feuilletons des livres
sur les jardins. Nous avons déplié les cartes sur la
table basse pour le seul plaisir de prononcer à haute
voix le nom des villes et des villages : Stow-on-
the-Wold, Bourton-on-the-Water, Upper Slaughter,
Chipping Campden – tous endroits que nous irons
voir, et d'autres encore un peu plus loin : Hextable,
Wootten-under-Edge, Chorleywood, Plumton Green,
Leigh-on-Sea, Midsomer Norton, Flackwell Heath.
De quoi planter un de ces romans dans lesquels
la lettre est glissée sous la porte, comme prévu,
mais elle finit sa course sous le tapis, où on ne la
découvrira que trop tard, bien trop tard. La cuisine,
fort gaie, me donne envie de faire des *buttermilk biscuits* – petits pains au lait. Est-ce parce que le soleil
illumine la porte-fenêtre ? Parce qu'il y a des
rideaux à carreaux bleus sur celle-ci et sous l'évier ?
Parce que j'ai mis les prunes dans un bol jaune sur
le comptoir ? Ou encore parce que les plaques de la
cuisinière s'appellent ici des *hobs* ? J'aime bien ces
hobs.

L'endroit nous paraît familier car, je suppose,
nous avons nous-mêmes enseigné tant d'années. Je
me demande comment les pupitres étaient disposés,
où se trouvait le tableau noir. L'escalier bifurque
avant de mener aux chambres mansardées du dernier étage. Peut-être deux instituteurs habitaient-ils
sur place, et se retiraient-ils le soir dans leurs quartiers privés. En haut, les petites fenêtres donnent
d'un côté sur le village doré, de l'autre sur un jardin
enclos. Au-delà, la campagne s'étend à l'infini et

invite à toutes les promenades. Un panneau sur la route vous met en garde contre les blaireaux. Ce n'est pas dans les Cotswolds qu'il faut venir chercher l'aventure. Dans les prairies, les troupeaux de moutons s'ouvrent comme des ailes pour vous laisser passer. Le jardin attend en bas, plein de charmes endormis, espace intime aux floraisons capricieuses. Sa surface est à peu près le double de celle de la maison ; ses parterres négligés profiteraient bien d'une petite visite des grands maîtres du genre, Vita Sackville-West ou Gertrude Jekyl. Histoire de faire un peu de ménage, d'ajouter quelques fleurs et buissons, d'introduire du rythme et de la texture. J'ai planté du thym et du basilic devant la porte de la cuisine. L'instinct primitif, je suppose, d'enraciner quelque chose, même si je ne fais que passer.

— Ce jardin pourrait être un paradis. Ça ne nous prendrait qu'une semaine.

— Allons, du calme ! Tu devrais savourer le côté spontané des choses.

— Oui, c'est vrai, c'est joli comme ça. En pagaille, et barbouillé de couleurs.

Nous sommes venus voir les grands jardins anglais – percevoir, comme disait Edith Wharton, « les vibrations secrètes de leur beauté » – et j'en ai dressé une longue liste.

Notre voyage a débuté à Bath, il y a une semaine. *Ba-ath*, répétions-nous le long des rues. Les jupes de

Jane Austen ont jadis frôlé leurs pavés. L'hôtel que nous avions choisi, à l'extérieur de la ville, est un ancien prieuré, doté d'un jardin décoratif, formel mais accueillant avec ses petits bassins, ses haies de buis, et un coin potager qu'exploite le restaurant. J'ai tout de suite aimé la vie ici. *Jolly good England,* la bonne vieille Angleterre, gaillarde, joyeuse – celle des lettres aussi. L'Angleterre où vivait la famille de mon arrière-arrière-grand-père. Étaient-ils serfs ou seigneurs, je ne sais. De vieux portraits, tout à fait dans le ton, ornent les murs du salon de l'hôtel ; la pièce en elle-même est un concentré d'*England* : tissus rayés ou à fleurs, meubles tendus de velours, tapis orientaux. L'impression de séjourner dans un manoir de campagne, où quelqu'un vient d'être empoisonné, où le commissaire de police a une drôle d'allure, où tous les invités deviennent suspects. Le salon ouvrait sur une terrasse. On nous a proposé un canapé, puis on nous a apporté du champagne et nous avons passé notre commande pour le dîner. À table, différents plats se sont succédé, pour finir avec un plateau de plusieurs cheshires et stiltons. Notre chambre était spacieuse, ses teintes de sauge et de corail inspiraient la sérénité, et elle donnait sur le jardin, ses buis taillés et sa fontaine. Le plaisir était double : quand on ne s'y promène pas, on peut toujours l'admirer depuis la fenêtre.

Le premier soir, après le dîner, nous avons rejoint en voiture le centre de Bath. Nous avons trouvé les rues vides, à l'exception de quelques adolescents, assez peu innocents, qui traînaient devant les portes. En revanche, les pubs étaient bondés. Arrivés d'Italie le jour même, nous croyions être fatigués – nous nous étions trompés de direction, nous avions fait demi-tour, crevé, et changé la roue sous la pluie… Mais les rues sinueuses de Bath, leurs vitrines illuminées et la haute silhouette de l'église nous ont retenus jusqu'à minuit.

Le lendemain matin, nous sommes allés à pied au *Royal Crescent* – le Croissant Royal. Nous avons parcouru ses allées austères, flanquées d'hôtels particuliers. Ce qu'on pourrait appeler de nobles résidences… Je me suis arrêtée pour photographier un petit parterre surélevé de bégonias roses, circulaire et bordé de thym. Disposés çà et là, quelques plants de lavande et de primevères mettaient un peu de fantaisie, atténuant l'officialité convenue du jardin public. Du meilleur effet. Wallace Stevens aimait à placer un mot cru, grossier, dans chacun de ses poèmes, pour ne pas toujours donner dans le « beau » et ainsi éviter l'ennui. Pétales soyeux d'un côté, et petites feuilles claires, désinvoltes, pour le thym – un choix simple, mais bien inspiré.

En faisant les courses avec les ménagères du coin, nous avons trouvé les excellents fromages locaux qu'on nous avait servis la veille. J'aurais eu une cuisine à Bath, j'aurais essayé de faire des coques au fenouil de mer, une plante maritime dont le poissonnier avait de pleins casiers. Nous avons rempli nos sacs de scones, de petits pains frais (et de grands), et de bouteilles de jus de baie de sureau. En

revenant à la voiture, nous marchions de front avec
une dame énergique – brushing et tailleur de lin –,
qui espérait que nous ne serions pas déçus par notre
visite. Elle nous a montré sa porte vernie de noir, les
maisons en cercle, le parc avec l'arbre immense au
milieu.

    – Ne traînez pas le soir par ici, nous a-t-elle dit.
C'est une honte de voir ce que cette ville est
devenue. Des hippies, des drogués… Et les filles
sont pires que les garçons. Encore plus dures, de
vrais poisons. Attention à vos dents, si elles sont en
or. Elles vous les voleraient.

    À la brocante en plein air, les haut-parleurs cra-
chaient plein pot la musique des Beatles. En fredon-
nant *Hey Jude*, j'ai trouvé une robe de baptême en
crochet qu'un bébé a dû étrenner il y a cent cinquante ans ; quatre couteaux à fromage au manche
en ivoire (quarante *pence* pièce !) ; et une paire de
minuscules lunettes en écaille. L'enfant qui les a
autrefois portées doit avoir refermé ses yeux depuis
longtemps. Ed a déniché un vieux niveau de char-
pentier, et un mètre pliant en bois et en cuivre (qui
mesurerait plutôt les pouces). Une femme à l'accent
écossais disait :

    – Ils n'ont pas du tout les mêmes choses que
nous dans leurs brocantes.

    Vers le milieu de la matinée, une foule de tou-
ristes se mélangeait aux gens du cru sur les trottoirs.
Des *morris-dancers* faisaient un numéro de danses
folkloriques dans une rue fermée à la circulation.
Adossé à un pas de porte, un sans-abri lisait *Wild*

Spain[1]. Les clochards portent ici le nom de *crusters*.
Et ils sont *cuffy*, c'est-à-dire fauchés.

Nous avons visité les bains romains avec un
groupe, puis nous avons passé une heure dans la
grande église paroissiale, à lire les épitaphes sur les
tombes et les murs : Walter Clarke Darby, Mary
Henrietta Cotgrave, Marmaduke Peacocke, Cecilia
Blake. Peut-être Jane Austen venait-elle ici chercher des noms pour ses personnages. Dans notre
groupe se trouvait un homme qui piochait dans une
boîte de Crackers Jack. Il y avait aussi un prêtre qui
semblait dire la messe à cinq ou six femmes âgées.
En passant, nous avons entendu sa grosse voix :

— Ne nous soumets pas à la tentation…

Quatre têtes argentées se sont baissées ; la cin-
quième examinait ses ongles manucurés d'un air
détaché. Des cinq, c'était peut-être la seule à y avoir
succombé.

Nous avons fait monter un pneu neuf sur la roue
de secours, et ensuite direction le pays de Galles.

Nous l'avons traversé d'une traite jusqu'à l'île
d'Anglesey – en gallois Ynys Môn – où nous avions
réservé un cottage au nom enjôleur de *Mermaid*[2].
Tout au bord de l'eau. Sans nous presser, nous
avons cheminé au milieu des pâturages, et nous
sommes arrivés à neuf heures. L'été, le crépuscule

1. « Espagne sauvage ».
2. « La sirène ».

est long, et la marée montante s'emparait du détroit. Sur l'autre rive, une lumière oblique irisait la silhouette du château. Nous avions pris de quoi pique-niquer sur la terrasse – fromages et tourtes à la viande – et nous avons commencé à décharger nos provisions. Nous nous étions arrêtés au bord de la route à un étal de produits bio. Il y avait tout à côté un champ de baies que l'on pouvait cueillir soi-même. Les clients bavardaient en gallois, la plus vieille langue de l'archipel britannique. Sans plus penser à nos framboises, nous tendions l'oreille pour le plaisir. Les sonorités sont à la fois musicales et rêches – un peu comme un vase de billes qu'on viderait dans l'évier. Nous étions soudain tout excités d'être là. Plas Newydd, le premier jardin de ma liste, n'est pas loin. On le doit à mon lointain ancêtre Humphrey Repton. À nous les jardins de la région… Nous étions donc en train de sortir nos bagages et la lune se levait pendant que nous déchargions : énorme groseille à maquereau, dorée et translucide dans un ciel laiteux. Le cottage, une ancienne écurie, blanchie à la chaux, venait d'être refait. Nous sommes entrés, et aussitôt tout nous est presque tombé des mains. Immonde. Meublé comme une caravane d'occasion.

– Non, je ne le crois pas.

Faisant rapidement le tour du propriétaire, j'ai jeté un coup d'œil dans les deux chambres à coucher. Aussi étriquées l'une que l'autre.

– Ils avaient mis quatre « tasses de thé », à l'office de tourisme.

Et moi qui trouvais si mignon ce système de notation.

— Ils se basent sans doute sur la quantité, pas sur la qualité. Ils doivent compter les lits et les cuillers.

Ed a poussé un lit, dont le matelas puait. L'édredon en polyester molletonné était humide ; la salle de bains aurait convenu à un bordel à deux dollars ; et le plancher de la cuisine, en plastique imitation bois, s'enfonçait sous nos pas. Seul le salon, bien que peu séduisant, rachetait le tout grâce aux portes-fenêtres qui ouvraient sur la baie. À condition de ne regarder qu'elle, on pouvait oublier les fauteuils et le canapé en cuir minable, les fleurs artificielles sur le téléviseur, et la moquette miteuse par terre.

— Voilà ce que c'est de réserver sur l'Internet. Il n'y avait pas de photos ?

— Non, elles n'étaient pas prêtes, paraît-il. Alors j'ai pris le risque. Il y en avait une avec la vue dehors, quand même, et l'agent disait que tout venait d'être refait… Enfin bon, parlons d'autre chose.

Mea culpa.

Le crépuscule, somptueux, a duré jusqu'à onze heures. En nous promenant sur la rive, le long du détroit de Menai, nous avons pensé que les choses auraient meilleure allure le lendemain. Mais la lumière crue du matin n'a fait que mettre en valeur ce goût impossible, cet amour du toc. Et la *vraie* caravane, garée en face de la cuisine au milieu de grands casiers métalliques, n'a fait que confirmer ma première impression.

– Tu ne préfères pas qu'on s'en aille ? m'a demandé Ed. C'est de l'argent perdu, mais je ne me vois pas passer une nouvelle nuit dans ce lit de poupée. J'ai les pieds qui dépassent du matelas. En fait, ils touchent presque le sol. Ça nous apprendra, et puis voilà.

Il a ouvert le guide à la recherche d'un hôtel.

– Ces draps synthétiques me font l'effet du papier de verre. Mais bon, restons quand même le temps de visiter les alentours.

Et en voiture. Nous avons trouvé le pays de Galles sublime. L'air, saturé de vert, y a quelque chose d'aquatique. On se croirait dans un grand bassin qu'on aurait vidé de son eau et de sa faune, pour ne laisser que les ondoyantes prairies, les collines, les champs et les arbres, lumineux, scintillants.

– Faut-il vraiment *aller* dans tes jardins ? disait Ed. Ce pays en est un de bout en bout.

Eh oui, les routes que nous empruntions ressemblaient à des allées bordées de haies d'arbustes, avec des digitales en profusion sur les talus. Trois jours de suite, nous sommes partis tôt et rentrés tard. Nous préférions dîner dans un pub, pousser jusqu'à la ville suivante si elle présentait un intérêt, plutôt que rentrer « chez nous » faire la cuisine. Nous avons imaginé vivre au bord du détroit, avec son atmosphère changeante, ses fruits à cueillir en chemin. Pourtant, nous n'y avons pas touché.

Nous avons passé des heures dans le parc de Plas Newydd. Lui aussi domine le détroit de Menai.

Mon lointain parent Humphrey Repton a participé à sa création, et créé pour l'occasion un de ses rares portfolios – le « livre rouge » de ce jardin, en 1798-99. Nous ne sommes pas entrés dans l'énorme bâtisse. Je suis allergique aux histoires de couloirs hantés. En outre, les maisons sans vie me dépriment. À moins d'en trouver une vraiment intéressante, je décline. Mais j'ai toute liberté de déambuler dans les allées, toujours décorées à l'ancienne. Je ne sais au juste ce qui reste des idées de Repton, mais on a ici un sentiment d'immensité. La présence de la mer ouvre l'horizon comme rien d'autre ne saurait le faire. Les grands arbres, les îlots d'hortensias ponctuent les tapis de gazon. Les hortensias du pays de Galles ont des fleurs denses et abondantes, d'un rose intense ou du même bleu que les robes de la Vierge dans les tableaux de la Renaissance. Je n'ai vu cette sorte d'hortensias, avec ce bleu-là, qu'au campus où j'ai été professeur. Ils fleurissaient sous les pins, et c'était comme une bouffée d'air pur dans cet environnement urbain. Je pensais qu'ils devaient leur couleur à l'air du Pacifique, et non à l'acidité du sol ; c'est peut-être ici aussi leur secret : la mer.

Conwy, à proximité, est une ville fortifiée pleine d'activité. Je me demande si, le moment venu, j'arriverais à emmener mon petit-fils Willie dans ces coins magnifiques du pays de Galles – plutôt qu'à Disneyland. Comme d'autres villes ici, Conwy se déploie autour d'un incroyable château, qui vaut d'être visité. Certes, il faut grimper, mais quel panorama depuis le chemin de ronde. Nous avons pris le thé avec une tarte aux pommes dans High Street ; puis, pendant qu'Ed cherchait une papeterie, je suis partie photographier les jardinières aux fenêtres, et les paniers de fleurs qui ornent la plupart des boutiques, accrochés assez haut. Ce n'est pas une floraison, c'est une émeute ! Pas un seul pétale desséché, et les plants sont très proches les uns des autres. Ces bouquets éclatants offrent leur gaieté à des rues qui, aussitôt, ont l'air bien entretenues.

— Quel type d'engrais utilisez-vous ? ai-je demandé à une dame, devant un bed-and-breakfast.

— Oh, n'importe quoi, m'a-t-elle répondu. Ça pousse comme du chiendent, de toute façon.

Pétunias, lierre, impatiens, géraniums, campanules, lobélies – de pleines brassées –, même des fuchsias mélangés à des géraniums : au diable les recommandations sur l'ombre et le soleil. À couper le souffle, la corbeille de bégonias jaunes et abricot, à tiges tombantes, ici sur un mur de pierre claire. Sans elle, cette rue se noierait dans la grisaille. Nous achetons une *dinky pork pie*, pour le nom surtout [1], et du cheddar de Llanboidy. Sur le chemin du retour, nous faisons une halte au musée des Théières. Ne pas oublier que nous sommes en Grande-Bretagne. Assez excentrique, cette collection en réunit plus d'un millier, certaines classiques, jolies, et d'autres kitsch. Il y en a beaucoup de franchement

---

1. Tourte au porc, « gentille » ou « coquette ».

incongrues : une princesse Diana aux cheveux
jaune vif, un chameau, un poisson de majolique qui
en avale un autre, Elvis Presley, et un tank de la
Deuxième Guerre mondiale. Le long des remparts,
dans les anciennes écuries du château, la petite
pièce à l'étage est juste assez grande pour les
contenir toutes.

Le soir, nous rentrons dans notre *Sirène*, d'où la
vue est aussi belle que depuis Plas Newydd.

Du premier au dernier mur, Portmeirion illustre
la *folie des grandeurs*[1] de Clough Williams-Ellis, qui
se proposait de construire le village idéal. L'objectif
était didactique – démontrer que le progrès avait du
bon –, mais le résultat est pour le moins particulier.
Bâti entre 1925 et 1975, le village n'est jamais
devenu une vraie ville avec poissonneries et blan-
chisseries. On dirait plutôt un jouet à échelle réelle,
assez surréaliste en ce pays gallois du fait qu'il réunit
plusieurs aspects des pays méditerranéens. Aujour-
d'hui un immense hôtel, avec son éventail de salons
de thé et de magasins de souvenirs, Portmeirion
donne l'impression d'un décor de télévision – ce
à quoi il a d'ailleurs servi. Seul le jardin, pour
l'ensemble blanc et bleu, paraît ancré dans la réalité. J'ai dessiné dans mon carnet les urnes de métal,
débordantes d'hortensias blancs comme neige, et
j'ai imaginé ces arabesques de fer forgé dans mon
jardin de Bramasole. Mes rosiers ne demanderaient
qu'à s'y cramponner. Des parterres d'hortensias,

1. En français dans le texte.

ceux-ci d'un bleu plus pâle, entourent le square au centre du village – comme dans tout jardin gallois qui se respecte. La façade d'une maison disparaît pratiquement sous un rosier grimpant – sublime – aux fleurs blanches et aux bourgeons roses. Nous ne nous sommes pas attardés ; tout est très pimpant, mais trop artificiel pour nous. Je n'ai pas arrêté de penser à Asolo, en Vénétie, qui est encore plus jolie, mais où les habitants vivent, travaillent, et portent avec eux le vrai héritage du temps.

Bodnant est également un rêve. Le bâtisseur s'est contenté ici d'une maison et d'un parc. Nous avons jeté un coup d'œil au manoir élisabéthain, droit comme un *i*, mais plus guilleret que la plupart avec ses mansardes pointues. Entre les poutres, la peinture blanche est d'une fraîcheur saisissante. Déjà sublime, la première impression qui se dégage des larges terrasses au-dessus de la rivière Conwy, avec les montagnes en arrière-plan, laisse présager d'autres extravagantes délices. Nous pensions arriver trop tard pour les roses, mais non, elles fleurissent en plein juillet – les roses roses particulièrement. Beaucoup m'étaient encore inconnues : les Octavia Hills en bouquets pâles et souples ; les Ann Aberconway, beautés satinées ; les Rose Gaujard, blanches aux liserés roses ; les glorieuses Prima Ballerina, franches, ouvertes, aux nombreux pétales, et leurs cousines proches, Piccadilly ; enfin les Superstar, en cornets, couleur pastèque exactement. Remarquable également, une splendide rose jaune qui porte le nom improbable de Grandpa

Dickson. Moi qui n'aime pas les roses blanches – la Boule de Neige, miracle immaculé au cœur jaune, est assez délicate pour me faire changer d'avis. J'ai toujours associé les roses blanches au jour de la fête des mères dans l'église méthodiste de mon enfance. Si l'on en portait une, cela voulait dire qu'on était orphelin, et donc pour la plupart, nous arborions des roses rouges. Cette Boule de Neige n'a cependant rien de triste : elle respire le bonheur. Une autre m'a tout de suite donné envie de la planter dans mon jardin : la Glenfiddich, par référence, j'imagine, à la marque de whisky ou à l'endroit où on le distille. Elle me fait penser, en réalité, à une des vieilles culottes de soie jaune de ma mère. Ses pétales, veinés, semblent injectés de sang – comme les yeux de quelqu'un qui aurait trop bu (du fameux whisky, par exemple). Il faudra que je parle à mes amies Susan et Bernice du City Girl, rosier grimpant effronté, quoique plutôt sociable, aux bouquets abricot et roses, qui rappelle la Sally Holmes.

Malgré ses vastes proportions, le parc reste à l'échelle du plaisir. J'aime qu'un jardin se déploie autour d'une maison. Si l'on doit m'emmener par bois et vallons, mon intérêt faiblit vite. Mais les sentiers boisés de Bodnant ont tout d'une balade chez la Belle au bois dormant. Sur les rives de la Hiraethlyn, petite rivière paresseuse, les hortensias semblent imiter le flot de l'eau. Leur moiré bleu, incertain, vous plonge dans la rêverie. Et la forêt est muette, pour mieux laisser parler le courant. D'un instant à l'autre, Peter Pan pourrait surgir de derrière un rocher. On s'attend presque à arriver dans un de ces « ronds de sorcières » où, peut-être, jadis, dansèrent les fées.

– C'est nous qu'on présente aux arbres, ai-je remarqué. Pas l'inverse.

Merci, Henry Duncan – prenant la direction de ce jardin en 1902, il est resté fidèle aux principes de son grand-père, qui y a planté ses premières graines en 1792. Tout est enchanteur : les fougères tachetées de soleil, les feuilles sombres des rhododendrons, la promenade sinueuse qui enjambe les ruisseaux, traverse des clairières aux reflets de paille.

On aboutit à une longue pergola de cytises. Leurs feuilles sont un filigrane qui apprivoise le soleil. Nous nous sommes attardés là un instant, pour nous représenter l'arche, lorsqu'elle est dorée à la bonne saison : certainement un éblouissement.

– Cytise laburnum, ai-je pensé à haute voix. N'est-ce pas le poison dont Rebecca a avalé une dose mortelle ? Au lycée, je me suis longtemps demandé ce que c'était. Eh bien, aujourd'hui, je sais.

– Qui ? Ah, Daphné du Maurier. Je n'ai jamais lu son *Rebecca*.

À la boutique, Ed a acheté une carte postale qui montre la pergola en fleur – c'est un vaisseau, une galerie jaune vif.

– Ce jardin-là est certainement l'un des mieux réussis. Imagine toutes les abeilles, tous les papillons qui s'y retrouvent.

— Et les touristes qui grignotent les petites graines noires, puis qui s'en vont coasser devant la mare…

Nous n'étions que quelques personnes à visiter Bodnant ce jour-là.

— Il faudra revenir. Quand les cytises sont en fleur, ça doit être un rêve éveillé. Comme marcher sous une cascade d'or. Au fait, ça n'était pas plutôt du laudanum qu'elle avait pris ?

De retour à la maison, nous faisons une dernière promenade sur le bord de mer, à marée basse. Pataugeant dans la boue, un homme ramasse ces algues que nous avons vues à Bath chez le poissonnier. Le couchant, tardif, a quelque chose de liquide, d'un lavis. Le ciel dépose de longues couches pastel sur la marée qui se faufile dans le détroit.

— Tu es prête à redécoller ? me demande Ed.

— Oui, allons-y. Tâchons d'être sur la route à huit heures demain matin.

Le cap vaguement fixé sur les Cotswolds, nous avons traversé Loughborough, où mes arrière-grands-parents et arrière-arrière-grands-parents naquirent. Mon grand-père est, lui, né à Leicester, un peu plus loin. Nous sommes passés devant un grand cimetière avec de très vieux arbres.

— Il y aura peut-être quelques Mayes ici. Arrête-toi ! On va regarder.

Nous avons inspecté les lieux, sans trouver le nom de ma famille. Trois hommes couchés dans l'herbe nous ont effrayés sans le vouloir. Attendaient-ils un enterrement ? Prenant appui sur le coude, l'un d'eux a affirmé qu'ils étaient employés par les pompes funèbres – ils faisaient la sieste après le déjeuner. L'endroit semblait vraiment laissé à l'abandon, ce qui m'a surprise. Des tombes étaient renversées, ou effondrées. En soulevant une pierre ici ou là, on aurait certainement révélé un fémur ou un maxillaire. Et pas un seul petit bouquet nulle part. Je n'ai jamais vu de cimetière aussi mal entretenu, sauf à San Miguel de Allende, où les gamins jouaient au football avec des crânes. J'en avais ramassé un moi-même, celui d'un enfant, que j'ai conservé depuis. Le monsieur endormi – ou réveillé – m'a dit que le registre des inhumations n'était pas ici. Il m'a conseillé de m'adresser en ville, au bureau de l'état civil, à une certaine Nelly Callahan. Nous avons fini d'inspecter les lieux. Je ne tenais plus tant que ça à identifier mes ancêtres, et pourtant, devant chaque nouvelle Elizabeth – un des dix prénoms les plus répandus des années 1880 –, je gardais l'espoir que ce soit mon arrière-grand-mère. Mais elle repose ailleurs. Je regrette de ne pas m'être suffisamment renseignée sur notre généalogie – et certains de mes parents ne sont plus là pour répondre. Je n'ai que des bribes de notre histoire ici. Elle se termine en partie le jour où mon grand-père, à l'âge de neuf ans, a pris le bateau tout seul pour l'Amérique. Il allait y retrouver son père et sa nouvelle épouse. Elizabeth Repton, sa mère, venait de disparaître, ne lui laissant pour compagnie que sa sœur Lily. Je n'ai jamais su pourquoi elle avait choisi de rester là, alors que son frère faisait la grande traversée, muni seulement d'un sac de pommes et d'une petite valise. Loughborough ressemble curieusement à une bourgade américaine. Prospère, assez agréable, mais sans charme particulier. Je me suis demandé qui étaient ces vieux Mayes, ce qu'ils faisaient, où ils habitaient. Dans le pub où nous nous sommes arrêtés, j'ai demandé à la serveuse de me prêter l'annuaire téléphonique. J'y ai trouvé au moins soixante Mayes. Contre cinq à San Francisco.

Mrs. Callahan m'a rappelée au bout d'une heure de recherches et m'a dit qu'il n'y avait pas de Mayes au cimetière municipal. Elle m'a renvoyée vers la Leicester Historical Society et les paroisses locales. Ed a soudain eu l'air inquiet… Les tombes du clan Mayes devront encore attendre leurs brassées de roses.

En fin d'après-midi, nous avons posé nos valises dans un manoir à Hambleton : un hameau autour d'une église, qui aurait pu inspirer à Thomas Gray son *Élégie écrite dans un cimetière de campagne.* Ses cœurs jadis « remplis d'un feu céleste » dorment peut-être aujourd'hui dans ces caveaux étroits. Après avoir roulé toute la journée, nous sommes sortis nous dérouiller les jambes. Les rues sont

bordées de maisons aux toits de chaume, aux
jardins généreux, pleins de roses trémières jaunes.
Des images de calendrier des postes. C'était décidé-
ment la journée des cimetières. Entre les pierres
inclinées et les arbres majestueux, des colombes
endeuillées roucoulaient quelques iambes, et j'ai
repensé à Gray, à son « hibou qui se plaint doucement à la lune ». Quand j'ai appris ce poème à l'université, il m'a semblé morne et beaucoup trop
sentimental. Puis d'année en année, j'ai mieux
compris cette sensibilité-là. Les épitaphes sur les
tombes, écrit-il, enseignent « au moraliste rustique
comme on doit mourir ». Une strophe pose la question de notre salut :

> *Une urne historique peut-elle, ou bien même une image*
> *aimante,*
> *Rappeler l'âme envolée vers le corps qu'elle abandonna ?*
> *L'honneur peut-il faire revivre la poussière dégradante ?*
> *Est-ce qu'à l'oreille de la Mort la flatterie plaira*[1] *?*

Et tant pis pour les romantiques, la réponse est un
non nihiliste et retentissant.

La mort procède ici d'une conception très différente de l'Italie, où les tombes, couvertes de fleurs et
de photos, forment une sorte de continuum. Le
cimetière de Cortona, sous les remparts, est une
réplique fortifiée de la ville. La nuit, des ex-voto
lumineux éclairent les tombes. On imagine les

1. Traduit en français par Sir Tollemache Sinclair.

morts en train de se réveiller d'une sieste, puis sortir pour discuter le coup avec leurs amis. Alors que les tombes anglaises, solennelles et compassées, n'offrent rien qui ressemble au déni ou à une quelconque consolation. Les plus récentes paraissent se fondre sans attendre dans les plus vieilles.

Comme le prieuré où nous avons passé notre première nuit, l'hôtel qui nous reçoit ce soir a quelque chose de seigneurial. Nous sommes les invités du seigneur – des invités avec une carte bancaire, tout de même. Alors que, au bar, nous salivions à la lecture d'un menu alléchant, le propriétaire est venu se présenter. Il se réjouissait de recevoir des Américains – la peur d'attentats terroristes à l'étranger les retient chez eux.

– Le filon s'épuise, nous a-t-il dit. On ne voit plus guère de ces Américains, en voiture avec leur chauffeur…

Nous sommes arrivés dans un véhicule de location anonyme – nous avons hoché la tête en souriant… Près de nous au comptoir, un couple parlait d'un rassemblement de chasseurs à Londres.

– Quatre siècles de tradition pour en arriver là ? disait-elle.

Et lui, méprisant :

– Tout bien considéré, les barbares, ce sont eux : les opposants !

L'Écosse avait récemment interdit la chasse à courre, et une loi analogue était sur le point d'être adoptée en Angleterre. À 253 voix contre 0, la Chambre des communes avait prononcé l'abolition de la chasse au renard – dont l'application était retardée par différentes commissions. Folâtrez, messieurs les renards : vous serez bientôt libres. La dame du comptoir, entre deux âges avec des cheveux blondasses et cotonneux, portait une robe à fleurs. Couleurs vives, manches longues, ceinture, et jupe froncée. J'ai dit tout bas à Ed :

– Où a-t-elle trouvé cette robe ? Je n'en ai pas vu de pareille depuis le grand bal de l'université. J'en avais une comme ça, ce jour-là, et je l'adorais. J'aime bien la sienne en tout cas ! C'est complètement à contre-courant. Celle que j'avais était en organdi, sans bretelles, blanche avec des violettes imprimées, et elle rasait le plancher.

– Elle doit sortir de la même armoire que le veston rougeaud du monsieur. Certainement d'époque, lui aussi. On dirait le duc de Windsor. Tu sais que, les veilles de chasse, ils envoient des gens boucher les terriers des renards ? Pas très fair-play.

Le garçon a de nouveau rempli nos verres de champagne.

– Que pensez-vous de cette loi sur la chasse ? lui a demandé Ed.

L'homme a souri.

– Je suis roumain. Chez moi, les renards sont des animaux nuisibles.

Ed a levé son verre vers moi.

– *Tally-ho* [1] !

Il a regardé le couple.

1. Taïaut !

– Tu crois qu'il voit la vie en rose, avec ce veston ?

– Sa robe à elle me fait penser aux jardins de ce pays.

Quand ils sont mouillés et brillants après la pluie. Peut-être les Anglais aiment-ils les jardins au point de les *porter* sur eux. Ah ! Et, tant que j'y pense, peut-être aussi que leurs canapés, leurs fauteuils, leurs lits couverts de chintz à fleurs répondent au même besoin – faire entrer le jardin dans la maison. Comme un antidote au climat.

Puis :

– Je suis contente. Bien contente que nous n'ayons pas d'opinion sur la chasse au renard. Et contente d'être au moins passée sur les terres de mes ancêtres.

Le garçon nous a apporté un plateau de délicieux amuse-gueule – tranches de courgettes tartinées à la ratatouille, petits chaussons au canard et aux pommes de terre, mini-brochettes de poulet et de concombre, et une mousse de tomates avec deux cuillers en argent.

Nous sommes bientôt allés dans la salle à manger. Ed citait Oscar Wilde dans le couloir :

– « L'innommable en chasse de l'immangeable. »

Le paysage pastoral, et les Rutland Waters – un bassin artificiel si grand qu'on se croirait presque arrivés au Lake District [1] – débordent tant de

---

1. Région des lacs au nord-ouest de l'Angleterre.

charme que nous avons décidé de revenir une autre fois pour un séjour d'une semaine entière. Et je pourrai faire un saut à Leicester pour examiner de plus près mon arbre généalogique.

Nous partons en promenade deux fois par jour, explorons les bourgades alentour, passons quelques moments à lire dans notre grande chambre, décorée à l'indienne. En découvrant Stamford, nous nous sommes demandé si ce n'était pas la ville du bonheur. Elle est pleine d'une dignité, d'une vie qui n'appartiennent qu'à elle. La pierre beige est admirablement conservée. D'étroites ruelles, comme les *vicoli* italiens, coupent des artères plus larges et vous emmènent au Moyen Âge. J'aime les minuscules boutiques, le comptoir au milieu duquel le vendeur trouve presque tout à bout de bras. En plein centre-ville, nous sommes tombés sur un cimetière qui sert aussi de petit square, juste en face de la banque et de la bibliothèque. N'importe où ailleurs, il aurait sûrement été déplacé depuis belle lurette. Assis sur un banc, un homme lisait le journal à côté de William Hare, disparu à l'âge de douze ans, qui repose là depuis 1797. Nous nous sommes arrêtés prendre le thé avec quelques biscuits aux noix et au gingembre. Nous n'avons pas essayé les *traybakes* – chocolat, *tipsy* [1], amande et abricot, raisins secs.

— Qu'appelez-vous *traybakes* ? ai-je demandé à la caissière.

Sa voix faisait penser à un timbre de bicyclette :

1. « Pompette ».

– Oh, tout ce qu'on fait cuire sur une plaque. Comme celles-là, là.

Elle m'en montrait plusieurs en vitrine :

– *Trays*.

Une autre de ces petites différences entre l'anglais britannique et l'anglais américain [1] : on appelle ça chez nous des *baking sheets*.

Les desserts anglais : fruits mûrs et crèmes voluptueuses. Rien qu'au nom, on se sent déjà consolé, câliné par un assortiment de *sticky tealoaf, sticky toffee pudding, oatmeal biscuit, jam roly-poly…* [2].

Oakham ne manque pas de caractère non plus. Nous avons acheté un solide cabas à carreaux pour faire le marché, puis nous avons déjeuné, et ensuite promenade l'après-midi. Pendant qu'Ed prenait du sparadrap à la pharmacie, j'ai examiné les petits pots pour bébé. Depuis que notre Willie a fait son apparition, je regarde dans tous les pays quel genre de nourriture on sert aux nourrissons. Ici nous avons : petits pois et panais, carottes et panais, porridge aux pêches, à la crème, flocons d'avoine aux pruneaux, marmelade à la crème. En Italie, ce serait : jambon et petits pois, pâtes, pigeon, veau, même de la viande de cheval hachée. Quel message culturel suggère-t-on de la sorte aux jeunes têtes blondes ? Le bébé anglais est-il alangui par des

---

1. *Tray*, pour les Américains, est plutôt un plateau (comme dans les avions).

2. Dans l'ordre : cake au thé et à la cannelle ; gâteau aux dattes et au caramel ; gâteau aux flocons d'avoine et à la cannelle ; roulé à la confiture.

saveurs douceâtres ? Quand le *bambino* italien devine, lui, très vite que le monde lui réserve une grande variété de goûts ! Un petit Winston anglais en reste aux *bangers and mash* ou au *bubble and squeak*[1]. Dès les premiers mois, Ed a entrepris d'éveiller l'odorat de notre Willy. Lui mettant sous le nez une tasse d'*espresso*, une crevette, des travers de porc, du pain grillé… Willy était à chaque fois étonné et intéressé.

La *pork pie* – pâté de porc en croûte – est une spécialité d'ici. Avant de la mettre au four, on incorpore de l'eau très chaude dans la pâte. J'ai lu quelque part qu'elle est assez solide, compacte, pour pouvoir la transporter telle quelle dans un sac, sans rien autour. Et le porc est excellent dans la région. On l'engraisse avec le même petit-lait qui sert à faire le stilton. Nous avons donc acheté une *pork pie*, avec ses cannelures caractéristiques, pour goûter. Et nous avons trouvé ça gras, épais. Peut-être roboratif si l'on a passé la nuit à boucher les terriers des renards, mais en tout cas pas idéal pendant une chaude journée de juillet.

Un jardinier célèbre de la télévision britannique a ouvert son propre jardin, Barnsdale, il y a quelques années. Nous y étions seuls, tôt le matin, à l'exception de deux ouvriers qui s'acharnaient sur les mauvaises herbes – coups de sarcloir d'épileptiques. C'est un parc pédagogique divisé en

---

1. Dans l'ordre : saucisse-purée ; reste de choux et de pommes de terre qu'on mélange avant de les faire frire.

plusieurs zones : le verger de campagne, le jardin de
banlieue, et le petit carré d'herbes derrière la cuisine. Nous avons glané quelques idées que nous
exploiterons chez nous. Dans le verger, des CD
accrochés à des bouts de ficelle pendaient sous les
branches et les bambous. Leur cliquetis était suffi-
sant pour éloigner les oiseaux des fruits. Ça vous
avait comme un petit air de magie. Sur un parterre
ornemental, des plants d'asparagus donnaient une
touche de douceur, un peu comme des fougères
dans un massif de fleurs. Exemple de recyclage : on
place la moitié supérieure d'une bouteille en plastique, sans le bouchon, sur de jeunes plants – à la
manière des cloches de verre dans les jardins
français. L'air circule à l'intérieur ; on y maintient
un minimum de chaleur et d'humidité ; et les
limaces ne peuvent pas entrer. Je vais essayer ça au
printemps sur mes semis de tomates. Des ruches
blanches et cubiques servent de points de repère
entre les différents jardins, à la place des habituelles
nymphes et bergères. Ed a admiré les « boîtes à
compost ». Mesurant environ un mètre cinquante
sur trois mètres cinquante, elles sont divisées en
trois sections, avec un jeu de planchettes amo-
vibles. Nous avons aperçu des campagnols en train
de filer d'un carré cultivé à l'autre – d'où l'intérêt,
certainement, des demi-bouteilles en plastique. Partout des roses trémières, éclatantes et joyeuses, pour
nous tenir compagnie. J'avais envie de retrouver
mon propre jardin, de mettre de l'engrais sous les
citronniers, d'aider les liserons à grimper sur la

pergola. Il y a tant d'endroits où s'asseoir, où passer un moment exquis dans ces jardins anglais – charmilles, treilles, tonnelles. Une science de l'habillement. J'ai pris en photo une urne débordant de lantaniers, de fuchsias, de pétunias, et d'impatiens – qui aurait pensé à les associer ? J'ai réfléchi et je me suis rappelé que c'était impossible sous les deux climats où je vis. Les lantaniers et les pétunias aiment le soleil, mais il est si fort en Californie et en Italie qu'il brûlerait complètement les fuchsias et les impatiens. Une journée et ils seraient fichus. Alors que le climat anglais, plus humide et plus frais, autorise apparemment ces mariages inattendus.

À l'insistance de notre hôte, Mr. Hart, nous avons visité Burghley, gigantesque palais cerné de forêts où l'on chasse le cerf. J'ai gardé une allergie à ces endroits-là après une indigestion de châteaux français, il y a quelques années. Mais nous y sommes allés quand même. Dans les cuisines, une âme curieusement inspirée a conservé tous les crânes des tortues mises à cuire dans la soupe. Ils sont disposés en pyramide contre un mur. Les énormes chaudrons de cuivre et les vastes plans de travail donnent une idée des terrines à la viande qu'on préparait là, et des cuissots qu'on faisait rôtir. J'ai lu sur le dépliant qu'on a jadis servi le plus petit homme du monde dans un pâté de chevreuil – pour faire une bonne surprise au comte et à la comtesse. En sortant des cuisines, nous avons vu un mur couvert de différentes clochettes, correspondant chacune à une pièce. Grâce à leur timbre particulier, les domestiques savaient où se diriger. De couloir en couloir et d'aile en aile, la visite n'en finissait plus, et je ne pensais qu'à une chose : plus jamais ça ! Même sous la tutelle d'un guide aussi compétent que le nôtre. Malgré tous les portraits, vivants à leur manière, ces pièces sont sans vie. Certes, elles sont impeccablement restaurées avec draperies et porcelaines. Mais l'exigence de ne toucher à rien me donne envie de fuir. À notre grand étonnement, nous sommes arrivés à la fin devant un escalier digne des baraques d'horreur dans les foires. Une fresque de l'enfer, avec la mort personnifiée, des squelettes, des démons ailés, et un aigle immonde qui dévore le foie de Prométhée. Le guide nous a expliqué que les habitants, lorsqu'ils avaient obtenu une audience avec le comte, étaient introduits par cet escalier. J'imagine dans quel état ils se présentaient au maître des lieux. Avec les crânes des tortues et le nain dans la terrine, il y a de quoi réfléchir. Quelques instants plus tôt, nous avions traversé la chapelle privée de cette noble et pieuse famille. Moi, j'ai pensé que Monsieur le comte était un sacré pervers. Dans la dernière salle, spacieuse avec un fantastique plafond élisabéthain, se trouve un seau à glace assez vaste pour y immerger un homme de taille normale. Au retour d'une chasse au cerf, on pouvait mettre à rafraîchir là-dedans mille bouteilles de *claret*.

Nous avions loué une autre maison pour le vendredi suivant, à Chipping Norton, à la limite des Cotswolds, et nous sommes donc partis. J'avais repéré des dizaines de jardins dans ce coin-là. La maison serait un peu grande pour nous, mais j'avais dû réserver au dernier moment, et nous pensions inviter des amis de Londres à passer une journée à la campagne. Nous leur aurions préparé un festin. Sur les photos, la majestueuse façade du Old Chalford Manor Beech House était avenante. Il y avait assez de chambres à l'intérieur – et de couloirs de marbre – pour accueillir un noviciat. À la sortie de Chipping Norton, nous avons suivi les indications, et la campagne autour n'avait rien d'idyllique. De fait, cette route à deux voies est un des axes les plus fréquentés autour d'Oxford. Ed :

– J'espère qu'on n'entendra pas la circulation, dans cette maison. Elle est loin de la route ?

– Non, je crois que ça ira bien. Il faut prendre à gauche quelque part, et ensuite à droite.

– Mais que disait-il, ton agent ? C'est la campagne ou pas ?

– Je lui ai dit qu'on voulait avant tout un endroit tranquille. Je lui ai expliqué qu'on était écrivains. Et que tu ne supportes pas le moindre bruit.

– Bien.

Nous avons trouvé le bon embranchement à gauche, puis aussitôt à droite. La maison était à un jet de pierre de la grand-route. Nous nous sommes regardés.

Passé la porte, on avait toujours droit au vrombissement des motos. On voyait les toits des camions passer derrière le mur – piètre rempart contre les décibels. Ensuite : incroyable ce que l'intérieur vous

révèle sur le caractère du propriétaire. Dans
l'entrée, nous attendait un panneau en caractères
gras : VOUS ÊTES-VOUS GARÉS OÙ IL FAUT ?
N'EMPRUNTEZ QUE LES PLACES DÉSIGNÉES.
Plus loin, c'était : ÉVIDEMMENT LES VÉLOS,
SCOOTERS, ETC., NE DOIVENT PAS ENTRER
DANS LA MAISON. J'ai apprécié le « évidem-
ment » ! Toujours dans l'entrée, de petits cartons
« INTERDIT DE FUMER » étaient coincés dans les
cadres des gravures de chasse. Dans les placards,
affiché avec du scotch : VINGT COQUETIERS, SIX
DESSOUS-DE-PLAT EN BOIS, DEUX SERVICES
À TOASTS... Celui que je préfère : UN SUPPLÉ-
MENT SERA FACTURÉ POUR LES POUBELLES
NON VIDÉES. Ed levait le doigt vers : PRIÈRE DE
NE RIEN TOUCHER SUR LE PANNEAU ÉLEC-
TRIQUE — et : NE PAS DÉPLACER LES MEUBLES
— et : PRIÈRE DE NE RIEN COLLER SUR LES
MURS. Il m'a appelée après avoir ouvert le réfri-
gérateur :

— Non, mais qu'est-ce qu'il faut avoir dans la
tête pour écrire ce genre de chose : PAS DE
CANNETTES DE SODA DANS LES BACS À
LÉGUMES.

Il s'est mis à feuilleter le « carnet de séjour », plein
d'instructions et de mises en garde :

— Bon, quand on est un marteau, on ne voit que
des clous.

On pouvait encore supporter ces prétendues
mises en garde — très stade anal, il faut dire. Mais
pas le bruit de la circulation. À contrecœur, je me

suis adressée à la maison à côté, où l'on m'a appris que le propriétaire était en voyage.

– En Toscane, a joyeusement précisé sa fille (apparemment peu affectée par les « autorités »). Mais personne ne s'est jamais plaint.

N'est-ce pas là une stratégie bien connue ? Psychologie élémentaire : couper l'herbe sous le pied des gens qui osent se plaindre. Mais qui loue une maison de vacances au bord d'une autoroute ?

Donc nous sommes partis. Nous disposons maintenant d'un minimum de confort dans cette ancienne école que notre agent américaine nous a trouvée. Malheureusement, nous ne pouvons compter sur un quelconque remboursement de la part des propriétaires de Beech House. Comment éviter ce genre de choses ? Notre agent était consternée. On lui avait bien décrit l'endroit avec force détails, sans mentionner, *évidemment*, la grand-route sous les fenêtres. À vérifier dans tous les cas : un agent de voyage doit toujours se rendre sur place.

Basta ! N'en parlons plus.

Ed s'est vite habitué à conduire à gauche. Comme je suis assise à droite, je cherche parfois inconsciemment la pédale de frein ou l'accélérateur. Nous n'avons pas oublié cette amie d'une amie qui, à peine arrivée en Angleterre, n'a pas regardé du bon côté en débouchant sur un croisement. Elle s'est retrouvée en miettes sous un camion.

Nous admirons de nouveaux paysages bucoliques, ponctués de hameaux avec leurs toits de chaume, leurs maisons aux teintes de caramel, les roses trémières dans les jardins – j'oublie les adjectifs austères qui me venaient à l'esprit en Espagne. *Dépouillé, rocailleux, sobre, essentiel, rêche, solitaire* sont bientôt remplacés par *douillet, moelleux, charmant, adorable, doux.* Je montre à Ed une de ces maisons de livre d'images, avec des fenêtres à meneaux bien propres et un rosier qui fait le tour de la porte.

– Arrête de dire que tout est « mignon », répond-il.

– Bon, d'accord. Mais ne trouves-tu pas que Lower Slaughter [1] était vraiment l'endroit le plus délicieux du monde ? Même les rivières sont bien élevées, ici, comme si elles ne coulaient que pour faire joli.

Admiratifs, les guides décrivent les maisons aux façades de miel, et il est vrai qu'elles ont cette couleur particulière. Certaines sont toutefois sombres comme du miel de châtaignier, et d'autres très claires, comme du miel d'acacia ou de tilleul.

Tous les cinq ou dix kilomètres, la roche revêt son propre nuancier, révélant une géologie variée.

---

1. Humour : *slaughter* veut dire « massacre », et une *slaughterhouse* est un abattoir…

Comme en Toscane, les fermes semblent arrivées là spontanément, sans avoir été *construites*. Celles des Cotswolds, d'une beauté sereine, se fondent dans le paysage et comptent parmi les plus belles structures habitées du monde.

– Ils décernent des prix aux villages les mieux « entretenus », poursuit Ed. Je dirais que parfois le mot est faible.

Il ralentit pour admirer un pré de lupins bleus. Quelques moutons sont assoupis sous un hêtre.

– Et les moutons ont l'air propres. Tu te rappelles leurs confrères au Portugal, la laine pleine de nœuds, ces pauvres bestioles qui mâchonnaient des herbes mortes ?

Ed s'arrête tout à fait. De l'autre côté de la route, trois chevaux lèvent la tête vers nous dans un champ ondoyant.

– C'est la perfection, dit-il. Je me demande comment ils ont fait pour sauvegarder cette beauté.

– Je comprends ce que tu veux dire. On finit par croire qu'il n'y a plus d'endroits préservés.

– Il y en a si peu. Et j'ai dormi comme un bébé. Peut-être parce qu'il y a tous ces moutons à compter.

Il redémarre. La route est un tunnel de verdure qui tamise le soleil.

– Cherchons un salon de thé. Je mangerais bien une *plum and ginger pie*[1], ou un crumble aux fraises et aux pommes.

---

1. Tarte aux prunes et au gingembre.

— *Gravy and potatoes in a good brown pot. Put them in the oven and eat them while they're hot*[1].

Plusieurs phrases échappées des livres de chevet de ma fille quand elle avait trois ans me sont récemment revenues en mémoire.

— Je me demande d'où tu sors ça ? dit Ed.

— Je crois que c'est une tirade de Miss Tiggie Winkle, dans un livre de Beatrix Potter. Ta *Plum and ginger pie* m'y a fait penser. Parce que c'était la préférée de Jemina Puddle-Duck, ou de Peter Rabbit. Ou alors c'était une tarte aux airelles et à la crème caillée.

— Les pâtisseries valent le voyage, dans ce pays.

— Sauf le *spotted dick*[2].

— On peut savoir de quoi il s'agit ?

— Un pudding aux raisins secs. Les *spots* sont les raisins, et *dick* c'est la pâte. Ce qui nous fait un *spotted dick*.

— On penserait plutôt à une de ces maladies que les Anglais sont allés chercher au fin fond des jungles du Commonwealth.

— Dick est un dérivé de *dough*[3], comme *duff* et *dog*. Tu as entendu parler du *plum duff*, non ? Ce sont de vieilles recettes, à la graisse de bœuf. On sert ça dans une crème aux œufs, qui donne bon goût à tout. J'ai entendu dire qu'une chaîne de

1. « Des pommes de terre en sauce dans un grand plat tout beau – on fait cuire au four et on mange tant que c'est chaud. »
2. *Dick* est un synonyme grossier de pénis, et *spotted* veut dire « tacheté ».
3. La pâte.

supermarchés voulait rebaptiser le « spotted Dick »
en « spotted Richard [1] », pour les clients qui
n'osaient pas en demander.

— *Mille grazie*, j'en reste à ma *plum and ginger pie.*
Quant à la crème aux œufs… Berk.

— Ça s'appelle plus communément une crème
anglaise, ce qui donne tout de suite meilleur goût…
Il y a un hôtel à Mickleton, un peu plus loin, le
Three Ways House, dont le pudding est la spécialité. Écoute le nom des chambres : *Oriental ginger
pudding, Summer pudding, Sticky toffee and date pudding, Lord Randall's pudding…*

— De quoi avoir des rêves sucrés.

— Ils ont aussi un Pudding Club, ouvert à tous. Ils
se réunissent pour dîner le premier et le troisième
vendredi du mois. Ils promettent sept puddings traditionnels pour le dessert, avec des « tonnes de
crème anglaise »…

— Sept ? Un, ça suffit largement. Dans le genre
lourd, déjà…

Sur la route des jardins, nous écoutons les dramatiques de la BBC. C'est qu'on devient vite accro.
Nous sommes arrivés, pourtant nous ne sortirons
pas de la voiture avant de connaître la fin.

Les maisons de Chipping Campden ont la couleur du pain de mie grillé, des blés mûrs dans les
champs autour, et beaucoup ont un toit de chaume.
Tout paraît incroyablement moelleux et velouté.
Cette région est le pays traditionnel des fameux

1. Dick est également le diminutif de Richard.

moutons des Cotswolds, dont la laine floconneuse était au Moyen Âge vendue dans toute l'Europe. Aujourd'hui encore, on recense ici davantage d'ovins que d'humains. *Chipping*, de l'anglo-saxon *ceapen*, veut dire marché. Dans bien des villes des Cotswolds, on perçoit toujours cette ambiance de fête et de *chipping*, celle de l'époque où leurs négociants faisaient fortune, où les éleveurs arrivaient dans Sheep Street [1] avec des troupeaux entiers à vendre. Les belles églises des campagnes, édifiées grâce auxdits marchands, portent le nom de *wool churches* – les églises de la laine. Chipping Campden a une excellente boulangerie, quantité de salons de thé où l'on ne lésine pas sur la crème caillée, et toutes sortes de boutiques charmantes aux murs couverts de corbeilles. Elle compte aussi l'un des plus célèbres jardins anglais, Hidcote Manor, à la périphérie, et d'autres encore, dont Kiftsgate, à proximité.

Tous les papillons de Toscane se rassemblent sur les « lavandes de Hidcote » que j'ai plantées dans mon jardin : le nom est originaire d'ici. Un jardinier passionné y reviendra plusieurs fois. Je conçois souvent les jardins comme une série de « pièces », et celui-ci en est l'illustration parfaite : les siennes sont séparées par de hautes haies dans lesquelles des portes se dessinent. À l'intérieur d'une pièce donnée, c'est un monde de fleurs qui montent en graine, s'épanouissent et grimpent sur les treilles,

1. Rue des Moutons.

pour créer un espace intime comme les chambres des tableaux de Vuillard. Puis ce sont de vastes pelouses ; ou la dignité simple d'une allée de charmes. Le terrain mesurant dix hectares, les pelouses lui assurent un certain équilibre. Hidcote est l'œuvre de Lawrence Johnston, qui passait ses hivers à Hyères en compagnie d'Edith Wharton. Il s'est inspiré d'un livre de celle-ci, *Villas et jardins d'Italie.* Je perçois son influence – théâtrale – dans la composition des haies, l'agencement du gazon, et l'on verrait bien, justement, une troupe de théâtre s'installer sur ce parterre surélevé, s'il n'y avait pas un hêtre planté en plein milieu. L'art topiaire fait son apparition sur quelques haies, et parfois un oiseau stylisé vous met le sourire aux lèvres – c'est également un apport italien. Botaniste, fin connaisseur de l'agriculture, Johnston a dû beaucoup s'amuser à concevoir ces haies. A-t-il commencé avec de jeunes plants de trente centimètres ? Les pelouses de Hidcote se démarquent du modèle classique avec bustes et bordures d'ifs. Le jardin, qui se moque souvent des conventions, n'hésite pas à s'approprier plusieurs traits caractéristiques du mouvement *Arts and Crafts.* Un chat roux s'est lové sous ces bambous où grimpent des pois de senteur. Il doit y avoir un chat endormi dans tous les jardins anglais. Brusquement, nous apercevons une rose qui ressemble à notre mystérieuse amie de Bramasole. Nous avions consulté tous les livres, nous étions même allés à Cavriglia en Toscane, le plus grand jardin de roses privé au monde. Mais jamais nous n'avions trouvé d'où elle venait. C'est une rareté qui a survécu toute seule pendant trente ans, dans le jardin abandonné de notre maison avant que nous l'achetions. Sa forme fait penser à une pivoine, elle ne fleurit qu'une fois au début de l'été, mais ses fleurs sont abondantes et leur parfum divin. Dès qu'elles apparaissent, je sors tous les matins pour les humer, m'en remplir les poumons, faire provision jusqu'à l'automne. Les quelques renégates qui montrent des bourgeons avant l'arrière-saison n'ont plus la même odeur, légère, volatile. La cousine que nous rencontrons à Hidcote porte le nom de Empress Josephine. Selon Ed, la forme des feuilles n'est pas la même. Nous en remarquons une autre qui lui ressemble autant : une Surpasse-Tout, de la même variété gallica. Son bouton rond se rapproche plus encore de notre fleur mystère. Je note soigneusement les noms et j'en commanderai pour pouvoir comparer. Sans doute la ressemblance ne sera-t-elle jamais exacte. Et peut-être la *nonna* que j'imagine toujours a-t-elle croisé ses roses avec celles d'une amie…

Les rosiers ont toujours de vilains pieds. On m'a conseillé de ne pas trop les enterrer, car les roses n'aiment pas ça – un conseil que j'ai ignoré. À Hidcote, les pieds sont cernés de lys. Hourra ! Et c'est spectaculaire ! J'ai moi aussi planté des lys au pied de quelques rosiers. Je vais donc prendre de l'assurance, et d'autres libertés. Qu'on m'envoie cent bulbes de lys jaunes ; je vois déjà les abeilles. J'adore ces gradins bleus, en métal, les piquets

garnis de crochets où s'enlacent les clématites – élé-
vation. On a planté sous un berceau de roses roses
des bouquets de fleurs bleues et violettes. Adorable. Des arcades métalliques, hautes d'un mètre
vingt environ, offrent aux rosiers grimpants leurs
formes arrondies, plus harmonieuses que les
traditionnels pieux. J'ai eu parfois envie de créer
des lits de roses – littéralement. Je vois qu'il suffirait
d'un dossier et d'un pied, en arcade l'un et l'autre,
puis d'installer des traverses au milieu. Hidcote
est doté d'un classique saut-de-loup, ce large fossé
qui empêche les animaux de s'échapper. Toute
l'astuce du saut-de-loup réside dans le fait qu'il
ne brise pas la continuité du jardin – à condition
qu'il soit entouré par des champs. En reculant
de quelques pas, on a l'impression d'un simple
prolongement.

Il suffit de traverser la route pour entrer dans
l'allée de Kiftsgate Garden, celui-là privé, où l'on a
tout de suite une plus grande sensation d'intimité.
Depuis 1920, des générations de jardinières s'y sont
succédé. Mieux placé que Hidcote, Kiftsgate donne
sur le vallon d'Evesham, au nom poétique. Mais
pourquoi les comparer ? Pour la seule raison qu'ils
se font face ? Les deux sont tout aussi remarquables. Je m'émerveille devant la longue bordure
jaune émaillée de bleu. Je parcours ces sentiers
jamais rectilignes, flanqués d'une profusion de
lavande, de mauve, de santoline. La célèbre rose de
Kiftsgate, réputée la plus grosse du monde, doit être
époustouflante au début de l'été. Je note dans mon

carnet : *J'aime le mariage de la valériane rose et des campanules. S'il résiste aux cerfs, planter en Californie de l'allium rosenbachianum.* Ces hautes boules roses, de la taille d'un poing, sont une variété d'ail et dessinent d'amusants points d'interrogation dans un parterre de fleurs. On en trouve une espèce voisine, plus sombre et plus petite, qui pousse spontanément sur les collines en Italie. J'en ai toujours cueilli pour les glisser dans un bouquet. Cette version-là, plus grande, serait du meilleur effet dans mon jardin californien. Je fais tout pour qu'il ressemble à une colline dans la nature.

Quelques villages, deux jardins, et la journée passe vite. Nous déjeunons au pub, puis, le soir dans notre école, nous nous contentons de fromage et salade, avec de succulentes fraises au dessert. Couvertes de crème double… Si nous n'avons pas eu de chance avec les locations, en revanche la météo nous gâte. À l'exception d'une courte averse un matin – dix minutes –, le soleil a brillé tout le temps et l'on a constamment 25°. Après le dîner, nous buvons un verre de vin dans le parc en préparant l'excursion du lendemain. Nous faisons nos délices de la prononciation britannique, des noms et expressions idiomatiques. *To truffle around* : chercher quelque chose. Ed a craqué sur *rumpy-pumpy* – entendu dans une dramatique à la radio. Il n'a fallu qu'un instant pour comprendre : *rump* – un postérieur ; *to pump* – pomper. Nous avons traversé

Cromp Butt Lane et Old Butt Lane [1]. Crinkley Bottom [2] est une ville du Somerset voisin. Nous aimons le *singin'hinney*, un pain aux raisins secs. Parfois, dans mon vieux Sud, les gens disaient *hinney* pour *donkey* – l'âne. Je me demande si le pain brait, si le *bubble and squeak* couine [3]. Ou peut-être que *hinney* est une déformation de *honey* – le miel.

La ville de marché la plus proche est Stow-on-the-Wold, qui compte également une Sheep Street. Si nous devions nous installer dans les Cotswolds, nous irions vivre à quelques kilomètres de ce village animé et sympathique. Je suis navrée de voir aux États-Unis les petites librairies fermer les unes après les autres. Il y en a encore plusieurs à Stow. J'ai demandé dans l'une le dernier lauréat du Booker Prize. Voici ce qu'on m'a répondu :

– Non, chère madame, nous ne l'avons pas, mais vous ne ratez rien.

Je repars acheter du vin et du fromage, et vraiment je me sens à l'aise ici. Peut-être parce que j'ai lu une écrivaine de la région, Joanna Trollop. Comme Anita Brookner, elle décrit souvent des femmes confrontées à une crise personnelle, familiale, ou les deux. Ce sont des *Aga sagas* bien écrites : le terme, a priori non péjoratif, désigne des romans centrés sur des relations de femmes. Aga étant une marque britannique de cuisinières. J'ai dévoré

1. *Butt* : les fesses.
2. *Bottom* : idem.
3. Cf. plus haut. *Bubble and squeak* : littéralement « couine en faisant des bulles ».

l'année dernière un récit de Penelope Lively qui
raconte son enfance en Égypte. Comme elle
connaît bien les Cotswolds, je lis deux autres de ses
romans dans l'espoir d'y trouver un aperçu de la vie
ici. En définitive, son style très détaché ne se conçoit
pas sans une certaine distance avec le paysage
d'adoption. Un détachement, je m'en rends
compte, que je n'ai pas cherché moi-même en Italie.
Bien sûr, quand j'y ai domicilié une partie de ma
vie, je voulais profiter de l'éloignement entre mon
domicile habituel et la Toscane. La péninsule
deviendrait l'endroit où écrire, où recevoir des
amis, un port d'attache pour d'autres voyages.
Contre ma volonté, c'est devenu chez moi. Le vieux
désir que j'entretenais secrètement de retourner
dans le Sud américain, où je suis née et où j'ai
grandi, s'est lentement résorbé. Depuis la fin de
mon adolescence, je me suis toujours sentie en exil
et, à ma grande surprise, le sud de la Toscane est
devenu ma maison – moi qui n'ai aucune ascen-
dance italienne, pas la moindre goutte de sang
méditerranéen. Mise devant le fait accompli, j'ai été
la proie d'un étrange et profond ravissement. Un
autre paysage s'était imposé, m'avait absorbée,
façonnée à ses exigences, ses plaisirs, son histoire. Si
je vivais *ici*, en Angleterre, j'en viendrais probablement à faire du fromage et à collectionner les
théières. J'ai le sentiment que cet endroit me *prendrait*. Je porterais des pulls aux couleurs de bruyère,
j'aurais un golden retriever, un grand parapluie,
j'apprendrais le tricot, je deviendrais une villageoise

à l'esprit pratique, une de celles à qui on ne la fait pas, et je participerais aux ventes de charité de l'église.

Une grande croix en pierre s'élève en plein centre de Stow – gage peut-être de transactions honnêtes à l'époque du marché aux ovins. S'il n'était pas monopolisé par les voitures, cet espace ouvert pourrait être une véritable *piazza*, un bonheur pour les habitants. Les pluies fréquentes expliquent peut-être le besoin de se garer au plus près des commerces, mais la ville gagnerait sensiblement en convivialité si les piétons avaient priorité. Je fais provision de fromages, de vins de prune de Damas et de pêche, de jus de pomme et de fleur de sureau, que je bois ici à la place du thé glacé. Du thé glacé tout prêt ? Dans ce pays de puristes, impossible d'en trouver. Dans le Sud de mon enfance, nous y ajoutions du jus d'ananas, de citron, et du sucre. Une hérésie sûrement pour le tempérament anglais. Ma grand-mère faisait macérer des fleurs de sureau dans le vin ; et mon père jurait que ça rendait aveugle. Une boulangerie vend des Sally Lunn, que ma mère préparait dans le temps. Ces légendaires petits pains ont été créés à Bath au XVIIe siècle par une dénommée Sally Lunn, ou par une Française qui les aurait baptisés « sol et lune », et qui les colportait. Un salon de thé porte toujours ce nom-là à Bath, dans le North Parade Passage – au sous-sol, les fondations révèlent qu'on y faisait déjà la cuisine à l'époque des Romains. Les Sally Lunn de Stow ne ressemblent en rien à ceux de ma mère. Sans doute la recette a-t-elle subi maintes transformations après son arrivée en Amérique. Les siens étaient un gâteau très léger, sucré, que l'on servait en même temps que le reste, comme le pain. Les Sudistes aiment une touche de sucré aux repas. Mais les Sally Lunn que je goûte ici ne sont qu'un pain levé, de facture assez grossière, certainement meilleur avec une bonne couche de confiture de framboises.

Passer chez le boucher, puis chez le boulanger – voilà comment j'aime faire les courses. À l'échelle humaine. Je retrouve Ed qui revient d'une promenade dans la campagne. Il me débarrasse de mes cabas et, comme nous sommes affolés par tous ces jardins merveilleux, nous prenons chez le fleuriste des pieds-d'alouette et des digitales pour décorer la salle à manger de l'école.

J'ai visité ce Woodstock-là il y a des années. J'ai donc déjà vu Blenheim Palace, où est né Winston Churchill, alors nous n'y allons pas. Nous déjeunons dans un très, très vieux pub, The Bear, et nous partons en promenade. Les petites boutiques forment un roman des lieux. Un panneau indique CHAPEAUX À LOUER. La boucherie est fleurie. Je trouve avec plaisir le Winchester Glove Shop et les Harriet's Tea Rooms. Il y a même un magasin Aga avec une cuisinière rouge en vitrine, et une théière en forme de petit fourneau.

Nous nous dirigeons ensuite vers les Rousham Gardens. L'entrée se trouve près d'une serre où des

espèces rares sont conservées. L'allée déborde de
lys orangés et de lavande. Avec ses crénelures,
ses niches et ses statues, le bâtiment doit être de
style Jacques Ier. On a tout de suite l'impression
d'une œuvre personnelle, et elle sera justifiée.
La propriété appartient à la même famille depuis
1635. Conçu initialement par Charles Bridgeman
(l'inventeur du saut-de-loup), le jardin a été confié à
William Kent en 1738. Ce dernier a débuté comme
cocher, et s'est finalement retrouvé à Rome où il a
vécu et peint pendant dix ans. Kent a gagné sa
vie comme marchand de tableaux. Il en vendait
à l'aristocratie anglaise, et il s'est peu à peu improvisé architecte-décorateur. Parfaitement entretenu,
Rousham illustre la fascination des Anglais pour la
culture romaine.

Nous visitons d'abord les jardins tout proches du
manoir. Un jardin enclos est, de fait, une vraie
« pièce ». Quand j'avais onze ans, j'adorais *Le Jardin
secret*, de Frances Burnett – l'histoire d'un jardin
oublié de tous, plein d'herbes folles, un lieu pour les
transformations… Nous devons admirer celui de
Rousham au travers d'une élégante grille en fer
forgé. Derrière les parterres de fleurs, se dressent de
vieux pommiers, jadis taillés, mais qui se conten-
tent aujourd'hui d'étendre un feuillage protecteur
sur de superbes œillets, achillées, lys des Incas et
pois de senteur – laissés à grimper sur des entrelacs
de ramilles. Chez nous en Italie, Beppe, notre jardinier maison, construit des châssis de ce genre pour
les haricots et les pois de l'*orto* – le jardin potager.

J'ai vu des châssis analogues dans toutes sortes de jardins. La plupart sont en saule, certains parfois en fer. Ils ne déparent en rien la grâce nonchalante de ces parcs si anglais, abondants et perpétuellement en fleurs.

Méthode pour une main verte : planter deux fois plus que prévu.

Autre règle : oublier justement les règles, tout ce qui fait « bien rangé ». Préférer le foisonnement.

Et encore : pas de bordures nettes. Laisser les fleurs s'insinuer, ou retomber, sur le sentier ou l'herbe.

Plusieurs parterres s'étendent devant quelques pruniers taillés – de Damas notamment. Leurs taches de grenat éclatent devant un mur de pierre.

Tant d'idées.

Tapies sous des haies bien fournies, les grottes et les cachettes seraient un paradis de jeux enfantins. Il y a un carré de fleurs à couper dans le jardin potager de Rousham, et suffisamment d'asperges pour nourrir tous les Cotswolds. Protégées par des écrans tendus sur des piquets aux quatre coins, les fraises poussent sur un lit de paille. Tout s'explique : voilà pourquoi on les appelle des *strawberries*[1]. Chaque plant étant bien séparé, on sait exactement combien de bols de fraises fraîches on aura au dessert. Je vois Ed qui, lui aussi, réfléchit :

— Nos fraisiers poussent n'importe comment. Et les oiseaux en profitent plus que nous. Si on les

---

1. Littéralement : « baies de paille ».

installait plus haut sur une terrasse, sur un lit bien protégé comme ça ?

— Vendu ! Je déteste fourrer mes mains sous les feuilles. J'ai toujours peur de toucher un serpent.

Un conservateur plus récent de Rousham devait être amoureux des cercles. Un petit bassin rond est au cœur d'une grande haie circulaire de roses. Des arcades métalliques, aux quatre points cardinaux, permettent d'y accéder. De l'une à l'autre, des rosiers s'enlacent sur plusieurs piquets. Un maillage de fil de fer fait le reste. Quelques plants tiennent tout seuls. L'intelligence alliée à la simplicité. D'aussi jolies courbes métamorphoseraient n'importe quelle arrière-cour rectangulaire. Je reste à bonne distance du paon qui traîne sa queue à proximité. Il s'arrête devant les pieds-d'alouette : ils sont exactement du même bleu que les plumes de son éventail. Un de ses cousins m'a un jour agressée au château de Warwick, ce qui n'a pas arrangé ma vieille phobie des oiseaux.

Un secteur entier est arrangé autour d'un de ces colombiers caractéristiques des Cotswolds — cela ressemble à une tour coupée, coiffée d'un toit conique. Juste à côté, un cerisier taillé brille de tous ses fruits.

Trois siècles ont passé et la philosophie de Kent — « La nature déteste les lignes droites » — éclaire encore ces lieux. Autour du manoir, le parc ressemble à beaucoup d'autres, quoique avec une touche plus vivace. Mais dès qu'on s'éloigne du bâtiment, les conceptions du maître jardinier parlent d'elles-mêmes.

– C'est formidable, dis-je à Ed. C'est l'une des toutes premières écoles paysagistes.

Après plusieurs statues, et une folie, nous suivons un étroit ruisseau qui serpente à loisir et rappelle curieusement les jardins arabes de l'Alhambra. Je poursuis sur ma lancée :

– C'est de la théorie illustrée. Cet homme adorait les jardins romains.

– Et l'Angleterre était elle-même romaine, jadis. Les racines sont doubles.

Nous nous arrêtons pour admirer les pâturages au loin.

– On dirait une toile de maître. Les champs et les distances ont l'air d'être placés où ils sont pour le seul bénéfice du spectateur. Une vraie composition.

Kent a d'ailleurs créé de vrais tableaux paysagers : un étang pour se baigner, de fausses ruines pour attirer l'œil. Les statues de Vénus, d'Apollon, de Pan, sont disposées astucieusement – mais encore une mare, un petit temple à colonnes dressé au-dessus de la rivière Cherwell.

– Si je me souviens bien, il était aussi décorateur de théâtre. Tout se rejoint.

– Pour ajouter au pittoresque, certains jardins de l'époque avaient des ermites à demeure.

– Peut-être qu'ils pourraient aujourd'hui recevoir des sans-abri, tes jardins anglais.

– On n'a pas vu un seul SDF dans les Cotswolds.

– C'est celui-ci que tu préfères ? Moi oui.

– Après Bodnant. Ou non, peut-être celui-ci aussi. Il faut vraiment choisir ?

— Non. Mais si on se trouvait un pub ? Je meurs de faim.

Bien que somnolents et saturés de jardins, nous prenons après le déjeuner la route du parc de Waddesdon et de son château grandiose, construit par Ferdinand de Rothschild. Inspiré des châteaux de la Loire, et donc comme eux de la Renaissance italienne. Miraculeuse transposition dans le Buckinghamshire. Le jardin se doit d'être à la hauteur d'une architecture de conte de fées.

Commençons par le parterre devant le château. Exubérante, la fontaine aux chevaux fait penser à la piazza Navona. Les deux parterres autour, de forme quasi rectangulaire, sont largement plantés de fleurs rouges, avec quelques variations de violet. Un peu de végétation grise et verte tempère l'effet, mais l'ensemble a quelque chose de cru, de municipal. On comprendra très vite qu'on aime le rouge, ici. Cernées par des joubarbes, ces impatiens de Nouvelle-Guinée ne sont pas du meilleur goût. Le temps se gâte, mais il ne pleut pas encore. Nous déambulons entre les arbres immenses – leur taille est envoûtante. Différentes statues classiques ponctuent le parc, dont beaucoup de garçons jeunes et nus, habillés, dirait-on, de grappes de vigne. Des groupes d'amis pique-niquent sur des tables pliantes, boivent du champagne, se prélassent dans l'herbe. Ed aperçoit la tombe de « Poupon », un des chiens des Rothschild. Je ne suis guère enthousiasmée par la volière : on dirait un gâteau d'anniversaire. Mais j'apprécie le motif en demi-lune. Ed examine les oiseaux un par un, et je le laisse faire. Un seul attire ma curiosité. Placé par jeu devant la volière, il mesure environ… quatre mètres cinquante, son plumage se compose de lavandes coupées à ras, de joubarbes et de nombreuses autres fleurs et plantes. Elles sont disposées sur l'armature métallique de façon à figurer les plumes et les ailes. Intelligent et réussi. Deux immenses couronnes devant le château sont elles aussi des « mosaïcultures » – une technique qui date du XIXᵉ siècle. Leur conception est aujourd'hui assistée par ordinateur. Des plantes composent un certain nombre de « dalles », qu'on assemble pour représenter quelque chose. L'énorme chien de fleurs de Jeff Koons, *Puppy*, a dû être créé selon ce procédé. Amusante également : une corbeille d'osier – peut-être longue d'un mètre cinquante – garnie d'herbes, de capucines, d'artichauts et d'asparagus. Un peu d'humour ne fait jamais de mal.

Je griffonne sur mon dépliant les noms de plusieurs roses magnifiques dont j'ignorais tout bonnement l'existence. Une splendide Crown Princess Margareta déploie des grappes de boutons orangés. Une Mrs. Oakley Fisher me rappelle une de mes roses plates de Californie. À la différence que celle-ci a une teinte d'abricot crémeux. Et voilà une irrésistible Crocus Rose, gaie, radieuse, couleur saumon.

Je tends le nez devant chacune d'elles en espérant quelque odeur entêtante. Mais la plupart, comme on dit dans les livres, ne sont que « légèrement parfumées ». Cela implique en général qu'il n'y a rien à sentir. Dans ces jardins anglais, on ne semble pas beaucoup se préoccuper des parfums. Assembler des senteurs qui vous feront tourner la tête est sans doute le secret des jardiniers du Sud. Les gardénias me font toujours cet effet. Y a-t-il quelque chose d'enivrant, au sens propre du mot, dans leur composition chimique ? Les premiers jardins que j'ai connus, celui de ma mère, celui de notre voisine et celui de ma grand-mère, sont des joies que j'ai gardées secrètes. Avec des azalées grandes comme une maison, sous lesquelles j'allais me cacher. Leurs camélias de dentelle rose, à laisser flotter dans un saladier jusqu'à ce que le bord des pétales brunisse. Leurs capucines naines à offrir aux poupées, qui porteront un temps leurs senteurs épicées et volatiles. Les épaisses pelouses d'herbe de Saint-Augustin, dans lesquelles j'allais faire la roue. Le lilas des Indes dont on pèle l'écorce : elle est gris perle d'un côté, rousse de l'autre. Le parfum de l'osmanthus dans ma chambre, quand, par les calmes nuits d'été, de minuscules brises parvenaient quand même à s'insinuer. Les reines-des-prés dont on faisait des couronnes. Les belles-d'un-jour pour abriter Tish, ma chienne, assoupie à l'ombre du bon côté de la maison. Enfin le chèvrefeuille où, chaque été, les guêpes installaient un essaim.

Tant de souvenirs que je raconte à Ed. Il y avait bien des géraniums rouges dans des urnes sur le perron, mais le jardin de ses parents à Winona était dévoué aux légumes – son père a exercé le métier d'agriculteur jusqu'à l'âge de trente-cinq ans. Ils plantaient des betteraves qu'ils conservaient ensuite dans la saumure. Leurs pommes de terre et leurs choux-raves poussaient tout l'hiver et se mariaient bien avec les kielbasas[1] ; mais aussi le fromage de tête, les pickles à l'aneth que préparait sa maman polonaise. Elle faisait de belles miches de pain toutes les semaines. Ed se souvient surtout de l'odeur du lilas. Il programme ses voyages dans le Minnesota pour les trouver en fleur en arrivant. Autour de Pâques, en Californie, je le vois toujours revenir avec des brassées de lilas, les premiers qu'on trouve au marché. Le parfum du lilas californien est léger, mais suffisamment reconnaissable pour le transporter devant la haie de lilas de sa maison de Winona.

Nous continuons à parler jusqu'au thé rituel de l'après-midi. Je n'ai jamais été une buveuse de thé, pourtant j'en descends ici plusieurs tasses par jour. Peut-être le tannin fait-il contrepoids aux douceurs que, inévitablement, nous dégustons avec. Aujourd'hui : crème brûlée aux pêches avec un sorbet au citron vert, et une petite assiette de gâteaux.

Ce soir, une salade et ça ira.

---

1. Saucisses polonaises.

Nous aimons entrer dans les églises, mais elles ne sont pas toujours ouvertes. La paroisse St. Kenelm, à Minster Lovell, est sans doute celle que nous préférons. Avec ses maisons aux toits de chaume, la longue rue de Minster Lovell lui ferait sûrement gagner le prix du village le mieux entretenu.

– C'est trop, dit Ed. C'est pas bientôt fini, non, tous ces hameaux fabuleux ?

Derrière l'église se dressent les ruines de ce qui devait être un manoir fantastique. Un imbroglio de murs, dont un s'élève jusqu'au toit aujourd'hui absent. On se demande même comment il tient. Deux petites filles en robe de soleil grimpent sur les soubassements, pendant que leur mère bouquine, assise dans l'herbe haute sur un plaid. Je reconnais la couverture de *L'Homme qui prenait sa femme pour un chapeau*. Deux canards et deux cygnes blancs glissent dans une petite rivière, la Windrush, qui devait faire le bonheur de ceux qui habitaient cette imposante demeure aux XVe et XVIe siècles. Une plaque indique que le bâtiment a été démantelé en 1747. Deux cent cinquante ans plus tard, les murs porteurs sont toujours là.

Dans la paroisse, Ed aperçoit la liste des vicaires en exercice depuis 1184. Le soleil du matin darde un de ses rayons sur le tombeau d'un chevalier en prière. Cet éclairage particulier confère à l'albâtre une teinte de cire brillante. Il y a six coussins de dentelle sur chacun des bancs de l'église. Les fidèles doivent les trouver pratiques l'hiver, quand il faut

s'agenouiller sur la pierre froide. Je glisse un doigt
sur une stèle de bois, proche de l'autel. Sur le dossier est gravé : *Comme hier,* et sur les accoudoirs :
Jésus-Christ aujourd'hui et demain. Voilà qui semble
convenir à cet endroit saint, régulièrement admi-
nistré depuis 1184 ; ainsi qu'au mur faîtier du
manoir à côté, qui comme hier, avant hier et
l'avant-veille, s'élève toujours vers le ciel.

   Burford est une autre de ces villes marchandes et
animées, où nous dînons extrêmement bien autour
d'une bouteille de shiraz australien. Beaucoup
regrettent la disparition de trop nombreux pubs.
Toutefois certains, comme celui de ce soir, sont
convertis en vrais restaurants où l'on sert les produits locaux et les recettes locales – en évitant
quand même les excès de graisse propices à l'arrêt
cardiaque immédiat. Ils sont l'équivalent de la
brasserie ou de la trattoria, où l'atmosphère est
conviviale et la nourriture décente. On mange correctement dans bien des pubs, cependant on peut
aussi vous y servir de la saucisse industrielle, de la
purée en brick passée au micro-ondes, et des
salades à faire peur. Nous avons vu, ici ou là, des
panneaux annonçant *PUB GRUB.* Nous avons vite
compris ce que cela voulait dire [1]. Mais le pub,
comme son nom l'indique, est surtout un endroit
– *public* – où se retrouver. Les plafonds bas,
les lambris, vous donnent l'impression d'être

---

   1. En général, la nourriture typiquement anglaise (pas forcément
mauvaise) que l'on sert dans les pubs.

descendus d'une voiture à chevaux pour une halte sur le trajet. Je ne suis pas une buveuse de bière, pourtant Ed me fait envie chaque fois qu'il commande une de ces ales, ambrées et mousseuses. Le pub/restaurant de Burford a conservé un coin de comptoir, mais on ne vous y sert à boire qu'en attendant la table qui se libère. Les amis du coin ne se rassemblent plus ici devant une pinte. Burford *by night* était déserte, à l'exception d'un salon de thé, le Copper Kettle, qui propose lui aussi quelques spécialités locales. En apercevant ses lumières gaies, j'ai pensé tout de suite à un matin de Noël, au gâteau qu'on achète, aux cadeaux et au papier d'emballage à ne pas oublier. C'est midi, et donc une soupe à « la bouilloire [1] ». Les Cotswolds seraient l'endroit idéal où passer Noël.

Nos trois derniers jardins ont une touche plus personnelle encore. Je me réjouis de voir celui de Rosemary Verey. Vendu après son décès, Barnsley est devenu – forcément – un hôtel. Le court de tennis paraît déjà mal en point. Du côté de la route, assez fréquentée, le jardin n'a rien d'exceptionnel, mais l'arrière est vraiment séduisant, plein d'excentricités, de déséquilibres volontaires. Un caractère en émerge, mélange de formalisme et de décontraction. D'un côté la balançoire et le petit pavillon d'été en bois ; de l'autre, le temple grec avec ses

1. *Copper Kettle* : la « bouilloire en cuivre ».

quatre colonnes et son bassin. Des rosiers grimpent sur des treillis de bambous contre le mur du fond. Le jardin n'est pas immense, mais il compte tout de même une petite allée.

Le potager est une merveille de drôlerie. Des bordures de buis entourent différents plants, composés chacun d'un assortiment fantaisiste de légumes et de fleurs. Mauves, pois de senteur, pieds-d'alouette et cosmos vagabondent au milieu des oignons, des artichauts et du blé. Ici un fouillis de persil, là un épouvantail avec un oiseau juché sur la tête ; et encore de la menthe, et de hautes laitues montées en graine – un petit *paradiso*. Je m'esclaffe avec Ed quand il me montre un parterre de roses, d'ail et d'oignons ! Il fallait cependant une main experte pour composer l'ensemble. Comme à Rousham, on perçoit et on aime l'esprit qui anime les lieux. Rosemary Verey a dû follement s'amuser.

Nous trouvons au village de Barnsley un autre de ces pubs reconvertis dans la gastronomie. Pas de *bubble and squeak* ici. Ed commande un pigeon grillé aux ananas, moi une salade d'artichauts, d'asperges et de petits pois. Et je demande brusquement une Wadsworth, la première bière que je boirai entière de ma vie. J'aime bien celle d'Ed aussi, une Hook Norton Bitter.

Aujourd'hui nous rentrons dans notre école pour lire, écrire – en sirotant un de ces jus de fruits Belvoir, bio et légèrement pétillants, que nous apprécions tant. Sans alcool, sans trop de sucre, ils trouvent naturellement leur place entre le soda et le verre de vin – cette place était à prendre. Gingembre et citron vert, ou bien citron vert-citronnelle, la boisson idéale pour se prélasser au jardin, l'après-midi, sous les derniers rayons de soleil. Celui du Nord a la douceur d'un baume.

La prononciation britannique est souvent surprenante. Celle de Worcestershire, par exemple – le nom de la sauce dont, en Georgie, nous versions quelques gouttes sur la viande, dans la soupe aux huîtres, etc. Mais on le prononçait entièrement. Ici c'est « *wooster* » ! Loughborough, la ville de mes arrière-arrière-grands-parents, se dit « *louftsboro* ». « *Snozzle* », corrige l'homme qui vérifie nos billets à l'entrée du parc de Snowshill Manor. « *Snozzle* » – on dirait une activité commune aux campagnols et aux taupes [1] qui furètent sous les plantes. Nous adorons Snowshill, jardin anglais classique, avec ses digitales, ses fougères et lavandes. Ed remarque que tout est bio.

De nombreux parcs doivent rester un idéal inaccessible ; en revanche, celui-ci paraît réalisable pour un bon jardinier, à condition d'y consacrer soigneusement quelques années. Il s'étend sur moins d'un hectare. Charles Wade, qui l'a acquis au début du XXᵉ siècle, a-t-il cloué tous ces fers à cheval

---

1. « Snozzle », prononciation de Snowshill, ne veut rien dire. Mais *to snooze* signifie sommeiller, *to snoop* : fureter, et *nozzle*, c'est le museau.

au-dessus de la porte ? J'ai lu qu'il préférait dormir dans la remise, et qu'il logeait ses multiples collections dans le manoir. Ah, un véritable excentrique. Pêche, jaune crémeux, et mauve – les seules couleurs dont il parait les murs de pierre. L'orange était banni. Des boules de buis poussent dans des tonneaux. Le jardin descend le long de la colline, ce que je trouve toujours plaisant, car on passe par des escaliers, par différents bassins, une ou deux bicoques en chemin – et des niches pour les oiseaux qui font leur nid entre les pierres. Ici encore, le concept de pièces est à l'œuvre, comme si la maison trouvait dehors son prolongement, qu'on meublait des chambres à l'air libre en y organisant la nature. Au bout du parc : le jardin potager. Où êtes-vous, Mr. McGregor [1] ? Les collines nous attirent au loin, parcourues par d'inévitables moutons qui ne se soucient guère des groupes itinérants.

Kelmscott, la résidence d'été de William Morris, n'est pourvue que d'un jardin modeste. Il y a cependant un golf de trois trous, privé, à l'arrière – plus qu'on n'en veut savoir sur l'initiateur du mouvement *Arts and Crafts*. Le magasin de souvenirs est une entreprise ambitieuse qui vend différentes choses – dentelles, cartes postales, couvre-théières, torchons, papiers d'emballage, etc. –, toutes dans le style particulier de Morris. Celui-ci puisait son inspiration dans l'Histoire et je finis par trouver étouffants ces motifs médiévaux. Trop, c'est trop. Nous

1. Personnage des livres de Beatrix Potter.

fuyons le magasin et partons dans le jardin à la recherche des feuillages, des fraises, des lapins et des fleurs qui peuplaient son imagination.

Son épouse Jane Burden servait de modèle à Dante Gabriel Rossetti quand il l'a rencontrée. Elle incarnait la beauté idéale pour bien des préraphaélites, et Rossetti l'a peinte plus de cent fois. Tout bourgeois qu'il était, Morris est tombé amoureux de cette fille de palefrenier. Rossetti et lui ont loué ensemble la maison de Kelmscott et, malgré la présence des deux filles de William et de Jane, celle-ci a entretenu une liaison notoire avec le peintre. Morris s'y est résigné pendant des années, se réfugiant au besoin en Islande pour penser à autre chose. Jane s'est finalement fatiguée de Rossetti. Rien dans les chambres de cette maison ne suggère de forts tempéraments. À l'évidence, Jane en était un. Elle *est* le canon des *Arts and Crafts*. La rencontrant, Henry James l'a qualifiée de « merveille », de « silhouette empruntée au missel », « grande femme mince dans une robe d'un violet éteint [...] visage pâle et émacié avec, sous de gros sourcils bruns, épais et obliques, ces yeux étranges et tristes, noirs et profonds, empruntés à quelques vers de Swinburne ». Cette profusion d'adjectifs confirme, si besoin était, le soin avec lequel Henry James ciselait ses descriptions. Morris lui-même n'a fait qu'une fois le portrait de sa femme, intitulé *La Belle Iseult*. Le jour où il est mort, le médecin attribua son décès au fait d'avoir été « William Morris, d'avoir abattu plus de besogne qu'une dizaine d'hommes ». Peut-être sa vie avec Jane l'avait-elle également usé.

Ce touche-à-tout exerçait sa créativité dans bien des domaines : typographie, rosiers, gouttières, textile, vitraux… George Bernard Shaw lui rendit un vibrant hommage qui tient en deux phrases courtes : « On peut perdre un homme de cette envergure en mourant soi-même, mais lui ne disparaît pas. D'ici là, réjouissons-nous de sa présence. »

Nous faisons le tour des pièces en remarquant qu'elles auraient aussi bien convenu à un vicaire et sa famille. Étrange de se représenter un ménage à trois dans cette demeure et ce village si sages. Les commérages ont dû alimenter bien des chaumières pendant les longues soirées d'hiver. Curieux d'imaginer tant de ferveur artistique, et une zone d'influence qui dépassait largement l'Europe et les États-Unis pour toucher jusqu'aux antipodes.

Ed observe les curieuses gouttières de bois, qui font saillie et se déversent dans le jardin. Une allée pavée, bordée de rosiers taillés, conduit à la grande porte, comme dans des milliers d'autres parcs où jamais aucune Jane ne jongla entre deux hommes. On doit croire que William et elle ont finalement conclu une trêve, puisqu'ils reposent côte à côte dans le même angle du cimetière.

Pour notre dernière soirée en Angleterre, je commande des *bangers and mash* au pub de Stow-on-the-Wold. J'en ressors avec l'impression d'avoir avalé une fournée de beignets en plomb.

– J'ai tout mangé ! C'était gras et génial. Une mégatonne de gras !

Ultime promenade dans le village fermé. On n'attend plus de moutons au marché. La cave, la fromagerie, la pharmacie, l'antiquaire, la librairie – et le chapelier qui pourrait bien fournir la reine –, tout dort profondément.

Îles grecques, délavées par le temps

Première surprise au large : l'horizon fait un
cercle autour de moi, alors que, sur terre, il paraît
tracé à la règle entre ciel et mer. Je marche de la
poupe à la proue et je reviens, pensant aux intrépides explorateurs partis malgré leur crainte que le
monde soit plat. J'observe la courbe régulière de
l'horizon, d'un bleu de cobalt couronné de violet.
Évidemment, nous pourrions arriver au bord et
tomber, tomber…. Un minuscule bateau dans
l'espace l'infini. En réalité, nous naviguons sur un
immense bocal de verre soufflé, rempli à ras.

Hier seulement, nous quittions la lagune pour
l'Adriatique. Je vois déjà que le temps n'est plus le
même. J'ai l'impression d'avoir mis les voiles à la
dernière lune, et nous devons avoir changé de
latitude.

« Quelque part entre la Calabre et Corfou, écrivait Lawrence Durrell, commence le vrai bleu. »
À quelques heures de Venise, le vert-bleu de
l'Adriatique se transforme en bleu intense. Les eaux
sont maintenant lisses. Je pourrais marcher dessus,

y faire des cabrioles. Fendant la houle, la proue dévidait des rouleaux de marbre blanc. Facile de comprendre pourquoi saint Augustin, lorsqu'il touchait quelque chose de lisse, pensait à la musique et au divin. Aussi loin que je puisse voir, il n'y a que ce bleu scintillant — avec cette ligne finie au bout, au-delà de laquelle, pendant des siècles, les navigateurs ont mis le cap.

Nos amis de Cortona ont été stupéfaits que nous partions dans cette région en plein milieu de l'été.

— En Grèce ? C'est terminé, la Grèce, déclarait au dîner mon ami Alain.

Plein d'assurance, il joignait le geste à la parole. Un geste maintenant naturel, que lui ont appris tant d'années passées en Italie : il mettait un doigt sous sa gorge.

— Terminé ? ai-je répondu. Impossible : je n'y suis jamais allée.

— Et l'été, c'est invivable, poursuivait-il. Les foules et la chaleur, la chaleur et les foules.

Alain, c'est décidé, restera tout l'été dans sa maison de pierre, sur les calmes collines au-dessus de Cortona. Il insiste :

— Des nuées !

Je sais, mais je suis invitée à faire une conférence sur un bateau de croisière et, parmi les itinéraires qu'on m'a proposés, j'ai porté mon choix sur la bleue Égée. Avec la Sérénissime pour point de départ ! Ensuite le vieux rêve se déroule : on accoste à Corfou, en Crète, à Rhodes, à Santorin, au Pirée, à Nauplie, à Volos. Puis on vire sur l'autre bord – Bodrum, Kusadasi et le Bosphore jusqu'à Istanbul. Istanbul !

J'avais d'abord refusé. Ma mère a fait maintes croisières dans les Caraïbes. Sur les bateaux, disait-elle, on passe son temps à manger – ce qui me plairait plutôt – et à organiser des tournois de bridge sur le pont. Des cocktails au rhum arrivant à chaque nouveau robre. Il y a eu cet incident à la Barbade aussi. Un jour, les passagers ont été accueillis par des jets d'oranges pourries. Ma mère se félicitait d'avoir éliminé sans trop de peine les taches de jus d'orange sur sa robe rose.

Plus récemment, deux de mes amis sont partis en croisière sur la Méditerranée, et ils en sont revenus enchantés. Dithyrambiques. En regardant leurs photos – des poissons jaunes et rouges dans les eaux claires de la péninsule du Sinaï ; les maisons cubes de Mykonos, d'une blancheur lunaire au coucher du soleil ; et Pierre monté sur un chameau – j'ai rêvé de jeter l'ancre près des côtes de Corfou, d'entrer dans le port de Rhodes en imaginant le Colosse, de me laisser bercer par les flots égéens, de suivre la piste de Jason… Sans oublier quelques dîners dans les tavernes du bord de mer, ou sous la silhouette d'un château de l'ordre des chevaliers de Saint-Jean.

J'ai fini par dire oui, parce que les vers de Yeats, dans *La Traversée vers Byzance*, me hantent depuis toujours : « Et c'est pourquoi j'ai franchi les mers et je suis venu/À la Ville sainte, Byzance. » Quand je repense à ce poème, je vois de grands carrés de toile safran, gonflés par le vent au lever du soleil, puis un mince voilier blanc qui fend les vagues de mon imaginaire. Toute l'histoire du monde occidental s'est croisée sur cette mer. Je veux partir à mon tour dans le sillage des Argonautes.

Avec ces aspirations poétiques, à l'aube de mon mythique voyage, je ne m'attendais pas à monter sur un vaisseau qui ressemble surtout à un centre de congrès américain. Certes, notre énorme baignoire flottante reste un bateau, puisque ses ponts bien cirés sont garnis de fauteuils en teck très comme il faut, avec les coussins bleu marine de rigueur. À l'intérieur, les chandeliers en cristal ne bougent pas ; des kilomètres d'une moquette bleuâtre à fleurs amortissent vos pas ; et les passagers se prélassent sur des canapés molletonnés. Renversez votre verre dessus, ils absorberont tout liquide sans laisser de tache. Nous sommes huit cents à bord, on se croirait dans une ville sur l'eau, pourtant ce n'est qu'un navire de croisière de taille moyenne.

Dans notre cabine, bien sûr, je sais que c'est un bateau. Le verre du hublot a beau être flou, nous voyons qu'il y a de l'eau en dessous, et pas très loin. J'entends également de curieux glouglous, quelque part sous le lit. Les navigateurs d'antan avaient certainement des quartiers plus confortables pour dormir, et installer leurs sextants, sabliers, astrolabes et baromètres à suspension. Nous avons quand même une petite salle de bain marbrée, avec une mini-baignoire. L'eau courante garde une couleur claire une minute environ, puis elle prend une teinte de thé. Et l'hépatite ? Les staphylocoques ? La pièce est minuscule. Mon placard en Californie est deux fois plus grand. Chacun des deux lits est à peine plus large qu'un cercueil. Quand Ed se lève, il frôle le plafond ; quand il s'allonge, il se cogne les pieds contre la table. Mon géant Gulliver s'est réveillé en sursaut la nuit dernière. Cauchemar : il rêvait que la cabine se remplissait d'eau. Aucune importance, pensons-nous : nous serons presque tout le temps sur le pont.

Nous sommes arrivés à Venise avec plus de bagages que nous n'en avons jamais emporté nulle part. Après de nombreuses tournées de promotion pour mes livres, je devrais pourtant savoir voyager léger. Mais cinq réceptions officielles sont prévues pendant cette croisière, et donc il a fallu prendre un smoking (aux manches pleines de paquets de Kleenex) pour Ed, et des chemises amidonnées ; des robes de soirée pour moi, avec le sac à main chic et les hauts talons de circonstance. Une valise entière pour tout ce bazar. Dérogeant à mes propres règles, j'ai ajouté un peignoir de bain et beaucoup trop de vêtements froissables. Nous sommes de plus une bibliothèque ambulante – des guides, des livres d'histoire, des recueils de poésie sont coincés dans toutes les poches, jusqu'au fond des valises, et même la plus légère d'entre elles est devenue un poids mort. Ed, toujours optimiste, pense qu'il trouvera du temps pour ses conjugaisons italiennes.

Alors il s'est muni d'ouvrages de grammaire : en sus de l'ordinateur portable, du dictaphone et des écouteurs. C'est Hannibal qui traverse les Alpes. Le taxi d'eau a bien failli couler.

– Effectivement, ça tient plutôt du transport maritime, disait Ed au chauffeur.

Celui-ci venait de poser un de nos sacs dans son mini-bateau – en essayant de ne pas le faire chavirer. Il se massait l'épaule en grognant. En débarquant à la *fondamenta*, nous avons eu la chance de trouver un porteur pour convoyer notre chargement jusqu'à l'hôtel.

Ed cherche maintenant notre appareil photo. Il farfouille dans une valise. Commentaire :

– Non, mais tu sais que tu as emporté *douze* paires de chaussures !

Nous planquons trois des sacs dans l'armoire, et à nous, Venise ! Nous adorons cette ville : piétonne par excellence. Et qui nous dit que la basilique Saint-Marc ne serait pas arrivée de Byzance/Constantinople sur un tapis volant ! On l'aurait déposée devant les millions de pigeons qui attendent toujours là leurs miettes de *biscotti*. Les cinq coupoles, la régularité cadencée de l'extérieur paraissent étrangement ramassées. On a cette idée d'étalement, d'horizontalité qui, dans les mosquées justement, invite les musulmans à prier en tout point de celles-ci. La construction du saint édifice a commencé en 829. La Sérénissime pouvait dès lors se présenter comme une première étape sur la route de l'Orient. Il suffirait d'une ruade pour que les quatre chevaux de bronze se disjoignent, qu'ils s'élancent dans le ciel et retournent à Constantinople. Les pièces d'orfèvrerie, les divers ornements font partie du butin rapporté jadis à Saint-Marc par les fils de Venise, conquérants agressifs de la Méditerranée. Cela étant, par cette brûlante journée d'août, un simple coup d'œil vers la basilique nous dissuade de rester dans le centre. Ce qui n'est pas si difficile, même en été. Nous traversons le marché du Rialto pour regarder les pleins seaux d'anguilles et d'araignées de mer, vivantes, et les magiciens de l'artichaut – en trente secondes, le vendeur vous les pèle et vous en donne le cœur tout nu ! Nous humons un instant l'odeur salée de la mer qui plane sur les étals glacés, les créatures de roche, d'écaille, et de piquants.

J'avais pensé aux boutiques, aux soieries merveilleuses, aux velours ciselés ; à de luxueuses robes ; à des coussins et des oreillers ; ainsi qu'aux ateliers où l'on voit les relieurs serrer dans du vélin un papier qui a la texture des hosties. Mais je n'ai pas oublié nos valises, et je ne dis pas un mot.

Nous marchons jusqu'à la basilique Saint-Pierre – San Pietro di Castello – qui était cathédrale avant de léguer son titre à San Marco. Son campanile a un air légèrement penché, et le parvis est entièrement recouvert d'herbes. Il n'y avait qu'un moine sur la place, assis sur un fauteuil calé contre le mur. Le trône à l'intérieur est digne de saint Pierre. C'est une ancienne stèle funéraire, musulmane, sur laquelle sont gravés des versets du Coran. Beaucoup d'églises en Italie sont bâties sur des fondations héritées de la civilisation précédente – celles également d'un édifice religieux. Comme quoi tout endroit sacré est appelé à le rester. Le site de Saint-Pierre était initialement dédié à Bacchus ! Voilà qui établit un lien avec notre voyage, les mythologies, et les Pères du désert.

Nous marchons, marchons, en prenant bien soin d'éviter les foules de Saint-Marc. San Pietro di Castello et le quartier de l'Arsenal sont curieusement vides. De retour d'une journée au Lido, des familles entières débarquent de jolis bateaux bleus ou rouges. En chaussures de plage, elles ont au bras leurs maillots de bain et leurs paniers. Tout le monde disparaît très vite, à l'exception d'un homme qui part promener son chien. En fin d'après-midi, nous nous arrêtons dans un bar boire un *tintoretto* – champagne et jus de grenade –, tout en regardant la petite grue, montée sur un bateau plat, qui nettoie la vase d'un étroit canal. Il est fermé à chaque extrémité, et l'on a retiré toute l'eau. Prévenir les inondations à Venise est un travail difficile et ô combien spécialisé.

Dans le quartier San Stefano, un de ceux que je préfère, nous dînons dans un restaurant que nous ne connaissions pas encore, l'Acquapazza : *l'eau folle* – un nom bien trouvé en ces lieux. Après les gnocchis de courgettes et la friture de fruits de mer, on nous offre un tout petit verre de *basilicocello.* C'est une sorte de limoncello, avec des feuilles de basilic qu'on laisse mariner deux mois, et que l'on sert dans des verres glacés. Nous céderions volontiers aux charmes d'une promenade nocturne, d'autant plus que la lune est pleine. Mais comme nous embarquons tôt demain, nous rentrons à l'hôtel. Avant de nous coucher, nous passons un moment au balcon à contempler les milliards de rubans lumineux que la lune dessine en bas sur l'eau. Une fenêtre s'ouvre sur la maison d'en face, un homme hisse son chien sur les tuiles du toit. L'animal s'éloigne d'un mètre ou deux, s'accroupit et, sans quitter le Grand Canal des yeux, fait ses besoins sur place.

Quitter Venise en bateau ferait battre le cœur d'un robot. La ville des eaux — formes et couleurs sublimes, célébrées par mille peintres de Tiepolo à Turner — se fond dans le lointain comme un bon rêve au réveil. Notre bateau prend la direction du large, et je comprends soudain que, avant tout, Venise est une *idée* fabuleuse. Elle démontre les trésors de l'imagination humaine comme nul autre endroit — comme quoi les meilleures idées naissent souvent de l'irrationnel. Depuis des siècles, des gens mènent leur vie au rythme des marées sur ces improbables îlots. La beauté les imprègne à peine ont-ils ouvert les yeux, la beauté ordonne leur univers, et la beauté les suit jusqu'à leur dernier souffle.

Nous disons au revoir à un monde connu, que nous aimons, mais l'inconnu nous tend des bras fort séduisants. Quittant le pont arrière, nous allons voir de l'autre côté, écouter les vagues clapoter sur la coque — toujours plus vite à mesure que le navire prend de la vitesse.

*

Dès les premières lueurs de l'aube sur la mer, je jette un coup d'œil par le hublot. J'aperçois les ombres rocailleuses de ce qui doit être l'Albanie — ces ombres projettent avec elles des heures sinistres de l'histoire. L'eau paraît plus sombre ici, la côte est fantastique, et j'abandonne mes réflexions en arrivant dans la salle à manger. Le petit déjeuner est celui d'un motel confortable dans le Midwest — gaufres, crêpes, pain perdu. Nous décidons de ne pas céder à la tentation, de ne pas absorber des milliers de calories à peine commencé la journée.

— Des fruits, dis-je au garçon, qui est italien. Tous les matins, s'il vous plaît, des fruits, du café, avec peut-être un peu de pain et de fromage.

Comme la salle à manger est vaste, nous sommes soulagés de nous voir assigner une table pour deux. Cela nous épargnera deux semaines de repas avec des raseurs. Nous nous demandons cependant — et si l'on plaçait avec nous sept ou huit personnes et qu'elles devenaient des amis de toujours ? Ed s'en va prendre rendez-vous pour un massage. Quant à moi, munie de mon carnet de notes et de quelques livres, je me dirige vers un fauteuil sur la terrasse flottante. L'après-midi, nous nous baignons, puis nous restons sur le pont à regarder défiler des côtes et des îles non identifiées. Nous glissons au-dessus d'antiques épaves, échouées à mille ou deux mille mètres, bien plus bas que les filets des pêcheurs. Tout au fond, le sable d'or doit être jonché d'amphores couvertes de coquillages, et d'ancres rouillées. Nous suivons les sillons des vieux itinéraires marchands – des soies, des vins et des épices rapportés à Venise pour le bon plaisir des doges, des négociants, des courtisans. J'ai commencé *Les Argonautiques* d'Apollonios de Rhodes. L'introduction m'apprend qu'elles furent écrites à l'époque ptolémaïque, trois siècles avant J.-C. Ce livre est resté dix ans sur mon étagère sans que je l'ouvre une seule fois. Voilà que je m'intéresse à Jason, aux Argonautes, au bateau qu'ils hissaient sur leurs épaules, à leurs épiques aventures sur la route de la Toison d'or.

Nous n'avons pas de mission de ce genre, mais j'imagine que, individuellement, un certain nombre de passagers poursuivent une quête à leur manière. Moi en tout cas. Comme dit Martin Buber : « Tout départ implique une destination secrète que le voyageur ignore. » Je fais ce périple en l'honneur de ma jeunesse. À dix-neuf ans, je rêvais de la Grèce. Si j'ai une autre destination, intérieure celle-là, j'attendrai donc qu'elle se révèle. Les raisons pour lesquelles je rêvais de ce pays n'ont cessé de m'influencer toute ma vie – même si, pour l'instant, je ne suis jamais allée plus à l'est que la Slovénie.

C'est grisant de s'asseoir simplement sur le pont et de contempler la mer d'Ulysse. Je ne serais pas étonnée de voir une sirène faire surface et se retourner d'un battement de queue avant de disparaître. Lunettes de soleil, chapeau – je me suis placée de façon à pouvoir regarder les autres passagers. Parmi eux se trouvent beaucoup de petites femmes. Fluettes, dans les quatre-vingts ans. Elles ne doivent pas peser plus de quarante kilos. Deux d'entre elles me fascinent. Jumelles, elles portent les mêmes maillots de bain deux-pièces, les mêmes longs gilets de dentelle. Elles ont des cheveux gris-bleu permanentés. La première a peint ses sourcils en ogive. L'autre en fer à cheval : la pointe extérieure descend bien en dessous d'un sourcil normal. L'une a un air démoniaque ; l'autre semble constamment sur le point de poser une question. Elles laissent flotter derrière elles un parfum de fleurs, avec quelque chose de métallique, qui tranche sur l'odeur de la mer. Pas le genre tongs ou chaussures de voile. Elles portent des mules à talons hauts, en plastique transparent, avec une petite touffe de plumes roses à la cambrure. On dirait qu'elles ne se parlent jamais ; peut-être n'en ont-elles pas besoin.

Nous accostons à Corfou avec l'aurore. Un de mes professeurs m'a appris l'existence de cette île quand j'étais étudiante de deuxième année à la fac. J'en avais conçu une passion pour l'hellénisme – transfert des sentiments profonds que m'inspirait ce monsieur. Je lui dois de m'être inscrite en cours d'histoire gréco-romaine, d'avoir étudié la tragédie grecque, l'étymologie gréco-latine. Je n'avais eu qu'à admirer l'air éperdu de Mr. Hunter, récitant en grec les vers de Byron Ζώη μου σας αγαπώ – *ma vie, je t'aime* –, pour oublier les banales exigences des autres enseignements, littéraires comme scientifiques. L'été suivant, alors que je gardais mon petit-neveu de deux ans, je lui récitais plus volontiers Byron que les *Contes de ma Mère l'Oie* :

> *Les montagnes regardent Marathon*
> *Et Marathon regarde la mer*
> *Et méditant là une heure seul*
> *J'ai rêvé d'une Grèce libre.*

Laissant derrière lui une vie dissolue, le poète avait consacré sa fortune et son temps à la libération de ce pays. Il y a en fait trouvé la mort, dans le détroit de Missolonghi. Un rêve qui se prolonge dans l'action – voilà ce qui me plaisait.

Mr. Hunter avait séjourné à Corfou, qu'il prononçait « *Corfie* ». Quand j'ai lu par la suite Lawrence Durrell, j'ai remplacé le visage de l'auteur par celui de mon professeur. J'étais très jeune, je n'étais presque jamais allée nulle part. À peine quelques virées dans le Sud, une à New York, et une échappée de trois jours à Gettysburg où l'on reconstituait la bataille sanglante des Confédérés. « Ne jamais, jamais oublier », disait ma mère. Mr. Hunter était quelqu'un de très particulier : un *classiciste*. Ce mot me tournait la tête, avec le monde qu'il suggérait. Un monde que je voulais dans ma voix et dans mes yeux. Avec son goût pour la beauté, et la sagesse en plus. Je faisais aussi une fixation sur ses grandes mains bronzées, ses chemises impeccables. Dans la minuscule salle de classe, pendant que les autres étudiants prétendaient étudier les textes, je rêvais de lumière grecque. Je recopiais des tirades entières sur des bristols, je les gardais sur moi pour les apprendre par cœur. J'ai fait mettre sur « mon compte », à la librairie, de beaux volumes reliés de rouge ; théâtre grec, poésie et histoire anciennes. Ce qui m'a valu une lettre odieuse de mon grand-père. Elle se terminait ainsi : « Tu vas tout de suite me sortir la tête des nuages. » S'il avait su que je tissais des couronnes de laurier et de fleurs, pour les accrocher le soir à la porte du bureau de Mr. Hunter… Que je me postais à la lune pleine dans le jardin, entre les roses, en espérant le voir arriver… Je devrais aujourd'hui être mortifiée par ces souvenirs. Je ne le suis pas. Je me réjouis d'avoir écrit des poèmes anonymes, que je glissais aussi sous sa porte. Je brûlais le bord des feuilles. Je me réjouis qu'il m'ait appelée « notre Ménade ». Moi, l'humble éditrice de l'almanach de la Fitzgerald High School, intronisée dans le chœur sacré des Bacchanales… *Corfiiiie*, psalmodiait le cher professeur. Qui évoquait le vent égéen, se rappelait s'être endormi sous celui-ci, dans un petit bateau. Je me voyais poser sur son dos mes lèvres desséchées par le soleil. J'aimais les cadences ciselées d'Eschyle, les caprices sensuels de Sapho, les locutions qui s'imprimaient dans mon esprit – *la maison de Thèbes, l'hôte d'Argos, le chœur des Bacchantes.* La salle de classe, en sous-sol, était une mer antique. J'y flottais, bercée par les flots – dans le même bateau… La fin des cours était un choc. Dehors, c'était l'automne, la Virginie, et les ginkgos se paraient de flammes jaunes.

Quand nous débarquons à « Corfiiiie », la foule des passagers devient une masse confuse qui s'ébranle vers la ville. Dans l'espoir de leur échapper, Ed et moi prenons aussitôt un taxi vers le point le plus éloigné que nous trouvions – le monastère des Blachernes, qui date du XVIIe siècle. Pour la solitude, c'est raté : des quantités d'autocars de touristes nous ont précédés. Mais le monastère est là en bas, avec ses formes pures, tout blanc sur son îlot. Un deuxième îlot, plus vert, se dessine derrière : Podikonissi. Selon la légende, ce serait en fait le bateau d'Ulysse, que Poséidon aurait transformé en pierre. Sautant dans un deuxième taxi, nous repartons vers la vieille ville. Corfou ressemble à l'Italie. Je savais qu'elle avait longtemps vécu sous la domination des Vénitiens, mais je ne m'attendais pas à ce que leur héritage soit aussi manifeste. Les couleurs sont italiennes : pêche au soleil, mangue mûre, citron, vieil abricot, crème. Je me sens tout de suite chez moi sous les balcons couverts de plantes, les arcades de la grande place, les minuscules carrefours bordés de maisons où circulent des odeurs d'agneau rôti... On a comme un avant-goût de Venise.

Des psalmodies nous attirent à l'intérieur d'une petite église orthodoxe. Nous sommes brusquement dans l'obscurité, où s'élèvent des senteurs de cire et d'encens. La foule nous presse vers un cercueil, les gens se penchent devant celui-ci. Embrassent-ils un mort ? Il est trop tard pour ressortir. Je suis coincée entre un monsieur callipyge, et une dame à l'imposante poitrine.

— C'est un saint, murmure Ed à mon oreille. Pas un mort.

Bientôt nous nous penchons à notre tour, pour déposer un baiser sur une rose. Le pope me souffle :

— Spyridon.

Emmitouflé dans une tonne de vêtements, il ne transpire même pas ! Il tend à Ed un petit carré de papier, bleu et plié. Nous suivons le flot et, une fois arrivés dehors, nous déplions ce papier. Il contient un minuscule fragment de la robe du saint. En sortant de l'église, les gens achètent tous de fines chandelles, qu'ils placent dans une boîte métallique à moitié remplie de sable. Je les imite et je conseille à Ed de faire un vœu. Plus bas dans la rue, le patron du magasin d'antiquités nous apprend des choses : un habitant de Corfou sur deux porte le nom du saint qui a si souvent sauvé leur île. Et nous avons de la chance : la momie de Spyridon est exposée quatre fois par an, pas une de plus. Je me souviens que Durrell en parlait. Mais je n'aurais pas imaginé que je conserverais un jour cette minuscule relique dans mon coffret à bijoux.

Je répète au déjeuner mes premiers mots de grec courant — *mono nero*, de l'eau seulement, et le mot pour la salade, χωριάτικη, que je recopie dans mon carnet. Ed n'en revient pas de m'entendre prononcer tout l'alphabet — c'est l'avantage d'avoir été membre d'une *sorority*[1]. J'avais cinq ans lorsque ma sœur aînée s'est inscrite à celle de l'université de Georgie. Dès lors, je savais écrire le khi (X) et l'oméga (Ω). Connaître et reconnaître les lettres vous ouvre les portes de l'étymologie. Presque tout, cependant, paraît impénétrable. Une autre langue, écrite, si différente, si étrangère. C'est impressionnant au début, et cela peut devenir passionnant. Mais quand on ne comprend rien, on est relevé de toute responsabilité, n'est-ce pas ? Sans doute l'un des mystères du voyage. Régression au stade préverbal : on montre, on mime des formes, des objets, et on sourit…

Le premier jour à terre laisse augurer des suivants : choisir un plat et un seul dans le menu ; un verre et un seul d'un grand vin ; un monastère, pas dix ; le musée d'Art byzantin et ses icônes sublimes, oui, mais le Musée archéologique, non. On profitera d'un aperçu, d'un avant-goût. Le temps de mémoriser deux ou trois sensations, il faut vite retourner à bord, tendre sa carte de passager, et hop ! on largue les amarres. Le bateau quitte le quai, Corfou s'éloigne, se perd dans une brume d'or. Puis la distance l'efface et elle disparaît totalement. Alors je laisse mon imagination explorer ce que je n'ai pas vu : les anses et les plages ; une chèvre attachée à un olivier ; d'exubérants jardins loin des regards ; accrochée à la treille, la tomate mûre qui va éclater

---

1. *Fraternities* et *sororities* (États-Unis) : associations d'étudiant(es), désignées par des lettres de l'alphabet grec.

au soleil ; la villa défraîchie où une femme âgée est en train d'écrire ses mémoires.

En mer, l'apéritif commence tôt, finit tard, et recommence aux heures les plus inattendues de la journée sous forme de différents cocktails. Ma mère avait raison.

Nous avons à bord des *gentlemen* qui, sans doute retraités de l'enseignement ou du commerce, sont enfin partis voir le monde. Ils se mêlent à de nombreuses passagères esseulées, qu'ils invitent à danser au son de « *it's cherry pink and apple blossom white... when you're in love* [1] ». Ou encore de *Racing with the Moon*, et de – oh, non !... – « *Tea for two and two for tea...* » Cela paraît d'abord ridicule, puis tragique, et encore ridicule. Oui, mais de quel point de vue se place-t-on ? Probablement, ces femmes étaient mariées à des hommes qui n'aimaient pas danser. Aujourd'hui elles se font plaisir, elles redécouvrent le tango, le jitterbug de leurs années de fac, et les gentlemen sont bons cavaliers. Contrairement aux époux : ceux-là ne dansaient que les jours de mariage, et le moindre box-step les faisait haleter. Rien à voir avec un jeune homme de Floride que j'ai rencontré en dernière année d'université. Mon amie Saralynn et moi nous étions arrêtées devant une table du foyer, où les membres d'une *fraternity* étaient en train de jouer aux cartes. Seul un

1. Version anglaise de *Cerisier rose et pommier blanc*.

dénommé Frank s'était levé, et le courant électrique est passé aussitôt. Il devait me dire plus tard que, dès ce moment, il avait su que je deviendrais sa femme. Il dansait avec tant d'aisance et de grâce que, une fois nos examens derrière nous, nous n'avons plus arrêté jusqu'au mariage. Tant d'années plus tard, je rêve encore parfois qu'il m'invite sur la piste.

Mais les gentlemen du bateau font un petit peu « professionnel » – alors que certaines façons de danser respirent tout simplement la vie. C'est ce que j'essaie d'expliquer à Ed.

– Tu prends tout ça trop au sérieux, répond-il. Allons plutôt au casino gagner un million de dollars.

Dix *quarters* plus tard, nous apercevons la salle de projection, délicieusement vide et confortable. Nous regardons deux films que nous avions ratés au moment de leur sortie.

*

La Crète – j'adore ce nom. Nous prenons le bus et nous quittons Aghios Nikolaos en direction d'Héraklion et de Cnossos. Je suis tartinée d'indice de protection 50. Quand – à sept heures du matin – j'ai mis le pied sur le pont, le soleil m'a fait l'effet d'un fer rouge.

– Vous connaissez l'*après-Jésus-Christ*, nous annonce notre guide. Mais aujourd'hui, tout ce que vous allez voir sera *avant*.

Arrivés dans le site des légendaires ruines minoennes, nous descendons de l'autocar. Il règne une chaleur épouvantable dans le parking. D'autres touristes sortent en même temps de véhicules aussi essoufflés que le nôtre. Caméras, sacs à dos sales, bouteilles d'eau ; fesses grasses et peaux pâles suent sous les débardeurs dans des odeurs de gaz d'échappement et de digestion tardive. Bien, nous partons avec le troupeau vers le palais du roi Minos, où tant de mythes sont nés.

Pour protester peut-être, les cigales stridulent tellement fort qu'elles couvrent la voix des guides. J'ai entendu des cigales toute ma vie ; mais jamais un pareil mur de décibels. Comme si l'endroit était hanté, qu'on affolait le chœur d'une tragédie. Notre guide s'arrête devant la file qui serpente à l'entrée du labyrinthique palais, puis elle nous déclare que, à cause des foules, nous ne verrons ni ceci, ni ceci, ni cela. Elle s'attarde devant une rangée de pots de terre cuite et nous explique longuement qu'on n'est pas tout à fait sûr de savoir à quoi ils servaient. J'essaie de me concentrer sur le fait que ces poteries sont plus anciennes que leurs homologues étrusques. Et le mur derrière – est-il vraiment peint avec de la suie et du sang de taureau ? Je repense au mythe de Talos, l'homme de plomb qui gardait les côtes de la Crète. Il sautait dans un feu ardent, puis, devenu brûlant lui-même, presque en fusion, il étouffait dans ses bras les étrangers qui arrivaient dans l'île. Nous *sommes* dans ses bras. Les cigales nasillent leurs cadences primitives. La voix de la guide n'atteint pas le troisième cercle des visiteurs autour d'elle.

— Pourriez-vous parler plus fort ? lui demandé-je.

— Oh non, répond-elle, tendant le bras vers les arbres. Elles chanteront plus fort elles aussi.

Et donc le chœur contemporain poursuit son commentaire. Je vais peut-être fondre moi-même comme un bronze. Partout s'étalent des câpriers couverts de poussière. Je ramasse une câpre que je rapporterai à Bramasole. En soufflant dans une paille, j'enfoncerai la graine dans une lézarde d'un mur de pierre, où elle germera peut-être.

*

On n'a jamais découvert le fameux labyrinthe. Je suis certaine qu'il a existé, et que ce n'était pas le palais lui-même, contrairement à ce que suggère un de mes livres. Le labyrinthe est une de nos plus vieilles histoires — si on l'a tant répétée au fil des siècles, c'est que certains aspects font mouche dans notre inconscient collectif.

Thésée : tu es perdu dans le labyrinthe, et la douce Ariane t'a donné une pelote de fil. Elle te permettra d'en sortir, mais d'abord viens à bout de la mystérieuse force qui t'a attiré là.

Dédale : enfermé dans ce labyrinthe que tu as créé toi-même, il faut que tu t'en échappes par tes propres moyens.

Chaque fois, le message est assez clair.

Tôt dans la mythologie, Poséidon a donné un fabuleux taureau blanc à Minos, qui était censé le sacrifier. Ce qu'il ne fit pas. Il s'est contenté de tuer une bête plus commune. Pour le punir, Poséidon a rendu la femme de Minos, Pasiphaé, amoureuse du fabuleux taureau. Alors Pasiphaé a persuadé Dédale de lui construire une vache en bois, dans laquelle elle pouvait se cacher pour rencontrer le taureau blanc. Le produit de leur union fut donc le Minotaure, mi-homme, mi... ! Ça se complique... Métaphore ou pas métaphore, certains aspects du mythe ne délivrent pas si facilement leur sens.

À la place de tout ce que nous sommes venus voir, on nous montre la plus ancienne route d'Europe, évidemment un modèle du genre, avec des rigoles d'écoulement de chaque côté. Sous les sabots du jour − notre troupeau −, ses pavés blancs vieillissent encore d'un siècle. Je reste en retrait à m'éventer, mon guide à la main. Le soleil est un taureau. Je risque de me faire piétiner par les touristes fous de chaleur. Ed a l'air affligé. *Alain, ce que tu avais raison !* Les foules ; la chaleur. Oui. Bon Dieu.

Nous reprenons le car jusqu'au musée d'Héraklion. Nous saurons ce que frustré veut dire. Ici se trouve la fantastique collection minoenne, que j'arrive à apercevoir sous le pli d'un coude, par-dessus une épaule, et pendant qu'on me marche sur les pieds. Il me faudrait des œillères pour voir entièrement cet acrobate d'ivoire, grêlé par le temps, qui fait le saut périlleux sur le dos d'un taureau. L'acrobate est une figure récurrente dans l'art minoen, liée au culte de cet animal. Selon certains experts, le mouvement en lui-même serait une impossibilité physique. Pourtant l'antique sculpteur, doué certainement d'un sens aigu de l'aérodynamique, le rend tout à fait plausible. Une fresque représente trois personnages – devant, sur, et derrière un autre taureau. Deux des androgynes silhouettes sont blanches, mais la troisième, au milieu, est rouge. Probablement peinte elle aussi avec du sang de … D'aucuns pensent que la couleur symbolise le sexe : blanc pour les femmes, rouge pour l'homme. Mais peut-être que le personnage rouge – celui qui fait la roue sur le dos de l'animal – subit une transformation magique sous l'influence de celui-ci. Dans ce cas, il retrouve sa blancheur en atterrissant par terre à la fin de la séquence. Quoi qu'il en soit, cet art rayonne d'énergie. Comme si ces antiques Crétois étaient nos contemporains.

Curieusement, les galeries sont toutes plongées dans le silence. On perçoit à peine un léger bourdonnement, qui pourrait être celui d'une lointaine ruche. Nous avons fui la chaleur intense de l'après-midi ; nous sommes des zombies minoens qui passent de salle en salle.

Le taureau : une affaire de puissance. Le mythe a répandu la corne symbolique dans toute la Méditerranée. Le croissant de lune : l'index et le petit doigt levés, qui accusent le cocu ; qu'on dirige tout droit vers les yeux de la sorcière ; ou qu'on tend vers le sol, pour assurer qu'une chose n'arrivera pas ici. *Corno.*

Assise à l'arrière de l'autocar, je tente de démêler quelques aspects de ce labyrinthe en soi. Le plus mystérieux d'entre eux demeure Pasiphaé, jamais triste de sa chair, cachée dans l'animal de bois que lui a créé Dédale. Elle se glissait dans celui-ci pour pouvoir s'accoupler avec le… que son mari était censé tuer. Et qu'il n'a pas tué. La scène – du point de vue logistique – reste assez difficile à imaginer. Et comment lire ce mythe… Qu'une femme s'adonne à la sexualité pure, et l'enfer lui est alors promis ? Le plaisir sexuel conduit-il aux extrêmes ? Les plus anciennes de nos histoires ont généralement valeur d'illustration, comme l'étaient les fresques pour les illettrés – un récit visuel qui réunit plusieurs séquences temporelles. On a souvent la vie d'un saint de la naissance à la mort, et, bien sûr, tous les miracles. Graphisme et pédagogie. Le mythe des amours de Pasiphaé et du… blanc me confond. Cela va certainement plus loin que des mœurs dépravées ou que la punition de Minos.

Plus sympathique, l'exubérance insouciante d'Icare est aussi plus facilement compréhensible. Icare s'est élevé au-dessus de Cnossos, avec des ailes de cire et de plumes, inventées par son père Dédale. Jamais à court d'idées, celui-là. Le soleil brûlant d'aujourd'hui les ferait pareillement fondre et il piquerait dans l'eau.

Sans aucun doute, les mythes s'inspirent de l'existence de vrais êtres humains. Le temps en a élevé certains au rang de dieux. Mais d'autres, comme Icare, sont restés de simples hommes, ce qui les rend plus touchants. Le dénommé Icare a un jour disparu de Cnossos. Sans laisser de traces. Peu après, un négociant en vins, ou en huiles, déclarait avoir trouvé un corps, rejeté par la mer sur un îlot à proximité. Sur le front : une cicatrice incurvée. Dans la main : une attelle sculptée. Au cou : un pendentif d'argile, représentant le taureau. Eh bien oui, cela devait être Icare, ce jeune fou. Celui qui avait voulu s'élever dans les airs. Celui dont le père, Dédale, était un entrepreneur âpre au gain, impatient de gravir l'échelle sociale. Voilà qui a bien failli le conduire à sa perte. Dédale s'est retrouvé mêlé à tant de catastrophes. Pas étonnant que le roi l'ait jeté en prison. Mille fois, on a rapporté l'aventure père-fils, et elle s'est métamorphosée en mythe. Icare s'abîme en mer, mais Dédale poursuit son voyage et il atterrit en Sicile. Fuir est un art qui n'est pas donné à tout le monde.

Au large, la mer est plus claire encore que le lapis-lazuli. D'un bleu infini, plus bleu que le bleu. Bleu myosotis. Il me faudrait un mot à associer à cette couleur, mais un mot lumineux, léger comme de la gaze. L'étrave soulève un V d'écume qui se replie dans le bleu. Je pourrais rester des journées entières sur le pont, à regarder les motifs qui se renouvellent à la surface de l'eau. Ni vraiment mauve, ni bleu pervenche. Un bleu vivant et brillant comme l'émail, mais l'émail n'a jamais cette profondeur là. Saphir – oui, car la lumière joue toujours avec un saphir. À ce mystère s'ajoutent le poids et l'immensité des terres. C'est un mystère exubérant dans le sommeil de l'été.

À la première des cinq soirées à bord, les jumelles font toujours dans la dentelle, cette fois sous forme de longues robes moulantes. Sans doute rescapées d'un bal universitaire à l'été 1945. Leurs colliers et leurs pendentifs de strass annoncent de loin leur arrivée dans la salle à manger. Puis elles s'assoient à leur table attitrée. Le champagne est frais, la mer lisse, Ed est superbe dans son smoking italien, et le capitaine nous accueille d'un sourire resplendissant. Faisant un bond en avant d'une vingtaine d'années, l'orchestre entame *Saturday Night Fever*. Puis il s'en revient sagement à *Misty*.

Un bus nous attend au Pirée, puis nous conduit à Athènes par des routes ombreuses, peu fréquentées à cette heure matinale. Je vois la dentelaire qui pousse par-dessus les clôtures.

— Tu te souviens du *Lauréat* ? me demande Ed. Il y a ce type qui déclare à Dustin Hoffman que l'avenir, c'est le plastique. Regarde un peu dehors.

La Grèce compte seulement onze millions d'habitants, dont un tiers environ résident dans l'agglomération d'Athènes. La moitié d'entre eux a déposé ses sacs d'ordures le long de la route. Il y a des déchets partout, c'est effrayant : pneus en plastique, tonneaux en plastique, caisses en plastique, tôles en plastique, bouteilles en plastique – du plastique, du plastique, et encore du plastique.

Mais brusquement c'est la campagne, et nous sommes au milieu des oliviers. Gris, massifs, peut-être aussi vieux que les mythes d'Œdipe et de Jocaste. Nous passons Thèbes, ses champs de coton, ses ruches bleues, ses blocs résidentiels. C'est la patrie de Tirésias. Nous traversons des plaines, des cultures de blé. Et de tomates : au bord des champs, des femmes assises vendent des tomates San Marzano. Elles débordent, rouges, des casiers bleus. Ensuite : des constructions en ruine, un tracteur bleu, un homme à casquette bleue. Et soudain apparaît un chalet suisse. Mais c'est un magasin d'antiquités chinoises !

Nous nous rendons à Delphes, où nous aurons peut-être des questions à poser à l'oracle. Zeus a voulu savoir où se trouvait le centre du monde – l'omphalos. Alors il a lancé deux aigles vers les bords opposés de la Terre. C'est à Delphes qu'ils ont fini par se rencontrer. Delphes où, pendant douze siècles, l'oracle a fourni des réponses absolues – mais pleines d'ambiguïté – à des questions fondamentales. Notre guide d'aujourd'hui a l'air de s'ennuyer. Assise à l'avant de l'autocar, elle se raidit à chaque nid-de-poule. Elle m'a tout de suite énervée lorsqu'elle a demandé combien d'entre nous avaient entendu parler de cet endroit. Elle a voulu savoir aussi :

– Avez-vous déjà regardé une carte de la Grèce ?

J'ai eu envie de crier : *j'ai étudié la Grèce avant que vous soyez née.*

– On ne dit pas « *Delphaille* », répond-elle à quelqu'un qui a osé l'interroger. La prononciation correcte est « *Delphi* ».

Quelle arrogance. Je la giflerais. Même si je prononce moi-même « Delphaille ». Nous descendons du bus et nous éloignons aussitôt de sa voix stridente, crissante comme du papier de verre. Nous consulterons nos propres livres, nous ferons semblant d'écouter l'oracle, mais surtout pas elle. En bons pèlerins, nous avons apporté une petite bouteille pour prendre de l'eau à la source sacrée mais pas d'offrande propitiatoire pour les serpents. En plein cagnard, nous montons un sentier dallé, abrupt, et j'ai l'impression de fouler les fondations mêmes de la littérature. Sur les murs de Delphes était inscrit : S, sigma, qui veut dire « énergie » et « la force de chacun ». On y trouvait aussi les devises « Connais-toi toi-même » et « Rien de trop ». Toujours valables, bien que j'aie toujours été partisane des excès. Comme Colette : « Si l'on ne peut disposer de trop de truffes, on se passe de truffes. » Et Blake allait plus loin : « La route de l'excès mène au palais de la sagesse. »

Les ruines s'étendent dans un domaine bien plus vaste que je n'avais imaginé.

Ma grand-mère, qui est morte quand j'avais onze ans, m'attend sur un rocher près de l'entrée. Je l'ai reconnue dans le bus – c'est exactement elle, avec sa forte poitrine, ses minces jambes de cerf, ses cheveux blancs un peu ébouriffés, son petit menton pointu, ses yeux bleus tristes et larmoyants. Venue visiter Delphes en talons hauts, elle n'avait pu gravir la pente jusqu'au sanctuaire où l'oracle s'est tenu pendant des siècles. Du coup, elle s'était acheté un hamburger et, assise sur sa pierre, elle l'avait émietté pour le donner aux oiseaux. Je reconnais également sa robe légère, en tissu imprimé, et ses chevilles osseuses. Je sais qu'elle exhale l'odeur exotique, capiteuse, du Shalimar. À notre retour dans le bus, elle s'assoit sur le siège de devant. Je vois qu'elle a les cheveux plantés bas sur la nuque, comme moi. Je m'attends à ce qu'elle me reconnaisse et déclare : « Eh bien, Frances, cela faisait si longtemps. » Mais elle se retourne simplement et me demande :

– Chérie, pourriez-vous me dégrafer mon soutien-gorge ? Bon Dieu, dans cette chaleur, je ne vais pas refaire toute la route jusqu'au bateau avec ce machin qui m'oppresse.

Mon embaumante grand-mère, Frances Smith Mayes, dont la propre mère portait le nom grandiloquent de Sarah American Gray. Je m'exécute. Je me souviens d'Apollon, dieu des prophéties, et de nombreux autres qui sauront se venger si vous les approchez de trop près. La mémoire fait de même. Elle se déshabille, couche après couche, prête à vous révéler quelque chose. Mais finalement elle vous tend un joker.

Sur le chemin du retour, j'aperçois l'Acropole, d'assez loin, et le soleil derrière. Des vers de Kostas

Karyotakis me reviennent à l'esprit : « Au-delà, la reine Acropole revêt tout le couchant comme une robe pourpre. »

Au large, la nuit, l'imagination féminine se réveille. Les rythmes profonds de la mer doivent exacerber quelque désir essentiel. Le jour, les dames se prélassent, se promènent, se rendent aux conférences et aux spectacles en simple chemisier, sur un pantalon ou un short passe-partout. Aux dîners dansants, à la lueur des chandelles, ce n'est pas la musique ou la qualité de la nourriture qui nous ravit. C'est le fabuleux spectacle d'une volumineuse Hollandaise, en taffetas bleu, avec manches bouffantes et tournure – parfaitement : un faux cul ! Une autre porte une robe Empire, droite et jaune, qui me rappelle celle que j'avais au mariage de mon amie Anne. J'étais demoiselle d'honneur. Anne s'était évanouie tant il faisait chaud, mais le prêtre n'avait pas interrompu la cérémonie. Elle avait fini par revenir à elle. Toujours en strass et en chignon, nos jumelles ont mis leurs plus belles dentelles noires pour la soirée de gala. Avec des roses rouges, évidemment fausses, sur le décolleté. Ed et moi sommes aussi en noir – italien, anonyme, minimaliste. Nous distinguons quelques fourreaux de bon goût, des couleurs légères, discrètes, des couples simplement vêtus. Mais voici le sosie d'Isabella Rossellini, avec des bras parfaits et des épaules bronzées. Elle arpente la salle de bal comme une

Aphrodite sur les vagues. Sa robe de chiffon rose danse sur ses chevilles. Apparaît ensuite la jeune fille de deux blonds et solides Sud-Africains, en robe de soie, écume de mer, à manches ballon. Si elle n'avait pas ce dragon tatoué sur l'épaule, on la prendrait facilement pour l'ange de l'Annonciation.

La diversité flamboyante, et délicieuse, des espèces ici représentées attire constamment le regard. Ed apprécie ce muu-muu hawaiien, trois-pièces, avec assez de franges à l'ourlet pour tisser un tapis de deux mètres carrés. Suivi, au bras d'un élégant mari, par une rousse beauté qui semble gonflée à la pompe à vélo. Son Lycra la serre tellement qu'on dirait un moulage en plâtre sur le Zeppelin qui lui sert de postérieur. Échancré jusqu'à la dernière extrémité, son décolleté révèle de généreuses tranches d'une poitrine cycladique. Où a-t-elle trouvé ces longues mitaines à losanges ? Puis encore cette autre, coiffée moitié choucroute, moitié cascades. Elle porte d'énormes dentelles, constellées de fleurs rouges et de ce qui pourrait être des feuilles de bananier. Avec ses cent cinquante kilos ou presque, elle a tout d'un jardin ambulant. Les gentlemen-danseurs se mettent au travail, l'orchestre éreinte quelques morceaux et, pour ne pas les entendre, les dauphins se réfugient sûrement dans les profondeurs.

À Santorin, les magasins de peintures n'ont pas besoin de stocker un grand éventail de couleurs.

Deux suffiront : le bleu de l'Égée, et le blanc le plus total. Maisons blanches, blanches, blanches comme des os cuits par le soleil. Les portails, les portes et les fenêtres sont bleus – un bleu vigoureux lorsqu'il est frais, et que les saisons transforment ensuite en gris crayeux. Bleues ou encadrées de bleu, les coupoles des chapelles font plus qu'appeler le regard – d'abord parce que leurs formes sont pures, ensuite parce qu'elles respirent un air de solitude. Je crois que, à notre insu, elles évoquent la rotondité du crâne humain, la vie intérieure qu'il protège. Ici ou là, un iconoclaste a peint sa porte en vert, ses clôtures en lavande. L'un et l'autre sont encore les couleurs de la mer, une mer peu profonde, ou au crépuscule. On nous lâche pour la journée, et nous en profitons pour louer une voiture. L'occasion d'apprécier la légendaire lumière grecque. Le paysage rêche, peu amène, se déploie uniformément sous le soleil. Gorgées de lave, presque nues, les collines semblent hésiter à s'immiscer entre un ciel et une mer omniprésents. Le figuier est peut-être le seul arbre à se dresser sur cette terre volcanique. Tronqué, trapu, mais preuve qu'il a partout sa place dans le monde méditerranéen. Dans la rocaille, la montagne ou la plaine. Ed se gare et nous regardons un instant les vendangeurs qui remplissent leurs paniers de raisin noir. Les vignes sont couchées sur le sol, comme incapables de s'ériger contre un soleil sévère. Même à peu de distance, le paysage miroite dans la chaleur, les ceps sont incertains. Le soleil tape, tape, si fort que j'ai l'impression d'avoir la tête déformée. Praxitèle a dû concevoir son esthétique dans un de ces champs. Comment saisir l'essence de la beauté ? Ce sera toujours un processus réducteur. Retirez l'accessoire – mais laissez le vent brûlant, la main qui coupe la grappe, l'astre solaire qui vous baigne les os de son aride lumière.

J'adore les journées en mer. Du bleu, du bleu, nous glissons, nous volons à fleur de bleu. J'aperçois parfois des rivières qui sinuent dans la mer, qui se glissent sous les vagues. Immortelle couleur bleue. Lorsque nous approchons d'une île, des remorqueurs jaunes ou mandarine donnent des coups de corne de brume, puis nous tirent ou nous escortent jusqu'au port. Ils s'appellent Périclès ou Héraclès.

Sur le pont, les adorateurs d'un soleil brutal révèlent leurs brûlures multicouches (dont la dernière, rouge et plissée), la cicatrice desséchée de leurs césariennes, leurs genoux enflés et cramoisis. J'ai l'habitude de voir des corps superbes sur les plages californiennes. Quelques-uns frisent ici la perfection, côte à côte avec les obèses, les très vieux, les estropiés qui se dévêtent aussi et oublient leurs varices, leurs ongles de corne, leur peau tachetée. Ces formes ultimes, éreintées, excessives du corps humain contrastent affreusement avec celles, parfaites, des statues antiques des musées. Celui que nous avons surnommé « Mr. Good Morning » – il nous salue toujours avec enthousiasme – émet à chaque fois qu'il se lève un long sifflement. Sa posture rappelle la lettre gamma (Γ). Je ne peux détacher mes yeux d'un homme-épouvantail dont le pénis, *énorme* bien qu'apparemment au repos, pend le long de sa cuisse dans un bermuda grande taille. Je repense soudainement au cheval de ma fille. Un autre homme, aux jambes de héron, lève son verre en clamant :

— On fait la fête !

Oui, c'est ça.

Je cherche à perdre six kilos, c'est pourquoi j'examine les vrais obèses avec une attention redoublée. L'affectueuse mère de deux jeunes enfants pleins d'entrain rejoint ceux-ci dans la piscine. *Ça ne peut lui faire que du bien*, pensé-je. Au diable les gens comme moi, qui se croient illuminés par un projecteur de poursuite dès qu'ils ont un renflement à la cuisse ou le ventre un peu rond. Ses chevilles soutiennent des cuisses dignes du Colosse de Rhodes, mais affaissées sur des genoux qui ont dû commencer à fondre. Elle a eu la très bonne idée d'enfiler un maillot de bain blanc. Arrivée au bas de la petite échelle, elle ressemble à un hippopotame albinos ; les seins, le ventre, les hanches se rejoignent, elle ne peut voir son propre sexe. L'eau salée la rend plus légère. Elle joue avec son gamin blond, sa petite fille maigre, cris et éclaboussures, puis elle émerge à grands efforts, se prélasse sur une chaise longue et s'endort. La petite fille pose la tête sur la poitrine de sa maman, l'oreiller le plus moelleux qu'elle connaîtra dans cette vie. Ou dans la suivante.

Tard le soir, seule sur le pont, je reconnais cette dame, près de la balustrade, en train de danser seule, les bras ouverts dans un caftan rouge. Un régal pour les yeux. Ici au large, elle est déesse des vagues. Son cœur fait des heures supplémentaires. Arrive-t-elle à dormir dans son étroite couchette, comme nous tous ?

Sur la côte continentale, nous adorons Nauplie – du nom de Nauplios, l'un des fils de Poséidon. Longues esplanades ombreuses le long du rivage, gigantesque château de sable planté au bord de la mer, maisons de pastels, beaucoup d'animation. Nous tombons par hasard sur le musée des Komboloïs (chapelets que l'on égrène pour occuper ses mains). J'ai observé des hommes, dans les cafés, qui manipulaient ces objets. On trouve dans cette petite maison une collection de toute une vie, rassemblée par Aris Evangelinos. Il en fabrique aussi, il les vend, et il ne manque pas d'histoires à raconter. Il a de noirs sourcils, féroces, qui dansent sur son front.

– Cela n'a pas de signification religieuse en Grèce, explique-t-il. C'est un compagnon, quelque chose d'agréable à toucher, qu'on fait claquer dans ses doigts, qui a de jolies couleurs.

Il nous montre un vieux komboloï à boules d'ambre.

– Dans les pays musulmans, on en trouve souvent qui ont trois séries de trente-trois perles, correspondant à trois prières distinctes. Le chapelet des hindous, qui porte le nom de *mala*, signifie livre de prières. Mais en Grèce, c'est tout simplement un ami qui ne vous quitte plus. Beaucoup d'hommes se font enterrer avec leur komboloï. Si vous en portez un autour du cou, le mauvais œil sait qu'il doit s'éloigner.

Il en a dans sa collection qui sont faits en os de serpent, en corail noir, en noyaux d'olive, en ébène, avec des graines de fleurs, de la nacre, des boules de fil, de la corne de yak, de l'ambre vert (rare), du bois aromatique, de l'ivoire, et de la poudre d'ambre. J'en choisis un de la taille d'un bracelet, en onyx jaune pâle. Moi qui passe mon temps à triturer des trombones sur mon bureau, je peux bien essayer ça à la place. Nous achetons le livre maison, et Aris nous le signe. Je l'ouvrirai plus tard au déjeuner et je lirai : « À mes amis Frances et Edward, avec mon affection, Aris. » De petits moments comme ça, grands plaisirs du voyage.

À Nauplie, le mot charme vient spontanément à la bouche. L'industrie locale, minimale, paraît centrée autour de la production de bijoux en or. J'entre dans plusieurs boutiques, où j'admire les croix byzantines en métal repoussé, les bagues colorées de pierres semi-précieuses, et les broches en corail. On peut imaginer vivre ici, flâner au bord de l'eau, s'asseoir sur la place, écouter les musiciens itinérants aux étuis de guitare ouverts, dans lesquels brillent des pièces. Ce que je fais jusqu'à l'heure de rejoindre le bateau. En hâte. La corne retentit déjà pour signaler le départ. Parti mettre des cartes postales dans une boîte aux lettres, Ed saute sur la passerelle au dernier moment.

Cocasse : quand le bateau a largué les amarres, qu'il se glisse hors du port, c'est le moment de s'habiller pour le dîner. Nous sommes d'humeur festive dès notre arrivée à la salle à manger. Nous y avons de merveilleux rendez-vous. Je crois me souvenir que, à l'époque, j'étais assez douée pour le flirt… Romantique en diable, Ed sort de sa poche un petit écrin de velours bleu. Je trouve à l'intérieur deux boucles d'oreilles, deux saphirs ronds cerclés d'orcelles, exactement, qui m'avaient séduite à la bijouterie. Moi qui le croyais parti chercher des timbres. Elles me rappelleront la couleur de la mer. Le dîner fini, nous déambulons sur le pont. Intenses et toujours là, les étoiles me brisent le cœur. On a envie de les saisir par poignées. Difficile de croire que le reste de la planète rêve exactement des mêmes.

Au large, en pleine nuit, Ed rêve, lui, une deuxième fois que notre cabine est inondée.

– Tu te souviens de ce vieux film avec Paul Newman ? Il est dans une citerne, l'eau commence à rentrer, quelqu'un ferme le couvercle. Il est prisonnier de l'acier, et l'eau continue à monter.

– Non. Qu'est-ce qu'il faisait dans une citerne ?

– Je ne sais plus. Enfin, l'eau monte jusqu'en haut et il lui reste à peine l'espace de respirer.

– Comment il s'en sort ?

– Ça n'est pas la question. La question, c'est ce qu'on *ressent* à ce moment-là. Je n'en peux plus, moi, de ce truc.

Moi aussi, je me réveille parfois la nuit avec l'impression d'être enfermée dans un œuf.

De bon matin sur le pont, j'aperçois deux personnes qui se débattent dans l'eau. Suicide ? À deux ? Des fous en descente d'ecstasy ? Aussitôt une bouée de sauvetage est jetée à la mer, et les deux gars nagent vers celle-ci. Puis un canot part les récupérer. J'apprends que ce sont deux réfugiés afghans, ou albanais, ou kurdes ; qu'ils se remettent maintenant dans l'infirmerie du bateau. La rumeur fait le tour des ponts. Non loin de nous, un voilier a sauvé trois hommes dans la nuit, jetés à la mer par le passeur – celui qu'ils ont payé pour les mener à bon port. Étaient-ils vraiment dix-sept au début ? L'un d'eux affirme que non. Sinon, il y a eu douze noyés, et nous avons peut-être navigué sur les cadavres.

Ce sauvetage nous rappelle brutalement que des gens se débattent avec courage dans les histoires affreuses d'un monde qui se passe de leur avis. Un monde dont nous sommes, nous autres, des citoyens privilégiés. Nous avons scruté un moment les eaux où, semblait-il, deux taches incertaines étaient en train de dériver. Mon Dieu, la nuit qu'ils ont dû vivre, à se démener dans le froid jusqu'au matin – l'eau salée prête à leur envahir les poumons, la crainte d'un requin, ou de son propre corps qui peut soudain préférer l'ankylose. Et donc la mort. Subitement, les voilà sauvés. Notre journée se poursuit inéluctablement, mais l'image de ces deux visages, les yeux levés vers nous, nous hantera pendant des années.

Je fais ma causerie en fin de matinée. Mais je vois que mon intervention n'est pas inscrite au programme du jour. Moyennant quoi, à onze heures, j'ai cinq personnes en tout et pour tout. Embarrassant car, pour ainsi dire, cette conférence a payé notre croisière. Eh bien, ce sera un petit séminaire intime, au bout duquel on s'en retourne à ses bains de soleil et ses lectures. Nous passons l'après-midi en mer. Le responsable de la programmation m'assure que ce n'est pas grave, mais je garde l'impression de m'être glissée dans un théâtre sans billet.

L'après-midi entier sur un transat, j'essaie de décrire dans mon carnet les couleurs de l'eau et du ciel. Par quels mots traduire la lumière solaire ? Sous cette mer que je vois se cachent des visions, les eaux vertes d'Angel Island, les week-ends à mouiller dans l'anse d'Alaya, avec mon premier mari et ma fille, sur notre voilier *Primavera*. Nous étions souvent le seul bateau. Après seize heures, une fois le dernier ferry reparti, les cerfs venaient boire par dizaines, aux rampes d'arrosage sur la pelouse du gardien. Nous prenions le youyou pour rejoindre le rivage et nous faisions le tour de l'île pour admirer San Francisco au coucher du soleil. La ville blanche semblait jaillir de l'océan comme une cité fabuleuse. Toujours époustouflant par sa grandeur, le Golden Gate n'avait plus l'air d'un pont qu'on repeint constamment. On aurait plutôt dit une passerelle entre d'improbables mémoires. Les soirées à bord du *Primavera* confinaient au sublime. Je préparais le dîner dans la minuscule cuisine, puis nous regardions filer les étoiles par les nuits sans nuage, ou nous nous glissions tôt dans nos petites couchettes et dodo, l'enfant do dormira bientôt.

Chaque fois que j'ai l'impression d'avoir une serpillière huileuse à la place de la tête, ces souvenirs sont un baume. J'en aurai maintenant d'autres pour me servir d'anges gardiens. C'est toujours la nature qui me sauve.

*

Tout le monde prend place dans les bus. Ils doivent nous mener à ce monastère dont autrefois les occupants, s'ils voulaient en sortir, s'installaient dans un panier que l'on faisait descendre à flanc de montagne. J'ai le vertige rien que d'y penser, avec une sensation de claustrophobie. Ed, qui n'a pas oublié le long pèlerinage à Delphes, refuse de monter à nouveau dans un autocar. Nous avons accosté à Volos, d'où Jason et les Argonautes ont jadis pris la mer. Il y a des dizaines de cafés et de bateaux de pêche autour du port. Devant une taverne, une cinquantaine de pieuvres sèchent sur une corde à linge. Faites votre choix. Au Musée archéologique, un rien poussiéreux, nous découvrons des stèles peintes qui, presque effacées par le temps, révèlent pourtant le visage de ceux qu'elles commémorent – quant à eux, il n'en reste rien du tout. Nous voyons les colliers et les bracelets qu'ils portaient, mais aussi des talismans en fer forgé, sertis de saphirs, de rubis, et des médaillons en or. Nous ressortons dans la chaleur et décidons de prendre un taxi jusqu'au village de Μακρινίτσα (Makrinitsa), où des platanes millénaires projettent d'immenses ombres sur la grand-place. Aussi impressionnants que les séquoias de Californie. Nous visitons la petite église byzantine. J'ai pris l'habitude d'allumer ces cierges fins, de les planter dans la couche de sable. Un pour ma tante Mary, souffrante à Savannah. Un, comme toujours, pour la famille proche. Mon Dieu, protégez-les, je vous en supplie. Un pour tous ceux que j'aime, et un encore au nom d'une conviction qui m'est venue un jour : qu'ils soient rouges ou jaunes, blancs ou noirs, Jésus aime tous les enfants du monde.

J'achète un bocal de feuilles de câprier marinées – je n'en avais encore jamais vu. Je suis tentée par ces longues tiges d'environ trente centimètres, appelées « thé de la montagne ». Ainsi que par les miels noirs, si noirs qu'ils sont opaques, par la menthe sèche et l'origan aussi. Ed me pousse du coude. Dehors, des ânes arpentent péniblement les rues pentues, avec leur propriétaire en amazone.

À la taverne sous les arbres, il fait trop chaud pour le lapin en sauce et le cabri bouilli. Nous commandons plutôt de la feta aux épices, à tartiner sur un gros pain délicieux ; de savoureuses aubergines aux tomates ; et en voyant une assiette pleine sur la table à côté – des frites maison, légères et dorées. Notre voisin a terminé son repas, sa femme papote avec les gens des tables autour. Il sort son komboloï et paraît migrer vers un autre monde. Les petites boules qui courent et s'entrechoquent sont comme le clapotis de la mer sur les rochers. Il joue avec la boule « mère », rouge, puis il rassemble les suivantes et glisse la première de l'autre côté. Alors il fait valser le komboloï autour de sa main et il recommence tout.

On largue les amarres à cinq heures, mais nous ne trouvons pas de taxi pour le retour. Ah non, nous dit-on, les taxis *montent* ici, mais ils n'y restent pas ; essayez le prochain village, un kilomètre et demi, c'est tout près. Plutôt alanguis après le déjeuner, nous partons dans la chaleur – ce n'est rien de l'écrire, mais en plein mois d'août la route est un four. Il doit faire pas loin de 40°, l'asphalte est fumant. Dans les peupliers, le vent peut imiter le chant des cascades, mais en bas les torrents sont asséchés. Encore heureux – Zeus merci – que nous descendions la colline et pas l'inverse. Arrivés au prochain village, nous ne trouvons toujours pas de taxi. Avec ces sandales, j'ai des ampoules à chaque orteil, et mon talon saigne. Nous montons finalement dans un autobus qui serpente paresseusement jusqu'à Volos. Il nous lâche près du petit port de

pêche. Il nous reste encore quinze cents mètres à
parcourir jusqu'au bateau.

Ici, au large, je respire un air hellénique plus frais.
Une brise de gaze dessine sur ma bouche le mot
éolien. La Voie lactée répand ses poudres de diamant. À bâbord, la côte étend mystérieusement sa
silhouette d'ombre contre le ciel, et à tribord, il n'y
a que la houle contre la coque – elle ne se brise qu'à
moitié. Quelque part au loin, dressée sur un large
coquillage, Aphrodite émerge dans l'écume, sa poitrine cachée sous une poignée d'algues. Ce soir, la
mer luit comme de l'obsidienne, sa surface lisse est
un miroir. Le miroir dans lequel le père d'Ed s'est
regardé quelques jours avant de disparaître, en
déclarant : « Qui c'est, celui-là, pourquoi il dit
rien ? »

À l'intérieur, on danse toujours sur des airs hors
d'âge : *night and day, you are the one…* [1].

Je fredonne en même temps.

– Écoute ça, Eddie. Toi qui es mon élu.

*

Les distances étant assez courtes, le bateau zigzague pour atteindre le nombre de journées
prévues. À Rhodes, la saison touristique bat son
plein – un choc ! Nous avons beau débarquer tôt,

---

1. Plus ou moins : « Jour et nuit, tu seras mon élue » (Cole Porter).

sans prendre le temps de petit-déjeuner, les rues croulent sous des avalanches humaines ; c'est qu'on se retrouverait vite piétinés. Nous préférons retourner à bord et revenir plus tard chez le Colosse. Au mois de février sous la pluie, par exemple. En rebroussant chemin, nous apercevons l'un des gentlemen cavaliers, assis sur le trottoir, qui boit une bière d'un air très abattu.

La côte turque : nous jetons l'ancre à Kusadasi. Un nouveau bus nous conduit à Éphèse. Nous filons entre les figuiers, les vergers d'orangers, de pêchers, et il y a partout des colonnes brisées, des blocs de pierre sculptée, disséminés au bord de la route comme si ça n'avait aucun intérêt. Des nids désordonnés de cigognes ornent les cheminées et les poteaux électriques. Si nous étions autonomes, nous nous arrêterions sous les lilas des Indes pour acheter un de ces paniers de pêches, et le jus coulerait sur nos doigts. Je me contente de boire de l'eau en bouteille, et je prie pour que le soleil ne nous transforme pas en mares de beurre fondu.

Étape inattendue à la Maison de la Très Sainte Vierge. Un ami juif m'a dit avoir été curieusement ému par cette bicoque, par son mur extérieur couvert de Kleenex noués en guise d'ex-voto. J'y vois aussi un mi-bas, quelques vrais mouchoirs, des notes griffonnées sur des serviettes en papier. Comme quoi on n'a pas toujours ce qu'il faut sous la main pour remercier l'Éternel. L'intérieur — je doute vraiment que Marie ait vécu là — est rendu moins sinistre par la présence des cierges dans leur bac de sable. L'idée m'intrigue que la Vierge ait pu habiter près de ces ruines à la fin de sa vie. Peut-être a-t-elle eu un autre enfant, une petite fille qui grimpait sur ces arbres poussiéreux, et qui jouait dans les rues marbrées d'Éphèse ? En remontant dans le bus, j'entends un touriste britannique s'exclamer :

— C'est trop bien !

Éphèse — consacré par Héraclite et par saint Paul. À l'entrée, un enfant malicieux propose trente cartes postales pour le prix d'un dollar américain. Nous n'en profitons pas et il se lamente en anglais :

— *You break my heart* [1].

— Du bric-à-brac, marmonne une guide. Ces boutiques ne vendent que du bric-à-brac.

Puis nous avançons dans ces rues — eh oui, c'est bien du marbre — au milieu d'un flot d'autres gens. Plusieurs accompagnateurs font leurs speeches devant la célèbre bibliothèque, la plus grande du monde antique après celles d'Alexandrie et de Pergame. Devenue allergique aux guides, je contourne les groupes en écoutant seulement des bribes du laïus. Les niches des façades contenaient des statues symbolisant la Sagesse, la Fortune, la Vertu et la Science. Mais un des guides remplace cette dernière par l'amour.

---

1. « Vous me brisez le cœur. »

Les yeux bleus de Méduse protègent le temple
d'Hadrien. Est-ce, comme le revendique un des
hâbleurs, l'origine de milliers, sinon de milliards de
talismans censés repousser le mauvais... œil ? Celui
de Méduse orne la proue des bateaux et les portes
des habitations. C'est en Grèce l'équivalent de l'ora-
toire dans les demeures italiennes. *Protégez notre
maison.*

Notre guide nous laisse déambuler dans l'amphi-
théâtre. Elle accuse Sting, venu chanter en ces lieux,
d'avoir fissuré les fondations du théâtre à coups de
décibels.

– Rendez-vous compte. Après tant de siècles,
voilà le travail de cet Américain.

Elle grimace, furibonde. Nous ne prendrons pas
la peine de lui expliquer que Sting est anglais, pas
américain.

Où est le fleuve d'Héraclite, dans lequel on ne
peut nager qu'une fois ? Je ne vois que des pierres et
des touristes. *Puisque l'eau dans laquelle vous êtes entrés
coule déjà loin d'ici.* Mais Héraclite – on ne parle pas
d'eau, il s'agit du fleuve, où je me baigne toujours
deux fois. Le flot n'est que mémoire – de même
que, à l'entrée du labyrinthe, la pelote qu'Ariane
confie à Thésée est le fil de cette mémoire.

Le bus s'arrête maintenant devant une fabrique de
tapis de laine. Un piège à touristes, toutefois nous
remarquons que les couleurs utilisées sont celles
des herbes et des épices : safran, laurier, cannelle,
paprika, sauge, curcuma. Je note avec ravissement
qu'un seul cocon produit 2,4 kilomètres de fil de soie.

L'artisanat que je préfère est toujours lié aux traditions populaires, et j'adore la spontanéité des tapis tissés – les animaux et les personnages stylisés qu'on ajoute aux motifs, le changement abrupt de couleur lorsqu'une bobine est vide… Ou bien les tisserands sont partis s'installer ailleurs, ce jour-là, et ils ont terminé leur tapis inachevé avec les teintures qu'ils ont trouvées en arrivant… J'aime qu'on utilise ce qu'on a sous la main : coquilles de noix, hélianthèmes, écorce de chêne, feuilles de tabac, nèfles. Payées par l'État turc pour faire leurs démonstrations, ces femmes ont quand même l'air de s'ennuyer un peu. Mais je suis sûre qu'elles savent toujours faire jaillir la magie sur leurs métiers.

Il nous reste une heure à passer à Kusadasi, aussi nous visitons plusieurs boutiques de tapis.

– Je peux prendre votre argent, nous dit un des vendeurs.

La nuit, le bateau manœuvre lentement le long des côtes. L'eau est du bleu le plus profond : un uniforme marine plié au fond d'une malle. Et l'air est noir – une grande marée d'air du large. Les fanaux des bateaux de pêche clignotent au loin, j'imagine les hommes à bord jouant aux cartes, levant les yeux vers notre immense navire blanc qui, un instant, illumine le hublot. Je me lève tôt pour voir l'aube se refléter sur la mer si belle, si belle – plus bleue que les yeux du premier amoureux de sa vie. Je n'aurais jamais cru que la lumière sur l'eau pouvait avoir un tel éclat. J'ai envie de me pencher tout bas pour observer *l'écume* blanche qui coud des volants de dentelle dans le bleu édénique. Le désir de plonger est fort, mais sans rien de destructeur : juste l'impulsion joyeuse de se fondre dans un nouvel élément.

À Bodrum, notre étape suivante sur la côte turque, nous sommes simplement consternés. La ville n'est pas complètement détruite par la suren-chère immobilière, mais cela ne devrait plus tarder. Les rues pullulent de vacanciers en T-shirts, dos nus, shorts shortissimes, cannettes de bière à la main. Les collines sont couvertes de minuscules blocs de béton – comme si on y avait déversé de pleines caisses de galets. Je me demande comment les autorités locales peuvent encore accepter qu'on dévaste cette côte merveilleuse, et l'antique cité d'Halicarnasse. À ce stade, le développement subit la loi des rendements décroissants, non ? Tous ceux qui étaient attirés par ce site, certainement sublime autrefois, partiront ailleurs. Crapahuter dans le châ-teau devient vite fastidieux : nous allons déjeuner dans un restaurant au bord de l'eau. Des ordures flottent littéralement sous notre table.

– C'est le cœur de l'été, dit Ed.

– Retournons au bateau, il fera plus frais. On se prend un frozen daïquiri et on va écouter le quatuor à cordes.

– Au diable Halicarnasse.

Nous entrons dans le détroit des Dardanelles où l'eau revêt une couleur verte, moins gaie que le bleu égéen. C'est ici le territoire de Dardano, un gars de chez nous en Italie. Selon la légende, il serait né à Cortona et, voyageur au long cours, il aurait fondé Troie ; un de ses descendants, Énée, quittera celle-ci, détruite, et ses propres descendants fonderont Rome. Cortona serait alors « la mère de Troie, et la grand-mère de Rome ».

Nous nous demandons si les blockhaus alignés sur la rive ne seraient pas les « tours effondrées d'Ilion » ? Non, ces eaux historiques sont témoins d'une catastrophe plus récente. Nous longeons le site de Gallipoli, l'autre nom de la bataille des Dardanelles. Tous les passagers britanniques affluent vers la proue et observent les lieux sans dire un mot. Leurs pères, grands-pères, même arrière-grands-pères ont peut-être soupiré ce mot : *Gallipoli*. La voix du capitaine émerge des haut-parleurs pour retracer les événements. Bien installés dans leurs chaises longues, les Allemands ne lèvent pas les yeux de leurs romans. Quant aux Américains, ils prennent un air perplexe. Tout ça leur dit vaguement quelque chose, mais il faut croire que c'est loin. L'école ne nous a pas appris que, en 1915, ces eaux étaient rouges comme le sang.

Nous nous réveillons juste à temps pour voir les contours des dômes et des minarets se dresser contre le ciel. Le bateau se glisse à l'aube dans le port d'Istanbul. Quitter Venise un soir était le premier volet du diptyque. Arriver ici au matin est le second. Cette image d'Istanbul – les reflets opalins, irisés par l'aurore, d'une ville au réveil – compensera à jamais les foules de Rhodes et de Bodrum. Nos valises sont posées devant la porte de nos « appartements », et nous ne perdons pas de temps à petit-déjeuner. Nous débarquons sans un regard derrière nous.

Le poète turc Nazim Hikmet a subi des années d'emprisonnement dans ce qui est aujourd'hui notre hôtel. Nous nous présentons aux aurores, cependant notre chambre est prête. Sur le menu de la salle à manger, je lis « *wine leaves* » et « *clothed cream*[1] ». La serveuse, ravissante, propose à Ed de lui prédire l'avenir dans le marc du café. Elle le regarde, solennelle, et déclare :

— Votre mère, qui n'est plus là, aimerait que vous alliez sur sa tombe.

Nous en restons muets. Voilà qui surgit d'on ne sait où. Depuis que sa mère a disparu, Ed n'est pas revenu une seule fois dans sa ville natale.

---

1. Feuilles « de vin » au lieu de vigne ; et crème « habillée » (*clothed*) au lieu de crème épaisse (*clotted*).

Je vois dans un magazine une recette du « bouillon de tête », qui commence ainsi : brossez la tête du mouton avec du sel et des épices, badigeonnez de jus de citron, enveloppez de papier sulfurisé et mettez au four… Malgré tout intrépides, nous allons goûter la cuisine turque dans sa capitale. Au menu du premier restaurant, nous trouvons des *söylenmez kebap* – des brochettes « dont on tait le nom ». Le serveur nous éclaire : ce sont des testicules de bélier. Des animelles. Je préfère la soupe « de la mariée » : lentilles rouges, menthe, tomates, herbes, servies avec du riz. Au dessert : *güllac* – une pâte feuilletée parfumée à l'eau de rose. Le serveur accepte en souriant notre carte de crédit.

— À demain, dit-il.

Nous dormons somptueusement bien dans ce luxueux hôtel. Le grand lit est moelleux – et fini cette eau qui clapotait en dessous, prête à nous engloutir d'un moment à l'autre. Une seule ombre au tableau : le souvenir du poète emprisonné – il a peut-être écrit ses poèmes dans notre chambre. Je suis réveillée par la voix du muezzin sur le minaret – aiguë, innocente, mélancolique. Sauvage aussi. J'en ai le cœur qui s'arrête de battre. Si j'étais musulmane, je me prosternerais sur-le-champ. Les coupoles sont des soleils levants ; les minarets, leurs rayons.

En chemin vers Topkapi, il s'échappe des boutiques des odeurs de laque, d'épices, de cuir, de paille, de lanoline. Topkapi *est* une merveille de ce monde ! Ces sultans ! Pour ordonner l'exécution de quelqu'un, ils frappaient simplement du pied. Ils s'aspergeaient les mains d'eau de rose. Se servaient de cuillères de nacre, de corne, aux manches incrustés de rubis et de turquoises. Portaient des turbans à aigrette, parés de grosses émeraudes. J'observe, fascinée, la main et le crâne de saint Jean Baptiste ; un poignard orné d'une émeraude ; de fabuleux vêtements d'apparat ; des casques sertis de joyaux d'une taille impressionnante ; des carafes, des vaporisateurs, couverts de nacre, de lapis, de corail. L'endroit est serein, plein de verdure – cours, pavillons, fontaines carrelées, murs finement décorés. Peut-être inspirée d'un camp de toile dans le désert, l'architecture est harmonieuse, seyante. En fait, le tout est d'une étrangeté envoûtante. Finalement, bizarrement, ce palais me fait penser exactement à ce qu'il n'est pas – une école des beaux-arts, laïque et libérale.

Il faut suivre une longue file pour accéder au harem où logeaient un millier d'esclaves et de concubines. Personne n'ose bouger dans ces salles garnies de trésors, et, à chaque instant, j'imagine un sultan passer dans quelque somptueux costume, en route vers sa chambre de prière privée.

En deux jours, nous n'aurons qu'un aperçu. Istanbul mériterait d'y rester un mois au moins. Les mosquées ! Les hommes se prosternent dans les cours, sur les marches, devant l'entrée le vendredi. Ils débordent des rues, grouillent entre les voitures. La Mosquée bleue, Sainte-Sophie (au départ église catholique, puis mosquée, aujourd'hui musée), la mosquée Tulipe (Laleli), des dizaines de mosquées dispersées dans chaque quartier. Les coupoles sont offertes au ciel, les minarets se dressent comme une ponctuation, et le tout fait de cette ville une longue phrase de douceur. Une ville qui remonte à quand ? En 658 av. J.-C., un Grec dénommé Byzas aurait consulté l'oracle de Delphes. Où aller ? voulait-il savoir. On lui a conseillé de s'établir sur les rives du Bosphore. La ville a pris son nom pour devenir Byzance.

Istanbul… est l'affaire des Turcs, et de personne d'autre. En d'autres termes, une cité mystérieuse qui ne livrera pas comme ça ses secrets à des étrangers. Mais tout le monde sera frappé par l'architecture, par les bazars, les rencontres avec les commerçants… et les rabatteurs qui cherchent partout à vous mener dans leurs boutiques. Les cafés et les terrasses des vieux quartiers sont sympathiques, avec leurs bancs très bas, leurs tables recouvertes d'un kilim. De petites dessertes débordent de *mesir*, maïs grillé. Dans les ruelles pavées derrière Sainte-Sophie, nous tombons sur une rangée de maisons ottomanes, en bois, blotties contre les remparts – une calme enclave avec ses fontaines, des vasques pour les oiseaux, un endroit où vivre.

Beaucoup de femmes portent d'affreux manteaux de gabardine qui leur tombent sur les chevilles. Mais aussi de longues jupes grises, et des bas épais. Elles doivent étouffer, là-dedans. À leur place, je serais morte. C'est certainement un choix, car il y a aussi de jeunes Turques, pas moins nombreuses, qui se promènent en jupe courte et T-shirt sans manches, et l'on aperçoit les bretelles de leur soutien-gorge. Les premières ne montrent que leurs pieds… mais je parie que certaines cachent un string en soie rose ou un Wonderbra en dentelle. Quelques-unes, masquées, tiennent par la main des enfants en short. La jeune épouse d'un marchand de tapis nous déclare :

– J'aime la mode et l'alcool, et je ne tiens pas à être couverte. Pour quoi faire ? L'amour d'Allah, je le porte en moi. Voilà ce qui compte.

Les racoleurs ne manquent pas d'imagination :

« Mon frère habite à Seattle. »

Ou encore :

« En lune de miel ? »

Voire :

« Votre deuxième lune de miel ? »

« Voulez-vous être mes premiers clients de la journée ? »

« Je vous ai déjà vus trois fois. On se connaît bien, maintenant. »

Nous sommes obligés de rire, toutefois le bonhomme attend quelques centaines de mètres avant de nous lâcher.

« Vous vous trompez de chemin », nous crie encore un autre.

Ils sont tout un groupe devant une boutique près de notre hôtel. En fait, ils s'amusent entre eux de leurs simagrées.

Je demande conseil à l'employé de la réception.

– Quel genre de tapis cherchez-vous ? me dit-il.

– Des couleurs douces, usées. Comme celui-ci, sous nos pieds.

– Ah, mais il est à vendre. L'hôtel se fournit en tapis chez quelqu'un qu'on connaît. Allez à cette adresse.

C'est ainsi que je tombe dans les mains d'un professionnel.

Nous rencontrons Guven Demer, jeune et passionné, qui parle huit langues. Croyez-moi, nous ne sommes pas à la hauteur des marchands de tapis stambouliotes. Comédiens, fins psychologues et sans pitié, ils pourraient en remontrer aux négociateurs internationaux. Ils sauraient sûrement empêcher les guerres. Guven est associé à ses frères et à plusieurs cousins. Il exerce son métier depuis deux mille ans, sur toutes les rives de la Méditerranée. Il ne nous faut pas longtemps pour comprendre que c'est aussi un prédateur. Les tapis fendent l'air, les prix volent, se combinent à d'autres prix, passent des livres turques aux dollars américains, et des dollars aux livres. Pas de fenêtre dans cette salle d'exposition, où les piles de tapis exsudent dans la chaleur l'odeur forte du chameau. Guven en vient à nous toucher, une tape sur l'épaule, une main sur le genou d'Ed. On nous sert du thé bien sucré, on nous offre des loukoums. Les couleurs sont trop vives pour moi, ces tapis sont trop neufs. Alors il nous demande deux heures, pendant lesquelles il va faire le tour de son agenda.

À notre retour, le tapis dont je rêvais est posé sur le sol. Je ne peux que hocher la tête et m'exclamer :

– Guven, celui-là est magnifique !

C'est un Herez – saumon, bleu passé, biscuit – et il a cent ans.

Comme un derviche, Guven se met à tourner sur lui-même.

– Il lui plaît ! Il lui plaît ! Allah soit loué !

Théâtral, il se prosterne comme le prieur. Nous lui payons ce magnifique tapis, plus deux autres, moins grands, et encore celui de la réception à l'hôtel. Guven nous embrasse et nous invite à venir passer deux jours chez lui en Anatolie, « pour voir comment vivent les vrais Turcs ». Il nous rendra visite en Californie. Nous ressortons, étourdis ; il a fait de nous ce qu'il a voulu.

« Et c'est pourquoi j'ai franchi les mers et je suis venu/ À la Ville sainte, Byzance. » Je serai donc moi aussi venue ici, sur le légendaire Bosphore, jusqu'à la mer de Marmara. Le mot lui-même – *mar, mar* – sonne comme les vagues qui le composent. Les plus vieux phonèmes du monde avec ceux de la *maman*.

Le taxi fonce le long du fleuve, un vent chaud plaque mes cheveux derrière mes oreilles. Nous ne sommes pas « humides », comme disait ma famille en Georgie : nous suons carrément à grosses gouttes. J'imagine soudain Alain, assis sur sa terrasse à Cortona, en train de siroter un verre de vin blanc très frais. Nous arrivons ensuite dans l'aéroport le plus moderne du monde où règne une température de morgue jusqu'au sas de l'avion. Là, il fait à nouveau 40°. La chaleur exacerbe les odeurs des passagers – huile, relents de mouton, haleines chargées, sous-vêtements, thé fort, poussière. Je suis allée en Grèce, et j'ai mis un pied en Turquie. Loué soit Allah. Loué soit le professeur Hunter qui m'appelait notre Ménade, et loué soit l'oracle. La ventilation aussi qui, dans l'avion, évacue les odeurs.

Les pilotes d'Alitalia semblent aborder les airs avec plus d'assurance que ceux des autres compagnies. L'avion décolle et grimpe sec, puis il vire de l'aile – impeccable. Nous survolons la Roumanie, la Bulgarie. On nous sert notre dernier repas turc : petites brochettes à la viande, feuilleté aux légumes, baklava. Puis c'est la descente sur Fiumicino et le retour à Bramasole, notre vert *paradiso*. Un paradis sans électricité, avec une conduite d'eau brisée, et une imprimante victime de la foudre. Les liserons ont poussé par-dessus le jasmin. Ils couvrent un mur de la terrasse. Leurs fleurs sont bleues comme l'Égée. Leurs corolles, en forme d'entonnoir, claironnent un joyeux message.

Quelques semaines plus tard arrive le colis de notre marchand stamboulioted. Il y a à l'intérieur un tout petit métier à tisser, avec un minuscule tapis, rouge et beige, sur lequel nous lisons nos noms, et :

« In love, Guven. »

La Crète et le Magne :
taureaux, poètes, archanges

> Tu as entendu ta propre voix dire merci…
> alors tu étais sûr de posséder un grand morceau d'éternité.
>
> YANNIS RITSOS

Nous sommes venus en Grèce pour le baptême de Constantin Dimitri Mavromichalis à l'église des Archanges – Aghion Taxiarchon – d'Aeropolis, le fief ancestral du fier clan Mavromichalis. C'est au fin fond du Magne.

Nous séjournons d'abord dans l'ouest de la Crète. Lors de notre précédent voyage dans les îles grecques, les courtes étapes que nous avons faites à Cnossos et à Héraklion nous ont paru plus frustrantes que ne pas s'arrêter du tout. La chaleur mortelle, les foules, les contraintes de temps et l'impression de suivre un troupeau ne nous ont pas vraiment permis d'aborder ce pays. Mais nous avions fait le vœu de revenir. Même dans ces circonstances, j'avais perçu quelque chose d'essentiel. Dans la main qui secoue le torchon à la fenêtre, dans l'odeur douceâtre des abricots tombés – perdus pour les abeilles, mais pas pour les fourmis –, dans la résignation philosophique des chèvres sous les tamaris gris…

Nous louons donc une maison à La Canée. L'anse du port est bordée de maisons vénitiennes aux teintes d'aquarelle, et il y a la jolie mosquée des Janissaires. Les quais sont animés, avec des tavernes, des terrasses. Ville touristique, La Canée conserve cependant ses charmes, tout particulièrement la nuit. Il suffit d'échapper aux foules pour dîner tranquillement au bord de l'eau et imaginer, un verre de retsina à la main, le vacarme et l'activité de ce port de commerce où, pendant des siècles, les conquérants se sont succédé. Une petite Gitane avec une coquetterie dans l'œil vend ses roses à la ronde. Elle a des bracelets aux poignets et aux chevilles qui chantent au rythme de ses pas. Quatre dames âgées – il y a quarante ans, elles portaient sûrement de lourds vêtements noirs – s'assoient près de nous. Elles commandent de grands daïquiris-citron, et nous engageons la conversation. La musique de leurs rires accompagne notre dîner, parfois interrompue par le cliquetis des carrioles à chevaux, et les vaguelettes qui clapotent sur la digue.

Je trouve une paix intense dans les quatre pièces de notre maison, juchée sur une colline sauvage en surplomb de la baie. Les deux chambres à coucher et la cuisine, assez petites, communiquent avec un grand salon dont les portes-fenêtres ouvrent sur la terrasse, circulaire et spacieuse. Le dénivelé est brusque aux extrémités, donc, promeneurs nocturnes, prenez garde à ne pas tomber en bas dans les arbustes et les arbres fruitiers ! Architecture épurée, mobilier simple, mais confortable. Les fauteuils sont tendus d'étoffes de couleurs vives. Les sols de marbre clair contribuent à créer une atmosphère sereine. C'est un petit cube blanc où le vent apporte, par les fenêtres ouvertes, des pétales de bougainvillée et de dentelaire. On les retrouve en petits tas dans la baignoire ou dans l'entrée. Un coin de terrasse est couvert, avec quelques chaises disposées autour d'une table basse. C'est l'endroit où je préfère m'installer pour lire. Ed a emporté ses carnets dans la deuxième chambre où il a fermé les volets. Il aime bien travailler dans une semi-obscurité.

Si, pour notre dernier voyage, il fallait toujours filer, filer, filer, cette fois nous avons décidé de ne pas bouger pendant une semaine au moins, ou alors pour de courts allers et retours. Notamment à la plage familiale, qui est à deux pas. L'eau est transparente et légère, le sable d'or, nous renvoyons le ballon aux enfants lorsqu'il atterrit près de nous, et il y a une buvette sous les arbres. Nous restons là des heures, nous nous laissons lentement dériver sur un matelas pneumatique. Des plaisirs si simples. Les ventricules de mon cœur se remplissent de sel et de lumière.

Chez Irini, à Horifaki – non loin d'une autre

plage où furent tournées de nombreuses scènes de *Zorba le Grec*, d'après le livre de Kazantzakis –, l'agneau a rôti si longtemps qu'il se détache tout seul de l'os et qu'il fond dans la bouche. La serveuse nous accompagne à la cuisine, où nous choisissons ce que nous allons manger – Irini est là, avec ses joues roses, son tablier blanc, en train d'arracher au four d'immenses plats de moussaka. Elle nous accueille chaleureusement. Avec l'agneau, nous prenons des tomates farcies à la chicorée, et l'omniprésente salade grecque, servie avec une bonne tranche de feta. Non pas quelques miettes comme dans d'autres endroits. On nous apporte d'abord un gros pain au sésame, et de la tapenade. Il y a bien un menu, mais on préfère emmener tout le monde à la cuisine. L'agneau a été traduit par « *lamp* », et il serait garni d'une « *fricassee bad* », ce qui veut sûrement dire quelque chose. On propose aussi une « *humburger and fish soap*[1] ».

– Ouais, eh bien elle parle mieux anglais que moi grec, dit Ed.

Chez Irini devient vite notre table préférée. Le feuilleté au fromage est toujours frais, d'une nouvelle variété à chaque fois, comme les *pikilia*, petite salade de fruits de mer aux oranges et aux avocats, et l'*ofto*, l'agneau grillé en brochettes, à la verticale, servi avec des pâtes au fromage arrosées de

---

1. L'agneau se dit *lamb*, et une *lamp* est une lampe. « *Humburger and fish soap* » serait du « savon » au hamburger et au poisson (soupe se dit *soup*).

bouillon. Et tout le monde a droit à une assiette de pommes de terre qui rôtissent sous les poulets.

Au troisième jour, nous nous installons dans un genre de routine. Lecture. Plage. Déjeuner chez Irini. Sieste. Promenade. Courses en ville. Au marché, les pommes de terre sont merveilleuses, fraîches, encore terreuses. Cuites à la vapeur, avec une salade grecque, et un peu de pain – nous improvisons les dîners les plus simples. Le soir, allongés sur la terrasse, nous regardons les étoiles. Nous n'avons apparemment pas de voisins. Il n'y a que les falots des pêcheurs sur la mer.

Pour changer un peu, nous partons au matin du quatrième jour visiter le musée de La Canée. Une mosaïque a été partiellement restaurée, qui montre Dionysos sur une panthère, avec son copain le satyre. Elle aurait orné le sol d'une maison en ville au IIIe siècle av. J.-C. Une autre mosaïque, celle-ci avec Poséidon, représente deux coqs qui se battent pour la même cerise. Assez drôle. On vouait ici un culte à Poséidon, non comme dieu de la mer, mais de la fertilité. Les stèles sculptées avec des têtes de bœufs et de taureaux proviennent d'un cimetière qui est resté utilisé entre le IVe siècle *avant* et le IIe siècle *après* J.-C. Certaines poteries me paraissent élémentaires, mais les bijoux sont fabuleux ! Chevelures et boucles d'or, bagues d'or et de cristal de roche, magnifiques boucles d'oreilles datant du VIIIe siècle av. J.-C. Si je pouvais, j'emporterais le collier incrusté de lapis-lazulis, et les médaillons aux visages en relief… La fantaisie est omniprésente.

Avec cette forme de hérisson, l'encensoir d'argile
(1800 av. J.-C.) me fait sourire, comme la coupe
ornée d'yeux pour protéger celui qui boit du
« mauvais ». Les antiques *pithoi*, vases de terre cuite,
sont plus grands que moi. Très étonnantes sont les
pièces de monnaie destinées à Charon, le nauto-
nier des enfers, qu'on plaçait dans la bouche des
morts. Les crânes, quant à eux, sont sûrement
retournés en poussière depuis longtemps, et le
« passeur » n'a pas collecté son dû. Le vaisseau
d'argile, daté entre 1900 et 1650 av. J.-C., m'a
d'abord fait penser à un jouet d'enfant. Mais il
« transportait » un rayon de miel, certainement un
autre artifice pour faire entrer les morts plus vite de
l'autre côté. Depuis toujours, le miel est un élément
fondamental de la culture grecque. Glaucos, fils du
légendaire roi Minos, est tombé dans une jarre de
miel et s'y est noyé. Selon Hérodote, on enterrait
même autrefois des corps dans le miel.

Nous poursuivons notre promenade jusqu'au
marché couvert où, sur les étals, des têtes de chèvres
guettaient notre arrivée, les yeux grands ouverts.
Sur leur lit de glace, les lapins ont encore de la fourrure blanche au bout des pattes. Jarres de fruits,
bocaux de yaourt, noix et miel, figues sèches – nous
faisons aujourd'hui un vrai marché méditerranéen.
Des herbes et des épices sont prêtes à consommer
dans des sachets de plastique, mais j'ai bien
l'impression que, réservées aux touristes, elles n'ont
plus aucun goût. Quand je vois les fromages, je crois
que j'aurai beau essayer de faire moi-même un de

ces feuilletés parfumés à l'aneth, je n'y arriverai pas.
C'est une spécialité d'ici. Nous goûtons un des fromages de la région, le *pyktogalo*, pâte molle, légèrement épicée, et un autre de La Canée, qui ressemble
au gruyère, le *malaka*. Mais aussi *l'anthotyro*, crémeux, et la *staka*, grande meule blanche sur l'étal. Je
note tous ces noms dans mon carnet – et encore le
cheirokasi, et le *stakovoutyro* – qu'est-ce que c'était,
déjà ? Mais je m'extasie : nous sommes dans un
autre monde. Ah, *kasi*, cela veut peut-être dire fromage. De grandes couronnes de pain, destinées à
un mariage, sont décorées de roses – en pain elles
aussi. Un joueur d'orgue de Barbarie tourne sa
manivelle. Nous repartons avec du fenouil, du
yaourt, nos fromages – je ne m'y retrouverai jamais,
dans ceux-ci – et une botte d'aneth.

Voilà ce qu'on fait, et c'est tout ! Nous ne retournerons pas à la plage avant la fin de l'après-midi. Le
soleil descendra au-dessus de l'horizon et les enfants
seront partis. Nous pourrons jouer aux dieux du
crépuscule, nous éclabousser en privé.

Deux becs jaunes s'ouvrent dans une lézarde du
mur, et, par-dessus nos têtes, maman moineau fait
ses allers et retours dans les bosquets. Son pépie-
ment furieux nous met en garde. C'est qu'elle
serait capable d'attaquer. D'accord, d'accord, nous
reculons… Nous avons la visite d'un chat gris. Il
s'étire sur la pierre chaude de la terrasse, ronronne
devant son reflet sur la porte-fenêtre. Nos moineaux

sont le cadet de ses soucis. Mon chapeau vissé sur la tête, je me mets à penser à d'anciennes relations, d'anciens amis, que j'ai négligés, ou l'inverse. La Grèce doit vous ramener aux vérités essentielles. Ou, parfois, un voyage ouvre la boîte de Pandore. Ce que j'ignore en principe au quotidien revient ici au pas de charge, quand j'ai le corps au repos, l'esprit plus réceptif. Des choses perdues de longue date resurgissent. Des problèmes refoulés, capables d'exploser, avec tous les symptômes d'une crise. Ça commence par une idée vague, *ma mère aimerait cet endroit* – aussitôt suivie par une question irritée, enfantine (mais vraie), *elle m'a négligée aussi, non ?* Puis c'est une vieille amitié à laquelle j'ai brutalement mis fin. Et je passe à Bill D. *Oh, il t'a méchamment laissée tomber…* Mais tout d'un coup, c'est un raz de marée : il aurait adoré la Grèce, il était tellement drôle, et quel grand poète. Je le vois vaciller, saoul, devant les hors-d'œuvre sur le buffet. J'essaie de le rattraper, mais trop tard, il s'effondre sur les saladiers et les assiettes. Plus difficile à comprendre : ces amis qui s'éloignent dans le flou. Leurs noms sont toujours dans l'agenda, mais on oublie leurs numéros de téléphone. Les amis des années d'études ne disparaissent pas, eux. Je renoue chaque fois immédiatement avec Anne et Rena. Nous nous connaissons depuis si longtemps. J'ai déménagé six fois dans ma vie adulte, et, d'une façon générale, des relations très poussées dans un endroit ne le seront plus dans le prochain. D'autres les remplacent. J'ai encore beaucoup d'affection pourtant, pour Ralph,

Mitra, et Gabby, et Hunter, et Alan – et, et, et…
Nous avions partagé une chambre avec Karen, lors
d'une conférence, et nous avions discuté tard. Dans
le noir, sa voix me paraissait si familière, comme
celle d'une petite sœur qui chuchote en repoussant
ses couvertures sur le lit jumeau. Nous avons perdu
le contact. Je pense toujours à *revenir*, à reprendre la
dernière maille, à coudre le reste de l'ourlet. Mais le
présent me cloue – j'allais écrire me *coule* – au sol.
Tout se perd, balayé par le vent, sous la grande
masse énergique du soleil. J'enlève la chemise
d'Ed de la chaise où elle séchait. Le coton bleu me
chauffe les mains.

Au petit monastère près de la mer, le gardien
hoche tristement la tête en regardant le short d'Ed.
Il nous montre le râtelier, dans l'entrée, où pendent
des pantalons de jogging et des draps de bain – mis
à la disposition des visiteurs pour couvrir leur
nudité honteuse.

— Moi, ça va ? lui demandé-je.

Il examine mon pantalon blanc mi-jambes, mon
T-shirt à manches courtes, et il semble dire que oui.
Histoire de briser la glace, je lui pose quelques questions à propos de la fontaine, devant le monastère,
que je trouve franchement de style arabe. Il ne sait
pas. Il hausse les épaules.

— Ça peut être ce qu'on voudra.

Son copain arrive là-dessus, avec une poignée
d'herbes. Ah, un langage plus universel. Ed a enfilé

un pantalon marine. Il interroge ces messieurs sur ces herbes. L'un d'eux en désigne une :

– *Origano dictamnus.*

Nous reconnaîtrons plus tard cette variété d'origan qui pousse sur les collines broussailleuses du bord de mer.

Le monsieur continue :

– Ça, ça soulage quand on s'est coupé. Et, pour les dames, c'est utile pendant l'accouchement.

– C'est bon dans la cuisine aussi, dit le gardien.

Un Italien nous aurait aussitôt confié une de ses recettes préférées, mais c'est plutôt l'autre herbe qui les intéresse. Ils se lancent tous les deux dans des explications. Ça n'est pas n'importe quelle plante. On fait des infusions avec.

– *Fascomilo*, dit le copain.

Il note le nom en grec dans notre guide et nous donne quelques tiges qui, dans la voiture, diffusent une odeur de sauge et de poussière.

– Ça sent la marijuana, ce truc, me dit Ed. Jette-moi ça.

Il s'évente avec la main. Je glisse quand même quelques feuilles dans le guide. Ses pages s'imprégneront du parfum de la campagne.

Les monastères de l'intérieur des terres m'inspirent profondément. À Triada, le saint des saints, un moine psalmodie dans une salle. Il a une voix puissante, mais affreuse, et on entend, en fond sonore, un bruyant tintamarre de casseroles et de couverts. Des femmes font le ménage après un déjeuner de mariage. Adossé à un mur de même couleur que sa soutane, le pope se rafraîchit après l'office. La cour du monastère est jonchée de feuilles de laurier froissées – je songe à la santoline dont on garnissait le sol des cathédrales, au Moyen Âge, pour repousser l'odeur des fidèles sales… À l'entrée, un homme récupère les tranches de pain intactes et les place dans une immense corbeille. Tout m'émerveille, les icônes et les autels byzantins, la présence entêtante de l'encens, les splendides iconostases. Les églises orthodoxes ont quelque chose qui vous parle tout de suite, comme si elles touchaient les fondements archétypiques qui ont donné naissance aux mythes. Beaucoup sont plus petites que les églises de quartier italiennes ou françaises. J'adore leurs coupoles bleues, constellées d'étoiles. Elles aussi ont la forme d'une croix, et la galerie du haut est toujours protégée par un mystérieux rideau.

Au monastère de Gonia à Kolimbari, un autre visiteur nous donne lui aussi quelques tiges de φασ-κόμηλο *(fascomilo)*. Ça doit être le jour de la cueillette – il en a plein son panier. Le monastère domine la baie de La Canée. Une icône de la Vierge est pratiquement recouverte d'ex-voto – bagues, montres, yeux de métal, minuscules croix. Le crucifix de bois et les panneaux latéraux, soutenus par deux dragons dorés, ont un air extrême-oriental. Mais l'encens et les trois coupoles, leurs étoiles sur le bleu profond, nous ramènent en Grèce. Impossible, malheureusement, de voir cette collection d'icônes partout vantée dans le petit bâtiment au fond de la cour. Le gardien doit s'être joint à la cueillette du *fascomilo*. Nous suivons le sentier vers les ruines de l'ancien monastère, où règne une paix totale.

Il y a eu un accident sur la route de Réthymnon. Sur le siège du conducteur, un jeune homme aux cheveux noirs, le visage plein de sang. Il est assis tout droit dans cette voiture disloquée. La gravité de son visage mort. Comme un spectacle impossible. Je ressens un désir viscéral de remonter le temps, de lui faire éviter le camion. Il redresse son volant, se dépêche de rentrer chez lui, où sa mère prépare certainement le dîner. La petite voiture japonaise, toute neuve, est ratatinée comme une vulgaire cannette de Coca. L'envie de dire *relève-toi* ; mais il n'est plus là. L'amant de quelqu'un, le fils d'une autre, et non, il n'est plus là. Avant que nous quittions Cortona, deux Américains ont percuté un étudiant sur sa Vespa. Le garçon a fait un bond, puis il est allé boire un verre d'eau au bar en face. Les deux touristes devaient être profondément soulagés. Quand l'ambulance est arrivée, le jeune étudiant perdait ses forces. Et il est mort là, dans le café – les poumons perforés, pleins de sang. Pourquoi provoquer le danger ? Il est peut-être déjà sur notre piste.

Plus loin sur la route, l'évidence s'impose. Il n'y avait pas d'airbag dans la petite japonaise. Une voiture pas chère, mais c'est un crime. Nous examinons la nôtre. Pas d'airbag de mon côté. Nous retournerons demain à l'aéroport, trouverons l'agence de location et nous leur prendrons quelque chose de plus sérieux.

À Réthymnon, les boulangeries confectionnent des pains en forme de cygnes, de dinosaures, de cerfs. Les vieux quartiers incitent à la promenade. Balcons turcs, fontaines vénitiennes, des rideaux devant les portes, des arches brisées, des fenêtres crétoises enchâssées dans la pierre, un lacis de ruelles comme dans une médina. Malgré les hordes de touristes quelques carrefours plus loin, on perçoit un mode de vie inchangé. Un vieil homme joue au jacquet avec un enfant, des femmes sont assises sur le pas de leur porte. L'une d'elles écosse ses haricots sous la treille. Les gamins jouent dans ces rues, pas plus larges qu'un grand couloir. L'intemporalité que j'attendais de la Grèce.

Nous préférons prolonger la soirée, ne pas repasser trop vite par les lieux de l'accident. Nous choisissons un restaurant sympathique avec ses tonnelles de vigne vierge. Sympathiques aussi le joueur de mandoline, et sa petite fille qui se promène entre les tables. Le couple anglais, près de nous, ne lève pas les yeux quand il vient jouer pour eux.

Le serveur s'esclaffe :

— Ils ont peur !

La douceur d'une soirée en Grèce, quelqu'un vous fait la sérénade et vous l'ignorez ? Ed est toujours généreux avec les musiciens. Ils méritent qu'on leur tresse des couronnes de laurier, dit-il. Le mandoliniste nous gratifie de plusieurs autres chansons, et la petite fille de son sourire timide.

Nous prenons maintenant la voiture chaque jour pour explorer plus profondément ce pays sauvage. Les champs sont ponctués de ruches roses, bleues et vertes. Des chèvres à longs poils noirs broutent sur les collines dénudées. Les routes sont parfois bordées de hautes roses trémières, mais aussi, très souvent, de petites chapelles à la mémoire des morts. Je photographie ces minuscules bicoques les unes après les autres. Elles abritent des photos, des cierges, quelques objets personnels des disparus. Certaines sont de mini-églises préfabriquées, d'autres ont presque la taille d'une maison. Si nombreuses, le long de l'asphalte qui se déroule tout droit, que j'ai du mal à le croire. Comment le destin a-t-il pu emporter tous ces gens à ces endroits précis ? Mais il peut s'agir aussi d'ex-voto, d'hommages aux dieux des carrefours et du voyage.

Du sommet des collines, je vois des touffes de laurier-rose – rose et jaune beurre – qui suivent le lit des ruisseaux asséchés. Une débauche de liserons roses et bleus vient souvent se mêler à leurs doubles corolles. J'adore ces assemblages de plantes et de fleurs – la bougainvillée d'un rose éclatant est rafraîchie par une autre toute blanche. Et parfois cette dernière, mousseuse, abrite une petite forêt de liserons bleus. La dentelaire bleu pâle s'entortille dans la bignone, du plus bel orange. Et les lianes du chèvrefeuille qui s'enchevêtrent dans les rosiers…

Nous visitons les cimetières de campagne, leurs églises pures et blanches – blanches à faire mal aux yeux. Les portes bleues, les fenêtres bordées de bleu, comme des carrés de ciel découpés. Des coffrets de marbre vitrés ornent la tête des tombes. À l'intérieur, une photo du disparu, une lampe à huile, parfois une provision d'huile dans une petite bouteille en plastique. Et des allumettes. Il peut aussi y avoir le portrait d'un saint, quelques mots, des mèches, un napperon de dentelle, un souvenir de ceux qui sont enterrés là. Un nounours ou une bouteille de Johnny Walker, avec deux petits verres. Insoutenable, la tombe d'un enfant couverte de voitures miniatures et d'animaux en peluche. Le biberon et le hochet posés à côté de la photo. C'est un joyeux bambin de deux ans, aux yeux grands ouverts.

Les maisons sont généralement blanches et basses, quelques-unes ont également des toits crénelés, qui font penser à l'Afrique du Nord. Elle n'est guère loin. Le toit est souvent hérissé de fers à béton, à hauteur du premier ou du deuxième étage, au cas où l'on voudrait un jour construire les suivants. Personne ne se soucie de cacher ces piquants métalliques. À l'évidence, quantité de bâtisses restent ainsi inachevées pendant des années. Même des villas qu'on dirait cossues ont ces étranges décorations.

Au premier regard, la campagne peut paraître stérile et nue. Mais elle ressemble souvent à un jardin de pierres, soigneusement agencé. Nous traversons de nombreuses gorges.

— Très décolletée, cette gorge, dit Ed.

— T'es fier de toi, j'espère ?

Nous respirons l'odeur du maquis, des kilomètres de côtes parsemés de buissons fleuris – violets, mauves, jaunes, sauge, vert mousse, gris. Ils se détachent sur la terre ocre et rouge ferreux, entre les blocs plus ou moins importants de roche. Une palette impressionnante, mise en valeur par la mer dont le bleu s'intensifie au loin, et le ciel sans nuage qui étend le sien au-delà de l'imagination.

Il y a partout des cimetières militaires, et des monuments aux morts. À notre grand étonnement, beaucoup de gens nous ont demandé au début si nous n'étions pas australiens ou néo-zélandais. Dans le paysage solitaire, nous avons vu les tombes de soldats qui ont durement lutté. Leurs descendants viennent ici rechercher leurs sépultures. Charnière entre l'Égypte et le Sud d'un côté, le monde égéen et le Nord de l'autre, la Crète avait une grande importance stratégique. Tous les témoignages confirment l'héroïsme de la population crétoise, les épreuves qu'elle a subies. Les Alliés ne lui fournissant pas d'armes, elle s'est battue jusqu'à la mort avec ce qu'elle avait sous la main. Dans le cimetière de guerre de Souda, près de notre maison, la plupart des tombes sont anonymes. Pas celle d'Archibald Knox Brown. Tous ces soldats, âgés d'une vingtaine d'années, aujourd'hui en rangées bien alignées. L'ordre, le calme, tout l'inverse de la guerre. Leurs croix dominent une base militaire grecque, en bord de mer, et un ancien site de l'OTAN. Des roses rouges poussent partout, elles aussi bien alignées, couleur du sang que ces garçons ont versé à des milliers de kilomètres de chez eux. En 1941, la Luftwaffe bombardait notamment la presqu'île de Souda, avant de lâcher ses parachutistes. Ils tombèrent sur les positions des défenseurs et la suite fut une boucherie.

Les ânes, quelques maisons, les oliviers partout jusqu'à la mer, les chapelles, les figuiers – l'image est d'une clarté surprenante et j'ai cette pensée curieuse : *je veux m'en inspirer, m'élever.* La lecture des poètes grecs m'a apporté une connaissance abstraite de l'endroit, de ses qualités, de ses pouvoirs. De jour en jour, le corps intègre ces données. Je trouve dans mon carnet quelques mots de Kimon Friar, tirés de la préface de son *Modern Greek Poetry* [1].

> « Beaucoup l'ont ressenti : le soleil éblouissant de la Grèce ne se contente pas d'ouvrir les noirs labyrinthes de l'esprit, il les inonde aussi de lumière ; cette irradiation sans pitié mène plus volontiers à l'auto-analyse – sous le regard exigeant de la nécessité – qu'à l'exploitation de ses facultés ; de l'Antiquité jusqu'à nos jours, le "connais-toi toi-même" est pour tous les Grecs la seule préoccupation digne de l'individu. Sous le soleil éclatant de ce pays, la dimension sensuelle du corps est acceptée sans culpabilité ni remords. »

1. « La poésie grecque moderne. »

Qu'appelle ce décor en nous ? La pureté, l'essence. La simplicité : une poignée de laine tondue. Je crois que seul un poète grec pouvait écrire ces vers :

Ici dans ce paysage minéral
de caps, de mer, de saphir, de diamant,
qui, à la roue du Temps, n'offre rien
   de périssable ;

ici dans cette grande clarté victorieuse
que seules nos ombres viennent tacher,
et où, seuls, nos corps portent en eux
   le germe de la mort ;

ici peut-être les idoles contrefaites
disparaîtront-elles un moment ; et une fois encore,
dans un éclair étincelant, verra-t-on
   celui qu'on a au fond de soi.

ALEXANDER MÁTSAS

Partis tôt faire un tour, nous nous arrêtons boire un café – mon Dieu, ce qu'il est mauvais – sur une terrasse qui surplombe la mer. Le garçon se retire pour jouer de sa lyre. Devant les boucles noires et le corps souple d'un jeune Orphée, revenu sur terre, je n'arrive pas à manger mon petit pain.

Nous suivons la côte nord qui nous mène progressivement à l'ouest. Les couleurs sont légères le matin, mais le couchant doit être fastueux. Les nombreuses serres en plastique gâchent un peu le paysage – sans doute pas les cultures. Haltes-promenades sur les plages désertes et il y a cette anse, irrésistible et miroitante, où nous piquons une tête dans les eaux turquoise.

À la taverne de la plage, à Francocastello, nous goûtons les *volvi*, que le menu traduit par « racines sauvages ». Avec son anglais limité, le serveur ne peut guère nous éclairer, mais il nous apporte un livre allemand, dédié à la flore crétoise. Il nous montre l'illustration d'une plante à fleurs violettes, dénommée *muscari comosum*. Bulbes muscari ? Après les « wine leaves » maison, les aubergines grillées au goût profond de carbonade, et les tomates garnies de feuilles de menthe, nous partons en file indienne le long d'un sentier vers une nouvelle plage.

– Est-ce qu'on a mesuré en décibels le bruit d'*une* cigale grecque ? s'interroge Ed.

Le chœur de ces dames lui rappelle un concert de rock auquel il a assisté à Pérouge… Nous débouchons sur une vaste étendue de sable, apparemment sans fin – tout le contraire des affreux villages de vacances qui font souvent ombre au tableau. Promenade encore, au milieu des joncs. Personne ne vient se baigner ici par un matin de semaine. On marche dans l'eau plutôt qu'on nage – elle reste peu profonde même loin du bord.

À la fin de notre séjour à La Canée, nous revenons à Cnossos et au musée d'Héraklion. Puis, quittant notre cottage de rêve, nous traverserons toute la Crète. Nous resterons quelques jours à Elounda, sur la côte orientale, avant de repartir à Héraklion et de sauter dans l'avion pour Athènes. Depuis la capitale, nous prendrons la route pour le Magne, où le baptême doit avoir lieu.

Ces endroits sont probablement toujours sur-peuplés, mais on évite le gros de la foule en arri-vant les premiers. La solution consiste à se lever tôt. Nous avons peut-être retenu cela de notre excursion en groupe au mois d'août. Aujourd'hui, j'ai pour moi toute seule la tête de taureau en stéatite noire, aux cornes fièrement dressées, exhumée à Cnossos. Ses yeux sont en cristal de roche. Nous voilà revenus au départ, à notre taureau-symbole. Il a le regard dédaigneux d'un dieu. Cette tête était sans doute un vase à libations : la bouche et le haut du crâne sont creux. La double hache, emblème des Minoens, est gravée entre les yeux. Très évoca-trices elles aussi : la figurine élancée de l'acrobate, en ivoire ; et la déesse aux serpents, avec sa jupe à volants, son corsage ouvert sur ses seins dégagés. Elle tient deux serpents à bout de bras, et, à la forme de sa bouche, je la devine prête à rendre l'oracle. Sans doute pas n'importe lequel. Le lion, le léopard, les animaux marins, la hache, les doubles spirales, les oiseaux et, bien sûr, une myriade de taureaux – autant d'objets associés au symbolisme minoen. La fresque célèbre du taureau qui charge a été découverte dans le palais par Sir Arthur Evans. Il a sûrement vécu ici des journées passionnantes, peut-être plus que cela n'est arrivé à aucun autre archéologue. On lui doit le qualificatif de civilisation « minoenne » – selon Homère, toutefois, le roi Minos n'aurait régné que neuf ans. On ne sait pas comment ses sujets s'appelaient eux-mêmes. Plus j'observe cette collection, plus je la trouve mystérieuse. Les bordures de la fresque me paraissent plus intéressantes que les trois personnages. Le premier est accroché aux longues cornes de la bête, celui du milieu bondit sur son dos, et le troisième tend les bras, probablement pour recueillir le deuxième. Ces bordures ont un sens caché, qu'un professeur anglo-américain est arrivé à déchiffrer. Les bandes étroites et les losanges entrecroisés représentent les jours de l'année et les mois lunaires. Leur association évoque des cycles magiques, de neuf ans, qui se reproduisent constamment – pendant ceux-ci, de jeunes hommes sont sacrifiés, les rois rencontrent des déesses, etc. Le cycle du neuf – quel rapport avec l'acrobate au centre ? Voilà qui inspire l'étonnement, la curiosité, et j'aime ça. L'art minoen se présente comme un éloge du monde antique : *Nous avons vécu, fait la fête et aimé la beauté ; le monde était pour nous une dynamique aux nombreuses*

forces, et nous en faisions partie. Joignez-vous à nos danses,
bondissons ensemble dans la chronologie.

Les Minoens étaient fanas de bijoux – colliers et
boucles d'oreilles élaborés, épingles à cheveux en
or, bracelets et anneaux de cheville, peignes de coif-
fure en forme de spirale, l'astucieux pendentif aux
deux abeilles, vêtements de perles, diadèmes, couronnes et broches d'or fin. Beaucoup de ces objets
parlent de la vie, de l'habillement. Un fragment
de mosaïque montre des maisons de l'époque.
Des fresques ornaient les murs intérieurs, comme
à Pompéi et à Herculanum. Un petit chariot
démontre qu'ils connaissaient la roue. Les seins des
femmes sont souvent exhibés, et leurs vêtements
conçus pour les mettre en valeur. Nous savons à la
fois tant de choses et si peu sur ce peuple mystérieux, berceau de notre civilisation.

Ces pierres sont là depuis toujours – j'en choisis
une, je pose une main dessus et j'imagine l'autre
main qui, des siècles avant moi, l'a placée là.

Le site de Cnossos est toujours en effervescence,
plein des autocars des circuits organisés. Quel bonheur de voyager seul, d'entrer et de sortir d'où l'on
veut à son gré. Ed a l'air fasciné par les canalisations. Les Minoens avaient des chasses d'eau – j'y
repenserai chaque fois que j'entrerai dans des toilettes à la turque, où les immenses empreintes
rectangulaires, de part et d'autre du trou, sont sûrement destinées à des pieds de géant. Dans un de ces

monastères si purs et si sereins sur la côte, le trou
en question se vidait directement dans les flots
limpides de la mer en dessous. Si l'on voulait
« chasser » l'eau, il y avait sur le côté un petit réser-
voir d'eau croupie. Une grosse bouteille de lessive,
coupée à mi-hauteur, servait de louche. J'ai jeté un
coup d'œil et je suis repartie. Deux femmes
grecques en ont fait autant après moi.

Pour leurs toilettes, les Minoens se servaient
plutôt de l'eau de pluie, qu'ils recueillaient dans des
bassins. Des tuyaux de terre cuite l'amenaient
jusqu'à une rigole creusée dans le sol, et elle passait
sous le siège. Quand le ciel fermait trop longtemps
son robinet, on pouvait toujours utiliser un système
identique à celui du monastère. Aujourd'hui
encore, il y a des réservoirs d'eau sur le toit de nombreuses maisons crétoises, et c'est la pesanteur qui
fournit la pression. Cnossos dispose d'un système
de canalisations complexes pour l'approvisionne-
ment et pour le rejet. Des goulottes courent le long
des escaliers ; des égouts de drainage conduisent les
eaux usées vers des bassins de sédimentation, qui
me rappellent le dispositif complexe de notre fosse
septique en Italie. Nous avions installé avec celle-ci
plusieurs *pozzi* – de petits puits remplis de pierres –
qui filtrent et clarifient l'eau. Depuis, il est vrai, nous
faisons une fixette sur la plomberie.

Ed se promène. Je m'assois avec mon carnet sur
une pierre brûlante. Je regarde toutes ces jarres de
terre cuite, j'essaie de visualiser ce qu'elles contenaient, et ce que mangeaient les Crétois de l'époque.

Plusieurs ouvrages sur Cnossos mentionnent la coriandre, utilisée en grandes quantités pour la cuisine et la confection de parfums. Les pistaches également, en quantités analogues. J'imagine les tables autour de l'arène aux acrobates, chargées de baklavas fourrés de cerises séchées, de noix ; des assiettes de *dipla*, rubans de pâte sucrée aux œufs ; et d'autres encore, miel et noix parfumés au thym. Sans doute les Minoens avaient-ils leurs propres versions des saucisses paysannes fumées, aromatisées au cumin ou au vinaigre, et des *omathia*, saucisses douces de foie, riz et raisins secs. Peut-être d'innombrables façons aussi de préparer les escargots, et le riz – pilaf, assaisonné, cuit dans un bouillon d'agneau. Le régime crétois doit sa célébrité à plusieurs études scientifiques. Un régime de longue vie, pratiqué ici depuis longtemps. L'équilibre alimentaire est avant tout fourni par l'huile d'olive, les légumes frais, dont le fenouil, et les fromages. Un plat typique est le *boureki* – un gratin de courgettes, avec plusieurs fromages. Notre sandwich habituel sera remplacé par un *dakos* – un pain d'orge, dur, garni de tomates, de fromage, d'huile d'olive et d'origan. Nous avons adoré la nourriture – le lapin aux oranges et aux olives, les boulettes de viande dans une sauce œufs et citrons, et surtout la grande variété des hors-d'œuvre, comme ces délicieuses aubergines grillées, aux noix. Sans oublier tous les fromages frais. Nous aimons faire un tour dans la cuisine des *tavernas*, mais aussi voir les bégonias plantés dans des bidons d'huile, les cordes à linge pleines de

couleurs, tendues entre deux oliviers massifs. Il suffit
d'imaginer la table, et les convives prennent vie.

Nous avons sur nous toute la poussière de
Cnossos en arrivant à Elounda Mare. C'est un
complexe hôtelier très moderne, mais les architectes ont récupéré de vieux encadrements de
porte, des tissages et des plateaux de cuivre crétois,
et les sols de pierre sont bien dans le style de l'île.
Quelques vieilles portes de fermes, ornementales,
servent quelquefois de tables. Nous nous perdons à
l'intérieur : les architectes ont dû surtout s'inspirer
de Cnossos. On a la gentillesse de bien vouloir
mieux nous loger – dans une chambre avec terrasse, piscine privée, et un petit jardin qui domine la
mer. Nous avons deux jours devant nous pour
explorer cette partie de la Crète, mais excepté une
brève excursion à Spinalonga, une île minuscule qui
a servi de léproserie, nous paressons comme des
lézards. De retour à l'hôtel, j'achète à la boutique de
souvenirs des amulettes en verre qui protégeront du
mauvais œil ma maison de Californie. L'employé
nous dit :

– C'est le soleil qui nous donne notre force. S'il
ne brille pas pendant deux jours, on devient fous.

Nous partons à pied dîner au restaurant Calypso,
associé à un deux-étoiles français. On nous installe
près d'un bassin de marbre avec jets d'eau ; en
contrebas, une mer calme s'étend jusqu'à l'infini. Je
suis convaincue que le type de la table à côté est un

mafieux russe. Musclé, sans cou, le genre d'homme qui ne peut jamais baisser les bras tant sa taille est énorme. Il sue à faire peur. Sa femme, en face de lui, est elle aussi plutôt rondouillarde. L'un et l'autre doivent refuser de le reconnaître, car ils portent des vêtements qui leur allaient peut-être cinq ans plus tôt. Lui est habillé comme un videur de boîte de nuit ; elle déborde d'un haut bleu clair, pailleté, dont les minces bretelles labourent ses épaules molles. Elle a constamment un sourire forcé, des yeux affolés, elle a l'air prise au piège. Des émeraudes carrées pendent de chaque côté de sa petite tête bouffie. Il ne dit rien ; elle jacasse. Voilà qu'il change de chaise. Pour ne pas tourner le dos à la porte ? Évidemment, mon imagination travaille : il a fait fortune en vendant des téléphones portables. Ou des BMW. Nous leur disons au revoir en partant, comme font les gens civilisés d'un bout à l'autre de l'Europe. Ils ne répondent pas. Regardent devant eux comme des statues.

Notre dernière nuit en Crète.

Le vol pour Athènes est rapide et nous sommes aussitôt dans une voiture de location, direction la grande ville. Après la Crète et ses routes solitaires, cette agglomération ressemble au chaos. C'est pare-chocs contre pare-chocs, voies fermées, déviations, feux de Bengale sur la chaussée, et *pas* de signalétique. Je scrute la carte en essayant de lui arracher un nom, une rue, une direction. Ed peine derrière

son volant. Nous traversons toute la ville et finalement, miraculeusement, nous trouvons la route de
Nauplie. Steven et Vicki baptisent leur petit garçon
dans trois jours.

Au sortir des derniers faubourgs – oh, pourvu
qu'on trouve l'aéroport au retour –, nous passons
devant une entreprise de matériaux de construction. Elle vend des chapelles préfabriquées, jaunes
avec des bordures blanches. Il m'en faut une
comme ça. J'ai photographié toutes celles de la
Crète, ou presque. Certes, elles commémorent les
victimes de la route, mais je veux y voir un hommage aux dieux du voyage. Ed ne s'arrête pas.

– Ça doit bien peser cent kilos, ton machin. Tu
veux l'enregistrer avec tes bagages ?

– Regarde, celle-là, blanche avec le toit bleu !

– On ne va pas se trimballer cette chose dans
deux aéroports. Ou alors tu la prends sur tes
genoux.

– Je l'installerais devant notre maison de Californie. On mettrait de la lumière dedans avec les
photos de nos morts. Et peut-être un poème de
Ritsos.

– C'est ça. Le syndicat des riverains te tombera
dessus le lendemain matin.

L'hôtel Byron à Nauplie est bien caché derrière un
bâtiment d'inspiration arabe, recouvert de planches
et surmonté d'un dôme. Il se trouve notamment en
face de l'église où le clan Mavromichalis a assassiné

en 1831 le gouverneur du nouvel État grec en forma-
tion. Je suis ravie de rencontrer la famille grecque de
Steven, mais je suis troublée par l'impact de la balle
sur le mur de l'église. Nos valises à la main, nous
suivons un long escalier et nous arrivons à l'hôtel, où
il nous faut encore grimper trois étages. Pas d'ascen-
seur. Les Vénitiens ont régné ici, comme on peut le
remarquer à chaque coin de rue – douces couleurs
au bord de l'eau, maisons nobles, piazzas ; ils
savaient habiller une ville. Notre précédent voyage
nous avait menés à Nauplie, et nous rendons visite à
George Couveris dans son magasin Preludio. Ed m'y
a acheté ces boucles d'oreilles d'or et de saphir qui
me rappelleront toujours l'Égée. C'est aussi la plus
jolie bijouterie que j'aurai vue en Grèce. Je suis
tentée par une grosse croix en or, sertie d'autres
pierres marines. Mais, encore imprégnée de simplicité crétoise, je n'y touche même pas. George se souvient de nous, il nous montre ses derniers modèles
puis il nous envoie chez Basilis, quelques tables dans
la rue, où l'on fait le meilleur *imam* – aubergines
farcies – de la ville. Et les plus épicées.

Ed adore les quincailleries. Nous nous arrêtons
devant une vitrine où sont exposés ces plateaux
triangulaires, en aluminium, qu'utilisent les serveurs des bars pour apporter le café dans les boutiques. Difficile de faire plus italien ! Pour notre
voisin Placido, grand maître de la grillade, nous
achetons des brochettes aux extrémités décorées de
lièvres, de poissons et de chouettes en cuivre. Et
quelle drôle de surprise : tout un stock de verres et

de pichets en aluminium dépoli, tapissés de reflets lunaires, dans ces couleurs tellement années soixante – fuchsia, magenta, citron vert, bleu. Et je rapporterai à Fiorella, qui n'a ni chèvres ni moutons, quelques-unes de ces cloches artisanales.

La route mord dans la dure montagne du Péloponnèse. Chaque nouveau kilomètre prive le paysage d'un aspect supplémentaire – il n'y a bientôt plus que la roche pelée, et quelques buissons opiniâtres. Parfois un monastère tout seul, un petit âne vaillant, un maigre mimosa. Nous arrivons finalement à Monemvassia, patrie du poète Yannis Ritsos. Ritsos l'appelait « mon bateau de roche, mon navire de pierre, qui me mène partout dans le monde ». J'aime ses poèmes et j'en cite quelques extraits à Ed : « J'ai toujours voulu te parler de ce miracle », et « me voilà entièrement à l'intérieur de moi-même, comme quelqu'un revenu chez lui après un épuisant voyage ». Monemvassia est un énorme rocher, relié à la terre par une étroite chaussée. En grande partie abandonné, le village taillé dans la pierre s'enferme dans sa solitude. Les touristes ont remplacé les marauds d'antan. Forteresse quasi imprenable, l'île a résisté aux invasions arabes et normandes, puis elle a été gouvernée au fil des siècles par les Vénitiens, les Ottomans – et à nouveau les Vénitiens, et encore les Ottomans. L'esprit de résistance anime l'œuvre de Ritsos. Monemvassia tourne le dos à la côte et regarde la mer.

Cependant, il fallait bien qu'elle se procure son pain quelque part. Ses habitants, finalement vulnérables, devaient cultiver des champs de blé sur le continent. Plusieurs bâtisses ont été restaurées ; la plupart sont vides, beaucoup n'ont plus de toit. Partout autour, la mer vous rappelle sa beauté. Une beauté que ces maisons connaissent intimement, à toute heure du jour. Les terrasses des quelques restaurants offrent aux visiteurs un panorama de 360°.

Après avoir tourné et viré dans les rues hautes, nous revenons vers la ville moderne, de l'autre côté de la digue. Je m'assois avec un cornet de glace, pendant qu'Ed avale son café. Un homme à vélo s'affale pratiquement à mes pieds, et gît ainsi, inconscient, dans la rue. Les gens affluent des magasins, quelqu'un gifle le malheureux, un autre lui verse un pichet d'eau froide sur la tête. Je suis horrifiée — crise cardiaque, hémorragie cérébrale ? Mais non, le cycliste revient à lui, secoue la tête, et repart en pédalant. L'insolation doit être monnaie courante, dans la région.

— La même chose est arrivée à mon neveu, me dit la serveuse. Il est tombé de son tracteur, et le tracteur a continué tout droit, jusqu'à heurter un mur.

Nous passons une nuit tranquille dans un hôtel à l'entrée de ce village secret.

Avant de partir, je rends visite à la tombe toute simple de Yannis Ritsos, enterré parmi les siens.

Nous sommes à Sparte vers midi. *Maman, rends-toi compte, je suis allée à Sparte !* Une cité moderne, nette, qui a depuis longtemps perdu sa rigueur militaire. Nous reprenons la route l'après-midi vers Mystras, à moitié en ruines, sur les pentes abruptes des monts du Taygète. Selon le *Nature Guide : Europe/Greece* de Bob Gibbons, il pousse sur ces montagnes trois sortes de saxifrage blanche, de l'*onosma frutescens*, de la scrofulaire, de l'anémone écarlate, de l'orchis géant, de l'euphorbe, des iris blancs, des arbres de Judée, des vesces sauvages – bleues et jaunes –, plusieurs variétés de fers-à-cheval, de l'ophrys abeille jaune, et de l'ophrys précoce. Il mentionne aussi la linaire, le trèfle étoilé, etc., etc. En plein été, nous ne trouvons que des herbes desséchées. Quelques pousses ressemblent bien à de la carotte sauvage, mais cela n'en est pas. J'aimerais revenir pour surprendre le silène penché, les asphodèles, les becs-de-grue, et, dans les airs, la sittelle des rochers, les aigles bottés, les faucons pèlerins et les monticoles bleus. Mais reverrons-nous jamais Mystras ? Ses maisons semblent s'effacer dans l'abandon, la vie a disparu, il ne reste que les structures. À lire Gibbons, on imagine une flore sauvage, des oliveraies au printemps, couvertes d'orchis tachetés, mais aussi de chardons-Marie, de campanules, de corbeilles-d'argent. Certains noms de plantes peu courantes ne manquent pas de charme : valériane, gesse chiche, trèfle jaune, silène. Rêvant de toutes ces fleurs qui brillent par leur absence, je parcours les collines au-dessus des ruines. Dans la plus grande des églises, je vois des ex-voto qui représentent des maisons. Pourquoi cela devrait-il me surprendre ? Après notre corps, que cherchons-nous à protéger ? L'endroit où nous vivons.

Nous somnolons comme des abeilles dans la chaleur. Les cigales secouent en rythme leurs sacs de clous ; halètent comme des trains à vapeur ; frappent des milliers de tambourins. J'ai envie de me vider une bouteille d'eau sur la tête. Quand nous retrouvons la voiture, le thermomètre indique 44,5°. Temps d'insolation, en effet.

Nous nous enfonçons dans le Magne. Le Péloponnèse étend trois longs bras dans la mer au sud de la péninsule. Situé dans celui du milieu, le Magne est sans doute la région la plus sauvage et la plus individualiste de la Grèce. Nous retrouverons nos amis à Limeni, où un nouvel hôtel vient d'ouvrir. La sensation est grisante de partir tôt le matin, la voiture chargée, avant les rugissements du soleil. Paysages désolés. Montagnes droit devant. Les murettes sur les pentes marquent les limites des parcs à moutons. On dirait plutôt, de loin, les restes d'antiques constructions. La douce odeur du laurier-rose entre par la fenêtre ouverte. Aucune trace de vie humaine sur des kilomètres et des kilomètres. En cas de panne de moteur, on serait dans les choux. Les heures passent sur la route et – toujours rien, *niente*, de la caillasse. Pas la moindre touffe de fleurs, à peine quelques arbres, pitoyables. Le dénuement ultime. J'ai la vision d'un ptérodactyle qui poserait sa grosse patte sur le pare-brise en poussant des hurlements stridents.

Au sortir d'un défilé, nous descendons finalement, lacet après lacet, vers le village de Limeni au bord de la mer. On nous accueille à bras ouverts à la *taverna* – personne ne doute que nous sommes là pour le baptême. Les patrons sont des cousins de notre ami – et tout le monde doit être cousin dans le Magne. On nous escorte aussitôt à la cuisine, on nous propose différents poissons, et on nous assoit près de l'eau, où les bateaux de pêche aux couleurs gaies dansent sur leurs reflets. Les cousins nous montrent la maison de Petrobey Mavromichalis, l'ancêtre de Steven, qui a mené le soulèvement contre l'Empire ottoman. Petro avait été nommé bey, gouverneur du Magne, disposition selon laquelle les sultans donnaient aux natifs une illusion de pouvoir. En réalité, Mavromichalis réussit à s'allier avec plusieurs chefs de clan – ce qui n'était pas une mince affaire. Lançant avec eux une offensive contre les Ottomans, il libéra la ville de Kalamata. D'autres membres de la famille ont démontré la même vaillance sur différents fronts. Elias Mavromichalis est honoré tous les 20 juillet à Styra, en mémoire d'un combat célèbre, au cours duquel il perdit la vie, l'épée à la main, avec six autres Magnotes, devant un moulin à vent.

Steven et Vicki étant nos amis depuis des années, ils nous ont narré bien des épisodes de cette saga familiale peu banale. La balle fichée dans le mur de l'église de Nauplie était destinée à Kapodistrias, le Président de la nouvelle Grèce indépendante. Ce sont les frères de Petrobey qui l'ont tué – suite à des divergences de vues, il avait emprisonné celui-ci avec d'autres opposants, peu après avoir pris le pouvoir. Voyagez une journée dans les montagnes du Magne, vous comprenez qu'il est impossible de conquérir ce pays. Au fil des siècles, les pirates et les marchands d'esclaves y ont fait de fréquentes incursions, trouvant même parfois des complices chez les Magnotes. Le relief transpire l'isolation, l'individualisme, les privations, voire la xénophobie. Au fond de leurs terres, les farouches combattants de la liberté et de l'indépendance ont dû parfois aussi rêver de petits pois et de haricots verts.

Nous retrouvons « notre » clan Mavromichalis – tout ce qu'il y a de plus charmant et paisible, celui-ci – autour de la piscine de l'hôtel. Les parents de Vicki habitent à une heure de route, et la famille est descendue ce matin avec les quatre enfants. Steven et Vicki résident près de chez nous à Marin County, en Californie, où ils ont une vie très active et des centaines d'amis. Ils vénèrent leurs origines grecques, et leurs enfants ont l'immense chance d'avoir deux pays. Les plus grands, qui ont huit, six et trois ans, maîtrisent le grec et s'amusent à nous apprendre à compter, ένα, δύο, τρία, *ena, thio, tria*. Tous parlent grec, bien sûr, au bébé Constantin, qui le comprend sûrement déjà. Steven et Vicki ont acheté un terrain qui domine la mer, où ils projettent de restaurer une maison. Ils font le voyage au moins deux fois l'an. Steve est passionné de voitures. L'année dernière, ils ont pris ensemble un avion pour la France, où il a déniché une vieille 2 CV. Puis ils ont parcouru les routes d'Europe. Jusqu'ici. Certains appelleraient ça une virée en enfer, mais pas eux. Ils savent s'amuser, et ils n'ont pas dû s'en priver. Ce sont des gens chaleureux et leur joie de vivre est communicative. Toujours à rire, à plaisanter. Leurs enfants s'adorent, se tiennent par la main en promenade. Je demande sans cesse aux parents :

– Mais comment faites-vous ? Je ne les vois jamais se disputer, jamais pleurer.

– C'est plus une équipe qu'une famille, répond Steve.

Ces enfants se savent aimés, considérés, et l'on sent un profond respect mutuel entre tous. Le mieux qu'un homme puisse faire pour ses enfants est d'aimer leur mère – j'ai entendu cette phrase un jour. Steven ne doit pas avoir trop de mal. Vicki rayonne d'intelligence et de beauté. Elle a des yeux noirs, un visage ouvert, et un sourire dans lequel on devine parfois une petite fille de neuf ans. Steven ressemble toujours au jeune escrimeur qui a représenté la Grèce aux Jeux olympiques. Sa personnalité enthousiaste et sympathique sera toujours son meilleur atout. Agent immobilier – et pas des moindres –, il continue d'étudier l'histoire et la philologie, donne souvent des cours à Stanford et à Berkeley. Vicki, qui est avocate, s'est mise en congé sabbatique et préserve jalousement le temps qu'elle passe avec ses enfants, Franco, Nikki, Georgia, et le petit Constantin. « Et ça ira comme ça », dit-elle. Qu'ils sont beaux. Une légende familiale expliquerait tout : un des premiers Mavromichalis aurait épousé une sirène. Je compte, parmi mes ancêtres, un prêtre irlandais en cavale et une religieuse – mais une sirène… Non, là, je ne fais pas le poids.

Tendant le bras par-dessus la murette, Steven montre plusieurs tombes de marbre noir près de la mer.

– Notre ancêtre Petrobey est enterré là.

Nous avons vu la vieille maison de famille au village, et nous le lui disons.

Pendant que les enfants se reposent, ou lisent, je pars avec Ed le long d'une petite route qui suit la côte. Puis quelques rochers à descendre avant de faire trempette.

Nous nous retrouvons le soir pour dîner à Areopolis : la ville d'Arès, dieu de la guerre. Elle s'appelait autrefois Tsimova, et elle a été rebaptisée en l'honneur de Petrobey. Cette région fut le lieu d'incessants conflits ; par « pistolet », on désignait jadis un jeune garçon. La ville est plongée dans une torpeur estivale, les rues sont désertes, quelques chats dorment sur la *plateia* – la place centrale. Steven nous emmène dans un restaurant tenu par des amis, où on l'accueille comme un héros. Visiblement, le nom de Mavromichalis ne laisse personne indifférent dans le Magne. Le dîner se

poursuit pendant des heures. Ed taquine gentiment
Nikki :

– On ne t'a jamais dit que tu ressembles à Jac-
queline Kennedy à l'âge de neuf ans ? S'ils font un
film sur elle, on te recommandera.

Si, on le lui a déjà dit, et c'est vrai. Elle a une présence, une élégance rares – des mots qu'on
n'emploie pas souvent pour un enfant. Franco,
l'aîné, est un doux plaisantin. Il émane de lui un
genre de vulnérabilité, de bonté radieuse ; et
Georgia a cette blondeur enfantine, féminine, que le
mot grec d'archétype définirait bien. Quant à lui,
Constantin n'est encore qu'un bébé. Ce qui ne
l'empêche pas d'observer attentivement ce qui se
passe autour de lui, et il a l'air d'en savoir bien plus
que son âge. À cette heure tardive, un autre pousse-
rait des hurlements, mais non, il tripote un bout de
pain, et il regarde ses frères et sœurs d'un air de
dire, *Attendez voir, j'arrive.*

Nous regardons les plans de la maison, parlons
permis de construire et ouvriers. Le serveur joue
avec les enfants. Ils ne semblent pas perturbés par
ces dîners qui commencent à dix heures du soir. Il
les emmène finalement sur la *plateia*, leur offre des
glaces, il s'amuse visiblement, et eux aussi. Ces
petits ont-ils été touchés par la grâce, ou cela pourrait-il arriver à tout le monde ? *Kalinikhta*, bonne
nuit, nous disent-ils.

La famille a un programme chargé le matin, aussi
partons-nous vers Bathia et les autres villages autour
d'Areopolis. Nous allons jeter un coup d'œil sur les

maisons-tours, caractéristiques du Magne. Saillies rocheuses, figuiers de Barbarie, routes minuscules, puis les tours qui s'élèvent toutes droites, comme des blocs de pierre. Nous ne croisons personne pendant des kilomètres. Pas de voiture. Rien. Tiens, un bébé âne – enfin, un signe de vie. Dans quelques endroits, de vieux hommes jouent avec les mêmes cartes que partout en Europe. Les routes se transforment en étroits chemins. Espérons que les pneus tiennent bon. Il n'est d'autre région sur terre qui ressemble à celle-ci. Il faut imaginer les conséquences sur la mentalité – le père était tenu de construire une de ces tours, pour protéger les siens, et ensuite il fallait y vivre. Elles sont le reflet de ce que les habitants ont été, de ce qu'ils sont encore d'une certaine façon. Steven attend deux cents personnes pour le baptême de Constantin, dont six ou sept familles Mavromichalis qui ne se parlent plus depuis trois siècles. Souhaitons que les vendettas soient oubliées.

Ne faisant que passer rapidement dans ces lieux, je suis confrontée à l'impossibilité de m'en imprégner vraiment. Et je le regrette. Mais parfois on tombe sur un livre si pénétrant, si attentif que, de page en page, le sentiment de frustration se dissipe. Il s'agit de *Mani, Voyage dans le sud du Péloponnèse*, de Patrick Leigh Fermor. Paru en 1958, *Mani* est le récit d'un voyage à pied, en bus et en bateau dans cette région. Fermor et sa compagne, Joan, n'avaient emporté qu'une tente, et dépendaient largement de l'hospitalité des Magnotes. Quantité de choses piquent son intérêt, et il se lance dans de longues digressions. Personne ne faisant plus l'effort de se concentrer longtemps sur quoi que ce soit, il aurait certainement du mal à se faire publier aujourd'hui. Mais il dit tout : comme un inventoriste, avec un enthousiasme qui confine à l'extase. Sa prose est sans compromis, gare aux ignorants. Voilà un de mes livres préférés. Je n'ai pas eu l'occasion d'entrer dans une maison-tour du Magne, mais grâce aux descriptions de Fermor, je sais quelle impression on a en dînant sur le toit – où l'on a fait monter la table avec des cordes – puis en y dormant à la belle étoile, à la recherche d'un peu de fraîcheur. Je sais aussi qu'on descend d'étage en étage sur des échelles, et que, le jour, la fraîcheur se concentre en bas.

J'espère qu'un jour Steven écrira lui-même une histoire de sa famille. Toutefois Fermor retrace la saga Mavromichalis avec un luxe de détails. Le clan est arrivé au faîte de sa puissance, cumulant richesse et influence, aux XVIIIe et XIXe siècles. Son emprise sur le Magne tient notamment au fait qu'ils étaient basés à Limeni, port important et passage obligé vers la Laconie et l'intérieur des terres. Fermor dépeint Petrobey, personnage élégant, digne, aux manières raffinées, « signes extérieurs d'une nature droite et honorable, d'une intelligence aiguë, d'une grande habileté diplomatique, d'une personnalité généreuse, au patriotisme déclaré, au courage inébranlable, à la volonté implacable ; toutes qualités exacerbées par l'ambition, l'orgueil familial, quoique parfois assombries par une touche de cruauté ». Si l'on enlève cette dernière, voici qui conviendrait également à Steven. Petrobey, écrit Fermor, « dépasse largement ces quelques pages rocailleuses pour s'élever dans l'histoire de l'Europe contemporaine ».

Éparpillées dans le paysage, parfois camouflées à la perfection, les églises byzantines sont sublimes. À Nomia, à Kitta, dans une ruelle, dissimulées dans les collines, fondues dans le décor, elles sont un ravissement pour l'œil. Malheureusement, la petite abside derrière la nef est souvent verrouillée. Elles doivent être faites de terre séchée et de briques, ou parfois les briques entourent des moellons. Ici le mauvais œil est sculpté dans la pierre, là c'est un coquillage ; ou encore un portail sera décoré de feuilles de vigne et de grappes de raisin. Derrière une minuscule fenêtre, ou par le trou de la serrure, on aperçoit un bout de fresque, quelques chevaux, une icône de la Vierge au frais à l'intérieur. Très différente des vierges italiennes, celle que je vois ici paraît distante, d'une sérénité olympienne. Cette architecture est une joie. La chèvre qui broute devant la plus petite chapelle du monde nous regarde avec un air de dire : « Mais qu'est-ce que vous croyiez ? »

Nous poursuivons jusqu'à l'extrémité de la péninsule : une bosse de chameau au milieu de la mer. Et une zone mythique. Pour les Anciens, le promontoire du Tainare correspondait à l'entrée des enfers. Les pirates y ont sévi pendant des siècles, fondant

sur les bateaux de passage, et s'emparant des équi-
pages qu'ils revendaient comme esclaves dans le
pourtour méditerranéen. Mon éducation américaine m'a fort mal renseignée sur ce commerce-là.
J'ai longtemps cru que la route entre l'Amérique et
les ports des États-Unis était une route à sens
unique. Il n'est pas une âme dans le vieux Sud qui
ne se souvienne des vaisseaux négriers. Jamais
ceux-ci ne se rendaient en Italie ou en Turquie
– c'était toujours Savannah ou Charleston. Quelle
naïveté. Voyager me fait faire des bonds en avant ;
la mémoire me tire en arrière. À force de tensions,
le lien ténu qui unit les deux finira peut-être par
rompre, même claquer furieusement. Il suffirait de
s'endormir dans un de ces bus qui lentement gravis-
sent la montagne – comme posés là par un Einstein
grec pour illustrer la relativité.

Nous nous rassemblons devant l'église d'Areopolis. C'est ici que Petrobey et ses sept mille
partisans ont fait bénir leurs armes avant leur expé-
dition à Kalamata. Aujourd'hui un fils du pays
revient d'Amérique avec son fils pour qu'il soit baptisé sur les fonts des ancêtres. Au début de la
cérémonie, les enfants nous distribuent à tous de
petits dauphins porte-bonheur en verre. Nous nous
entassons dans l'église – cette chaleur, mon Dieu,
gare aux évanouissements ! Les popes en soutane se
mettent à chanter derrière leurs barbes. Je me sens
toute chose. Une des fresques dépeint une scène de

baptême. Constantin n'est pas le premier, loin de là, à recevoir dans ces lieux historiques l'initiation à la vie spirituelle. Confiant et tranquille, il est soudain troublé lorsqu'on lui retire son beau costume, puis qu'on le plonge dans une jarre d'huile d'olive. Ça n'est pas une onction, c'est une immersion ! Lorsqu'on l'en ressort, dégoulinant, qu'on l'élève à bout de bras, il hurle comme un des Turcs décapités par ses ancêtres. Nous titubons dans les volutes épaisses de l'encens, auquel s'ajoute le parfum peut-être moins enivrant des popes en sueur. Il fallait parcourir ces milliers de kilomètres pour percevoir la force du rite initiatique auquel on soumet ce bébé.

Maintenant le banquet. Les tables étant disposées sur le toit de l'hôtel, on pense aux réunions familiales d'antan en haut des maisons-tours. Constantin, remis, passe de bras en bras. Il semble comprendre que tout cela le concerne. Je n'ai jamais vu autant de moustaches noires, de barbes drues, de sourcils broussailleux en mouvement. Les danses commencent, et toute la nuit, la musique flottera au-dessus de la tombe de Petrobey Mavromichalis. La pleine lune couvre la mer de marbrures. Vicki est reine de la soirée. Elle connaît toutes les danses. Cela me rappelle une remarque d'amis italiens : « Vous êtes plus italiens que nous. » Dans cette robe verte, elle a le charme des déesses. Elle danse avec Steven, qui finit sur les genoux, la tête renversée en arrière. Puis il est le cavalier de toutes ces dames. Certains exécutent une danse solo, « L'Homme saoul ». Et tant pis pour la tradition, une femme s'essaie à l'exercice. C'est en principe réservé aux hommes. Elle titube, chancelle et reçoit finalement une salve d'applaudissements. Apparemment, les vieilles factions guerrières dînent paisiblement. Nous bondissons sur nos sièges quand de vraies détonations succèdent aux applaudissements. Les cousins sont venus armés ! C'est salve après salve dans les cieux. Les enfants dansent aussi ; beau comme un dieu, le fils de l'ex-Premier ministre fait virevolter sa fiancée, simplement vêtue d'un sari. Nous rencontrons les Mavromichalis de tout le Magne. La plupart de ces danses ne sont pas des danses de couples, mais des pas qu'on exécute à plusieurs, en groupe, bras dessus, bras dessous. Peu à peu, tout le monde entre dans le cercle, les jeunes comme les vieux. Portant un toast à la santé des convives réunis, Steven parle avec éloquence de l'amour de sa famille pour la Grèce, de l'importance des liens qu'elle a maintenus ici. Quittant le répertoire folklorique, l'orchestre entame bientôt *What a Wonderful World*, qui comporte le vers magnifique « *The bright blessed day, the dark sacred night*[1] ». Demain, nous reprenons la route d'Athènes, puis l'avion pour l'Italie. Nous n'oublierons jamais cette nuit d'ombre sacrée dans le Magne.

---

1. « Le jour illuminé, et la nuit d'ombre sacrée. »

L'Écosse, entre amis

> Mes amis sont mon domaine.
> EMILY DICKINSON

— La quintessence de l'habitat écossais, dit Ed en se rangeant devant une bâtisse rectangulaire de pierre grise.

Elle a deux étages, des fenêtres à petits carreaux, deux ailes à angles droits.

En tournant le long du chemin de terre, j'ai aperçu la terrasse et le jardin en pente de l'autre côté. Comme pour compléter le tableau, il y a un scottish-terrier devant la grande porte blanche. Les arbres jettent d'immenses ombres dans le parc. Et un âne minuscule sort de l'écurie en face pour voir ce qui se passe.

Nous sommes les derniers à arriver. Deux petites voitures sont déjà garées. Le chien aboie, l'âne brait, Kate ouvre la porte. Derrière elle, Robin et Susan. Mes trois plus vieilles amies de Californie.

— Où étiez-vous passés ?

— On vous croyait tombés dans le lac.

– Vous avez fait bon voyage ?

– Couché, Trumpet. Il n'est pas adorable ? C'est le chien du gardien.

Robin nous montre, au bout de l'allée, la bicoque de celui-ci. Et le terrier ne veut pas me lâcher les jambes.

– La maison est incroyable.

– Incroyable ? En bien ou en mal ? lui demandé-je.

Celles que nous avons louées, nous, ne manquaient pas de piment. D'où mes réserves.

– En *bien*. Vraiment incroyable, tu vas voir !

À l'évidence, Kate me réserve des surprises.

– On a atterri à midi, on s'est arrêtés en chemin manger dans un pub, explique Ed. Pas terrible, la bouffe. Dans les toilettes, ils vendaient des préservatifs aromatisés.

Arrive sur le perron John, le mari de Robin. Il me débarrasse de mon sac. L'étiquette collée dessus indique qu'il est « *heavy*[1] ».

– Tu as toute ton épicerie italienne, là-dedans ?

– Seulement de l'huile d'olive. Et du café, bien sûr.

Puis c'est Cole, l'époux de Susan, qui nous rejoint. Il faudrait le prendre en photo. Il porte une de ses habituelles chemises de soie, rouge foncé. Ses cheveux d'argent sont réunis dans une minuscule queue-de-cheval. Il serait parfait devant la porte, dans cet encadrement de pierre grise.

1. Lourd.

Je pense toujours d'abord à manger :

— Vous avez fait des courses ?

— Vous êtes tous arrivés en même temps ?

Les questions succèdent aux questions.

— Vous voulez du thé ? propose Susan.

Certes, elle a grandi à Londres, mais elle a passé la majeure partie de sa vie en Californie. Bien — elle a eu tôt fait de se réacclimater au pays.

Des bottes en plastique Wellington sont alignées sur le carrelage de l'entrée. Il y a aussi une foule de parapluies dans un coin, pleins de baleines brisées qui rebiquent.

— Venez voir le salon.

Kate nous précède dans une pièce aux proportions généreuses, dont les hautes fenêtres donnent sur le jardin.

— Alors, qu'est-ce que vous en pensez ?

Devant la cheminée sont disposés plusieurs canapés à fleurs, autour d'une grande table basse couverte de livres. Cole et Robin doivent être contents : un piano à queue occupe un angle entier. Les bons fauteuils de velours usés par le temps, les portraits au mur, les quelques lampes aux abat-jour de travers, et le vénérable tapis persan confirment la première impression d'Ed. La *quintessence* du *home* écossais.

La table de la salle à manger peut recevoir vingt convives. Les propriétaires ont laissé les chandeliers et les plateaux en argent sur le buffet, avec le service à café. Rien à voir avec l'oncle Picsou de notre location précédente.

– La cuisine va vous plaire, dit Robin. Elle est immense – on peut y travailler tous ensemble.

Au milieu, sous le haut plafond, trône une énorme cuisinière Aga, jaune clair.

– Elle est aussi grosse que notre voiture de location.

– Sûrement beaucoup plus lourde, dit Ed en ouvrant la porte du four à mijoter, encore chaud. Ces petites bagnoles, c'est du papier d'alu.

– Une Aga. Formidable. J'ai lu plein de choses dessus, mais je n'en ai jamais utilisé aucune. On ne l'éteint jamais complètement, c'est ça ?

Susan nous montre comment la chaleur se répartit à la surface, et le casier spécial pour faire griller le pain.

– Il faut faire rôtir quelque chose dans ce four.

– Un gigot. Sept heures de suite, dit Ed. Donc ça chauffe tout le temps, cet engin ? Ça serait gênant ailleurs, mais sous le climat anglais…

– Il ne fait jamais trop chaud dans la cuisine. Même en juillet.

– Ça marche à quoi, Suze ?

– Les vieux modèles marchaient au bois. Celle-ci au fioul. Elle n'est pas toute jeune pourtant. Elle a dû être adaptée. Il y en a des électriques, aussi. Mais elles sont toutes en fonte, avec un système particulier pour distribuer la chaleur.

Le plan de travail, la planche à découper, la grande table et le long comptoir semblent nous inviter à sortir les casseroles et à émincer tout de suite quelques légumes. Le carrelage au-dessus de l'évier est une mosaïque capricieuse de couleurs.

On nous donne la chambre principale et il n'est pas question de protester. La salle de bains attenante est digne de la reine Victoria. La baignoire en porcelaine est gigantesque, avec une buse en cuivre, arrondie, qui vous arrose de tous les côtés. J'ai hâte de prendre mon premier bain.

On pourrait se perdre entre les huit chambres, les nombreux bureaux, le salon télévision, la salle de jeu, les garde-manger… Cette maison est pleine de coins et de recoins. Cela tombe bien car nous sommes sept – nous devions être huit, mais le fiancé de Kate n'est pas venu.

Et impossible de ne pas remarquer :

– La Sainte Vierge est partout, ici. Partout, partout, partout.

Mes amis savent que je collectionne les ex-voto, et toutes sortes de portraits de la Vierge, de Marie-Madeleine et de Jésus.

– Sous toutes les formes et dans tous les formats : dessins, peintures, céramique, même en émail sur des bouteilles décoratives. Super-kitsch.

– Elle n'est pas en dentelle sur les fauteuils, aussi ?

– Il faut que je les compte, d'ailleurs, dit Kate.

Ed aperçoit la télévision dans la pièce contiguë à la cuisine.

– Regardez ça.

Derrière le cadre, apparemment normal, le tube cathodique est en réalité un aquarium.

– Cette maison est un peu bizarre sur les bords, dit Cole.

– Mais non, non, non, répondent les quatre femmes.

Les trois hommes prennent un air étonné, puis ils se mettent à rire. Ed et John débouchent une bouteille de vin blanc et servent tout le monde. Nous partons dehors regarder les rosiers grimpants. Robin et Susan connaissent le nom de chacun d'entre eux.

– Oh, le jardin enclos est là-bas, dis-je en voyant le chemin. Il a l'air immense. Allons-y.

– Il fait la moitié d'un terrain de football, remarque Ed. Ça te dit quelque chose, de construire ce genre de murs, toi ? Ils font quoi, deux mètres cinquante de hauteur ?

Ed est un homme de pierre. Nous passons notre temps en Italie à déplacer des pierres, en chercher de nouvelles, les charger sur un camion, refaire les murs.

– En tout cas, les cerfs ne rentreront pas, observe John.

Nous passons devant un petit chalet rustique, plein de râteaux et de brouettes.

Quoi ? une grosse porte en bois sans clef en fer ! Mais non, Kate se contente de tourner la poignée et d'entrer. On nous avait dit que nous pouvions nous servir en fruits, légumes et salades, mais pas que l'endroit était magnifique. Grands parterres suré-levés, quadrillés de sentiers herbeux, et rosiers grimpants sur chaque mur. Mystérieux de prime abord, les plants de fraises, de framboises et de groseilles sont cachés sous des filets, tendus assez haut d'un piquet à l'autre. Un lit de paille empêche les feuilles de toucher le sol. Il a fallu que je vienne en Angleterre pour comprendre enfin le sens du mot *strawberry*. Nous avons appliqué la méthode cette année à Bramasole, et nous avons doublé notre récolte de fraises. Et nous avons coupé les plants en mars, ce qui a pu jouer aussi.

John a apporté la bouteille de vin. Assis sur un banc contre le mur, nous essayons de reconstituer l'intrigue du *Jardin secret*.

Les hommes rentrent se doucher – faute d'intérêt, peut-être, pour Frances Burnett. Les femmes repartent lentement vers la terrasse. Ces deux verres nous ont légèrement grisées. Plusieurs vaches sont rassemblées près de la murette, et nous allons à leur rencontre.

– Les vaches des Highlands, dit Kate.

Elles ont de longs poils roux et une frange sur les yeux. Qui ne les empêche pas de nous dévisager avec intérêt.

Nous nous mettons à chanter à tue-tête *Don't Fence Me In*[1], puis l'air de *La ferme se rebelle*. Les vaches se rapprochent de nous, comme si elles attendaient quelque chose. Nous posons nos verres, nous arrachons des poignées d'herbe que nous leur tendons dans nos mains. C'est exactement celle

1. Chanson de Cole Porter (*don't fence me in* : « ne m'enferme pas dans l'enclos »).

qu'elles sont en train de brouter, mais elles n'en veulent pas. Elles semblent mieux apprécier *Amazing Grace*[1]. Robin fait un parallèle entre leur regard inexpressif et celui de ses étudiants de première année. Une seule solution : leur rappeler quelques règles de ponctuation ; et leur expliquer l'usage correct de *to lie* et *to lay*.

— Notez bien, leur dit-elle, qu'il faut un complément d'objet direct à *lay*. Comme : les poules pondent des œufs.

Alarmées, nos vaches hochent leurs franges, se rassemblent et s'éloignent lourdement. Ce que nous trouvons très drôle.

— *Lie* et *lay*, conclut Robin. Ça marche à tous les coups.

John sera notre éclaireur. Il s'est muni de cartes, de guides touristiques et gastronomiques, il a noté les sites et les jardins que nous souhaitons visiter ensemble. Nous partons le premier soir à Falkland, un village de conte de fées, propre et paisible, avec fontaine, salons de thé, et des milliers de paniers de fleurs accrochés aux murs. On lui a décerné plusieurs prix — plus joli village d'Écosse, plus joli village fleuri — et il les mérite bien. Nous avons réservé une table au Greenhouse, un restaurant d'une simplicité rigoriste, où l'on ne sert que de la nourriture bio, très fraîche. Soupe de carottes, salade, truites grillées.

1. Un negro spiritual.

Pour éviter tout désaccord au moment de l'addition, nous faisons caisse commune. John sera aussi notre intendant – il est l'ancien directeur commercial du San Francisco Symphony Orchestra. Les chiffres n'ont pas de secret pour lui, et il sait quel pourboire laisser dans chaque pays.

De retour à la maison, nous nous affalons dans les canapés profonds. Les propriétaires nous ont offert une bonne bouteille de scotch en cadeau de bienvenue. Cole nous sert de petits verres, mais personne n'en boit plus qu'une ou deux gorgées. Un peu violent pour des Californiens, adeptes du zen et du chardonnay. Le soir à dix heures, la lumière joue encore dans les arbres, s'attarde sur l'horizon. Les vaches, là-bas, doivent méditer sur le comportement étrange des humains. Nous montons nous coucher les uns après les autres dans les douillets lits de plumes. Ed disparaît presque entièrement sous l'édredon. Je ne vois qu'un bout de son épaule. Nous finissons agglutinés et dormons comme des morts. Je me réveille à trois heures. L'aube commence à brosser quelques touches lumineuses à l'est.

Mes relations avec ces amis se sont distendues. Je n'étais pas là pour les enterrements, les opérations chirurgicales, les unions qui se sont faites ou défaites, les enfants qui se sont mariés. Je n'étais plus là non plus pour les potins trois fois par semaine au téléphone. L'amitié puise ses forces dans la proximité, et j'étais trop loin pour prendre avec eux des leçons de yoga, aller promener le chien dans les collines au-dessus de Stanford. Ils ont arrêté de travailler, ils apprennent le piano avec Cole, ils se sont joints à des groupes de lecture et de gastronomie. Susan enseigne aux enfants l'art du jardin, Kate a aménagé dans le sien un labyrinthe de verdure, elle a un nouveau fiancé que je connais à peine, et Robin se passionne pour les sports d'eaux vives. La moitié de l'année, je voyage et je réside en Toscane. Quand je retourne aux États-Unis, je suis toujours entre deux avions pour les conférences et les tournées de promotion. Nous nous sommes liés quand j'habitais à Palo Alto. Puis j'ai quitté mon premier mari, et j'ai emménagé à San Francisco, qui n'est qu'à une demi-heure de route au nord. Quand je me suis mise à passer de longs mois en Italie, nous nous sommes moins vus. Ils sont venus à Bramasole, quoique souvent en notre absence. Susan et Cole s'y sont mariés. Je n'oublierai jamais le gâteau de mariage 1-2-3-4 [1] que nous avons fait cuire dans le petit four que j'avais à l'époque. Il en est ressorti complètement de travers, une montagne de crème et de cerises, tout de même digne de l'occasion.

Il y a quatre ans, Ed et moi nous sommes établis à Marin County, qui se trouve à une heure de voiture, parfois plus, de Palo Alto. L'Italie, c'est le chant des sirènes, et j'y résiste de moins en moins. Nous communiquons par e-mail, mais quand je suis

---

1. Soit : 1 tasse de beurre, 2 tasses de sucre, 3 tasses de farine, 4 œufs.

aux États-Unis, que je donne un coup de téléphone, je sens aujourd'hui comme une distance et j'en suis triste. Les unes et les autres, nous parlons de ce que nous faisons, nous essayons de trouver un jour pour déjeuner, dîner, se promener.

Alors j'ai déniché cette maison dans le Fife, et j'ai proposé une grande réunion.

– C'est assez proche de l'éternuement.
– Le bruit d'une paire de bottes dans la boue.

Ils parlent du village voisin, Auchtermuchty. Ce qui, en gaélique, signifie « les hauteurs des troupeaux de cochons ». L'épicerie où nous allons nous réapprovisionner paraît étrangement vide. Quelques conserves dépareillées se battent en duel sur les étagères ; les fruits et les légumes sont déprimants ; les carottes fibreuses ; les choux ont le bord des feuilles bruni.

– On ne leur a pas dit que le rationnement avait fini après la guerre ?
– Il doit y avoir une grande surface qui leur prend leurs clients, me répond Robin.

Nous achetons ce que nous pouvons et décidons de retourner à Falkland, où nous étions la veille. Les produits que nous trouvons là ne sont guère meilleurs, mais le village est enchanteur. Hier soir, nous n'avions pas pris le temps de remarquer les tours, les tourelles, les clochers de pierre grise, ni les maisons toutes droites du XVIIe et du XVIIIe.

Les Stuart, qui venaient chasser dans la région, ont bâti une extension autour d'un vieux château dont nous apprenons, amusés, qu'il a appartenu à la famille MacDuff. La partie fortifiée, la plus ancienne, tient toujours debout. Nous sommes d'accord, c'est le décor rêvé pour *Macbeth*. Robin nous a apporté à chacun une édition en poche de la pièce, dans l'intention de nous la faire jouer un de ces soirs. En nous promenant dans le parc, nous imaginons Marie, reine d'Écosse, en train de s'y reposer à l'aube d'un destin tumultueux. Ces jardins merveilleux, tout près du centre-ville, sont une bénédiction pour Falkland.

Et les fleurs sont une véritable obsession. Il y en a partout : dans des baignoires en bois, des charrettes de ferme. Les demeures les plus modestes ont des jardinières à leurs fenêtres ; elles débordent de tous les paniers, accrochés aux clôtures et sur les poteaux ; une profusion de bégonias jaunes, orange, de lierre tombant, de lobélies, de pétunias. Les cultures sont conservées toute l'année sous des armatures de plastique, et au printemps la ville organise une grande foire aux bulbes et aux oignons.

À peine plus larges qu'un trottoir, les *wynds* sont des venelles aux pavés inégaux, bordées de vieux cottages de tisserands. Une maison toute simple, qui porte le nom de *Reading Room*, salon de lecture, évoque des soirées d'hiver au XIXe siècle : le maçon, qui est allé à l'école, lit les nouvelles à haute voix aux tisserands rassemblés. On voit en ville, sur plusieurs linteaux de porte, les initiales gravées du couple qui habitait derrière, avec la date de leur mariage. Certaines de ces inscriptions remontent au début du XVIIᵉ siècle. La boutique d'un luthier, où les violons sont exposés, donne une touche musicale au charme du vieux centre, comme la fontaine Bruce, avec ses quatre lions rouges. On retrouve ce patronyme sur deux statues, celle de John Bruce, professeur, et celle d'un certain Onesiphorus Tyndall-Bruce. Quel nom fantastique ! Je ne sais pas où il l'a déniché, mais j'apprends qu'il était le mari de Margaret Stuart Hamilton Bruce, enfant illégitime d'une « dame d'ici » et d'un père mort aux Indes. Elle était la nièce de l'autre Bruce. La prenant sous sa coupe lorsqu'elle a eu huit ans, John l'a élevée à la demeure familiale de Nuthill, qui se trouve dans le parc du château. L'oncle a plus tard refusé qu'elle épouse Onesiphorus, car il était endetté et associé à une banque qui faisait le commerce d'esclaves. « J'aimerais mieux que tu te choisisses un homme d'affaires », lui aurait-il dit.

La réponse de l'intéressée − « Une fois que nous serons mariés, ce sera un homme d'affaires » − révèle une volonté opiniâtre. L'oncle disparaissant en 1828, elle put alors épouser, à l'âge de trente-huit ans, l'imprudent Onesiphorus dont elle liquida les dettes. Elle a dû rapidement le mettre au pas, car il est devenu un pilier de la municipalité. Il s'est également consacré à la restauration du château royal, propriété des Bruce, et il a collé le nom de Margaret au sien. Je ne vois pas sa statue à elle mais, à la lecture de ce récit, je suppose qu'elle existe quelque part. Je me demande ce qu'il est advenu de sa mère.

Le coffre des voitures est rempli de provisions. Kate aperçoit un salon de thé qui semble surgir d'une autre époque. Démodé à souhait. Thé, donc, et *crumpets* recouverts de crème épaisse. Susan est aux anges ; nous, devant la porte du paradis.

En fin d'après-midi, après la sieste, Kate, Robin, Susan et moi partons au jardin avec nos paniers. Les plants de laitues, de petits radis, de courgettes, de betteraves et de jeunes oignons sont resplendissants. J'ai envie de revenir seule plus tard. Quelle meilleure métaphore qu'un jardin enclos pour la solitude de l'esprit ? Je repère l'arbre fruitier sous lequel je m'assiérai. Nous possédons toutes un jardin potager (Kate ne fait pousser que du cabernet dans le sien), mais ils n'ont pas la poésie enchanteresse de celui-ci. L'air y est doux, sucré, ni chaud ni froid : en fait rafraîchissant. La terre grasse s'enfonce sous nos pas. Robin trouve de l'aneth, je cueille des brins de thym et de persil. Puis nous cueillons des fraises, mûres à point.

Pour le dîner, Cole fait griller du saumon – écossais, bien sûr – sur la terrasse. Susan prépare une sauce aux crevettes avec l'aneth tout frais, et du riz avec des poivrons émincés. Je fais cuire les betteraves à four doux dans l'Aga, puis je les sers en salade. Divine. Ces légumes du jardin sont incomparables. Susan, tout à fait réacclimatée, nous concocte un pudding d'été en suivant la recette anglaise de sa mère. La lumière des chandelles, un large vase d'hortensias bleus et de roses blanches, la table est mise – nous vivons ici.

– Cette maison est faite pour de grandes réceptions privées où l'on se faufile dans les couloirs pour passer d'une chambre à l'autre au milieu de la nuit, dit Ed.

– Comme dans *Upstairs, Downstairs*[1], dit Kate en ouvrant les doubles rideaux en grand pour profiter du reste de lumière. Sauf qu'on n'a pas de domestiques.

– Il y a Violet, la femme de ménage. Vous n'avez pas remarqué que les verres à vin étaient impeccables ? Elle les a lavés ce matin. Tout le monde dormait, sauf John et moi. Elle doit revenir avant la fin de la semaine.

Nous nous retirons après le dîner dans ce que nous appelons le grand salon. Cole et Robin s'installent au piano et entament une valse de Brahms à quatre mains. Ils enchaînent sur quelques chants méthodistes, puis sur des ballades écossaises qu'ils ont trouvées dans un livre, *Seventy Scottish Songs for Low Voices*[2], publié en 1905. Je me rends compte que Robin adore travailler de ses mains : elle jardine, joue du piano, fait du point de dentelle, du papier marbré. Elle aime manipuler les minuscules

---

1. Série TV des années 70, plantée dans une maison bourgeoise où les domestiques sont *downstairs* (en bas), et les maîtres *upstairs* (à l'étage).
2. « Soixante-dix chansons d'Écosse pour voix graves. »

caractères de plomb de son atelier de typographie. Quand je l'ai rencontrée, elle montait sa maison d'édition. J'étais émerveillée de la voir composer ses lignes, puisant dans une douzaine de caractères, avec espaces et virgules. Son premier ouvrage publié était également mon premier recueil de poèmes. Elle a depuis imprimé ceux d'Ed ; un tirage spécial – merveilleux – d'un de mes livres ; son propre *Marbling at The Heyeck Press* ; et quantité d'autres, prisés par les amateurs de poésie et les collectionneurs. On les trouve dans les sections « livres rares » des grandes bibliothèques. Pour l'instant, elle nous chante *I Come to the Garden Alone*, et comme je connais toutes les paroles, je joins ma voix à la sienne.

Cole enseigne le piano chez lui, et donne des concerts en petit comité. Il a joué autrefois dans les clubs de jazz de Paris et du sud de la Californie.

– Combien de fois m'a-t-on demandé *Misty* ? se rappelle-t-il en égrenant quelques notes du célèbre morceau.

– Tu peux jouer *notre* chanson ? l'interroge Ed. *A Whiter Shade of Pale* ?

– C'est votre chanson ? Procol Harum ? Je ne sais pas – c'est comment, l'air ?

– On ne choisit pas sa chanson, c'est elle qui vous choisit, leur dis-je. On l'entendait partout quand on s'est rencontrés, c'était très romantique.

Nous essayons, Susan et moi, de fredonner la mélodie. Le texte est difficile à se rappeler. On se souvient surtout de la voix particulière de Gary

Brooker. Mais je suis épatée de voir Cole qui, peu à peu, assemble les bribes de notre phrasé incertain. Il associe plusieurs accords et, finalement, il exécute notre morceau comme si, depuis toujours, il faisait partie de son répertoire.

— C'est Bach, conclut-il. L'*Air sur la corde de sol*, et un bout de la cantate du *Veilleur*.

— Ah, on ne peut plus nous traiter de rustauds, s'amuse Ed.

Avant d'aller me coucher, je recopie la recette de Susan dans mon carnet.

PUDDING D'ÉTÉ
DE LA MAMAN DE SUSAN

1 livre de fraises, framboises
125 g de groseilles ou cassis
(ou un mélange de ces quatre baies selon ses préférences)
1/2 tasse de sucre
pain blanc de la veille en tranches, sans la croûte
2 cuillers à café de cherry
ou de ratafia de mûres (facultatif)

Laver les fruits. En mettre l'équivalent d'une tasse dans une casserole avec le sucre et la liqueur. Faire cuire à feu moyen pendant trois minutes. Laisser refroidir. Foncer un moule à pudding avec le pain, sans laisser d'espace vide. À la cuiller, déposer par-dessus fruits crus et fruits cuits alternativement. Presser doucement avec le dos de la cuiller. Quand le moule est plein, recouvrir entièrement de tranches de pain de mie. Verser au milieu le reste du jus. Recouvrir le moule de papier sulfurisé ou de film transparent, puis poser une assiette par-dessus, de diamètre inférieur à celui du moule. Maintenir l'assiette avec un poids (une grosse boîte de tomates pelées, par exemple). Réfrigérer 12 ou 24 heures.

Au moment de servir : Retirer l'assiette et le papier sulfurisé. Poser le plat à servir au-dessus du moule et retourner celui-ci. Votre pudding d'été devrait être bien rose. S'il reste des parties blanches, les colorer avec un sirop de fruits rouges. Servir avec une glace.

NB. – Notre pudding n'est resté au frigidaire que quelques heures. Nous l'avons mangé avec une bonne crème épaisse d'Écosse, et c'était fabuleux.

La campagne verte, les ruisseaux vifs, leurs rives couvertes d'herbes soyeuses invitent à la promenade, en début comme en fin de journée. Les prés autour de la maison sont quadrillés de sentiers qui s'enfoncent dans les taillis et les chênes. Ici et là, une perspective s'ouvre sur un loch. Derrière les clôtures, d'autres vaches ébouriffées viennent à notre rencontre. Nous partons, Ed et moi, tôt le matin. Nous apercevons soudain une croix en bois au sommet d'une colline. Elle doit bien faire dix mètres de hauteur, et des sangles de cuir pendent sur les côtés. Assurément, ça n'est pas une sculpture, ni aucune sorte d'œuvre d'art.

Ed en fait la description au petit déjeuner. Brusquement, il se rend compte qu'il n'a plus son portable. Kate descend l'escalier, un bloc-notes à la main :

– J'ai compté quatre-vingt-six Marie et Jésus. Pour votre gouverne, il y a cent vingt-neuf tableaux et gravures dans la maison. Je ne compte pas les toilettes du bas – quatre-vingt-dix objets en tout genre sur les murs. Je ne parle pas non plus du poisson qui se met à chanter *Take me to the river, drop me in the water*[1], quand on s'assoit sur le siège.

À quoi je réponds.

– J'aimerais bien inviter les propriétaires à dîner. Ils doivent être marrants.

La maison a tant de personnalité qu'on a bientôt l'impression de les connaître, eux et leurs quatre enfants.

Ed cherche son portable partout : c'est le poste de commande de nos travaux de restauration en Italie. Les numéros des techniciens, des ouvriers – et ils sont légion – sont tous dans le répertoire de l'appareil. Nous vérifions chaque jour les progrès réalisés. Ed s'en sert tellement souvent qu'on ne lit plus les chiffres sur les touches. Il ressort pour reconstituer notre promenade. Nous appelons le téléphone lui-même ; pas de réponse. Ed fouille la voiture.

– Je suis sûr que je l'ai emporté ce matin, j'avais besoin de dire un mot à Fulvio.

Perdu.

---

1. « Emmène-moi à la rivière et jette-moi dans l'eau. »

Nous voulions aujourd'hui prendre les voitures pour Kinross. Il y a de jolies balades à faire, des jardins à voir, plein d'autres choses alentour, mais nous ne devons pas être convaincus. Nous restons à bavarder autour du café. Nous partons tard et puis voilà. Et nous nous arrêtons en chemin dans les boulangeries-pâtisseries. Nous faisons le tour des villages, nous regardons les églises couvertes de mousse, d'austères maisons illuminées par d'immenses roses trémières.

Kinross est un manoir sévère de style George V, qui date en fait de 1693. Il se dresse dans un parc muré de quatre hectares environ, qui file en pente douce vers le loch Leven. Les actuels propriétaires descendent directement de ceux qui l'ont racheté en 1902. À cette époque, les jardins n'étaient plus entretenus depuis quatre-vingts ans. La famille s'est efforcée de leur redonner leur agencement initial et leurs formes. Les fenêtres du manoir donnent sur un château en ruine, fantasmagorique, planté sur une île minuscule du lac Leven. En les ouvrant le matin, peut-être se demandent-ils toujours si ce n'est pas une illusion. Mais non, il est bien là, au fond du jardin principal, entouré d'eau, au bout d'une perspective que l'on peut tracer depuis la grande entrée. Un château fort célèbre, d'ailleurs : Marie d'Écosse, la reine maudite, y a été enfermée.

Pendant ses dix mois de détention, elle a plusieurs fois tenté de s'échapper. Notamment en sautant, depuis l'une des tours, dans le bateau qui l'attendait en bas. Cela paraît incompréhensible.

Mais on apprend que, à l'époque, le lac léchait les murailles de la forteresse – le niveau de l'eau a été abaissé, depuis, au XIXᵉ siècle. Marie s'est donc résignée – avec son cuisinier, son médecin, ses deux dames de compagnie. Elle était passionnée de fauconnerie ; voyait-elle ici la lumière du jour ? Peu après son emprisonnement, elle a accouché de jumeaux, mort-nés, avec des pertes de sang qui l'ont grandement affaiblie. Elle était à peine âgée d'une semaine quand son propre père est décédé – sa vie ressemble à celle de Job. Elle a finalement réussi à s'enfuir : à l'occasion d'un banquet, un domestique s'est emparé des clefs du château pour l'en faire sortir. Cela ne l'a pas menée bien loin. Elle est partie chercher de l'aide auprès de sa cousine Elizabeth, qui à son tour la fit enfermer, au nom d'un contentieux en souffrance de longue date.

Au-dessus du portail est gravé dans la pierre un panier qui contient sept espèces indigènes : saumon, saumon « blackhead », brochet, perche, omble fontaine, omble chevalier, truite grise. L'omble chevalier s'est éteint quand le lac s'est en partie desséché ; quant au saumon, il ne pouvait plus y accéder.

Robin remarque les plants de grande sauge qui flanquent les parterres. Bordées de rose ou de pourpre, leurs feuilles gris-vert sont du plus bel effet. D'un côté du bâtiment, quatre arcades de pierre longent l'allée qui débouche dans le jardin. Leur fonction est purement décorative ; deux d'entre elles abritent une sculpture. Susan reconnaît

une plante que je n'ai jamais vue : la vergerette.
Nous tombons sous le charme du jardin de roses,
plein de nonchalance affectée, où une multitude
de couleurs rivalisent d'éclat. Je vois des touffes
d'herbe-aux-chats sur un fond de lavande. John fait
des millions de photos. Je note une seule chose :
planter de la grande sauge le long d'une terrasse de
pierre à Bramasole.

Notre maison porte le nom de Lochiehead – la
tête du lac ? J'aimerais que l'un d'entre nous puisse
l'acheter afin d'y revenir souvent. À Noël, ce serait
génial. Mais juillet est *perfetto* – le climat est doux,
l'air embaume. Cole part à la pêche, Susan reste lire
au salon, les autres s'en vont en promenade. Ed a
proposé de concocter un *ragù* pour le dîner. Des
odeurs de carottes, de céleri et d'oignons sautés
dans l'huile d'olive flottent déjà au rez-de-chaussée.
La grosse marmite mijotera bientôt sur l'Aga. Je
descends au jardin secret avec un livre. Un carillon
tinte quelque part au loin dans les branches. Il n'y a
pas de vent ; qui l'actionne ? J'imagine une église de
pierre cachée sous d'immenses arbres. Le moine en
robe sonne les heures puis, envoyant au diable
vêpres, complies et none, il ne tire plus sa cloche
que pour le simple plaisir de l'entendre résonner
dans la campagne. J'ai dû faire mienne la sérénité
du paysage, et j'ai tout le temps sommeil. Je dor-
mirais partout – sous les tréteaux dans la serre, dans
les canapés aux coussins profonds, en voiture
lorsqu'on cahote du mauvais côté de la route, dans
le salon de thé une fois arrivée, même dans le

château sans écouter le guide et ses anecdotes sur Monsieur le Comte. Oh oui, je m'allonge là, devant la cheminée, sur la peau de l'ours, et je pique un somme. Je traverse les jardins comme une somnambule. Je regarde les lentes oscillations des massifs de pieds-d'alouette, et je suis hypnotisée. Arrivée à la rivière, au bout du sentier, je ne demande qu'à m'étendre et me laisser porter par l'eau peu profonde. Se pourrait-il qu'enfin je me détende ?

Kate, fin limier, a résolu l'énigme de la croix sur la colline. Elle a trouvé l'explication dans un article de presse encadré dans les toilettes du rez-de-chaussée (celles qui comptent sur leurs murs quatre-vingt-dix objets de toutes sortes). Nos propriétaires font chaque année une reconstitution de la Crucifixion, à laquelle les gens viennent assister depuis des kilomètres à la ronde.

– D'où l'âne, ajoute-t-elle.

Du coup, tout le monde se précipite au rez-de-chaussée. Kate nous montre également une photo jaunie du jardin enclos. Il y a seulement dix ans, il était encore à l'abandon. Nous lisons les autres articles – une miraculeuse apparition de la Vierge dans ce qui est devenu l'ex-Yougoslavie, un prix dans une exposition canine. Est-ce bien Trumpet, le scottish-terrier, sur cette photo ? J'examine le jardin mal entretenu. Un miracle, ce qu'ils en ont fait.

Arrivant de bonne heure, Violet nous apporte un gâteau au gingembre et la sauce au caramel qui va avec. Nous lui faisons un sort dès le petit déjeuner. Nous demandons la recette à Violet. Elle a des cheveux très bouclés sur une bonne frimousse d'Écossaise. Nous avons décidé d'aller au château de Glamis, et elle nous met en garde contre la circulation. Elle ne dit pas « *glamiss* », mais « *glams* ».

LA SAUCE CARAMEL DE VIOLET
POUR LE GÂTEAU AU GINGEMBRE

170 g de sucre en poudre brun
115 g de beurre
15 cl de crème double

Mettre le sucre et le beurre à fondre dans une casserole. Faire bouillir et retirer aussitôt du feu.

– C'est bon aussi sur les gaufres, dit-elle.
Nous partons à Glamis, voir le château de la Belle au bois dormant. Que disait Violet, que les routes seraient « encombrées » ? Nous sommes californiens, cela ne doit pas être le même concept de l'autre côté de l'Atlantique : il n'y a pratiquement personne. Feu la reine mère a grandi dans ce château. L'hiver, ils devaient prier pour un appartement douillet à Édimbourg. Les pièces sont petites pour la plupart, peut-être pour être chauffées plus facilement. Il y fait froid même en été. Rien d'opulent, c'est plutôt la rigueur. Les tours coniques, si pittoresques, renferment des escaliers à vis en pierre. *D'où arrives-tu, preux Baron ? De Fife, noble*

roi[1]. On s'attend à trouver quelque part une tête ensanglantée, mais il n'y a que celles des autres visiteurs – sur leurs épaules. La salle de jeux est fascinante, avec ses lits de poupée, la minuscule cuisinière, les chaises hautes et les peluches. Curieux d'imaginer la reine mère toute gamine, tenant ici un nounours dans les bras.

Nous repartons sans nous attarder, direction St. Andrews. Mais d'abord une crémerie pour acheter du fromage de l'île de Mull, doré et au goût de noix, enveloppé dans son torchon. Quelques cheddars locaux aussi, très clairs, et un bleu qui ressemble au roquefort. Les fruits et les légumes sont appétissants, mais rien ne vaut les tendres salades de notre jardin secret. Il fait tellement chaud que nous ne regardons pas les pulls de shetland dans les magasins. *Andrews* – l'apôtre saint André – est le patron de l'Écosse. Cette ville était autrefois sa capitale religieuse ; c'est aujourd'hui celle, mondiale, du golf. Son université est la plus ancienne du pays – une longue histoire de martyrs, de sièges, de Réforme et de bûchers s'est déroulée ici. Une invention locale, remarquable, est la clef à oreilles, un instrument de torture qui sert à broyer le pouce des suppliciés. Ce détail mis à part, une grande sérénité se dégage des rues arborées et des boutiques proprettes. Nous traversons sur sa longueur cette ville très animée, puis nous revenons en quête d'un salon de thé pour déjeuner avant de rentrer.

---

1. *Macbeth*, acte I, scène 2.

Ces liens que je craignais de perdre avec mes amies, suite à mes longues absences, semblent s'être resserrés. Je me demande si elles s'attendaient à me voir changée. Peut-être pensent-elles que non, ou alors, dans le cas inverse (car *j'ai* changé), cela n'a pas d'importance. Lorsqu'un groupe avance dans la même direction, puis qu'un membre s'en écarte soudain, il se produit un déséquilibre. Nous avons toujours été indépendantes et ambitieuses. Ce sont les livres qui, au départ, nous ont réunies. Susan, Kate et moi écrivions des poèmes ; Robin, professeur à l'université, publiait des poètes à ses moments de loisirs. Kate et moi avons suivi le même atelier d'écriture à la fac. Nous nous confiions nos petits secrets sur la *highway 280*, que nous prenions matin et soir pour San Francisco. Une fois diplômée, j'ai moi-même enseigné dans cet atelier. Susan, Kate et leur ami Jerry ont ouvert en 1978 Printers Inc., une librairie-café, dans California Street à Palo Alto. Aucune autre librairie en Californie, ni peut-être même aux États-Unis, n'en avait encore eu l'idée. C'était révolutionnaire. Nous lisions Merwin devant des cappuccinos, bien avant que Starbucks serve son premier espresso. Le café-librairie est devenu un endroit incontournable, même au-delà du quartier : *on se retrouve chez Printers !* Il s'est installé par la suite dans un local plus grand, dans l'immeuble voisin. Le programme des lectures était exceptionnel. Et une annexe a été ouverte. Nous avons toujours échangé des livres, parlé des livres, critiqué des livres, publié des livres.

Kate a commencé à étudier le mandarin, et elle a fait plusieurs voyages, seule, en Chine. Puis elle s'est établie quelques années dans le Vermont, pendant que Susan et Jerry continuaient de s'occuper de leurs librairies. À son retour, elle a monté sa maison d'édition, La Questa Press.

Nous ne bougeons pas de l'après-midi. Ces dames somnolent dans le salon, sans ressentir le besoin de parler. Soudain l'une d'entre nous s'esclaffe :

– Tiens, j'avais oublié !

(La discrétion voudra qu'on ne puisse savoir exactement qui parle à chaque fois.)

– Quoi ?

– Le jour de la Saint-Valentin où Philip s'est introduit aux aurores dans ton bureau pour le remplir de ballons et de roses. Il t'avait laissé un mot : « Si tu es libre un de ces soirs, passe prendre le petit déjeuner. »

– Tu en as, une mémoire !

– Attends, ça a duré un an, ton affaire avec lui…

– Mais la formule était vraiment géniale. On était toutes jalouses…

– … de la formule, je veux bien, mais sûrement pas du reste !

– Il était divin. Comme ton Anglais, à toi, avec qui tu es partie en balade à St. Croix.

– Dans le feu de l'action, on est carrément tombés du lit.

– Tu te souviens de ton psychothérapeute – celui qui t'a demandé pourquoi tu avais divorcé, et toi qui lui réponds : « Je ne sais plus. »

– Et ton *étudiant* ?

– Mon étudiant avait quand même vingt-six ans. Et le cœur sur les lèvres. Quel poète…

– Apparemment, il n'avait pas que le cœur, sur les lèvres.

– Et l'histoire de la montre, oubliée sur la table de chevet ?

S'ensuit un chapelet de souvenirs tapageurs. Si les hommes savaient de quoi parlent leurs femmes.

Nous nous enfonçons dans la campagne à la recherche d'une lointaine auberge. Le saumon de rivière et le gibier sont délicieux ; l'atmosphère douillette et intime – poutres apparentes, cuivres, fauteuils de damas, longue table et verres en cristal. C'est mon premier séjour en Ecosse, et j'en tombe amoureuse. Je veux aller aux Hébrides et à l'île d'Iona, si les moines veulent bien accepter les femmes.

Au milieu de la matinée, nous marchons à travers champs vers la croix du Golgotha, en reparlant de ce téléphone perdu.

– La batterie s'est sans doute vidée, se lamente Ed.

Au même instant, nous l'entendons sonner dans les herbes hautes, tout près du sentier.

Nous lâchons un cri et commençons à fouiller dans la verdure.

– *Hey !* lance mon mari en brandissant son appareil mouillé.

Puis il répond :

– *Pronto.*

C'est Chiara, à Cortona, qui nous demande comment se déroule notre voyage – exactement au moment où on passait là ! Quatre vaches à franges sont témoins du miracle téléphonique.

– Ed ! C'est incroyable ! Sainte Claire est la patronne des télécommunications !

– Oh, merci, merci, doux Jésus.

Profitant d'un petit reste de batterie, Ed appelle Fulvio.

Sans doute parce qu'il se trouve à cinq minutes, à quelques kilomètres de Forfar, notre jardin préféré est celui de la *House of Pitmuies.* Une grande maison heureuse dont les fenêtres s'ouvrent sur des allées aux bordures drues, désordonnées, bleues, lavande et roses. Si exubérantes qu'elles vous frôlent au passage. Quelle splendeur. « Parées d'un gai abandon », les tiges fleuries forment des étages successifs le long des parterres. Comme une danseuse bien entraînée, le parc exprime une profonde spontanéité. Les plants semblent tous posés là par la nature seulement. On se rend à peine compte du soin apporté aux hauteurs, aux séquences, aux couleurs, aux relations étudiées entre le centre et les bordures. Pas de tuteurs pour les lys blancs. Ils poussent à travers les mailles d'un filet, et le tour est

joué. Les baies du verger sont protégées selon le
même procédé – des filets plus grossiers que ceux
de notre jardin fruitier, mais disposés avec intelligence. Pas un qui bâille ou se détache, et, à chaque
coin, de petits pots de fleurs ornent les pieux. Dommage que la maîtresse de maison ne nous ait pas
invités dans sa véranda. Nous aurions bu un oolong
fumé en l'écoutant avec intérêt nous parler de sa
vie.

*

Violet nous conseille d'aller voir les jeux écossais
dans les terrains de sport voisins. Nous les trouvons,
ils sont immenses ; des hommes et des garçons
pleins d'énergie s'adonnent à la lutte (tout court), à
la lutte de traction (à la corde), à la voltige, à la
course. Nous assistons aux concours de cornemuse
solo ; puis nous suivons le groupe folklorique qui
parade autour du terrain. Cet instrument me fait
sourire. Je n'ai jamais compris qu'on ait pu s'en
servir pour les marches militaires. En entendant
l'ennemi approcher au son des cornemuses, l'esca-
dron aurait tendance à danser la gigue, plutôt qu'à
s'enfuir mort de peur, non ? Plusieurs personnes
nous demandent d'où nous sommes. Elles paraissent amusées qu'on vienne en vacances chez elles.
La plupart des hommes portent des kilts aux couleurs de leur famille. Ils sont superbes. Nous
sommes fascinés par le Highland Fling et les autres
danses traditionnelles, exécutées par des petites

filles très sérieuses dans leur costume. Elles sont au départ huit ou dix, le juge les élimine l'une après l'autre, et la dernière continue de danser toute seule. À ce moment-là seulement, elle se décide à sourire : voilà qu'elle rate un pas ou deux. Les gens du coin se sont tous rassemblés pour assister aux festivités. Et c'est une belle journée ensoleillée. Nous n'en ferions pas moins si nous habitions ici.

Nous avons succombé à midi aux friands écossais – *sausage rolls*. Ce soir, nous nous contenterons d'un simple *risotto primavera*, avec les carottes, les oignons, les betteraves, et le céleri du jardin. Servis évidemment avec une salade fraîchement cueillie, elle aussi. Sans comparaison. Kate et Susan confectionnent un gâteau au gingembre avec la crème au caramel de Violet. Susan et Robin disposent sur la table un sublime vase de roses. Et c'est le festival d'été, tant attendu : notre troupe improvise son *Macbeth* au salon. *Vas-y, Macduff.*

Après le yoga matinal, les hommes proposent une randonnée. Ils doivent avoir pris goût à nos discussions continuelles sur les espèces qui poussent en chemin. Mais tous sont aussi jardiniers. John a repéré dans un guide une promenade d'une quinzaine de kilomètres, le long de la côte. Parfait pour notre dernier après-midi. Les uns comme les autres, nous serons demain coincés dans nos places d'avion, à l'exception de Robin et John qui passent une dernière semaine plus au nord. Les rares promeneurs que nous croisons nous saluent chaleureusement. J'ai des courbatures après mes contorsions de ce matin. Mes amis suivent des cours de yoga deux fois par semaine depuis des années. Moi, pour seul exercice, je frappe sur les touches de mon ordinateur et je cours dans les aéroports. Je veux croire que le soleil réchauffe chaque cellule de mon corps – et le lent mouvement de la marche s'accompagne d'une respiration profonde. Pas seulement cordiaux, les gens ici se sont partout montrés franchement amicaux. Ils me font plus penser aux Australiens qu'aux Anglais, si réservés. Nous apercevons une tour en ruine et nous l'explorons. La mer scintille tout le long du chemin. Bon Dieu, quinze kilomètres, ça fait une trotte, et le sentier borde parfois des sables mouvants. Nous n'avons vu qu'une toute petite partie de l'Écosse, et avons eu la chance, semble-t-il, de tomber sur un endroit représentatif. Je n'étais jamais venue, craignant de ne pas y trouver assez de dépaysement. Jamais je ne me serais doutée que le paysage serait aussi reposant. Je perçois certainement quelque chose de familier, comme enfoui dans mes gènes, et c'est revitalisant. Ou peut-être est-ce simplement que je me sens à l'aise avec mes amis. Dans ce cas, on est en harmonie avec le monde entier.

Capri :
une brassée de bougainvillées

> Mais est-ce nous qui approchons de l'île, ou
> celle-ci, détachée de ses amarres de granite,
> vient-elle vers nous ?
>
> ALBERTO SAVINIO

— Le royaume de Capri, dis-je à Ed.

Accoudé à la balustrade du ferry, il regarde les
falaises abruptes de l'île mythique qui apparaissent
devant nous.

— J'écoute le chant des sirènes.

— Il faut être poète pour ça, dis-je en jetant un
coup d'œil autour de moi.

Notre gros rafiot brasse l'écume. Les passagers
sont nombreux.

Puis je tends un doigt vers les maisons blanches
aux toits ronds, vers les bateaux étincelants le long
de la côte.

— L'eau est certainement rationnée. Les coupoles
communiquent avec des citernes.

Nous quittons le ferry que nous avons pris à Ischia.
Nous avons passé trois jours là-bas — comme des

sybarites, à nous prélasser dans les eaux volcaniques des thermes, à manger du poisson grillé arrosé de jus de citron. J'ai quelque appréhension en arrivant à Capri. La réputation de l'île n'est pas toujours flatteuse. Les célébrités y lâchent des sourires aussi éclatants que les flashes des paparazzi ; la jet-set sirote du *prosecco* sur les terrasses de la piazza ; les plaisanciers ne sortent de leurs yachts qu'avec des recrues prépubertaires ; les boutiques ne vendent qu'une dizaine d'articles, taille zéro… Les petits portefeuilles ne peuvent qu'être impressionnés par les autres zéros – avant la virgule. Pis encore : les vicissitudes des pédérastes d'Europe du Nord qui s'abattent sur la jeunesse insulaire. La littérature locale a consigné moult épisodes de leurs débauches. J'y vois une faculté bien italienne d'isoler et d'ignorer l'éléphant dans la salle à manger, de ne penser qu'au panorama et aux richesses de la table. Ce qui tendrait à démontrer, avec quantité d'autres choses, que les Italiens sont les gens les plus souples de la Terre.

L'histoire ancienne porte ici la marque de Tibère, un affreux Romain s'il en est, qui s'était fait construire une villa sur l'île. Certains prétendent même que *l'île* était sa villa. Il jetait du haut des falaises ceux qui ne lui plaisaient pas. Et, bien sûr, il y a les sirènes. Qu'elles aient chanté ou pas, on voit bien que les écueils étaient là pour attendre les bateaux et briser leur coque.

– Je préférerais tout ignorer de ces histoires de pédophiles. Ça a duré des années. J'ai envie de débarquer ici et de voir un paradis terrestre.

– Le paradis est un monde d'insensés, mon amour.

– Mais ces perversions-là sont des plus révoltantes ! Dire que Norman Douglas – l'un des pires, pourtant – était un merveilleux écrivain de voyage. Tu te rappelles que j'avais emporté son *Vieille Calabre* quand nous avons visité le coin ? Il allait droit au cœur des choses. Spirituel, érudit, curieux…

– Dis-toi que c'était un vieux païen. Les dieux ont toujours aimé les gens capricieux.

À la marina, on m'offre du raisin vert dans un cône de papier. Comme toujours en Italie, une touche humaine et personnelle, même aux moments les plus inattendus. La file des taxis a une autre tonalité – les décapotables, d'un blanc étincelant, veulent toutes vous emmener au saint des saints, en haut de l'échelle sociale, au minuscule village d'Anacapri.

– C'est des Fiat Marea ! s'exclame Ed. Conçues en l'honneur de Capri. Si c'est pas chouette ! *Marea* veut dire la marée.

Nous séjournons au village en dessous, où les voitures sont interdites. Pas de Jackie O., de Gina L., pas de sirènes sur la piazza. Le porteur qui charge nos bagages sur son chariot part au petit galop vers l'hôtel. Nous le suivons le long d'un sentier sinueux, fleuri, d'où l'on aperçoit à plusieurs reprises une Méditerranée sublime. Pas étonnant que tout le monde se rue sur les ferries ; pas étonnant que les stars aient un faible pour cet endroit ; pas étonnant que Shirley Hazzard, Graham Greene et Maxime Gorki s'y soient retirés pendant des années. Pour se sentir élevé, transporté dans un climat de rêve, travailler comme un démiurge à sa propre création. Se réveiller avec l'odeur des orangers, et le thermomètre qui vous dit *ne t'inquiète pas, je te garde sous mon vent, sous ma caresse.* Alors votre tableau, votre livre s'épanouissent. Rien que la douceur de l'air me berce instantanément. Je suis venue explorer ce mini-royaume, échapper aux complications du chantier chez nous, emmagasiner toutes les nuances de bleu que le ciel et la mer voudront m'offrir. Ed veut relire Homère, étudier une fois de plus les subtilités du passé dans la grammaire italienne, et écrire des poèmes. Un luxe. Disparaître à Capri.

Ces dernières années, nous avons beaucoup séjourné – jamais assez – dans le sud de l'Italie. La présence constante de la mer, le profil et les yeux grecs, la solide cuisine paysanne me parlent profondément, tout comme cette atmosphère à la limite du chaos. Même les gens raffinés, instruits, vous consacrent ici un petit peu de leur temps sans compter les nombreuses rencontres quotidiennes. Les journées paraissent longues dans le Sud. Les nuits plus encore. Une vie ici est une éternité.

En mai dernier, nous avons pris le bateau à Naples pour la Sicile, puis nous avons contourné la botte en faisant étape à Sorrente, Taormine, Gallipoli, Lecce, Brindisi, Pescara, Ravenne, pour débarquer dans une Venise assiégée par les eaux. Naples est devenue un de nos foyers spirituels. Nous avions voyagé pour la première fois dans le Sud avec notre amie de Cortona, Ann Cornelisen, dont les livres

– *Torregreca*, et *Women of the Shadows*[1] – ont pour moi valeur de classiques. Qui mieux qu'elle pouvait nous présenter Tricarico (« Torregreca » dans son récit), les maisons coniques des Pouilles, les châteaux de Frédéric Ier, et ces villages perdus, austères, enracinés dans le temps ? En habitant longtemps le Sud, elle en a absorbé l'austérité. Peut-être s'y était-elle préparée, une fois prise la décision de vivre là ? Et peut-être était-ce une erreur de se rapatrier ensuite au nord, dans l'idée d'y trouver un endroit douillet pour écrire. Jamais elle ne s'est identifiée à une Toscane plus bourgeoise, jusque dans ses campagnes. Quand je parle d'austérité, je parle de dépenses réduites au minimum – on compte ses tasses de café. Je ne sais comment elle a apprivoisé la chaleur. Pas de climatisation dans sa voiture, et les journées d'été étaient brutales. Je ne l'ai pas entendue se plaindre. Ed conduisait : elle faisait le copilote. Coincée à l'arrière, je prenais dans la figure le vent brûlant de leurs fenêtres ouvertes. Des journées à la suite. Mais les nuits étaient fraîches, et il y avait tant à écouter.

Je serais plus jeune, je tenterais probablement l'aventure dans ce Sud-là, moins policé, loin des sentiers battus. J'ai l'âge que j'ai et je me contente d'en faire un endroit de rêve. Je me confronte à cette réalité-là comme je le peux. Mais il ne faut pas une heure pour que j'y pense : Capri est peut-être

1. « Femmes des ombres ».

un lieu où le rêve et la réalité se fondent l'un dans l'autre.

Nous nous présentons à la réception, nous laissons nos bagages dans la chambre et nous ressortons dans le matin d'octobre. 24°, pas un nuage. Le dôme de ciel brillant au-dessus de nos têtes est comme une tasse de faïence renversée, émaillée de cobalt. Les sentiers forment de malicieux dédales, et bientôt la pente descend, descend, descend. Nous arrivons au bord d'un précipice – je sens que je vais souvent utiliser ce mot-là. Il domine une petite baie et elle vous défierait de faire le grand saut. Sur le voilier qui mouille près des rochers, tout en bas, les plaisanciers font tinter leurs verres, les jambes étendues au soleil. J'ai juré fidélité au bleu de Grèce : les marbrures de la mer me rappellent mon serment. Certaines de mes fleurs préférées aussi – lobélie, pied-d'alouette, et celle d'une pensée en particulier, couleur de ciel par les nuits étoilées.

Il faut monter au retour, je n'ai plus aucun souffle, je dois m'arrêter tout le temps. Mes tendons d'Achille sont comme ces os en plastique que les chiens aiment rogner. Je suis au bord de l'asphyxie :

– Mais c'est dix fois le mont Blanc !

Mes poumons sont de petits ballons d'air, brûlants, prêts à éclater sous mes côtes. La pente n'avait pas l'air aussi abrupte dans l'autre sens ; mais maintenant, j'ai cent ans. Jeune, Ed a beaucoup campé, randonné l'été dans les montagnes Rocheuses. Il a une endurance que je n'ai jamais eue. Il grimpe comme un bouquetin.

À Capri, bien sûr, on mange la *caprese*, simple merveille de basilic, de mozzarelle et de tomate. Les trois aliments donnent le ton : le basilic est piquant, la mozzarelle fraîche, napolitaine, et les tomates poussent dans une terre magique. Le Vésuve leur confère leur volupté. Nous déjeunons au bord de la piscine de l'hôtel : pain excellent, *caprese*, un plat de melon au jambon. Et *basta* ! Notre chambre du Scalinatella donne sur une terrasse avec vue sur la mer. Couleurs fraîches à l'intérieur, sol marbré, tables en verre, sensation d'espace. Je me souviens d'un hôtel à New York où j'étais descendue lors d'une tournée de promotion. Il y avait à peine la place du lit entre les quatre murs. Tournant autour de celui-ci comme un crabe avec une valise, je m'étais éraflé le menton. Ici on peut danser. Je devrais enfiler ma robe de lamé pour le dîner – mais d'abord, je vide dans le bidet un flacon de sels de bain et je délasse mes pauvres pieds.

Ed a ouvert une bouteille de vin blanc et verse dans un verre le goût minéral, doux-acide, de cette *terra*. La fraîcheur est venue avec la soirée, nous sommes enveloppés de nos peignoirs de bain. Une mouette atterrit sur la terrasse. Elle observe ce qu'on boit, elle nous observe nous. J'ai lu que les pêches intensives diminuaient sérieusement les réserves de poisson. Alors les mouettes enragent quand leur subsistance vient à manquer. Pour quelqu'un qui a la phobie des oiseaux – moi, par exemple –, une mouette furieuse est déjà un agresseur.

– Ouste ! fait Ed avec un ample geste du bras.

Mais elle continue de nous regarder. Elle bat des ailes : mais c'est qu'elles sont immenses, ces ailes ! *Ne viens pas me chercher*, semble-t-elle crier.

– Les sirènes n'étaient pas à moitié oiseaux ? demandé-je en frissonnant.

– Si, la moitié du bas.

Coucher de soleil à deux voix. L'alto est rose et mandarine, le baryton indigo et bientôt rouge raisin. Où allons-nous manger ? Ma question préférée. Nous défaisons entièrement nos valises pour avoir l'impression de vivre ici. J'apprécie les deux salles de bain. J'applique sur mes ongles de pied un vernis dénommé Your Villa or Mine [1]. Je laisse sécher en sirotant de bonnes gorgées. La mer a soudain la couleur – et le grain – d'un bleu sur la peau. Mon ensemble de soie grenat n'est pas trop froissé. Partons en quête de *pasta* aux clams.

Tôt le matin, et aussitôt dehors. La vie est si simple. Ces maisons ont l'air d'héberger une vie idéale. Longues promenades dans le silence, le parfum envoûtant des fleurs, baignades dans une eau transparente – revêtue d'émeraude, de lapis, de turquoise. Une terrasse par-dessus ça. Ne rien

---

1. Variante de « Chez toi ou chez moi ? » : « Ta villa ou la mienne ? ».

demander de plus. Axel Munthe, un médecin suédois, parle de son arrivée à Capri. Sa villa et son jardin sont ouverts aux visiteurs :

> « Mais quel rêve insolent a violemment fait battre mon cœur, tout à l'heure, quand Mastro Vincenzo m'a dit qu'il était vieux et fatigué ? Son fils lui conseillait de vendre sa maison. Et quelles pensées sauvages ont traversé mon esprit enivré, quand il a affirmé que la chapelle n'appartenait à personne ? Alors : pourquoi pas moi ? Pourquoi n'achèterais-je pas la maison de Mastro Vincenzo, pourquoi ne pas réunir son domaine sous des guirlandes de vigne vierge, avec la chapelle, les cyprès, les colonnes, la grande terrasse blanche ? »

Je reconnais bien cette impulsion. En effet, pourquoi pas.

Avec sa beauté surprenante, captivante, Capri doit être l'endroit le plus favorisé du monde – mais aussi le plus obsédant. Les falaises abruptes donneraient le vertige à n'importe qui d'heureux ; en cas de trouble ou de dépression, on serait tenté de s'abîmer dans la splendeur et dans l'oubli. Les récits d'insulaires, ou de visiteurs, qui ont simplement disparu un jour, ajoutent à l'attrait magnétique, mystérieux, des corniches. Des innombrables corniches. À mon grand étonnement, l'île conserve des traces des temps mythologiques. Les baies secrètes, les grottes, les paysages saisissants et les ruines *évoquent* les esprits ancestraux, les dieux, les présages. À la Grotta delle Felci, affirment certains habitants, on entendrait le souffle d'une créature préhistorique ensevelie ; mais aussi les fantômes des Sarrasins qui infestèrent la côte pendant des siècles ; voire les âmes tourmentées des suicidés et condamnés. Dans son *Capri e non più Capri*[1], Raffaele La Capria parle de groupes qui vont guetter le soir le murmure angoissé qui s'élève de la terre. Il perçoit depuis sa terrasse « l'atmosphère de sorcellerie qui se dégage parfois des nuits », « il [attend] l'avènement de ce profond soupir que les gens appellent *il fiatone*, le grand souffle ».

D'autres îles, ailleurs, possèdent des grottes, des ravins, des bourreaux pour tourmenter leur his-toire. Mais je n'ai vraiment senti *qu'ici* cette étrange conjonction de forces. Cette familiarité – l'impres-sion de reconnaître quelque chose – était peut-être déjà ce que chantaient les sirènes. Mais si l'on va plus loin encore, pourquoi avaient-elles choisi ces écueils ? Oui, pourquoi ici ?

Lentisques, figuiers de Barbarie, pins, asphodèles, myrte. Sans doute ont-ils été plantés par les dieux. Par un heureux coup de dés, vous voilà à Capri, sur la mer Tyrrhénienne, capitaine à la barre d'une for-teresse rocheuse. Vous vous êtes perdu dans un paradis, et celui-ci – surprise ! – se transforme en miroir. Ce qu'il vous montre : un étranger et sa mélancolie. Les îles font cet effet-là. Sans perdre de vue le continent – Naples et la péninsule de Sorrente –, vous contemplez chaque jour votre

---

1. « Capri : ce qui est et n'est plus. »

isolement. Je crois que six mois ici me changeraient radicalement. J'en sortirais peut-être métamorphosée. Je deviendrais un écrivain discipliné. Avec des mollets en acier, surtout. La solitude nourrit l'imagination. Un monstre marin s'élèvera-t-il au-dessus des vagues ? Les fantômes de mille femmes, enlevées par les pirates, viendront-ils se lamenter sur les rochers ? Peut-être finirais-je le long poème auquel j'ai renoncé.

Si vous en restez aux boutiques de mode – et pourtant *che bella*, cette couverture en cachemire ! –, ou au cadre luxueux de l'hôtel Quisisana (« Ici l'on guérit »), ou au Campari du crépuscule sur la piazza, vous passerez bien sûr à côté. Un *limoncello* à minuit et vous tomberez dans les bras de Morphée. Évitez plutôt le centre, parcourez l'île à pied, et alors sa complexité, sa beauté profonde se révéleront à vous.

Nous avons établi notre programme du matin – promenade très tôt, puis un *cornetto* et un cappuccino sur la grande place. Il y a peu de touristes, ce qui m'étonne. Je sais qu'en été les pays du Nord envoient ici des contingents. Les Américains viennent moins nombreux qu'avant, gênés par leur réputation d'avoir eux-mêmes trop gâté l'île. Le premier ferry de la journée débarque un chargement de messieurs au torse nu, de dames dont les shorts couvrent à peine le sujet. Ils sont suivis par un cortège plus âgé : les visages sont perplexes, quoique tous affublés de la même casquette de base-ball. Nous prenons la fuite avant que le premier

Capri : une brassée de bougainvillées   501

d'entre eux atteigne la piazza. Je ne veux pas savoir
s'ils sont américains ou pas. Comme dit un de nos
amis anglais : « L'humain en vacances : sale
affaire. »

Nous marchons. Dans tous les livres et articles que
j'ai lus, personne ne juge bon d'indiquer que Capri
est extraordinaire pour qui la découvre ainsi. Nous
allons partout. Les chemins étroits doivent être
d'anciens sentiers muletiers. Palmiers, mimosas, oliviers, tiges de fenouil desséchées, laurier, quelques
autres plantes. Pas de voitures, bien sûr. Comme
Venise, Capri n'est encombrée qu'au centre ; il suffit
de s'en extraire pour trouver la solitude. Nous
passons des heures à la bibliothèque du Certosa di
San Giovanni, le monastère des chartreux. Le jeune
employé nous apporte des livres anciens aux reliures
de vélin, et quelques éditions originales du *Pays
des sirènes* de Norman Douglas, depuis longtemps
épuisé. Il nous montre les aquarelles réalisées par les
peintres de passage.

À la librairie en ville, nous parlons à une femme
qui a passé toute sa vie ici. Elle affirme que Tibère
est réhabilité, qu'il avait après tout des qualités ; que
Krupp – de la famille bombes et percolateurs – a
été vraiment mal jugé. On n'a strictement aucune
preuve qu'il enjôlait de petits garçons ; c'est une tragédie, parce qu'il aimait beaucoup les gens de l'île,
et ces accusations l'ont acculé au suicide. Nous
avons aperçu un *vicolo* qui porte son nom. Et Fersen,
le Français ? Ah, ça, c'est une autre histoire ; oui, il
vivait avec un jeune Romain de quinze ans. Il avait

une fumerie d'opium chez lui... La libraire
enchaîne sur l'écrivain écossais Compton Mac-
Kenzie, également en avance sur son temps au
rayon pornographie enfantine. Je n'écoute plus.
Pour changer de sujet, Ed demande :

– Quels sont vos restaurants préférés ?

Au bout de quelques jours, je me dis finalement
que Capri n'est en rien responsable de ces mœurs
dissolues. Qu'elles tiennent plutôt aux régimes
répressifs que les intéressés cherchaient à fuir. Il est
quand même affreux que certains insulaires aient
poussé leurs enfants dans les bras de ces messieurs.
Cela en dit plus long sur la cupidité, sans doute, que
sur l'éventuelle permissivité des locaux. Norman
Douglas, que j'admire en tant qu'écrivain, sortait
avec un gamin de treize ans. Lui en avait quatre-
vingts. Excitant en diable. J'ai l'impression que ça
salit tout. Allez, ces pervers ne sont que de minuscules gargouilles sur la grande cathédrale Capri.

Du coup, je relis plutôt *Graham Greene à Capri*,
moins pour ce que Shirley Hazzard nous révèle de
son ami Greene que pour apprendre quel écrivain
elle est. Un écrivain qui compose sans hâte d'excellents romans. Sa sensibilité s'épanouit et connaît
mille enchantements au contact de Capri.

L'après-midi, nous nous retirons dans le calme de
notre chambre au-dessus de la mer. Ed se documente sur la flore – sur les petits lézards bleus qui
habitent les Faraglioni, de gros rochers au bout de
l'île où le ressac siffle constamment.

Autre promenade, cette fois jusqu'à la villa de l'affreux Tibère. Ses ruines s'étendent sur une vaste surface – de l'immobilier de premier choix. Comment les sentiers font-ils pour n'avoir pas de fin, dans un territoire de six kilomètres sur trois seulement ? Un des attraits essentiels de Capri tient sans doute à sa taille. Au bout d'une vie, on devrait pouvoir la connaître aussi intimement que le corps de l'être aimé. Savoir où se trouvent chaque caroubier, chaque murette de pierre sous les câpriers, chaque buisson de genêts radieux, chaque caverne et chaque anse.

Je suis intriguée par cette coutume italienne qui veut qu'on donne un nom à sa demeure. Baptisée, la maison devient une entité, avec son charme propre et son destin. Partout dans l'île, les propriétaires ont posé un carreau de céramique près du portail. Je les prends en photo : Casa Mandorla (maison de l'amande) ; La Veronica, avec une branche de fleurs ; Casa Amore e Musica ; La Falconetta (la fauconnette) ; L'Aranceto (l'orangeraie) ; La Raffica (la bourrasque) et son bateau ; La Primavera (le printemps) avec ses oiseaux ; L'Agrumeto di Gigi (le verger d'agrumes de Gigi) ; La Casa Serena aux deux dauphins ; La Melagrana au milieu des grenadiers ; La Casa Solatia (maison au soleil). Nous apercevons les pergolas, les rosiers et glycines enchevêtrés sur les colonnes, les jardins potagers, les terrasses ombreuses où les chats dorment entre les géraniums en pots. Fondues dans le décor, ces villas sont la simplicité même. Installez-vous, peignez les murs en bleu, posez une jardinière de basilic près de la porte pour repousser les insectes, faites la sieste aux plus chaudes heures sous la treille de vigne vierge.

Nous croisons en chemin un groupe de six femmes qui portent des pétales de rose dans des assiettes en papier. Les pétales servent à baliser le chemin de la mariée, qui va arriver bientôt. Elles plaisantent : mais oui, c'est bien vous, les jeunes mariés, hein ? Elles ont des visages rayonnants. Je passerais volontiers ma journée avec elles.

Tache de laideur dans un hôtel divin : dans l'escalier qui mène à notre chambre, je regarde et regarde encore un buste en bronze.

– Non ? Pas possible, c'est Mussolini ?

Nous l'examinons de plus près. Mais si, c'est Benito. Nous allons à la réception nous renseigner sur les horaires des bateaux pour la grotte bleue. Il y a au mur un grand portrait de sa tête de pomme de terre. Et dans le jardin, si paisible, nous tombons sur un trophée en marbre à sa gloire. *Il Duce.* Quelle arrogance, quel culot. L'hôtel a beau être splendide, je trouve cela insultant. Je ne remettrai plus jamais les pieds ici, ni au Quisisana, puisque les patrons sont les mêmes. S'ils adulent ce fasciste, c'est leur affaire – moi, je ne veux pas être confrontée à sa bobine.

La grotte bleue. Je me réjouis d'y aller, ne serait-ce que pour la couleur particulière de l'eau à l'intérieur. Mais ne pas attendre une expérience trop personnelle : d'abord, on vous entasse dans un rafiot. Puis, en arrivant devant l'entrée, on vous transborde sur un canot à rames. Là, il faut se pencher, se serrer les uns contre les autres pour se faufiler sous la voûte. Nous avions attendu trois jours parce que la mer était trop forte, et elle est encore un peu agitée ce matin. On pourrait facilement s'érafler le dos. Les cavernes me fichent la trouille. Mais il est trop tard pour rebrousser chemin. Tassés dans notre canot, nous glissons sous la paroi, et bientôt nous flottons sur cette eau de légende. Pour être bleue, elle est bleue. Bleue comme la bande bleue au bas de l'écran de mon ordinateur. Non, bleu comme le fauteuil en damas chez ma sœur. Bleu comme le poisson exotique de l'aquarium de mon dentiste. On nous donne l'explication : l'entrée de la grotte a un angle spécifique qui stoppe les fréquences rouges du spectre, de sorte que seules les bleues y pénètrent.

Imaginons l'impossible – ce qu'il faudrait faire : partir dans une embarcation, ramer tranquillement, pénétrer en ces lieux, plonger tout doucement dans les eaux bleutées, nager comme une sirène, corps de mercure qui laisse derrière lui des reflets argentés. En réalité, coincé au milieu des autres visiteurs, on aimerait qu'enfin ils se taisent. Cela ne leur viendra pas à l'esprit. Et on ressort de la grotte en moins de temps qu'il n'en faut pour prononcer « dix euros ».

Nous montons finalement à Anacapri, dans un de ces taxis pour stars. C'est là que nous prendrons une chambre la prochaine fois. La vue sur les jardins d'Axel Munthe est spectaculaire. Ces galeries de verdure ont un air familier. Nous passons devant le grand hôtel où ma sœur était descendue lorsque, à vingt ans, elle partit faire le tour de la Méditerranée. J'aimerais la voir passer le portail, avec son visage frais, souriant, s'en aller vers la boutique où l'on peut avoir des sandales sur mesure. J'essaie un instant de me représenter la scène. Dans l'église, le dallage en majolique associe étrangement la symbolique chrétienne et l'imagerie païenne, ce qui ne manque pas de piquant. Jamais je ne me serais attendue à voir ce grand soleil d'or dans un édifice religieux. Nous retrouvons le réel au-dehors. Les pentes abruptes offrent des panoramas magnifiques sur les falaises escarpées qui dominent la mer. Le regard s'élance pour un plongeon vertigineux, mélange d'effroi et de bonheur. J'entre dans une boutique grande comme une armoire, où une femme coud des vêtements pour bébés. Au bout de quelques instants, nous parlons de nos familles respectives. J'achète un ensemble jaune pour le petit-fils de mon amie Robin, récemment arrivé à bon port. La couturière me montre ses doubles coutures à l'anglaise, ses bordures au crochet, faites main, et je pense aux petites souris du *Tailleur de Gloucester*[1]. Elle ouvre quelques placards, en sort des robes de baptême et des robes à smocks. Je remarque les coupures de presse sur les murs. Des magazines américains ont consacré à notre couturière – comme à d'autres artisans de Capri – plusieurs reportages avec photos. Ed m'attend sur un banc en majolique de la piazza della Vittoria. Il a trouvé une *gelateria* et il me fait goûter son cône pistache-citron-melon. Je ne l'ai pas vu aussi détendu depuis des semaines.

Curieusement, tout est dit sur Capri, mais les livres oublient l'essentiel. Mais comment définir l'essence d'un endroit ? Ils ne le font pas, il fallait que je vienne. Les vagues sur les rochers sont là pour m'en parler, la chemise bleue du pêcheur crie une définition, l'ombre délicate de l'amandier imprime sur un mur blanc trois bonnes raisons en calligraphie noire. Capri. Marcher, explorer, revenir sur ses pas. Inspirer profondément l'odeur de la mer, de la menthe sauvage cuite par le soleil. Faire l'amour dans une lumière de nacre. Plaisanter avec une femme qui coupe les mauvaises herbes le long de sa clôture. Fixer dans sa mémoire une cascade de bougainvillées, roses et abricot, qui mêlent leurs fleurs devant une couche de chaux. Pique-niquer sur une plage de galets, croquer le raisin brûlant qu'Ed égrène devant ma bouche.

1. Beatrix Potter.

Mantoue, par exemple

Tout au long de la route, c'est pluie, brouillard, neige et vent. Nous sommes partis de Cortona. À peine passé Florence, c'est le choc : partout des amas de neige, un paysage de cartes de Noël.

– Capricieuse, cette mi-novembre, observe Ed.

Les toits des fermes sont couverts de sucre glace. Des oliviers aux branches encore lourdes de fruits se dressent dans des champs à zébrures noires et blanches.

Nous entrons en Lombardie. Les peupliers éponymes forment des rangées de brise-vent sur un horizon plat. Ils dressent leurs panaches entre de vastes granges, dont les bouches d'aération, en brique, attirent mon regard. On les appelle *salti di gatto* – littéralement sauts de chat. Je passerais une semaine à parcourir la campagne pour les prendre en photo. Leurs formes sont si diverses. Les arbres qui défilent derrière la vitre m'hypnotisent peu à peu. Je m'enfonce dans une rêverie et j'imagine Mantoue, un des fiefs des ducs de Gonzague, grands amoureux des arts. Ils y régnèrent de 1328 à 1707, mirent des peintres au travail dans toutes les pièces de leurs palais. Leur petite cité est un cadeau offert au monde. Je repense soudain à Roméo. C'est à Mantoue, à une trentaine de kilomètres de Vérone, qu'il a appris la mort de Juliette. La suite fait partie de l'Histoire.

La ville ressemblait autrefois à une île. Elle est située entre trois lacs – j'ai lu que, dans les années trente, une botaniste y a introduit des fleurs de lotus, qui leur donnent en été une touche exotique. Des plaisanciers viennent hisser leurs voiles à la belle saison, mais pour l'instant les bateaux sont serrés sur les rives, sous une pluie battante. Nous repérons facilement notre hôtel. La réception – marbre clair, fauteuils cuir Bauhaus – est un hymne à l'art contemporain. Malheureusement, le génie s'essouffle en arrivant aux étages. Notre chambre est ordinaire. Le tableau au mur me fait penser à une tache de Rorschach agrandie cent fois – une araignée noyée dans un bain de sang. Nous posons nos valises et, parapluies en main, ressortons dans l'après-midi qui commence juste.

Cette qualité rare des pigeons voyageurs, Ed l'emploie à trouver *son* bar. Lorsque nous arrivons quelque part, il sélectionne très vite un endroit qui nous sert par la suite de point de ralliement. Nous en essayons généralement quelques autres, mais son premier choix est toujours le meilleur. Ici ce sera La Ducale. Le café et les pâtisseries sont excellents. La patronne a l'élocution d'un bon professeur de diction. Elle nous décrit sa spécialité, les chocolats

parfumés : au poivre noir, à la cardamome, à la cannelle. Celui qu'elle nous fait goûter a une touche de
peperoncini, petits piments rouges. Ça stimule l'activité amoureuse, dit-elle. Tout puriste qu'il est, avec
son sempiternel *espresso*, Ed se laisse tenter par un
café au *zabaióne*, nappé de crème. Il y a plusieurs
sortes de ce sabayon : c'est une liqueur à l'orange,
au citron, ou aux amandes. La dame nous recommande une tarte épicée à la citrouille. Entendu.
Avec un gâteau meringué au chocolat. Tout ça, et
nous avons à peine parcouru cent mètres depuis
l'hôtel.

De nombreuses rues en arcades rayonnent dans
le centre historique, peu étendu. Les colonnes sont
de plusieurs ordres, comme importées de divers
sites pour un assemblage maison. Aucune chaîne de
vêtements, mais des petites boutiques aussi chic les
unes que les autres. Bien habillés, les gens dans
la rue ont l'air d'en sortir. Nous passons devant
une succession de vitrines : tailleurs, cosmétiques
naturels, sandales en bois, couettes et chemises de
nuit, de la belle étoffe, beaucoup de prêt-à-porter
pour bébés, de la bonneterie, de la lingerie de luxe,
des librairies. La gastronomie est à la fête : *salume*
(charcuterie), marmelades, pots et jarres de *mostarde* (fruits confits), variétés locales de riz, chocolats
de Lombardie et du Piémont. Les *torrefazioni* inondent les trottoirs d'arômes de café, les boulangeries
sont bien fournies, certains pains sont des œuvres
d'art. J'allais oublier les bars à vin. *Che elegante questa
città !*

Comme dans bien des villes italiennes, les bâtiments sont à taille humaine, et c'est un plaisir de déambuler dans le *centro* où les voitures sont interdites. Nous nous attardons devant les pâtisseries et nous salivons à nouveau : l'anneau du moine, *anello di monaco*, ressemble à une toque de chef givrée. Appétissante elle aussi, la *sbrisolina*, crumble aux amandes et à la polenta, est servie avec de la confiture de fraises, de figues ou de cerises. De petites touffes d'herbe fluo pointent le bout de leur nez entre les pavés ronds, qui luisent sous la pluie. Pas l'endroit où marcher en talons Prada !

La tour de la piazza Broletto – présidée par Virgile qui est né à côté – voit l'architecture Moyen Âge devenir Renaissance, avec parfois une superposition harmonieuse des deux. Les dauphins de la fontaine semblent perdus au milieu, mais leur murmure est sympathique. L'hôtel de ville du XIIIe et les constructions voisines vous réservent chacun une surprise : ici le dôme de Sant'Andrea au-dessus du toit, là de merveilleuses cheminées qui ressemblent presque à des maisons, puis une tour, des oculus, des dentelures et des lanternes. Le McDonald's se fond subtilement dans une des façades, sans dégager l'odeur habituelle de graillon.

Mantoue est un décor de livre de contes. Shakespeare y a exilé le pauvre Roméo. On la dirait bâtie par un enfant qu'on aurait muni d'un grand jeu de pierres magiques ; à la fin de la journée, on range les châteaux et les arcades dans la boîte sous le lit. L'eau est partout dans cette petite ville élégante, aux places spacieuses, aux immenses palais, aux églises débordant d'œuvres d'art. Le poète Poliziano, né dans notre coin de Toscane, a quitté quelque temps les Médicis, ses mécènes, pour se placer sous la protection des ducs de Gonzague. Verdi a planté ici son *Rigoletto*, et Gabriele d'Annunzio un de ses romans. Les grands peintres Pisanello et Mantegna, qui ont décoré les résidences des ducs, ont fait de Mantoue un lieu incontournable de la Renaissance.

Un passage permet de rejoindre le marché Piazza Erbe, la tour de l'horloge et la charmante rotonde de San Lorenzo. L'église ressemble à une brioche coiffée d'une seconde, plus petite. Nous poursuivons vers la grande piazza Sordello, qui paraît hors du temps avec sa rangée d'arbres, l'ancienne résidence des Gonzague qui occupe un flanc entier, et le dôme qui domine la scène. En revenant sur nos pas, nous admirons les façades splendides, les fenêtres garnies de balcons en fer forgé où quelques géraniums résistent encore au froid. Puis, d'une ruelle à la suivante, nous nous arrêtons devant d'autres églises, nous prenons un énième *espresso* au comptoir, et l'après-midi se déroule ainsi pour finir devant le *rio*, mince rivière qui relie deux des lacs et traverse Mantoue. Ces maisons au bord de l'eau... je ne résiste pas, j'empoigne mon appareil et je photographie les balcons, les arbres qui semblent tremper leurs branches dans leurs propres reflets, le petit bateau amarré devant une série de marches, toutes couvertes de mousse.

Où les restaurants mantouans vont-ils chercher leurs noms ? L'Aigle Noir, le Griffon Blanc, le Cygne, les Deux Poneys, l'Oie Blanche… Nous choisissons le premier, *Aquila Negra*, niché dans un *vicolo* pavé, à proximité de la piazza Sordello. Les guides s'accordent pour dire que c'est le meilleur de la ville. C'est aussi l'avis du réceptionniste à l'hôtel, et ce sera bientôt le nôtre. Les tables peu nombreuses sont relativement distantes les unes des autres. La salle est vaste, avec un dégradé ocre sur des murs ornés de fresques en demi-teintes. On transposerait facilement la scène au XIXᵉ siècle – s'il n'y avait ce curieux éclairage, un point qui fait défaut à tant de restaurants italiens. Impardonnables, les spots aux quatre coins, et cette affreuse lumière noire, triomphante « modernité », déplacée dans un cadre traditionnel. À la table la plus proche, une femme d'une trentaine d'années dîne avec un homme qui semble en avoir bientôt quatre-vingts. Je doute qu'ils soient père et fille. Toutefois ils commandent la même chose : des œufs pochés aux truffes. Ils sirotent du merlot dans des verres surdimensionnés. Toutes les cinq ou dix minutes, la jeune femme repart dans l'entrée fumer une cigarette au bar. Sa jupe courte froufroute sur un claquement de talons. Le monsieur prend alors un air triste. Regretterait-il l'épouse et les enfants abandonnés pour cette fumeuse aux belles jambes ? N'empêche, les œufs aux truffes blanches, ça vaut le coup – sublime, sophistiqué. Ils mangent avec délectation et vident gaiement leurs verres.

Car la cuisine nous ravit. Dès mon retour, je tâcherai de recomposer la *insalata di fagianella al melograno e arancia candita* – salade de faisan aux grenades et oranges confites. Ed me fait goûter son *culatello*, le jambon local fumé maison, et d'autres *salume*, servies avec des *mostarde* de pommes. Crémone, ville voisine, est connue pour ces *mostarde*. Elles sont en fait apparues pour la première fois à Mantoue, à la table des Gonzague – on immerge fruits ou légumes dans de grandes jarres de sirop de sucre, avec ce petit rien qui fait la différence : des graines de moutarde moulues. Depuis les Romains, même depuis la Grèce antique, les Méditerranéens aiment les assortiments aigres-doux.

Ed commande une *pasta* mantouane par excellence, les *tortelli di zucca*. Le potiron, gros et vert en sus de l'habituelle variété orange, a une place d'honneur ici. Les petits *tortelli* sont fourrés d'une farce à base de *mostarda* de potiron, mais aussi de biscuits aux amandes et aux noix, réduits en miettes. Vous êtes transporté au Moyen Âge. Cette *mostarda* m'est à sa façon familière. J'ai grandi dans le sud des États-Unis, où l'on est très friand de chutneys épicés, de pêches au vinaigre qu'on appelait *chow-chow*, et d'écorces de pastèque à la saumure. Utilisée avec modération – une petite touche par-ci par-là –, la *mostarda* donne une légèreté aérienne aux plats… suivie en quelque sorte d'un bon uppercut.

Arrivent les *secondi* – plats de résistance. *Guancia di vitello*, joue de veau fondante au thym et aux artichauts pour Ed. *Lombatina di vitello con tartufi bianchi* pour moi : des truffes blanches mijotées avec une succulente pièce de veau. Nous frissonnons en sirotant un *nino negri cinque stelle sfursat* – à la place d'honneur dans les vins de Lombardie sélectionnés par mon mari. Nous salivons encore sur le menu en pensant aux alternatives : strudel aux escargots, petits pieds de cochon aux graines de fenouil, brochet sauce aux anchois, persil, câpres et poivron vert, sanglier aux prunes… Vera Bin, maîtresse des fourneaux, ne manque pas d'ambition. Son établissement renouvelle la cuisine locale avec panache et imagination. Après une extravagance de fromages, nous la félicitons pour son talent. Il n'y a plus grand monde à cette heure-ci de la soirée, ce qui nous permet de discuter un peu.

Un plaisir des petites villes : marcher. J'adore déambuler la nuit. En général, il n'y a pas de danger en Italie, même pour une femme seule. Le mendiant aveugle que nous avons aperçu tout à l'heure sous les arcades de la piazza Erbe y est toujours assis avec son accordéon. Ed lui donne cinq euros et lui souhaite une *buona notte*. Nous nous éloignons dans le brouillard, et il se remet à jouer. Nous nous figeons quand il chante ensuite – cette grosse voix romantique ne peut être que la sienne. Plusieurs livres parlent de la mélancolie mantouane – nous n'avions pas encore perçu cet aspect-là.

De retour dans notre chambre, je repense à Roméo, et Shakespeare s'immisce dans nos propos :

– Il n'a jamais mis les pieds en Italie. Pourtant elle sert de cadre à bon nombre de ses pièces.

– Lesquelles, à part *Roméo et Juliette ?* répond Ed. Et pourquoi ne l'a-t-il pas appelée *Giulietta* ?

– Voyons. *Othello, Les Deux Gentilshommes de Vérone...* Quoi d'autre ? Comment s'appelait ce film avec Gwyneth Paltrow, dans une villa ?

– Ce n'était pas Gwyneth Paltrow, mais Emma Thompson, et c'était *La Mégère apprivoisée*. Et il y a encore *Le Marchand de Venise*. J'aime vraiment mieux la façon dont les Italiens prononcent *Romeo*.

– Comme dans Alfa Romeo.

– Oui, et la Giulia était une des meilleures Alfa. Ils ont fait un modèle Giulietta, aussi. Je regrette toujours ma première Alfa.

Ed est depuis longtemps un *alfista* – ce n'est pas une invention, le mot existe en Italie. Il pleure encore la GTV de 1972, gris métallisé, qu'il a gardée pendant toute la décennie quatre-vingt.

Je reviens à mon sujet :

– Quand Juliette boit le philtre qui lui donne l'apparence de la mort, la nourrice lui dit : « Nous épierons ton réveil, et cette nuit-là même, Roméo t'emmènera à Mantoue. »

– Si les étoiles veulent bien...

L'atmosphère est épaisse dans cette chambre. J'ouvre la fenêtre. Trois étages plus bas, la grand-rue est vide. La brume forme un halo autour des réverbères. Et il n'y a pas d'étoiles.

Nuit d'insomnie. Quand cela m'arrive, au lieu de laisser tourbillonner les regrets, j'essaie de me rappeler les événements heureux, et je fais des projets. Souvent mes pensées culbutent et retombent sans me mener nulle part. Comme des pièces de monnaie dans un sèche-linge. Alors j'en reste à Mantoue, je reviens sur nos pas, je me concentre sur les détails qui m'ont séduite, surprise, comme l'énorme magnolia au milieu d'une place, ou l'unique maison qui reste du ghetto, ou la plaque au-dessus d'une trattoria, qui indique que *lo scrittore* Charles Dickens a séjourné là en 1844. Mantoue compte deux fabuleux théâtres rococos, avec des rangées de loges dorées. J'en ai dénombré cinq autres, j'ai regardé leurs programmes – des pièces, des opéras, et les saisons sont longues. L'Italie déborde d'activités culturelles. Pensons à ce qu'offre une ville américaine de cinquante mille habitants, puis ouvrons les brochures d'une ville équivalente ici. La musique, le théâtre, même la poésie – les arts résonnent dans la vie quotidienne.

Prenez Lecce, par exemple, que j'adore. Elle se trouve dans les Pouilles. Comme Mantoue, c'est une petite cité, fière et unique en son genre : sa splendide architecture baroque, son artisanat traditionnel, ses anges et ses santons de papier mâché – une image de dignité. Et ses miches de pain grosses comme deux boîtes à chaussures ! Mantoue bénéficie de la proximité de Vérone, Ferrare et Modène ; Lecce, tout en bas du talon de la botte, a ses plages et une charmante voisine : Gallipoli. Je

m'installerais volontiers aussi à Ascoli Piceno, dans
les Marches, non loin de la côte Adriatique : une
ville réservée, bien entretenue, nichée dans un paysage splendide, avec une des plus belles places
d'Italie. En Ombrie, près de chez nous, Città di Castello est un musée Renaissance à l'air libre. Mais
aussi un endroit relativement épargné par les touristes, où un enfant peut se promener librement et
grandir dans la beauté. Ce sont des villes pour
amoureux. Pour les amoureux de la belle vie. Des
villes où vivre décemment derrière une des magnifiques façades – avec peut-être une vue sur une *piaz-
zetta*. Le boucher peut vous avoir un faisan ou une
bécasse pour le lendemain. Le vin provient de la
vallée en contrebas. Choisissez dix de vos meilleurs amis, allez à l'opéra tout l'hiver, festoyez
jusqu'à des heures indues. Vos enfants seront des
enfants jusqu'à la fin de l'enfance, ils ne passeront
pas leur temps à vous harceler pour ceci ou cela. Et,
que vous ayez la foi ou pas, le prêtre vous rend visite
et bénit la maison après le grand nettoyage de
printemps.

J'ai un jour demandé à mon ami Fulvio ce qui
serait pour lui le lieu de résidence idéal.

– Nulle part… tout près de nulle part, m'a-t-il
répondu.

Merveilleuse réponse. Pourtant ces petites villes
d'Italie, magnétiques, sont peut-être ce qu'il y a de
plus proche de la formule – le lieu de résidence
idéal. Parce qu'on y a le sentiment d'appartenir à
une communauté. Même plus qu'un sentiment :

une certitude. Voilà ce qu'elles vous offrent – que je trouve de plus en plus nécessaire dans un monde chaque jour plus tordu. Je préférerais avoir plusieurs vies, mais on n'en a qu'une.

Ed s'agite dans son sommeil.

– *Beaucoup de bruit pour rien*, marmonne-t-il. *Tout est bien qui finit bien…* Je crois qu'il y en a encore d'autres. Il aurait dû venir ici.

– Bien. Parfait. Je n'arrive pas à dormir. Il aurait dû écrire *Buena notte*, aussi.

Après une bonne pluie, Mantoue est superbe dans le matin clair. Pas étonnant que les Gonzague aient tant aimé le soleil – ici les hivers sont brumeux et les étés humides. Le brouillard y a fait son apparition bien avant le premier des ducs. Mais aujourd'hui, l'air pétille comme le vin blanc local, la *franciacorta*. Nous consacrons la journée aux Gonzague – mais d'abord un *cornetto* au chocolat, à notre table, dans notre bar, près de la fenêtre aux rideaux de dentelle. J'aperçois notre serveur de la veille qui passe à vélo. Dans toute la ville, les cafés profitent du temps radieux, installent leurs terrasses, et on lave les trottoirs sous les arcades. Je n'ai jamais vu autant de beaux hommes réunis dans un même endroit. Traits fins, l'œil séducteur, minces, grands, et ces cheveux noirs, noirs.

Dommage qu'il faille visiter le Palazzo Ducale en groupe. Ce serait un bonheur de déambuler à son gré dans ses cinq cents pièces – celles qui sont

restaurées ou celles qui se cachent sous la poussière. Par chance, nous ne sommes que six, en sus
du guide qui se contente de nous expliquer en
chemin où nous sommes, en émaillant son itinéraire de quelques remarques. *La Camera degli Sposi*
– la Chambre des époux – est un morceau de choix,
tant pour les amateurs que les historiens de l'art.
Même sans elle, les autres nombreuses salles tiennent déjà du prodige. Dans leurs appartements, plusieurs générations de Gonzague attestent d'un
formidable intérêt pour les arts, et nous parlent de
leur vie. La frise des enfants qui jouent avec leurs
animaux de compagnie ; les visages de la salle des
portraits ; la main qui tient une lettre pendant que
l'autre caresse le chien ; l'événement heureux qui
prend forme au fond du tableau ; les lapins et les
oiseaux peints à hauteur d'enfant ; le petit garçon
qui tient une pomme ; les nombreux chevaux de la
cour – tous ces détails font de cette forteresse froide
un palais vivant. Leurs occupants semblent nous
dire : « Nous étions là… » Il y a des chiens partout ;
dessinés fidèlement, jusqu'à leurs attributs en haut
des pattes arrière !

Pisanello a précédé Mantegna. On a retrouvé ses
sinopie – d'immenses dessins qui servaient d'études
pour les fresques. Brossés à grands traits de noir
et de rouge, ils vous donnent un peu l'impression de
surprendre quelqu'un en sous-vêtements – quelque
part entre la révélation et le choc pur et simple.
Confrontés à d'importantes difficultés finan-
cières, les Gonzague avaient revendu une partie

non négligeable de leur incroyable collection. Ce qu'il en reste – les fresques exceptées – a été rapatrié ici au fil des années. Le tableau qui représente la famille en adoration devant la Trinité de Raphaël a été coupé en morceaux par des soldats en maraude. Il a fallu le recomposer comme un puzzle.

Longues galeries pleines de toiles sombres. Nous nous arrêtons devant une *Annonciation* de Karl Santner, et une autre peinture de l'ange Gabriel, qui date de 1630. La Vierge a son panier à couture et ses ciseaux à ses pieds. L'ange tient un grand lys qu'on a l'impression de sentir. Santner était, dit-on, un moine bavarois, l'un des nombreux artistes invités par la cour.

Je m'attarde dans la salle de musique, au plafond de laquelle Apollon apporte l'aube sur son char. Grandes fenêtres d'un côté, miroirs de l'autre, on a ici une sensation très différente du reste. Le guide indique que cette pièce, autrefois une loge, a été redécorée par les Autrichiens, ce qui explique les dorures. J'admire les différentes allégories : éloquence, bonté, immortalité, intelligence, magnanimité, courtoisie, générosité. Groupées à part : l'harmonie, l'humilité, la magnificence. Et à l'autre bout : l'innocence, le bonheur, la philosophie. Où sont passés les visiteurs ? Et quelle direction prendre ? Me voilà perdue à Gonzagueland.

Quelle vie, quelle agitation sur ces plafonds et sur ces murs ! J'aimerais pouvoir photographier toutes les bordures de portes, tous les motifs de fleurs et de feuilles, et le faux marbre, et les grotesques… Dans une pièce, huit séries de décorations entourent successivement les portes, par panneaux de quinze à trente centimètres, semblables aux cadres d'un tapis élaboré. L'immense tableau de la légende de Judith a dû faire fuir des générations de Gonzague en culotte courte. L'affreuse scène se déroule sur tout un pan de mur, jusqu'à la tête d'Holopherne sur une pique. Dans l'une des plus belles salles, le plafond lapis-lazuli représente la silhouette des créatures du zodiaque sur leurs constellations respectives.

Les Gonzague aimaient les labyrinthes – pour commencer, cette résidence en est un. Un plafond à caissons, aux remarquables vert et or, en figure un autre. J'ai envie de m'allonger par terre et de trouver le chemin vers le centre : les mots *forse che sì, forse che no* – peut-être que oui, peut-être que non – sont inscrits dans tous les coins. Dans une autre salle encore, nous voyons une peinture étonnante de l'Olympe, qui s'élève au-dessus d'un labyrinthe d'eau – des plans circulaires où voguent les bateaux. Le fantastique est maître de ces lieux. Saisissant – quel genre de piège ou d'intrigue la prochaine *sala* nous réserve-t-elle ?

Nous arrivons finalement à la *Camera degli Sposi*, où un groupe d'enfants, assis sur des pliants, écoute son professeur. J'entends un petit garçon maigre s'exclamer : « *Che bella !* » Je m'attendais à une pièce plus grande. Toutefois Mantegna a profité de ses proportions réduites pour nous soumettre au jeu de la réalité et de l'illusion. Les enfants replient leurs sièges et poursuivent leur visite. La cour des

Gonzague, peinte au-dessus de la cheminée, donne l'impression que celle-ci l'est aussi. Le tapis oriental, sous leurs pieds, est au même niveau que le sol… sur la fresque d'un autre mur. Du coup, on aurait l'impression que le plancher s'est effondré. Les visages sont d'un réalisme merveilleux. Une épaisse tenture enroulée forme un coin de la première fresque, comme si on venait de lever le rideau sur la famille Gonzague. Mantegna ayant consacré dix années à décorer cette chambre, j'imagine qu'il avait décidé de s'amuser un peu. Les paysages en arrière-fond, les ruines antiques, le détail des scènes agraires ou quotidiennes, les étoffes voluptueuses, les bordures (dont l'une inclut un petit autoportrait du peintre), les putti aux ailes de papillon, et surtout l'oculus au centre du plafond – tout respire la rouerie et l'imagination. Cet oculus est particulièrement drôle. Non seulement Mantegna s'y révèle un maître de la perspective, mais en plus il semble renverser celle-ci. Tel est pris qui croyait prendre, car femmes, chérubins, et même un paon, nous observent d'en haut, accoudés à la balustrade d'une coupole à ciel ouvert. Le trompe-l'œil dans toute sa splendeur. Posée en arc sur celle-ci, une tringle de bois soutient le pot d'un citronnier qui serait sans elle prêt à tomber ! Sur nous évidemment. L'une des femmes, au teint mat, porte un turban rayé ; les trois autres ont des expressions énigmatiques…

On nous laisse nous attarder un moment. Un panneau indique que les groupes ne doivent pas rester dans cette salle plus de cinq minutes, ce qui est une absurdité. Nous avons la chance d'être fin novembre.

Et nous sommes étourdis quand nous retrouvons le soleil en sortant. Quel mouvement, quelle agitation dans ces fresques – un art païen, séculier ! D'énergiques dieux qui virevoltent sur leurs chariots, qui festoient avec les satyres, parmi quelques mortelles aux opulentes poitrines. Pas une seconde de piété, pas de cycle des miracles, pas de tribulations des saints, c'est à peine si l'on aperçoit Marie.

Nous nous réfugions dans une *osteria*, près de la vieille place Mathilde de Canossa – qui régna ici bien avant les Gonzague. Le kiosque à journaux et la chapelle de la Vierge des Tremblements de terre ont pour nouveaux voisins les affiches du dernier film de mon amie Audrey Wells. Nous prenons en photo le visage agrandi de Richard Gere qui admire l'antique *palazzo* de pierre, et nous lui enverrons.

Je commande des crevettes au velouté de carottes, et en fait je le regrette. Ed préfère une sélection de *salume*, servis sur papier boucherie, avec du miel du châtaignier et une *mostarda* de pommes. Puis nous prenons les tagliatelles aux cailles et le roulé de lapin farci, avec un verre de merlot du lac de Garde. Nous partageons un morceau de la *sbrisolona* locale, qu'on nous apporte avec de la confiture de cerises. Voilà une chose qui nous avait plu en Turquie : tous ces petits assortiments fruités à déguster avec les desserts et le thé. C'est le même principe. Comme nombre de pâtisseries italiennes, la *sbrisolona* ne m'enchante pas vraiment. C'est beaucoup trop sec pour quelqu'un comme moi, habitué depuis l'enfance aux gâteaux et tartes à la noix de coco ou aux noix de pécan, aux fondants au chocolat... bref, à tout ce qui est moelleux. Ed, lui, aime bien. Mais Ed aime pratiquement tous les desserts. Nous payons le garçon, qui nous accompagne à la porte. Il est beau à faire piler les voitures dans la rue. Plus beau encore que tous les Gonzague sur les fresques. Il sourit comme un lever de soleil et, si j'étais une célibataire de vingt-cinq ans, je reviendrais dîner ici ce soir. Je me contente de dire à Ed :

— La mère de ce monsieur doit être très fière de lui.

Les gentlemen de Mantoue sont sûrement des réincarnations de Roméo. Le moment de citer Juliette :

Viens, gentille nuit ; viens, chère nuit au front noir,
Donne-moi mon Roméo, et, quand il sera mort,
Prends-le et coupe-le en petites étoiles,
Et il rendra la face du ciel si splendide
Que tout l'univers sera amoureux de la nuit
Et refusera son culte à l'aveuglant soleil... [1].

J'avais appris au lycée de nombreux extraits de la pièce. J'en ai une édition sur moi cet après-midi à Mantoue.

1. Traduction de François-Victor Hugo.

Nous rentrons à l'hôtel faire une longue pause au milieu des livres accumulés depuis notre arrivée. En voyage, j'ai fréquemment besoin de repos pour absorber tout ce que j'ai vu. Faute de quoi, je ne pourrais pas continuer. Les brochures que nous avons trouvées sur place se révèlent bien utiles, car elles comportent des faits, des données géographiques et historiques parfois absents des guides. Nous étudions soigneusement les plans et les cartes, qui donnent un aperçu de la logique des lieux.

Un de ces livres, *A tavola con gli Dei*, rassemble de très anciennes recettes de la cour des Gonzague et des illustrations tirées de psautiers et manuscrits : un cochon promis à l'abattage, un sanglier au milieu des fleurs, une femme qui récolte le miel de ses ruches sous une jolie pergola, une page de partition ornée d'un artichaut, d'un oiseau et d'un papillon de nuit. On explique comment faire de la confiture d'amande, et des *offelle* – petits biscuits doubles, fourrés de marmelade ou de massepain. Voici comment les sœurs préparaient leurs *biscotti* : à four doux, en les saupoudrant de sucre à mi-cuisson. L'idée est toujours bonne. Pour les *pesce in agrodolce*, vous êtes censé dissoudre du sucre dans du vinaigre fort, et de la bonne huile d'olive, avant de porter le tout à ébullition. Puis vous ajoutez des épices douces (on ne dit pas lesquelles), des feuilles de laurier et du poivre. Enfin, vous mettez le tout dans un tonnelet et vous laissez mariner. Les *polpettoni* – godiveaux – sont un de mes plats préférés en Toscane, et j'en trouve une recette qui date de 1714.

Elle recommande d'utiliser « le même poids d'œufs
que de viande », de bien incorporer au hachis le fromage, le poivre, la cannelle et la muscade. Cuits au
bouillon, vos *polpettoni* feront un dîner *stupendis-
simo*. Superbissime. Je vois dans une autre recette :
safran, vanille, gingembre, clous de girofle (plutôt
rares à l'époque), *caxo* – à savoir, je suppose, du
cacao en poudre –, et – qu'est-ce que c'est que
ça ? – *nitro*, dit aussi *salnitro*, le salpêtre. L'huile
d'olive est prescrite en *buona quantità*, comme toujours d'un bout à l'autre de l'Italie. En 1519, Isabelle d'Este écrivait de Mantoue à son frère le duc
de Ferrare : elle lui expliquait comment préparer le
chou. J'imagine aussitôt l'odeur qui se répand dans
le palais, de la salle du zodiaque à celle des dieux
des fleuves, jusqu'aux appartements de dame Julia,
la naine de la cour (si seulement on retrouvait
ses mémoires dans quelque *armadio*…). Même
approximatifs, les goûts et les arômes traversent les
siècles. Le duc ouvre la lettre. Convoque le cuisinier. La recette de madame votre sœur ne serait-
elle pas un peu banale ? Du chou bouilli à point,
simplement assaisonné de vinaigre et d'huile
d'olive ? « Ajoutez de l'ail, dit le duc. Et des raisins
secs, trempés dans du vin. Mettez aussi des rondelles d'œuf dur, à la fin. »

Nous gagnons la piazza Erbe pour un dîner tardif,
mais simple. Pâtes aux truffes blanches – c'est de
saison – avec une salade. Je dors mieux cette nuit, et
je rêve d'une image fixe, ce qui m'arrive souvent en
voyage. Cette fois, d'une fleur rose immergée dans

un grand verre d'eau. Un symbole ? Un blason pour Mantoue, cité entre les lacs ?

L'autre résidence des Gonzague, le Palazzo Te, s'oppose en tout au premier. Construit pour Frédéric II de Gonzague, à la limite de la ville et de la campagne, c'est une ode au plaisir et à la lumière. Rien à voir avec l'esprit grande forteresse du palais ducal. Le Palazzo Te n'est plus cerné aujourd'hui par les eaux, mais ces lieux respirent toujours les loisirs et les jeux de plein air. Federico y menait la belle vie avec ses maîtresses et ses chevaux, dont les portraits grandeur nature ornent l'intérieur d'une aile. Entre les frises, les putti dans leurs niches, et les idoles païennes, ces chevaux sont pour le moins étonnants. Difficile de ne pas éclater de rire. L'ensemble n'était peut-être pas du meilleur goût, déjà, au XVIe siècle ; laissons le temps adoucir notre jugement. On trouve dans une autre pièce de nombreuses salamandres représentées sur des panneaux, avec l'inscription : « *Ciò che a lui manca, tormenta me.* » « Ce qui lui manque me tourmente. » Dans la salle de Cupidon et de Psyché, les dieux participent au banquet. Une des scènes montre une Olympia allongée, la jambe calée sur les reins d'un robuste partenaire, qui personnifie peut-être le maître des lieux. Cet homme, dont les cuisses sont en fait la queue d'une sirène, a une érection largement aussi évocatrice que les fresques de Pompéi ou certaines photos de Richard Mapplethorpe. Il sait en tout cas très bien où il va.

Nous traversons une vaste loggia entre le jardin et la cour. Les innombrables salles ont toutes un thème particulier – les aigles, les faucons, le zodiaque, les empereurs. On en ressort avec une forte impression de vie, et d'un duc au sang chaud.

De retour vers le centre, nous passons devant la maison où habita Mantegna. Elle ressemble à une fabrique de chaussures : un bâtiment carré, en brique, avec des fenêtres toutes simples autour d'une cour ronde. L'intérieur est des plus intimes. Rien n'est perceptible depuis la rue.

Puis nous nous arrêtons dans une *gastronomia*, où l'on présente les *mostarde* dans de grandes terrines de terre cuite. Un éventail d'orange, de figue, de poire, de divers légumes, de cerise, de *cedro* (ces curieux pamplemousses surdimensionnés), d'abricots, et la liste est longue. Ed achète un assortiment pour rapporter à la maison : citrouille et pomme, pomme seule, poire, et raisins.

Le dernier jour, nous faisons le tour des églises. Elles sont toutes différentes, et chacune renferme quelque chose de réellement intéressant. Le *duomo* de la piazza Sordello a subi d'importantes transformations au cours des siècles, si bien que la façade et les flancs n'ont pas vraiment d'unité. Passé les portes vert sauge, vous entrez dans un espace rectangulaire garni d'arcades de marbre gris. Dans les chapelles latérales, les visages de bois sur les tombes sont bleus et cernés d'or. Superbes. Des sarcophages sont religieusement conservés, qui datent des IVe et Ve siècles. Et la coupole ! Strate après strate d'anges et d'archanges, qui diminuent de taille à mesure qu'ils se rapprochent du Créateur au centre. Le tout peint dans des teintes de bleu, de pêche, d'indigo qui tend vers le gris. Je m'assois un instant sur le siège de cuir usé du confessionnal, où, Dieu merci, personne ne vient me confier ses péchés. Quelques personnes prient, nous ressortons en silence. Le sol est pavé de grands carreaux de marbre, sable et abricot, avec des motifs de marqueterie pour briser la monotonie.

À mi-hauteur d'une tour en briques est suspendue une *gabbia* de métal noir. Le terme désigne une cage, pour les oiseaux, les singes, les lions, ce qu'on voudra. Sauf qu'on enfermait dans celle-ci des criminels pour les exposer aux yeux de tout le monde. Elle ne sert plus aujourd'hui qu'aux pigeons. Les habitants doivent connaître le tracé des rues comme les lignes de leurs mains. Il est bon de découvrir Mantoue à pied, mais pourquoi pas sur une de ces bicyclettes jaunes ? Les Mantouans semblent tous en avoir une, on les voit qui filent en faisant tinter leur timbre. Depuis Sant'Andrea, un passage latéral mène à la piazza Alberti, pavée, bordée sur un de ses flancs par l'aile d'un monastère bénédictin. Je me retourne pour regarder une maison jaune, puis une autre, abandonnée, et encore une autre, rose – je me rends compte que cette dernière, restaurée, fait partie de la précédente. Il y a ensuite un petit bar à vins, une trattoria avec une terrasse, et les couleurs changent progressivement – crème, ocre. Quelle douce palette. L'eau de la fontaine coule sans arrêt – pour ça, l'eau ne manque pas ici.

Autour de l'église San Francesco, le quartier, d'évidence, a été bombardé. Le palazzo d'Arco domine la piazza. On entre dans une cour circulaire, flanquée au fond d'une colonnade, et les arbres abritent une statue. Descendez de votre carrosse dans votre habit de soie bleue et vos manchons d'hermine. Les sorbets aux plaquemines, et les pièces montées décorées de violettes en sucre, vous attendent près du feu. Ces aristocrates italiens avaient un univers bien à eux.

– Je me demande si c'est les Alliés, dit Ed.

Quand nous voyons une ville où, d'évidence, des blocs de béton ont poussé après la guerre, nous espérons toujours que ce n'est pas la conséquence des bombardements alliés. Cette église, ici, n'a pas été épargnée. Il ne reste presque plus rien de ses décorations. Quelque chose d'étrange se prépare. Nous sommes dans ce vaste édifice aux colonnes de brique dénudées, comme écorchées. À peine quelques fragments de fresques aux murs – épars, peut-être plus émouvants de ce fait. La moins abîmée représente les derniers jours de sainte Marie, ou d'une autre si ce n'est pas elle. Elle est d'abord assise, puis allongée sur son lit de mort, tandis qu'au bout à droite, trois hommes ouvrent un tombeau. Narration iconique, facile à lire.

Et puis quand nous ressortons, l'étrange est là. Ed me dit :

— Je veux redevenir catholique.

— Quoi ? ! C'est toujours moi qui insiste pour visiter les églises. C'est le retour de l'enfant de chœur ?

— Non, un flash, que je viens d'avoir. Ça ne m'était pas arrivé depuis le lycée.

Ce voyage n'est qu'un long week-end. Un bonheur — trois heures de route seulement, et vos synapses s'imprègnent de nouveauté. En Californie, j'aime partir deux jours à Carmel, à La Jolla, ou dans les vignobles, mais je ne fais qu'y passer, sans guère découvrir plus qu'une table ou un vin inconnus. Agréable, oui, certes. Mais ici, c'est une force vitale qui jaillit dans vos veines. Et le plaisir demeure. Je repars avec les recettes du cru, des livres à poser sur la table de chevet, quelques idées derrière la tête sur la conservation des fruits, et l'envie de relire le livre de Kate Simon sur les Gonzague. Je pense à tous les matins d'hiver où, devant ma tasse de café, j'ouvrirai ces beaux livres de fresques. Je dévorerai la vie du génial Mantegna jusqu'au moindre détail. Et, bien sûr, j'ai cent images à projeter sur l'écran noir de mes futures nuits d'insomnie.

Le ciel de novembre est nimbé de transparences.
Nous quittons Mantoue, nous sinuons à gauche et à
droite dans la vallée du Pô. Là un pavillon de chasse
de nos ducs, ici une abbaye près de la rivière. Et,
avant de retrouver Bramasole, une halte à Sabbioneta, autre merveille de la Renaissance. Comme
Pienza en Toscane, elle a été créée selon le plan
idéal d'un pape qui y naquit, Vespasien Gonzaga
Colonna. Les fortifications sont hexagonales, avec
des pointes d'étoile, et la grand-rue fait deux lacets
serrés qui ralentissent la progression des agresseurs
éventuels. Les Gonzague étaient bien les princes du
labyrinthe. Je vois dans mon guide quelques photos
de maisons. La pierre est lumineuse, les proportions
harmonieuses. Et rien de belliqueux là-dedans.

Hier, je ne connaissais pas l'existence de
Sabbioneta.

Aujourd'hui on y va. L'Italie nous ouvre la route
– *andiamo*.

Dédicace et envoi :
la maison, une énigme

Quand j'aurai fini de voyager, j'ouvrirai le Yellow Café.

Pour l'instant, je suis captivée par le bateau à rames qui quitte le rivage de Délos ; ou par une route bien droite, bordée de cyprès, sous un village toscan, perché sur sa colline comme un diamant Tiffany cinq carats ; ou par la voix déchirante du muezzin qui appelle à la prière en haut d'un minaret d'Antalya, tout au sud de la Turquie.

Inoubliable, le crépuscule sur la baie de Naples tandis que le ferry quitte le quai en brassant l'écume. Par les nuits sans sommeil, je retourne dans les vignes en fleur de Taormine – le violet, le magenta diaphane, le rose éclatant. Sans me voir, une femme en robe de chambre apparaît sur un balcon avec son tapis. Elle secoue la poussière. Je suis là en bas, et je cours m'abriter. Puis je goûte un de ces fromages forts de l'Écosse, où nous cueillons les salades et les betteraves du jardin enclos qui me rappelait un livre adoré de mes jeunes années. Je pense à l'enfant de mes amis qu'on a immergé dans

une vasque d'huile d'olive, à l'église grecque
bondée, à la sueur qui gouttait de la barbe du pope.
Le bébé Constantin revient à l'air en hurlant, et tout
le monde sourit tandis qu'on l'élève, dégoulinant,
sous une colonne de lumière. Le soir à la fête, des
hommes tirent des coups de feu vers les étoiles, tout
en bas de la péninsule de Magne.

Quand je conduis, quand je repasse, les diapo-
ramas de la mémoire se mettent en marche. Un serveur tient en équilibre six assiettes de tapas sur son
bras ; un petit acrobate cabriole sur le dos d'un taureau ; « *Wow !* » crie Ed en riant, tandis que nous
filons le long de la côte amalfitaine ; Willie, mon
petit-fils qui a deux ans, appelle la grande place de
Cortona « la fête » ; un jour gris filtre par les meur-
trières de notre chambre, dans un château portugais ; dans la cuisine de Carlos, je frissonne en le
voyant retirer la peau d'une anguille comme on se
défait d'un gant ; et le gâteau au chocolat que nous
avons partagé avec le chauffeur du taxi ; le patron
de l'hôtel, à Istanbul, arrive avec un autre gâteau sur
sa desserte, pour mon anniversaire ; nous chantons
avec lui *Happy Birthday* ; je revois les ombrelles en
papier placées sur de grands verres de jus de fruits.
Dix mille choses.

Plus loin dans le grenier des souvenirs, je revois
aussi une plage déserte du Nicaragua, surveillée par
deux hommes armés de mitraillettes pendant que
nous nous baignions ; en voiture sur la route de
St. Simons, j'enquiquinais ma mère et mes sœurs en

chantant *Ninety-nine Bottles of Beer on the Wall*[1] ; nous venions d'échapper un mois à mon père et j'exultais. Plus loin encore, les expéditions à Macon pour les courses, les manchons en poil de lapin qu'on m'a laissé choisir, ma mère qui serrait ma main dans des rues anormalement encombrées ; et cette bague de cornaline, avec mon signe du zodiaque, qui dentelait mes doigts de marques rouges. *Papa, j'ai vu un aveugle. Il vendait des crayons.*

« Faire et défaire nos valises », disait souvent mon père. *La devise de cette famille.* Nos incursions ne nous menaient guère qu'à Atlanta, ou sur les côtes de la Georgie, parfois à Highlands ou à Fernandina – un petit rayon autour de la maison – mais nous y *allions.* J'ai toujours aimé la forme infinitive du verbe *aller.* Oui, oui, allons-y, allons-y donc. *Andare* est le premier verbe italien que j'ai appris à conjuguer. *Andiamo,* c'est déjà le bruit du galop.

J'avais vingt-six ans la première fois que je suis partie en Italie. Attirée par l'art, j'y ai aussi aimé le risotto, les chaussures, le parfum des hommes qu'on croisait dans la rue, leurs cheveux brillantinés, le serveur qui a posé sa main sur mon épaule quand j'ai commandé un osso-buco – je ne savais même pas ce que c'était. J'avais une prédilection pour les arcades de Bologne, où les gens se retrouvaient entre eux et descendaient leurs espressos en deux

---

1. Chanson de camp de vacances, on commence avec « cent bouteilles de bière sur le mur », et on en enlève une à chaque nouveau couplet.

gorgées. J'avais dit à mon mari : « Les Italiens savent mieux s'amuser que nous. » C'était le début de l'analyse culturelle. S'ils sont ainsi, ces gens, cela tient à quoi ? Cette question est au centre de tous mes voyages. Quels liens unissent un lieu et le tempérament de ses habitants ? Me sentirais-je ici chez moi ? Et pour eux, que veut dire « chez-moi » ? Qui sont-ils dans leur intimité, ces autres si mystérieux ?

Pour tenter de le découvrir, j'ai loué des maisons sur place. J'adore les hôtels, mais lorsqu'on réside dans une maison ou un appartement, on va tout naturellement au marché du samedi matin, on va chez le fleuriste, on va chez le boucher, on passe à la petite cave tenue par le vieux couple, on prend ses légumes au *frutta e verdure*. On peut entamer une relation avec l'endroit où on se trouve et, en restant quelques semaines, je commence à connaître mes voisins, à m'imprégner du rythme de leur vie. Quand on range ses oignons et qu'on lave ses poireaux, quand on tourne les pages d'un livre de recettes locales, les arômes de la cuisine balisent en quelque sorte votre territoire. *J'habite ici.* Ne serait-ce qu'un moment. Je suis souvent désorientée quand il faut repartir. Le thym que j'ai planté devant la porte est en fleur. Mes propres racines, bien que fragiles, ont creusé leur chemin dans cette terre étrangère. Au fond des os se réveille l'anxiété du départ. Même si je *veux* repartir, c'est un déracinement, un traumatisme.

Depuis mon premier voyage en Europe (l'Italie étant mon choix initial), le besoin profond d'un port d'attache, d'un nid de beauté – comprendre : la décoration bien pensée, les livres rangés, les bains aux chandelles, le jardin potager, la table où je rassemble mes amis, et plus que tout l'idée que ce soit mon *home* –, tout cela subit une force inverse, proportionnelle. L'envie de fermer la porte, de tourner la clef, de partir. *Partir.* L'intérieur et l'extérieur. Au début de ces derniers voyages, j'ai vécu ces deux forces comme un conflit. Aujourd'hui, je crois qu'il ne s'agit ni d'une impasse, ni d'une contradiction, mais simplement d'un moyen d'avancer. Se projeter en avant implique-t-il toujours un retour ?

Le Yellow Café existe déjà, aux abords d'une ville de dix mille habitants, là où j'ai grandi, en Georgie. Une route de gravier bifurque au bord de la deux-voies, puis elle suit une série de chênes moussus. Il faut passer le petit pont en bois. Dans l'eau noire en dessous, alimentée par un ruisseau frais, je pêcherai mes écrevisses. On arrive à une grande maison carrée, avec des glycines tordues, enchevêtrées sur les poteaux de chaque côté des marches. La maison n'est pas jaune à ce jour, mais ce sera une des premières transformations. J'ai déjà un échantillon de la bonne couleur dans mon sac, coincé entre deux pages de mon passeport.

Vous montez sur le porche. Il semble flotter sur un radeau de belles-de-jour. Vous accédez dans la grande entrée qui donne sur deux gracieuses salles à manger, dotées de hautes fenêtres à petits carreaux. À l'arrière, la cuisine fait toute la longueur de la maison. J'y installerai plusieurs poêles bleus à bordures en cuivre, de la meilleure qualité – et de généreux comptoirs de marbre blanc, pour faire la *pasta* et les pâtisseries. Ma collection de vieux carreaux peints trouvera sa place sur les murs sans ordre particulier. Le salon deviendra la bibliothèque des vins, les invités y dégusteront quelque élixir de ma cave – le ratafia aux framboises inventé par deux villageoises des Abruzzes, par exemple, ou le vin pétillant que je tirerai du muscat local. Je mettrai sur la table des nappes débusquées chez les antiquaires de la foire mensuelle d'Arezzo, et de grands vases d'iris bleu-gris aux senteurs vineuses. Il y aura ici des gardénias et des lys de Casablanca, mais nulle part ailleurs. Il ne faudrait quand même pas que mes clients, succombant à leur parfum hypnotique, en oublient de manger.

Il y a aussi un porche derrière, qui communique avec la cuisine. Les grands chefs y pèleront la canne à sucre, éplucheront leur maïs, mélangeront les épices qu'ils auront apportées de différents pays. L'étang sans fond où passe le ruisseau nous fournira des poissons de rivière et des poissons-chats – ceux qui ont toujours dans la gueule de vieux hameçons rouillés. Je ferai creuser un bassin d'eau de mer pour les crabes, les crevettes et le homard, comme dans les vieilles villas toscanes.

Les chambres à l'étage sont des extensions de mon corps. On ne voit plus les murs sous les étagères de poésie, de livres de voyage et de récits. Les fenêtres et la mousse d'Espagne filtrent une lumière bleutée. Mes kilims des contrées lointaines ornent les planchers de sapin et, pour les lits, je suis partagée entre de splendides soieries vénitiennes, et les édredons de campagne que, depuis des années, je conserve dans une malle. Je ronronne de plaisir chaque fois que je vois sur le palier ma collection d'artisanat folklorique, d'ex-voto, d'amulettes contre le mauvais œil.

Huit ou neuf chambres sont réservées aux visiteurs et aux cuisiniers qui séjourneront ici six mois par an, munis des recettes de leur mère et de leurs propres créations. Il y en aura toujours une pour quelque poète mal nourri – celle qu'envahit l'odeur des gardénias du plant principal, derrière la cuisine dans le jardin.

Le dimanche soir, les dîners au Yellow Café commencent par une lecture de poèmes dans le salon du vin. Les convives apportent ceux qu'ils aiment. C'est dimanche soir et il faut dîner léger. C'est à la fois la fin et le début de la semaine. Le déjeuner copieux de midi a renvoyé tout le monde au lit pour une sieste. Mais tout était si délicieux qu'on se relève, et on part dans les chemins de campagne pour ramasser des violettes. Après la poésie, peut-être des *tortellini in brodo*, farcis au poulet et aux herbes, dans un bon bouillon de poule. Toscans, simples et excellents. La douceur du climat fait que, toute l'année, nous nous servons au

potager, et les voisines nous apportent quelques-
uns de leurs légumes. Mes vieux amis d'ici sont
impatients de créer un club Faulkner ; j'en vois au
bout de la table qui parlent aussi de monter *Le Conte
d'une nuit d'été*, sous les chênes au solstice. Un de
nos diacres méthodistes se lève et déclame : « Si
la musique est la nourriture de l'amour, joue
encore [1]. » Laissons là, pour l'instant, cette soirée
entre amis : un bon plateau de fromages espagnols,
puis une tranche de tarte au citron, et nous rêvons
tous d'une orangeraie, près de Grenade, frissonnant
sous la brise.

Une fois par mois, dîner-concert. Mes vieux amis
du Festival du soleil à Cortona viennent nous
rendre visite. Ils parlent russe et français. Baise-
mains et révérences ; Fauré et Chostakovitch
s'emparent du crépuscule. Tout le monde crie :
bravi, bravi. Nous dînons tard, et les bons citoyens
de ma ville natale sont épatés de rentrer chez eux à
deux heures du matin. L'archet du violoncelle s'est
frotté à des souvenirs enfouis de longue date.
Menu : légumes au four, caille aux baies de
genièvre, poires au vin, et ce petit vin doux de Pan-
telleria, comme un vent d'Italie. Au matin, les
voisins passent avaler une brioche et un cappuccino, quoique certains préfèrent les *churros* et les
migas que j'ai découverts en Espagne. L'enchantement, le paradis. Ils commencent leur journée au
son de la voix enthousiaste de mon copain Bobby

---

1. Shakespeare, *La Nuit des rois*.

McFerrin. Le petit déjeuner au McDonald's, ses saucisses, ses litres de café fade : disparus. Le week-end et les jours fériés, nos cuisiniers préparent des paniers de tortillons au fromage, de *pannetone*, de quatre-quarts, de gâteaux au caramel, et ces minuscules tartelettes au citron que j'ai dévorées un jour dans un bistro de Provence, dont la terrasse n'était éclairée que par un réverbère. (On peut en rapporter chez soi, mais il faudra les commander la veille.)

— Pourquoi dans le sud de la Georgie ? me demande ma fille. Pourquoi pas à Cortona, où tu as vécu les moments les plus heureux de ta vie ? Ou en Californie, où tu m'as élevée, où tu as travaillé, où tu as tant d'amis ?

— Je ne sais pas. Ils n'ont pas besoin de mon Yellow Café en Californie. Et à Cortona — sûrement pas. Ils ont déjà tant d'endroits pleins de vie, bien à l'abri des concepts marketing.

J'aurais voulu une vraie réponse intelligente, et cela n'en est pas une. Pour ne pas effrayer ma fille, je ne lui dis pas toujours ce que je pense. Si j'avais répondu : « Parce que je cherche la racine carrée de la lumière », je me serais fait peur toute seule. Mais la question s'en va fouiller profondément dans mon cerveau. La vraie réponse est *à la maison*, la vraie réponse est *la beauté*. En parcourant l'Europe, en vivant de nombreux mois en Italie, j'ai compris que l'art et la beauté élevaient la vie quotidienne à d'autres hauteurs. Cependant, c'est ici que je me sens le plus chez moi. Tout est lié, ici.

À la fin de ses *Quatre quatuors*, T. S. Eliot propose qu'au bout de nos différents voyages, nous revenions à nos origines et nous essayions de les comprendre. L'idée est reprise si fréquemment que cela *ne peut pas* être vrai. Toute impression de confort et d'aisance est comparable à une vieille paire de pantoufles en cachemire. Je préfère voir en la fin du voyage une invitation à *transformer* mes origines. L'enfant prodigue, le ménestrel, celui ou celle qui a sauté dans le premier avion à l'âge de dix-neuf ans – *savent* déjà d'où ils viennent. Ceux qui restent en savent moins, coincés qu'ils sont dans leur boule de verre. On l'agite et la neige retombe. Moi-même fugueuse, mais revêtue d'un manteau aux nombreuses couleurs, je reviens nettoyer le caveau de famille, et j'ouvre mon café jaune. Les épices du Portugal, la musique d'Angel Barrios, le livre en vélin de Venise, les cloches de Cortona sont des *offrandes*. Pourquoi ? Parce que j'ai appris à mélanger la moelle dans le risotto. Des offrandes à qui ? À quiconque veut saisir les pluies de printemps à pleines poignées.

Nietzsche et le concept de l'éternel retour. Une mystique : tout ce qui a jamais eu lieu arrive encore. Les premiers éléments de votre vie façonnent votre personnalité. Un bébé de six mois sait s'il peut faire confiance ou non à ses parents. À la fenêtre, le thermomètre signale le bonheur, l'ennui, ou la peur. On ne remonte pas le temps, c'est impossible, la mémoire est trop immédiate. Mais plus littéralement, revenir quelque part – bien sûr qu'on peut. Seuls des sentimentaux invétérés comme Thomas Wolfe ne le croient pas. Je me baignerai toujours dans le même fleuve. Le destin a décrété que, toujours, je serai amoureuse de mon petit ami au lycée. Je me souviens de Nancy Lane, le premier jour de l'école maternelle, qui avait pissé dans sa culotte. J'avais ressenti son humiliation, ça m'avait brûlée moi aussi. La première empathie de ma vie et j'en avais rougi.

Évidemment, tous les chemins mènent à Rome – ou chez nous, *home*, puisque ça rime. Voilà le troisième ange qu'on m'avait promis au début. L'ange de la transformation : pars loin, loin, et quand tu reviendras, tu auras le pouvoir de transformer ta vie. Tous les chemins mènent à Rome/*home*. Depuis toujours. Dans un coin reculé de Toscane, en pleine cambrousse, le chauffeur du poids-lourd demandait, par sa fenêtre ouverte : « *Dov'è Roma ?* » Je lui ai indiqué le sud. Il cherchait d'abord à s'orienter. Il se débrouillerait ensuite.

Les abeilles ont un aimant dans la tête qui leur indique la bonne direction. J'en ai un moi aussi, juste en dessous de l'épiphyse – une glande qui ressemble beaucoup au *broccolo romano*. Contrairement au nord géographique, l'attraction humaine suit une magnitude multidirectionnelle. Quand mon avion est en retard, je regarde les horaires des départs. Et si je prenais un de ceux-là ? Le Caire, le Mozambique, Catane, Dublin – seulement voilà, je suis à Francfort avec un billet pour Florence. Un jour, je le jetterai dans la corbeille, je marcherai jusqu'au comptoir et je demanderai :

— Un aller simple pour Zagreb, s'il vous plaît.

Les paroles d'une chanson d'amours brisées, une phrase dans un livre, la carte postale d'une amie, un regard à la vitre dans le train de nuit pour Paris, une huître juste ouverte qui rappelle l'air salé de Tomales Bay — même un mot entendu à la table d'à côté est capable de réveiller cette force magnétique. Alors je regarde mon relevé de points sur le site de ma compagnie aérienne, je cherche aussitôt les meilleurs prix sur l'Internet, je vais voir au garage quelle valise me demande de la remonter.

Quand je ne voyagerai plus, j'aurai résolu l'énigme de la maison. Je connaîtrai la réponse. Et j'ouvrirai le Yellow Café.

Cortona, Italie
San Rafael, Californie
2005.

REMERCIEMENTS

Nous avons rencontré tant d'amis pendant ces voyages – l'amitié est pour moi un cadeau du ciel. Toute ma reconnaissance à Fulvio, Aurora et Edoardo Di Rosa, Carlos Lopes, Enver Lucas (*Geographic Expeditions*), Lori Woods, Susan MacDonald, Cole Dalton, Kate Abbe, Robin et John Heyeck, Stephen et Vicki Mavromichalis et leurs enfants, Steven Rothfeld, Bernice et Armand Thieblot, Riccardo Bertocci, Maria Ida et Salvatore Avallone de la Villa Matilde, Rachid Tabib, Hafid El Amrani, Guven Demer, et Lina Bartelli. Mon amour durable à tous les écrivains dont les œuvres ont enrichi mes voyages et m'ont donné à voir un monde plus grand.

Mon agent Peter Ginsberg de Curtis Brown Ltd. partage ma passion des voyages, tout comme Charlie Conrad, mon éditeur chez Broadway Books. Ils m'ont si bien conseillée, et avec tant d'enthousiasme. C'est une chance de travailler pour eux et leurs équipes. Je remercie également Francesca Liversidge chez Transworld ; Dave Barbor, à l'international ; Terry Karydes, qui a créé la maquette de ce livre ; Laura Maestro, qui a dessiné mes étapes sur la carte ; ainsi que Joanna Pinsker et Rachel Rokicki, aux relations publiques. Catherine Pollock et Alison Presley m'ont également fait profiter de leurs idées – merci pour leur attention. À Steven Barclay de la Steven Barclay Agency : un grand *bacione*. Trinquons vite à nos diverses expéditions !

La graine sauvage de ce livre a pris racine il y a bien long-temps – *mille grazie* à mon père, selon qui la devise de notre famille aurait dû être : « Faire et défaire les valises », et à ma mère qui disait toujours : « Vas-y ! »

DU MÊME AUTEUR

Aux Éditions Quai Voltaire

BELLA ITALIA. La douceur de vivre en Italie, 1999 (Folio n° 3524).

SOUS LE SOLEIL DE TOSCANE. Une maison en Italie, 1998 (Folio n° 3183).

EN TOSCANE (avec Edward Mayes, photos de Bob Kirst), 2001.

SWAN. Georgie, 2003 (Folio n° 4058).

SAVEURS VAGABONDES. Une année dans le monde, 2006 (Folio n° 4687).

Composition Facompo
Impression Novoprint
à Barcelone le 7 mai 2008
Dépôt légal : mai 2008
1ᵉʳ dépôt légal dans la collection : janvier 2008

ISBN 978-2-07-034923-4./Imprimé en Espagne.

161064